Inhaltsverzeichnis

W0356043

Einleitung

Die Frage, warum jemand Bestatter werden will, wurde mir schon häufiger gestellt. Eigentlich weiß ich es auch nicht. Die einen wollen einfach nur Geld verdienen und die anderen sind vielleicht Menschenfreunde. Um ehrlich zu sein, auf mich traf 1999 das erste Argument zu.

Im Dezember '97 bewarb ich mich auf eine Anzeige in der Hannoverschen Allgemeinen Zeitung. Gesucht wurde von einem US-amerikanischen Unternehmen ein Geschäftsstellenleiter. Zu diesem Zeitpunkt war ich dreiunddreißig Jahre alt und stellvertretender Betriebsleiter in einem Handelsunternehmen mit zweihundert Mitarbeitern. Sechs Jahre war ich zum damaligen Zeitpunkt bereits in dieser Firma gewesen und auf der Suche nach einem neuen Tätigkeitsfeld.

Meine Bewerbung schickte ich wenige Tage nach dem Erscheinen der Anzeige raus. Drei Wochen später bekam ich eine Einladung in das Dorint-Hotel in Hannover, wo ich den damaligen Geschäftsführer, Herrn Temps, treffen sollte. Wir hatten eine sehr angeregte Unterhaltung. Mein Aufgabengebiet charakterisierte er folgendermaßen:

»Ich brauche einen Geschäftsstellenleiter in Hannover, der die Fäden zieht und vor allem in der Hand behält. Jemand, der in der Lage ist, den Leuten zu sagen, wo es langgeht!« Das klang schon recht eindrucksvoll.

»Sie haben,« fuhr er fort, »wenn Sie diese Stellung annehmen, zwei hervorragende Mitarbeiterinnen, Frau Radecke und Frau Loch. Diese beiden Damen halten zur Zeit alles alleine aufrecht und leisten Phantastisches. Allerdings werde ich es nicht zulassen, daß die beiden von ihrem neuen Chef eingeengt werden. Sie stehen beide unter meinem persönlichen Schutz und sind unantastbar.«

Es klang wie eine Drohung und war wohl zumindestens als Warnung gedacht. Damals konnte ich damit noch nicht soviel anfangen, doch das sollte sich schon in den nächsten Monaten ändern. Sie werden recht bald verstehen, was damit wirklich gemeint war!

Die beiden gewerblichen Mitarbeiter Herr Landmann und Herr Riech erwähnte er nur am Rande. Offensichtlich standen sie nicht unter seinem persönlichen Schutz.

Zum Standort Hannover sagte er nur, daß zu den zwei bereits vorhandenen Instituten wenigstens zwei dazukommen würden - und das im laufenden Jahr. In den nächsten zwei bis drei Jahren sollte noch ein weiteres Institut gekauft werden. Alles in allem klang das sehr verheißungsvoll. Ohne irgend etwas vorwegnehmen zu wollen: weder 1998 noch 1999 wurde irgendein Geschäft in Hannover gekauft! Dazu sollte der Leser wissen, daß dieses Unternehmen zum damaligen Zeitpunkt in Deutschland auf Einkaufstour war. Mindestens zwei weitere Konzerne dieser Branche versuchten damals ebenfalls durch Zukäufe ihre Unternehmen zu vergrößern. Zum einen die Vita-Gruppe und zum anderen GBG, bzw. Ahorn-Grieneisen.

Es mag vielleicht unglaublich klingen, aber hinter vielen sogenannten selbständigen Bestattern steckt nicht nur ein größeres Unternehmen, sondern es kann auch ein internationaler Konzern sein.

Herr Temps sagte mir aber auch noch einiges über die »Bestatter« im allgemeinen, von dem ich so manches heute auch bestätigen kann. So meinte er, daß Bestatter ein Volk für sich seien, wo einer dem andern nicht das Schwarze unter den Fingernägeln gönnen würde. Bestätigt wurde diese Aussage später durch Herrn Bollmann, einen ehemaligen Bestatter und früheren Inhaber des Geschäftes, in dem ich später die meiste Zeit arbeiten sollte. Von ihm stammte der abgeschwächte Vergleich mit der Mafia: Wenn drei Bestatter sich treffen, sind sie zwar immer freundlich, aber hinter ihren Rücken wetzen sie die Messer!

Nach diesem ersten Gespräch bekam ich eine Einladung in das Institut. Dort sollte ich die Damen kennenlernen und vor allem sollten sie mich kennenlernen. Die eine ruhig und sensibel, die andere lebhaft und robust, aber beide durchaus sympathisch. Bei Kaffee und Kuchen beschnupperten wir uns. Mir wurde von vornherein gesagt, daß es noch einen zweiten Bewerber geben würde, der ja dann auch meiner Person vorgezogen wurde. Er war bereits in Hannover wohnhaft, was für den Notdienst wichtig schien und ich wohnte noch außerhalb (ca. 25 Kilometer von Hannover entfernt). Außerdem war er sofort verfügbar und ich noch in einem ungekündigten Arbeitsverhältnis gebunden. Und als letzter Punkt kam ihm vorhandene Branchenerfahrung zu Gute.

In den kommenden neun Monaten rief ich mich durch zwei Briefe an Herrn Temps wieder in Erinnerung. Das schien zu fruchten. Irgendwann im Oktober 1998 sprach er auf meinen Anrufbeantworter und bat um Rückruf. Natürlich meldete ich mich prompt und wir verabredeten uns in einem Hotel in Lübeck! Da wir schnell eine Entscheidung treffen wollten und sein Terminkalender sehr voll war, mußten wir diesen Treffpunkt wählen. Ich hatte noch andere Bewerbungen laufen, aber diese schien mir die interessanteste zu sein, was sich auch an diesem Abend für mich bestätigen sollte.

In dem Hotel traf ich neben Herrn Temps noch seine rechte Hand Herrn Meu. In unserm Gespräch erfuhr ich recht viel Interessantes. Daß die beiden gern in guten Hotels abstiegen, 5er BMW als Leihwagen bevorzugten, öfter auch den Flieger benutzten und gute Restaurants nicht verschmähten, machte diese Firma noch interessanter. Es erschien mir erstrebenswert, hier Karriere zu machen, weshalb wir uns sehr schnell handelseinig wurden. Am 1. Januar 1999 sollte ich beginnen. Während der Probezeit von sechs Monaten sollte ich 6.000,00 DM und danach 7.000,00 DM brutto verdienen.

Auf der nächtlichen Zugfahrt nach Hannover ließ ich mir noch mal alles durch den Kopf gehen. Meine Entscheidung, in diesem Unternehmen anzufangen, konnte nur richtig sein.

Januar

Der erste Tag

Am vereinbarten Montagmorgen erschien ich pünktlich zum Arbeitsbeginn. Es war das typische Gefühl: was erwartet mich?

Das Institut lag in der oberen Etage. Um dorthin zu kommen, mußte ich im Erdgeschoß erst an der Haustür klingeln. Durch ein Treppenhaus aus Marmor führte der Weg nach oben. Dort lief man direkt von der Treppe auf einen an die Wand gemalten überdimensionalen Vogel zu. Rechts an diesem Vogel vorbei ging man einen schmalen Gang zur Bürotür. Es war eine massive Holztür, an der ein Name in großen Buchstaben zu lesen war: ***B o l l m a n n***

Ich klingelte. Ein Mann öffnete mir die Tür, den ich bisher nur vom Hören kannte und der als Aushilfe tätig war. Herr Wahle. Er nahm mir den Mantel ab und wir wechselten ein paar Worte.

»Frau Radecke ist gerade in einem Trauergespräch,« er deutete dabei auf den Besprechungsraum. »Herr Meu hat angerufen. Er kommt direkt aus Wiesbaden hierher und wird gegen 11 Uhr eintreffen.« Dann klingelte auch schon das Telefon, und er verschwand in seinem Büro. Das Büro wirkte wie ein Empfangsraum. Von der Tür aus ging man direkt auf Frau Radeckes Bürotisch zu. Die Übereckkonstruktion stand irgendwie ungünstig. Wenn sie jemanden begrüßen wollte, mußte sie sich immer erst vom Besuch wegdrehen und um den Tisch herumgehen. Dem gegenüber stand über Eck eine Ledergarnitur mit einem Glastisch davor. An der einen Wand hing ein Bild vom Firmengründer, wie er mit einem Pferd vor dessen Stall stand. Wie die Zeiten sich doch ändern.

Mein Büro war recht groß. Ein repräsentativer Schreibtisch, ein Bürosessel aus Leder und an der Wand hing ein Druck von Kandinsky. Ein Chefbüro eben. Negativ fiel mir nur der nicht vorhandene PC auf. Für mich stand keiner mehr zur Verfügung. Oder brauchte ich etwa keinen?

Irgendwann war Frau Radecke mit ihrem Trauergespräch fertig und kam, um mich zu begrüßen. Wir mochten uns. Es war der Beginn einer sehr guten Zusammenarbeit, wenn auch nur für einen kurzen Zeitraum, was ich damals natürlich noch nicht wußte. Wir unterhielten uns mit Herrn Wahle über alles Mögliche. Frau Radecke war allerdings im Streß. Termine über Termine, immer wieder Anrufe, das Geschäft florierte.

Gegen 11.00 Uhr traf Herr Meu ein, die rechte Hand von meinem Chef. Es dauerte nicht lange und wir begannen mit der ersten Aufgabe. Inventur. Daß wir keine Leichen zählen würden, war mir klar. Im Keller, wo die Inventur stattfand, befand sich unser kleines Sarglager, der Ausstellungsraum (für die Särge), der Aufbahrungsraum und der Kühlraum. Dort roch es immer etwas süßlich. Ein Geruch, der in bestimmten Situationen auch noch stärker auftreten sollte.

Am Nachmittag fuhren wir in unser zweites Lager (auch Außenlager genannt) und anschließend zu einem Gebäude, wo ebenfalls noch Särge lagerten. Hier wurde es schon interessanter. In diesem Haus in einer Wohngegend war einmal eine Tischlerei mit einem Bestattungsinstitut untergebracht gewesen. Irgendwann hatte es der Besitzer mit seinem Namen an die Amerikaner verkauft. Sehr teuer verkauft! Der eingesetzte Nachfolger kam damit irgendwie nicht zurecht und hat sich kurzerhand im Keller erhängt! Von wem die Beerdigung ausgerichtet wurde, brauche ich wohl nicht zu erwähnen. Dieses Haus wirkte irgendwie unheimlich. Vielleicht war es auch nur Einbildung aufgrund seiner Geschichte. Als der gute Mann sich aufhängte, hatte er ein volles Auftragsbuch für andere Beerdigungen. Diese erledigte eine Frau für ihn (und dann auch gleich seine eigene), die später an meinem Stuhl sägen sollte. Schon Stunden später durfte ich sie kennenlernen, obwohl ich ja schon einmal mit ihr gesprochen hatte.

Frau Loch vom Institut Husch erzählte recht viel darüber, was sie schon alles hier erlebt hatte, was wir besser machen könnten usw. Sie konnte sehr gut erzählen und wir hörten ihr zu. Eines wurde mir damals schon klar: Leicht wird es mit dieser Frau nicht. Aber ein zweites habe ich auch erkannt: Sie war absolut motiviert.

Am zweiten Tag waren Herr Meu und ich mit der Inventur fast fertig. Er hatte die Institute bisher kommissarisch geführt und erklärte mir alles Wissenswerte. Es lag viel Arbeit vor mir und ich war hochmotiviert, - wie alle anderen.

Schließlich unternahmen wir noch einen Abstecher in eine Stadt an den Deister, wo wir ebenfalls ein Institut betrieben. Der ehemalige Besitzer arbeitete damals noch mit, was für das Image auch ausgesprochen gut war. Hinzu kam, daß er noch in dem Gebäude wohnte. Somit schien es nach außen auch wirklich so, als wenn er das Sagen hätte. Ursprünglich sollte dieser Standort zu Hannover/Laatzen dazugehören, aber aufgrund der Entfernung von ca. 30 Kilometern erwies sich das als unpraktisch.

Mit dem Tagesgeschäft hatte ich in den ersten zwei Tagen überhaupt nichts zu tun. Am Mittwoch sollte ich Richtung Köln fahren. Dort gab es eine Stadt mit 85000 Einwohnern. In dieser Stadt sollte ich in einem Institut mit 650 Sterbefällen pro Jahr meine praktische Einweisung erhalten.

Die Ankunft

Am Mittwochvormittag traf ich in besagter Stadt ein und wurde am Bahnhof von Herrn Krause abgeholt. Ich wußte natürlich, daß er nicht im Leichenwagen kommen würde, obwohl ich damals nichts für ausgeschlossen hielt. Wir fuhren in seinem Golf zu dem Institut.

Im Institut lernte ich zuerst die anderen Mitarbeiter kennen. Da waren die Eltern von Herrn Krause und Herr Riechening, der die gleiche Position wie ich innehatte, und ein weiterer Mitarbeiter. Diesen letzten Namen weiß ich nicht mehr, darum nennen wir ihn Herrn Müller. Alles in allem eine durchaus freundliche und fähige Truppe. Nachdem wir uns beschnuppert hatten und ich durch das Institut geführt worden war, brachte Herr Krause mich in mein Hotel.

Das Bestattungshaus Cluus war schon etwas Besonderes. Der vorherige Besitzer war bis Mitte der achtziger Jahre Viehhändler gewesen und führte nebenbei dieses Bestattungshaus. Er besaß diese geradezu typische und sprichwörtliche Bauernschläue. Mit dem Viehhandel hörte er rechtzeitig auf, bevor dort kein Geld mehr zu verdienen war. Das Institut baute er zum größten in der Umgebung aus. 650 Sterbefälle pro Jahr war kaum noch zu steigern. Die Immobilie gehörte weiter ihm, dafür hat er sich seinen Namen sehr teuer bezahlen lassen. Bei den Beerdigungen selbst war er recht günstig. 1999 lag die durchschnittliche Beerdigung ohne städtische Gebühren für den Friedhof, Kapelle usw. bei ca. 2.800,00 DM. In Hannover lagen wir mit ca. 3.900,00 DM für die gleiche Leistung im dortigen Mittelfeld. Bedenkt man noch, daß der Herr Cluus zwei Jahre zuvor verkauft hatte und Herr Temps (Geschäftsführer) dann erst die Preise um fast ein Drittel anhob, muß das Haus Cluus sehr günstig gewesen sein. Daß sich das auch in den Gehältern widerspiegelte, sollte ich recht bald erfahren.

Normalerweise wird in der Bestattungsbranche mit einem Mitarbeiter auf 100 Sterbefälle gerechnet. Die Abholungen wurden fast immer von nur zwei Leuten erledigt. Herr Krause sen. und Sohn oder ein hauptberuflicher Feuerwehrmann, der im 24 Stunden Rhythmus zur Verfügung stand, erledigten diese Arbeit. Alles recht kräftige Männer. So ein Job erfordert auch Kraft in den Armen. Wenn ein Verstorbener schon ca. 80 bis 90 Kilo wiegt, kommt womöglich noch ein Eichensarg dazu, der es auch noch mal auf ca. 50 Kilo bringt. Wenn die Träger mit Sarg und Inhalt dann durch ein enges Treppenhaus müssen, ist schon Kraft und Können gefragt. Denn einen Toten stellt man nicht auf den Kopf, nur weil der Sarg sonst nicht um die Kurve paßt. Also insgesamt eine nicht so einfache Angelegenheit.

Schon am Nachmittag hatte ich die Möglichkeit, meine erste Beerdigung in meinem neuen Job mitzumachen. Privat hatte ich bis zu diesem Zeitpunkt bereits zwei Beerdigungen erlebt, beide innerhalb der Familie. Hier fehlte (zum Glück) der Bezug und somit hatte ich damit keine Probleme. Glücklicherweise sollte das auch immer so bleiben. Ich konnte mir das alles aus einiger Entfernung anschauen, da ich vorerst nicht mit eingeplant war. Der Sarg war in einer kleinen Kapelle aufgebahrt. Herr Krause hatte links, rechts und hinter dem Sarg die Dekoration aufgestellt. Sie bestand in den meisten Fällen aus großen Mehrfachkerzenständern, Kunststoffbäumen und Kranzständern. Nicht zu vergessen das große

Kreuz am Kopfende des Sarges. Die ersten Trauergäste trafen ein und legten Kränze, Blumenschalen oder Blumen nieder. Herr Krause legte alles neu zurecht, damit es schöner anzusehen war. Währenddessen stand ich am Friedhofseingang und beobachtete einen Apfel essend das Geschehen. Das klingt vielleicht pietätlos, war es aber nicht. Erstens konnte mich dort niemand sehen, zweitens wurde mir der Platz zugewiesen und drittens sollte ich noch nicht helfen!

Nun stellen Sie sich vielleicht folgende Frage: Ist »Pietät« was Inneres oder Äußeres? Laut Duden steht Pietät für Frömmigkeit, Ehrfurcht, Rücksichtnahme und Anhänglichkeit. Lassen wir die Begriffe Frömmigkeit und Anhänglichkeit mal außen vor. Ehrfurcht vor den Toten war vorhanden und Rücksicht auf die Hinterbliebenen habe ich genommen. Denn den Apfel habe ich ungesehen in gehörigem Abstand von beiden gegessen! Soviel zur Pietät.

Nach der Trauerfeier folgte die Beerdigung. Mein Kollege hatte dafür sechs Träger engagiert. Die Träger kamen aus der Kapelle, vor ihnen lief ein Angestellter des Friedhofes, dann der Pfarrer und sein junger Gehilfe. Erst dahinter folgten Angehörige, Freunde und Bekannte. Ihr Weg war nicht sehr weit und die Zeremonie dauerte auch nicht besonders lang.

Nachdem die Trauergemeinde weg war, holten wir die Blumen und Kränze. Ich hatte die Situation falsch eingeschätzt und legte die Kränze nicht so sorgfältig auf das Grab, wie es erforderlich war. Herr Krause sagte nichts, sondern ordnete sie sorgfältiger an. Schließlich erklärte er mir auch den Grund seiner Sorgfalt.

»Morgen kommen die Angehörigen bestimmt wieder und dann muß das ordentlich aussehen.«

»Wie lange bleibt das so liegen?« fragte ich gleich zurück.

»Solange es gut aussieht. Ungefähr eine Woche!«

Da hatte ich also meine erste Lektion gelernt. Das Wegräumen in einer Woche würden allerdings die Friedhofsmitarbeiter erledigen.

Erwähnenswert sind noch zwei Dinge: Erstens wurde der aufgebahrte Sarg fotografiert und zweitens wurde vom Beerdigungsinstitut ein eigener Kranz mit Schleife beigelegt. Der Kranz kam bei jeder Trauerfeier dazu und war eine tolle Werbung. Trotzdem war das unserem Geschäftsführer ein Dorn im Auge, denn damit entstand auch jedesmal ein Kostenfaktor von 60,00 DM. Die Fotografien wurden den Angehörigen später mit der Rechnung überreicht. Kostenlos wie der Kranz auch. Irgendwie rechnete sich das trotzdem, denn die Menschen waren davon sehr angetan und es trug positiv zum Gesamtbild der Bestattung bei.

Das ist deshalb wichtig, weil in diesem Gewerbe bei aller Werbung, die ein Geschäft machen kann, die Mund-zu-Mund-Propaganda immer noch die beste und wichtigste Werbung ist.

Das mit den Fotos ist schon eine recht merkwürdige Angelegenheit. Ich möchte niemandem zu nahe treten, aber was ist so schön daran, Fotos von dem Sarg eines Menschen zu besitzen, der einem sehr nah stand. Es ist sicherlich eine Frage der Auffassung, doch ich war mir nie sicher, ob sich die Angehörigen über die von mir überreichten oder mit der Rechnung versandten Fotos gefreut haben!? Andererseits erinnere ich mich an eine Verflossene von mir, die in ihrem Schlafzimmer(!) ein großes Foto von ihrer Großmutter hängen hatte. Der Clou war aber, daß daneben ein etwas kleineres Foto von der Grabstelle eben dieser Frau hing. Dort waren viele Kränze, Blumen und Gestecke auf dem Grab zu sehen. Damit nicht genug. Daneben hing die Todesanzeige aus der Zeitung. Also ganz ehrlich, da lief mir jedesmal ein kalter Schauer über den Rücken, wenn ich das sah. Vor allem, wenn ich morgens aufwachte und zwangsläufig diese Bilder als erstes sah. Aber gehen wir mal davon aus, daß nicht alle Hinterbliebenen mit diesen Bildern so verfahren.

Bestattungshaus Cluus

Die nächsten Tage verbrachte ich unter anderem damit, die Räumlichkeiten genauer zu studieren. Da war zum Beispiel der ehemalige Stall, den man zu einer Ausstellungsfläche von 2000 Quadratmetern ausgebaut hatte. Die Firma arbeitete mit einem eigenen Steinmetz und hatte dort ganze Grabstellen hergerichtet, um so besser die Grabsteine präsentieren zu können. Ein Weg führte durch diese Halle an den künstlichen Gräbern vorbei, so daß ich mir wie auf einem überdachten Friedhof vorkam. An den Wänden hingen diverse Accessoires, die ebenfalls erworben werden konnten, oder zum Beispiel die verschiedensten Buchstabenarten zum Beschriften der Grabsteine. Grableuchten waren ebenso zu sehen wie Kruzifixe. In meiner einjährigen Karriere als Bestatter sollte es die beeindruckendste Ausstellung sein, die ich in dieser Art und Weise gesehen haben sollte. Neben dieser Halle gab es einen Aufbahrungsraum, wo auch Trauerfeiern abgehalten werden konnten. Festlich dekoriert konnte durchaus eine sakrale Atmosphäre geschaffen werden. Ungefähr zwanzig Personen konnten hier bequem Platz finden und dabei direkt auf den vor ihnen stehenden Sarg oder die Urne schauen. Etwas weiter neben diesem erhöhten Aufbahrungsplatz stand ein Rednerpult für den Geistlichen oder einen Redner. Wenn durch die Fenster das Licht in den Raum schien, die Kerzen brannten und vom Band entsprechende Musik lief, war es wie in einer Kirche. Zumindestens habe ich es damals so empfunden.

Gleich daneben war der Kühlraum für die Verstorbenen. Als ich den Vorraum das erste Mal betrat, fiel mir gleich der Waschtisch auf. Die Toten wurden zum Waschen draufgelegt, was jedoch eher die Ausnahme war. Der Tisch selber hatte einen Ablauf und eine entsprechende Neigung. Das ganze wirkte so steril wie im Krankenhaus. Ich fragte, ob sie den Toten den Mund zunähen würden, wie ich es aus Hannover gehört hatte. Dies verneinten sie ebenso wie das Herausnehmen von Herzschrittmachern. Das überließ zumindestens dieses Bestattungshaus den Ärzten. Es gibt Institute, wo es gemacht wird. Gegen Aufpreis, versteht sich. Den Mund zunähen für eine Besichtigung des Verstorbenen ist sicher eine Möglichkeit. Dem Toten kurz nach dem Dahinscheiden ein Tuch oder einen Verband um den Kopf zu binden, damit der Mund geschlossen bleibt, ist die andere und geläufigere Methode. Der Herzschrittmacher muß nur bei einer Einäscherung entfernt werden, damit er im Krematorium nicht explodiert. (Bevor das Pflicht war, soll so manches Krematorium, bzw. der Ofen beschädigt worden sein.) Bestatter lernen dies in entsprechenden Kursen, die aber recht teuer sind. Daß übrigens ein Toter für eine Besichtigung geschminkt wurde, ist bei uns nur in einem Fall vorgekommen. Unseren gewerblichen Mitarbeitern ist nachts bei einer Abholung der Sarg irgendwie umgefallen und der Tote fiel auf den Boden. Das ist draußen geschehen und wurde zum Glück von niemandem bemerkt. Schuld soll angeblich der Helfer gehabt haben, der bei uns nicht fest angestellt war. Der Sarg und die Leiche wurden dabei leicht beschädigt. Am Kopf des Toten entstand eine kleine Platzwunde. Der Verstorbene sollte von der Ehefrau, nun Witwe, aber noch mal besichtigt werden. Dafür versuchte meine Kollegin diese Wunde mit Schminke abzudecken, was ihr wohl auch recht gut gelang. Die Macke am Sarg wurde ebenfalls kaschiert, so daß die Kundin im Endeffekt nichts bemerkte und wir ihr somit auch nichts erklären mußten. Das wäre sehr heikel und wahrscheinlich auch mit einem Preisabschlag verbunden gewesen. Ansonsten wurden natürlich die Haare gekämmt und die Verstorbenen etwas hergerichtet. Es wird jedoch auch ohne solche Vorkommnisse geschminkt und es gibt dafür entsprechende Kurse, aber es ist nicht der Regelfall.

Erwähnenswert scheint mir noch die Sargausstellung. Die meisten Bestatter haben diesen Raum relativ vollgestellt! Ob das nun gut oder schlecht ist, sei dahingestellt. Hier jedenfalls konnte der Kunde auf einem rotgoldenen Teppich in die Ausstellung schreiten und sah dann ungefähr zwölf oder dreizehn Särge nebeneinander im leichten Halbrund aufgebahrt. Der Käufer konnte um die Särge herumgehen und diese von allen Seiten begutachten. Sie glauben, das macht doch keiner? Von wegen. Ich habe selber Kunden gehabt, die sogar reinschauen wollten. Nur reingelegt hat sich niemand. Zumindestens hat mir gegenüber kein Lebender diesen Wunsch geäußert.

Der erste Sterbefall

Das erste Trauergespräch überhaupt, an dem ich teilnahm, war an einem Abend und bei Russlanddeutschen. Noch heute sind mir dieser Abend und die Personen so gut im Gedächtnis, als wäre es gestern gewesen. Herr

Riechening und ich fuhren zu einem kleinen Reihenhaus. Die Verstorbene lag in ihrem Bett im Schlafzimmer. Sie wirkte wie eine Schlafende mit einem sehr friedlichen Gesichtsausdruck. Ihr Alter mag um die siebzig gelegen haben. Gestorben war sie an einer Krankheit. Wir wurden von der Tochter in einen kleinen Raum geführt, wo ein alter Kanonenofen für bullige Hitze sorgte. Es wirkte alles sehr bescheiden, aber die Menschen waren sehr freundlich. Der Witwer machte einen gefaßten Eindruck und redete sehr sachlich. Dabei machte er nicht einmal einen traurigen, aber natürlich auch keinen glücklichen Eindruck. Schließlich kam noch der Sohn dazu, vom Alter her vielleicht Mitte zwanzig. Er wirkte sehr ruhig, fast schon cool. Herr Riechening nahm erst mal die Daten auf einem Formular auf, fragte nach Stammbuch, Personalausweis und anderen Dingen. Während die Tochter ging, um alles zu besorgen, fragte der Sohn nach dem ungefähren Preis. Mein Kollege antwortete ihm, daß er mit 2.500,- bis 3.000,- DM rechnen müsse plus Friedhofsgebühren. (Ich kann mich leider nicht mehr an die Höhe der Friedhofsgebühren erinnern.) Der Sohn fragte mit einem Pokerface:

»Und wenn ich woanders hingehe, kriege ich es dann billiger?«

Sein Vater legte seine Hand auf die des Sohnes und schüttelte den Kopf. Er wollte nicht handeln. Konnte er im Prinzip auch gar nicht, denn dieser Bestatter war recht günstig und die Friedhofsgebühren unabhängig vom Bestatter überall gleich. Mit dieser Antwort gab er sich zufrieden.

Nachdem Herr Riechening die Personendaten aufgenommen hatte, mußten ein Sarg, Sterbehemd, Kopfkissen und Decke ausgesucht werden. Nicht zu vergessen die Blumen. Schließlich erhält ein Bestatter für die Vermittlung von Blumenaufträgen auch eine Provision, zumindestens, wenn Bestatter und Blumenhaus das miteinander vereinbart haben. Der Bestatter empfiehlt immer dieses eine Blumenhaus und erhält dafür eine anteilige Provision. Über eine Zeitungsanzeige wurde gesprochen (auch hier gibt es natürlich eine Provision, die allerdings von den Zeitungen vorgegeben wird und feststeht), über den ganzen Ablauf, welcher Pastor predigen und was für Musik gespielt werden sollte. Mein Kollege rief noch den Pastor an, teilte ihm den Tod der Frau mit und daß die Familie mit ihm sprechen wollte. Während der Sarg ausgesucht wurde, verlor der Sohn seine Fassung und fing hemmungslos an zu weinen. Seine Schwester versuchte ihn zu trösten, was ihr auch gelang. Doch kurze Zeit später mußte er wieder weinen und ertrug die Situation schließlich nicht mehr. Er verließ den Raum.

Noch am selben Abend fuhren wir mit der Familie zum Friedhof, um eine Grabstelle auszusuchen. Es war saukalt, total finster und unheimlich. Damit hatte ich natürlich nicht gerechnet, und so lief ich mit ihnen und meinem Kollegen bei Minusgraden in meinem Anzug ohne Jacke oder Mantel über den Friedhof. Was bedeutet das schon angesichts des Schmerzes, den diese Familie zu diesem Zeitpunkt empfunden haben muß. Wir schauten uns einige Grabstellen an. Vom Tiefengrab (zwei Särge werden übereinander beigesetzt. Das ist wegen der Platzersparnis billiger) bis zum Doppel- und Einzelgrab. Soweit ich mich erinnere, entschieden sich die Angehörigen für ein Doppelgrab.

Ich kann mich noch sehr gut an die Beerdigung der Frau erinnern. Es war eine neuere Kapelle auf dem Friedhof. Sie war nicht besonders groß. Als Herr Riechening und ich ankamen, war der Sarg bereits aufgebahrt. Wir waren mit einem Transporter dort, in dem sich Kerzenständer, Decken, ein großes Kreuz und andere Utensilien befanden. Ein Kreuz hing bereits in der Kapelle, somit brauchten wir nur noch ein paar künstliche Bäume und die Kerzenständer aufzustellen. Die Kerzen waren nicht echt. Es handelte sich um Kerzenattrappen, in die mit Öl gefüllte Behälter gesteckt wurden. Wie bei einer Öllampe wurde der ölgetränkte Docht angesteckt. Von weitem sahen sie wie richtige Kerzen aus. Erst bei näherem hinsehen bemerkte man den »Schwindel«, insgesamt sah es trotzdem sehr gut aus. Nun wurde noch fotografiert, was die Familie später übrigens auch tat, dann konnte es losgehen. Wir standen am Eingang der Kapelle neben der Kondolenzliste und baten die Ankommenden, sich einzutragen. Der Bestatter begrüßte die ankommende Familie und blieb bis zum Beginn der Trauerfeier dort. Dann zogen wir uns klammheimlich zurück in das Auto. Nach der Trauerfeier trugen vier Träger den Sarg aus der Kapelle und setzten ihn auf einen Katafalk (ein mit einem dunklen Tuch behängter vierrädriger Wagen). Dieser Wagen wurde anschließend zur Grabstelle geschoben, wobei auf jeder Seite zwei Träger liefen. Das wirkte einfach eleganter, als wenn der Wagen gezogen worden wäre. Der Pastor und die Familie folgten und anschließend die Trauergemeinde. Wir hielten uns abseits vom Geschehen und beobachteten alles. Soweit ich mich erinnere, holten wir die Blumen und Kränze erst, nachdem die Beerdigung beendet war und legten alles schön sauber und ordentlich neben und an das Grab, denn es war ja noch nicht zugeschüttet. Der junge Mann weinte während der ganzen Zeremonie bitterlich, während sein Vater sehr gefaßt wirkte. Die älteren Frauen weinten sehr laut, fast wie Klageweiber. Später fiel mir das bei Trauerfeiern mit Russlanddeutschen öfters auf. Die Frauen scheinen den Tod eines Menschen richtig zu beklagen. Sie nehmen einfach intensiver Abschied als die meisten Deutschen und halten meiner Meinung nach auch mehr zusammen. Aber das ist ein anderes Thema.

Wenn ich dies alles erzähle, mögen Sie vielleicht den Eindruck haben, daß, was mit diesem Beruf zusammenhängt, alles sehr traurig und fürchterlich ist. Es gibt nur traurige Menschen um einen herum. Wahrscheinlich läuft ein Bestatter den ganzen Tag mit »todernster« Miene durch das Land. Der hat nix, wirklich gar nix zu lachen. Ich kann Sie beruhigen. Auch hier wird gelacht. Zugegebenermaßen weniger mit den Kunden, bzw. den Angehörigen und Hinterbliebenen, obwohl auch das mal möglich ist. Glauben Sie denn ernsthaft, im Krankenhaus oder Pflegeheim ist alles nur ernst. Entscheidend ist in diesem Beruf das Auftreten. Es muß seriös wirken. Ich habe niemals irgend jemandem mein Beileid ausgesprochen. Es wäre gelogen gewesen. »Es tut mir leid für Sie«, war mein Standardsatz. Und das war auch immer die Wahrheit. (Denn Beileid sprechen Sie nur dann aus, wenn Sie wirklich daran teilhaben.) Eine gewisse Pietät sollte den Toten immer entgegengebracht werden, auch wenn keine anderen Personen dabei sind, ob es nun im Krankenhaus, der Pathologie, auf dem Friedhof oder sonstwo ist, die Leute aus diesem Geschäft sprechen und scherzen ganz normal miteinander, wenn sie unter sich sind. Anderes wäre dieser Beruf auch nicht zu ertragen.

Als ich mir einen Regenmantel kaufen wollte, kam ich mit dem Verkäufer über meinen Beruf ins Gespräch. Er musterte mich und meinte: »Normalerweise habe ich mir Bestatter ganz anders vorgestellt. Ältere Herren, die schlecht gekleidet sind und mit ernster Miene durch die Gegend laufen. Sie passen überhaupt nicht in das Bild.« Ich nahm es als Kompliment. Aber offensichtlich denken viele Menschen so. Was lernen wir daraus? Bestatter sind Menschen wie du und - na ja, damals auch ich.

Sie fragen sich bestimmt, was ich außerhalb der Geschäftszeit während meiner Ausbildung getan habe?! An einigen Abenden bin ich allein in die Stadt gegangen, an anderen Abenden wurde ich von meinen Gastgebern eingeladen. So gab es beispielsweise selbstgemachten Zwiebelkuchen in lustiger Runde. Die Freundlichkeit und Gastfreundschaft dieser Menschen wird mir unvergessen bleiben. Wenn ich allein war, zog ich mich meistens an die Hotelbar zurück, nicht um mir einen hinter die Binde zu kippen, als vielmehr bei einem guten Glas Wein die Zeitung oder ein Buch zu lesen. Einmal habe ich beim Zeitunglesen gar nicht bemerkt, daß mein Tisch in hellen Flammen stand. Nach dem Essen hatte die Bedienung abgeräumt und irgendwie fing der Kerzenständer, der mit einer Serviette verziert war, an zu brennen. Die Bedienung kam hastig angerannt, um zu löschen. Ich bemerkte dies erst, als die Gefahr vorbei war. So bin ich noch mal meiner eigenen »Einäscherung« entkommen. Soviel zu meinen Abenteuern außerhalb der Geschäftszeit.

Krematoriumsbesichtigung in Holland

Natürlich verbrachte ich auch viel Zeit im Büro. Dies bestand aus vier Räumen, davon waren zwei fensterlos. Reine Gewöhnungssache, wie ich bald feststellte. Hier wurden nicht nur die Gespräche entgegengenommen, hier wurden Bestellungen, Abrechnungen und allgemeine Bürotätigkeiten erledigt. Die Besprechungszimmer waren in einem anderen Gebäude untergebracht, nicht fensterlos und dafür sehr schön eingerichtet. In den fensterlosen Büros wurde etwas hergestellt, was ich viel interessanter fand. Es wurden Trauerkarten gedruckt! Sie fragen, was daran so toll war? Eigentlich gar nichts. Wenn der Kunde sich für eine Karte nach vorliegendem Muster entschieden hatte, wurde der Text festgelegt. Hierbei gab der Bestatter Hilfestellung, teilweise aufgrund seiner Erfahrung oder durch Texte. War dies erledigt, kam der nächste Schritt. Am Computer wurden Text und Gestaltung vorgenommen. Mit der heutigen Software ist so etwas für einen Profi in 15 Minuten erledigt. Die Worte werden ausgetauscht, die Symbole wie Kreuz, Rose und betende Hände oder was auch immer an entsprechender Stelle eingesetzt und fertig ist die Trauerkarte. Ein Probedruck auf Papier, alles Korrektur gelesen und schon folgt der Echtdruck. Je nach Drucker konnte das sehr schnell erledigt sein. Anschließend kamen die Karten oder Briefe in einen Karton und dazu legte der Bestatter die entsprechenden Briefumschläge. Der Kunde holte das Gedruckte ab oder ließ es sich bringen.

Betrachtet man Aufwand und Rechnungsbetrag, erscheint dies wie eine Lizenz zum Gelddrucken. Das hat nichts mit Moral oder Unmoral zu tun, sondern ist völlig legitim. Früher wurden diese Arbeiten von Druckereien erledigt, heute kann der Bestatter das mit entsprechender Ausstattung selber tun. Es bleibt in den meisten Fällen eine recht gut honorierte Angelegenheit.

Abgesehen davon zeigte mir Herr Riechening als Geschäftsstellenleiter seine Büroorganisation. Dazu gibt es nicht so viel zu berichten, denn sie unterscheidet sich nicht wesentlich von anderen Geschäften.

Einmal unternahm ich mit Herrn Krause sen. eine Fahrt nach Holland in ein Krematorium. Natürlich hätten wir auch in Deutschland bleiben können, aber die Wartezeiten bis zur Einäscherung sind hier wesentlich länger. Das gilt auch für Hannover und insbesondere in der Saison. Sie lesen richtig. In der Saison! In der dunklen Jahreszeit, also von Oktober bis März sterben im Regelfall mehr Menschen wie in den hellen Monaten. Von Saison zu sprechen mag vielleicht etwas makaber klingen, aber so ist das nun mal. Die Fahrt dauerte über eine Stunde und bot Zeit genug für eine gute Unterhaltung. In Holland angekommen, wurden wir von den dortigen Angestellten sehr freundlich empfangen. Herr Krause kannte die Leute recht gut. Wir luden den Sarg aus und stellten ihn im Gang ab. Auf dem Sarg war eine sogenannte Sargkarte mit den Verstorbenendaten und natürlich dem Namen des Bestattungshauses. Dazugehörige Papiere hatten wir ebenfalls mitgebracht. Sonst könnte ja jeder kommen und »irgend jemanden« einäschern lassen. Wir fragten, ob ich mir die Gegebenheiten anschauen dürfte. Ich konnte mir alles anschauen, auch das, was ich normalerweise nicht sehen sollte. Wir gingen in den Technikraum. Von dort wurde die ganze Anlage gesteuert, außerdem war die Rückseite der Öfen zu sehen. Ich trat an einen heran und schaute durch ein kleines Guckloch. Die Sicht war stark eingeschränkt. Der Mitarbeiter bat mich zurückzutreten und öffnete die Klappe. Ein Hitzeschwall kam uns entgegen. Vorsichtig beugte ich mich vor. In dem Ofen lag die Temperatur bei bis zu 1200 Grad Celsius. Zu erkennen war in diesem Flammenmeer nicht mehr viel. Eindeutig erkennen konnte ich Teile eines Brustkorbs und vom Schädel. Hier und da ein paar Knochen. Vom Sarg war überhaupt nichts mehr zu sehen. An einen bestimmten Geruch kann ich mich nicht mehr erinnern. Ich war fasziniert, trat kurz darauf wieder zurück und schloß die Klappe. Auf meine Frage nach der Dauer dieser Prozedur meinte der Mitarbeiter was von 45 bis 90 Minuten. Das hing von dem Verstorbenen ab. Aber das war noch nicht alles. Nach der Einäscherung wurden die Teile, die nicht verbrannten und in der Asche übrigblieben, entnommen. Die restliche Asche kam in eine Mühle, wo schwere Metallkugeln die Asche kleinmahlen. Wenn die Asche abgekühlt war, konnte sie in eine Urne gefüllt werden. Das ist nichts anderes als eine Metallbox, die wie eine Kaffeedose aussieht. Diese kann mit Inhalt je nach Mensch schon drei oder vier Kilo wiegen. Auf die obere Seite kommen die Daten des Verstorbenen. Die Urne wird dem Bestatter mitgegeben, auf Anforderung verschickt oder dort bis zur Beisetzung in ein Regal gestellt. Damit die Asche übrigens nicht verwechselt werden kann, liegt ein unverbrennbarer und numerierter Schamottestein dabei.

In Holland ist es auch erlaubt, auf einem extra Gelände die Asche zu verstreuen. Dieses Gelände ist eine Wiese direkt neben dem Krematorium. Auch Urnen können hier anonym beigesetzt werden. In Deutschland darf nach meinem Wissen die Asche nur auf dem Meer verstreut werden. Überhaupt sind unsere Nachbarn im Friedhofsrecht sehr viel liberaler als wir Deutschen. Bei uns gibt es außer der Seebestattung keine Möglichkeit, eine Urne (einen Sarg sowieso nicht) nicht auf einem Friedhof beizusetzen. Der Grund dafür ist sehr einfach. Die meisten Friedhöfe gehören den Gemeinden und Städten. Eine Grabstelle für einige Jahre zu »kaufen«, kostet sehr viel Geld. Geld, welches unsere Gemeinden und Städte dringend brauchen. Wenn wir allerdings von »kaufen« sprechen, ist das meiner Meinung nach falsch, denn die Grabstelle gehört dem Käufer nur ein paar Jahre. Die Preise auf den Friedhöfen sind in den letzten Jahren dramatisch gestiegen. Friedhöfe, die nicht zur Stadt gehören, sind dagegen oft preiswerter. Hätten die Bestatter ihre Preise genauso erhöht wie die öffentliche Hand, wären die Kosten noch viel höher. Das zeigt zumindestens, daß diese Branche wesentlich besser wirtschaften kann als unsere Politiker. Interessant ist in diesem Zusammenhang die Tatsache, daß die Zahl der Einäscherungen immer mehr zunimmt. In Ostdeutschland und im Norden ist die Zahl verhältnismäßig hoch, Richtung Westen und Süden wieder abnehmend. Die Katholiken haben damit offensichtlich doch mehr Probleme oder mehr Geld. Denn eine Einäscherung ist in fast jedem Fall billiger.

So ein Krematorium wie das in Holland bietet aber noch mehr. Dabei ist auch ein Columbarium. Dort stehen die Urnen in Boxen in zwei oder drei Etagen übereinander. Jede Box hat natürlich auch eine Grabplatte und eine Haltevorrichtung, um Blumen abzulegen. Das ganze ist eine Art Rundbau, damit sich die Angehörigen in der Mitte auf eine Bank setzen können. Natürlich gibt es dort auch eine Kapelle, wo die Trauerfeier stattfinden kann, einschließlich Videoaufnahme zum Mitnehmen (Big Brother läßt grüßen). Im Anschluß daran besteht selbstverständlich auch die Möglichkeit, dort den Leichenschmaus zu sich zu nehmen. Alles in allem sehr praktisch. Angeboten wird alles, was der Markt verlangt und der Markt will es so. Was die Videoaufnahme angeht, kann der Betrachter später im Fernsehen sehen, wie der Sarg durch eine Klappe Richtung »Feuerofen« verschwindet. Der Rundumservice ist hier gewährleistet. In Deutschland tut man sich damit noch schwer, aber es ist bestimmt nur eine Frage der Zeit, bis die Gesetze liberaler werden und der Service auch hier besser wird.

Wenn Menschen jeden Tag zusammenarbeiten und sehr viel Zeit miteinander verbringen, sprechen sie auch über vertrauliche Dinge. So war es auch hier. Von den privaten Problemen meines Kollegen erfuhr ich genauso wie von dem Gehalt des Beraters. Es lag bei ungefähr 4.000,- DM oder 4.300,- DM. Gemessen an der Arbeitszeit und den immer wieder stattfindenden Bereitschaftsdiensten (auch nachts mußte er raus), empfand ich das als recht wenig. In manchen Monaten arbeiteten diese Leute 200 und mehr Stunden. Wenn ich das auf die Stunde umlegte, kam nicht sehr viel dabei raus! Idealismus gehörte offensichtlich zu diesem Job.

Ein Bestatter, der dieses Gewerbe eigenständig betreibt, steht schon besser da. Der »Stern« schrieb dazu im Herbst '99 in einem Artikel, daß bei ungefähr 4000 Bestattern und ca. 860.000 Toten im Jahr rein rechnerisch 215 Tote pro Bestatter anfallen. Der Branchenumsatz liegt bei 4,5 Milliarden Mark, was pro Bestatter 1,125 Millionen ausmacht. Die Bruttorendite liegt damit bei 37 Prozent oder in DM ausgedrückt, bei 416.250,- DM. Davon gehen noch Nebenkosten und diverse andere Kosten ab (Steuern nicht zu vergessen). Allein die Kosten für einen Leichenwagen liegen schon bei 150.000 bis 200.000 DM. Dennoch dürfte ein ganzer Batzen übrigbleiben.

In einem kann ich allerdings nicht zustimmen, daß Bestatter fast nur mit Familienangehörigen arbeiten. Auch die Familienunternehmen beschäftigen schon mal Angestellte. Zu diesem Thema erzähle ich später mehr.

Was ich als wesentlich interessanter, wenn auch aufwendiger, empfand, ist das Dekorieren gewesen. In Hannover stand in den meisten Kirchen und Kapellen die Dekoration schon parat. Während meiner Einarbeitung fuhren wir mit dem Dekowagen zur Trauerfeier, entluden ihn und bauten alles auf. Dieses Aufbauen der Utensilien erinnerte mich immer an eine Theateraufführung. Dummerweise lebte der Hauptdarsteller nicht mehr. Bäume, Kerzenständer und Kreuz, dazu Blumenständer und künstliche Blumen, eine schwarze oder lilafarbene Samtdecke mit Goldverzierungen, das alles wurde in Einklang um den Sarg aufgebaut, wobei dieser schon auf einer Samtdecke stand. Sobald die Kerzen angezündet waren, konnte fotografiert werden, vorausgesetzt, die Blumen und Kränze waren auch schon da.

Der Bestatter muß schon ein Ästhet sein, um alles wirklich schön gestalten zu können. Erst hörte ich davon, und dann sah ich es selber. Nicht alle hatten das entsprechende Feeling dafür. Mir kam der Trauerakt insgesamt wie eine Aufführung vor, denn es wurde von uns alles organisiert und wie Regisseure inszenierten wir bis zum Ende das Geschehen.

Mir ist noch etwas anderes aufgefallen, was ich allerdings erst später richtig bewußt zur Kenntnis nahm. Ein Freund von mir in Hannover erzählte einmal, wie er mit seiner Mutter auf dem Friedhof ein bestimmtes Grab besuchen wollte. Dabei war ihm aufgefallen, wie ungepflegt dieser Friedhof doch im Großen und Ganzen gewesen sei. Gebrochene Gehwegplatten wurden nicht ausgewechselt und manches sah einfach sehr ungepflegt aus. Er sprach dabei nicht von den Gräbern, die von Privatleuten oder Gärtnereien gepflegt wurden.

In der Kölner Gegend sah ich gepflegtere Friedhöfe als in Hannover und muß im Nachhinein die Richtigkeit seiner Feststellung bestätigen. Bemerkenswert ist dabei seine nicht unbedingt so große Wertschätzung für saubere Flächen. Trotzdem ist es ihm aufgefallen. Wenn ich also das Preisleistungsverhältnis in Hannover so betrachte, ist dort wirklich einiges im Argen, wenn dies auch subjektiv sein mag. Aber nicht nur die Friedhöfe, sondern auch die Gräber waren »pompöser« gestaltet. Je näher ich nach Hannover komme, um so deutlicher scheint mir der Unterschied. Vielleicht liegt es auch an der Konfession. Offensichtlich scheinen die Katholiken in dieser Frage doch eine andere Denkweise zu haben als die Lutheraner.

Zwei Ereignisse

Die Zeit verging sehr schnell. Vierzehn Tage war ich dort, um einen guten Einstieg zu bekommen. Zwei Ereignisse scheinen mir noch erwähnenswert, da sie in großem Kontrast zueinander stehen. So fuhren Herr Riechening und ich an einem Morgen in eine Klosterschule, um den Tod einer Ordensfrau zu besprechen. Wir trafen uns mit der Vorsteherin und einer Dame aus der Verwaltung in der Vorhalle. An einem Tisch im Flur setzten wir uns zusammen. Die Schüler gingen an uns vorbei, und es herrschte reges Treiben. Doch das Gespräch war trotz dieser Unruhe sehr beeindruckend. Irgendwie schien es mir, als würden wir in einem Glaskasten sitzen. Ich nahm zwar alles um mich herum wahr, dennoch war das Gespräch selber keineswegs von dieser Unruhe geprägt. Die Schwestern und auch Herr Riechening unterhielten sich so, als wären wir in einem abgeschlossen Raum. Die Verstorbene war weit über neunzig Jahre alt und bis vor kurzem noch recht fit gewesen. Insofern waren die Damen über ihren Tod sehr überrascht, obwohl sie sehr gefaßt wirkten. Wir besprachen alles, suchten Trauerkarten aus und setzten den Termin der Trauerfeier und der Beerdigung auf dem eigenen Klosterfriedhof fest.

Zur Trauerfeier wurde der Sarg in einer sehr kleinen und offenen Kapelle auf dem Klostergelände aufgebahrt. In die kleine Kapelle paßte außer dem Sarg kaum etwas anderes. Ein Kruzifix am Kopfende und einige brennende Kerzen um den Sarg waren alles. Es war lausig kalt und so warteten wir fröstelnd auf das Ende der Trauerfeier, die fast 90 Minuten lang abgehalten wurde. Das war ungewöhnlich. Normalerweise dauerten Trauerfeiern um die 30 Minuten, was auch damit zusammenhing, weil danach schon die nächste Trauerfeier oder etwas anderes beginnen sollte. Hier fand die Feier in der eigenen Kirche statt, der Pfarrer gehörte ebenfalls zum Kloster und hatte somit auch keine anderen Termine. Endlich kam die Trauergemeinde. Vor der Kapelle sprach der Pfarrer noch ein paar Worte, bevor die Sargträger den Sarg nach draußen trugen. Bis zur Grabstelle waren es ungefähr dreißig Meter. Diese 30 Meter wurden in einer Prozession gegangen. Der Pfarrer und ein Novize mit einem großen Kreuz in seinen Händen folgten dem Sarg. Ihnen wiederum folgten die Nonnen, die dabei ein trauriges Lied in lateinischer Sprache sangen. Alle hatten ihre Ordensgewänder an. Ein wirklich ergreifendes Schauspiel.

Der Tod ihrer Schwester hatte aber noch einen anderen tragischen Hintergrund. Bei dem Trauergespräch sagte uns die Ordensschwester, daß sich die Zahl der Nonnen »nunmehr auf unter zehn« bewegt habe.

»Es gibt keinen Nachwuchs mehr und es ist damit eine Frage der Zeit, bis die letzte Ordensschwester gewesen sein wird. Dieser Gedanke erfüllt uns mit Trauer über den Tod unserer Schwester hinaus!«

Es ist die Tragik der älteren Generation, daß sich die Welt immer schneller wandelt und vieles Althergebrachte, von mir aus auch Traditionen, in der Versenkung verschwinden. Was diese Frauen dabei wirklich empfunden haben, kann ich nicht sagen. Aber ich fürchte, jeder Mensch wird irgendwann die eine oder andere Erfahrung ähnlicher Art erleben.

Das andere Ereignis ist absolut gegensätzlich gewesen. Tragisch ist der Tod eines Menschen in den meisten Fällen, aber wie bei den Nonnen kommt eben eine ganz besondere Tragik hinzu. Bei ihnen ist nicht nur eine Schwester verstorben, sondern auch ein Stück Gegenwart und Zukunft. Bei dem zweiten Ereignis geht es um einen Mann, der keine Vergangenheit hatte, zumindestens war sie niemandem bekannt. Aber er hatte auch keine Zukunft! Und die Gegenwart? Diese Frage hätte er nur selber beantworten können. Im Institut wurde von der Polizei angerufen, einen toten Mann abzuholen. Wir fuhren auf ein Grundstück an der Hauptstraße, auf dem ein abrißwürdiges Haus stand. Die Polizei und der Notarzt erwarteten uns bereits. Wir mußten über einen total verdreckten und mit Gerümpel übersäten Hinterhof gehen. Das Haus sah von innen genauso dreckig aus wie von außen. Eine recht schmale und steile Wendeltreppe führte uns über eine vollgekotete Etage in die Wohnung oder was man dafür hielt. Schon auf dem Weg nach oben mußten wir aufpassen, um nicht auf diesem Mist auszurutschten. Festhalten konnten wir uns nirgends. Hier einen Toten abzutransportieren, ohne sich selber das Genick zu brechen, schien mir fast unlösbar. Für meinen Kollegen stellte es jedoch nur ein kleineres Problem dar. Die Wohnung war wie der Hof voller Gerümpel, dennoch hatte der Mann hier gewohnt. Es war ein kleiner schmächtiger Mann mit wirren langen Haaren und einem Rauschebart.

Er trug nur ein Unterhemd und lag auf dem Rücken mitten im Flur. Seine halbgeöffneten Augen blickten ins Leere. Sein Körper war bereits aufgedunsen. Trotz der weitgeöffneten Fenster roch es immer noch stark faulig in der Wohnung. Einer der Polizisten hatte inzwischen von dem illegalen Aufenthalt des Verstorbenen in dieser Wohnung erfahren und daß er den Behörden als Obdachloser bekannt war. Mehr wußten die Behörden auch nicht. Die Todesursache schien natürlicher Art zu sein. Das sollte aber noch der Pathologe feststellen. In einem Transportsarg (Kunststoffsarg, der vorn und hinten je zwei Griffe hat - diese Transportsärge lassen sich besser reinigen als Holzsärge, sie werden andererseits nicht so gern verwendet, da es für die Hinterbliebenen kein schöner Anblick ist; wenn Angehörige bei der Abholung dabei sind, werden meist Holzsärge verwendet, da sie würdevoller aussehen) konnten wir ihn unmöglich runtertragen. Herr Krause holte ein großes Bettuch aus dem Leichenwagen, in das wir den Verstorbenen legten. Das Tuch wurde am Kopf- und Fußende zusammengeknotet, damit jeder an seinem Ende eine Schlaufe hatte. Ich bekam das leichtere Fußende und durfte auch vorgehen. Die zusammengeknotete Schlaufe lag in meiner nach oben zufassenden Hand, der Unterarm zeigte dabei nach oben. Mein Kollege trug die Schlaufe in beiden Händen nach unten tragend. Der Kopf des Toten war beim Runtergehen somit immer zwischen seinen Beinen. Für Herrn Krause war es wesentlich schwieriger als für mich, aber es funktionierte doch recht gut und wir kamen heil unten an. Vielleicht denken Sie jetzt, einer von uns hätte den Toten auch über die Schulter nehmen können. Theoretisch möglich, aber das wird sich kein Bestatter antun. Die Gefahr, daß dem Toten irgend was aus dem Gesicht fällt oder er sogar an anderer Stelle etwas verliert, ist einfach gegeben. Kein Schließmechanismus, kein Organ oder Muskel funktioniert mehr. Nichts! Außerdem war er sehr dreckig. Unten im Hof legten wir ihn mit dem Bettlaken in den Transportsarg. Die Latexhandschuhe warfen wir dazu. Er wird eine Sozialbeerdigung ohne Trauerfeier bekommen haben. Wer hätte auch kommen sollen, um seiner zu gedenken. So kann das Ende eines Menschen aussehen.

Die Arbeit kann beginnen

Bei meiner Ankunft in Hannover war das Wetter naßkalt. Der direkte Weg führte mich nach Hause. In der Firma ließ ich mich an diesem Tag auch nicht mehr blicken. Natürlich hatte ich das vorher mit den Damen in Hannover und Laatzen abgesprochen. An diesem Wochenende mußte ich zu Hause sehr viel erzählen von den Dingen, die in so einem Beruf passierten. Schon damals fiel mir das besonders starke Interesse an meinem Beruf auf, was nicht nur meine Familie, meine Freundin oder Freunde, sondern auch andere Menschen mir entgegenbrachten. Eine Auffälligkeit, die sich in diesem Jahr noch häufig wiederholte.

Am Montagmorgen begann für mich der Alltag. In meinem Büro verschaffte ich mir zuerst einen richtigen Überblick. Was ich unbedingt benötigte, schien eine aktuelle Ausgabe über das Friedhofsrecht zu sein. Unsere war bereits genauso alt wie ich, 35 Jahre. Ein neuer Duden schien mir ebenfalls angebracht, denn es blieb nicht aus, daß ein Beerdigungsinstitut sich in schriftlicher Form an Menschen wandte, die zum Beispiel ihre Rechnung nicht bezahlen wollten. (Ganz abgesehen von der neuen Rechtschreibung.) Später kam noch ein Englischwörterbuch dazu. Meine Englischkenntnisse sollten öfter gefragt sein als ich dachte. Für Briefe reichte es ohne Wörterbuch dann doch nicht, jedenfalls nicht, ohne mich komplett zu blamieren. Bei all diesen Einkäufen und einigen anderen literarischen Werken konnte ich auf ein Buchgeschäft in unmittelbarer Nachbarschaft zurückgreifen. Von dort hatten wir schon Bücher ausgeliehen, die mittelbar oder unmittelbar mit Tod und Sterben zu tun hatten und diese in unser Schaufenster gelegt. Das mit dem Schaufenster ist eine Geschichte für sich. Viele Bestattungsinstitute scheinen ihre Dekoration nur alle fünf Jahre oder überhaupt nicht zu wechseln und zwischendurch noch nicht einmal den Staub von den Urnen oder der vergilbten Fläche zu wischen. Offensichtlich meinen sehr viele, sie benötigen kein attraktives Fenster, doch das ist falsch. Die Bücher sollten nicht länger als zwei oder drei Monate dort liegen, dafür erwähnten wir das Buchgeschäft in unserer Auslage. Die Bücher haben wir danach zurückgegeben. Wenn jemand nach einem dieser Bücher fragte, schickten wir die Kunden zwanzig Meter weiter in den Buchladen. Sie waren ein sehr guter Blickfang und führten einige Menschen zu uns und sogar zu Vorsorgeverträgen. Einige Sterbefälle haben wir durch unser Fenster auch bekommen.

Durch einen interessanten Wechsel der Dekoration gelang es uns immer wieder, neue Themen um den Tod anzusprechen und die Menschen neugierig zu machen. Das Schaufenster sollte mich noch viel beschäftigen.

Es gab auch so profane Dinge wie die Reinigung des Büros, um die ich mich kümmern mußte. Wir hatten zwar eine nette Raumpflegerin, aber die Fenster und das Schaufenster wurden zu der Zeit nur sehr unregelmäßig geputzt. Also holte ich mir einige Angebote ein und erteilte später einen Auftrag. Für unser Image schien mir eine saubere Schaufensterscheibe wichtig.

Ein anderes Problem sind unsere Leichenwagen gewesen. Wir hatten einen zehn Jahre alten Mercedes und einen sieben oder acht Jahre alten VW-Transporter. Bei dem dunkelblauen VW gab es auf den Türen das Wappen der Firma Bollmann, allerdings ohne Namenszug. Der silberfarbene Mercedes hatte weder einen Schriftzug noch sonst irgendetwas von der Firma Husch. Beide Autos sollten für beide Geschäfte dasein, hatten aber trotzdem die genannte Zuordnung. Der Zustand war einigermaßen in Ordnung, aber Lichtblicke waren sie wirklich nicht. Trotzdem mußte der Namen des Bestattungshauses irgendwie sichtbar werden. Die Lösung dafür waren Magnetschilder in verschiedenen Größen für die Türen. Diese konnten auch auf dem Firmenwagen, einem blauen Golf, befestigt werden. Der Nachteil dieser Schilder war, daß sie bei Geschwindigkeiten über 90 oder 100 Km/h vom Wind abgerissen wurden. Gut, mit einem Leichenwagen fährt man kein Rennen, aber Überführungen über die Autobahn oder Leichentransporte auf der Landstraße können auch vorkommen. Hauptsächlich bei Trauerfeiern oder Beerdigungen sollten diese Schilder sichtbar sein, damit die Angehörigen sehen konnten, wer die Trauerfeier ausgerichtet und ihren lieben Verwandten so gut unter die Erde gebracht hatte. Obwohl es auch Momente gab, wo es besser gewesen wäre, wir hätten keine Schilder an den Wagen gehabt, insbesondere bei schlechten Wetter, wenn die Wagen total dreckig waren und wir nach der Trauerfeier den Sarg zur Grabstelle fuhren. Der Pastor und die Angehörigen, Freunde und Bekannte liefen hinter dem Wagen her und konnten den ganzen Dreck sehen. Was mögen die gedacht haben, wenn sie einen ihnen lieben Menschen auf dem letzten Weg in so einem Auto wußten!? Ich weiß es nicht!

Für meine Freundin stellten sich inzwischen ganz andere Schwierigkeiten. Sie wurde von Freunden und Kollegen immer häufiger nach meinem Job gefragt. Ob sie damit nicht ein Problem hätte? Wollte sie sich von mir überhaupt noch anfassen lassen, wenn ich tagsüber irgendwelche Leichen angefaßt hätte? Die Phantasien der Menschen scheinen mir auch heute noch recht abenteuerlich. Jeder Verstorbene wurde von mir grundsätzlich nur mit Handschuhen angefaßt. Wenn möglich, trug ich auch immer einen Kittel. Das wußte Katja und deswegen hatte sie damit auch kein Problem. Der Gedanke, daß ich mich nicht an die Vorschriften halte, kam ihr nicht. Sie vertraute mir voll und ganz. Und das war absolut berechtigt. Ich weiß von Bestattern, die nicht immer Handschuhe verwenden. Im Prinzip muß das jeder mit sich selber ausmachen. In den meisten Fällen kann gar nichts passieren. Andererseits weiß ich nicht immer, ob der oder die Verstorbene nicht irgendwelche Krankheiten hatte. Bei Unfallopfern oder Leichen mit offenen Wunden, Geschwüren oder einfach nur unappetitlich anzusehenden Körpern wird jeder Bestatter auf Sicherheit setzen. Zumindestens ist mir da nichts anderes bekannt.

Ein interessanter Fall wurde mir von anderer Stelle berichtet, bei dem die Frau eines Bestatters Bazillen eines Verstorbenen eingeatmet haben soll, als sie sich über ihn beugte. Wenn Tote bewegt werden, kann aus deren Mund noch Luft entweichen. Die Frau soll dadurch sehr krank geworden sein. Mir ist allerdings kein weiterer Fall bekannt und ich kann den Wahrheitsgehalt dieser Geschichte auch nicht bestätigen. Grundsätzlich bestreiten möchte ich sie aber auch nicht.

Bollmann und Husch hatten stadtauswärts ein knapp 200 Quadratmeter großes Lager gemietet, in dem ein Kühlraum für bestimmt zwanzig Särge integriert war. Warum wir so einen großen Kühlraum hatten, wußte mir keiner zu sagen. Es war eine Fehlplanung, die uns sehr viel Geld gekostet hatte. Wir hatten diesen Kühlraum selber einbauen lassen, obwohl wir bei Bollmann selber drei Stellplätze für Särge im Kühlraum hatten. Dazu gab es auch immer die Möglichkeit, die Kühlkammern der Friedhöfe zu benutzen. Auch unter dem Gesichtspunkt, daß die Amerikaner in Hannover 1999 noch zwei weitere Institute kaufen wollten, schien es unverständlich. Denn andere Institute haben dieselben Möglichkeiten gehabt. Das Lager hatte, obwohl schon seit vier Monaten vorhanden, kein Telefon oder Fax, nicht mal eine Hausnummer. Vor das einzige Fenster mußte unbedingt ein Gitter, damit nicht irgend jemand in dieser abgelegenen Gegend einbrechen konnte. Wertsachen gab es dort sowieso nicht. Aber wenn sich jemand an den Toten zu schaffen gemacht hätte, wäre das ein gefundenes Fressen für die Medien und für uns existenzbedrohend gewesen. Der Kühlraum wurde zwar abgeschlossen, aber leider gibt es zuviel Perverse oder Gestörte, die sich schon in irgendeiner Art und Weise an Toten vergangen haben.

Geld und Sparbücher für Vorsorgeverträge

Wenn es um Geld geht, werden die meisten Menschen hellhörig. Das ist ja auch verständlich, schließlich hat niemand etwas zu verschenken. Oder vielleicht doch? Logischerweise kümmerte ich mich als Geschäftsstellenleiter auch um die Bankangelegenheiten. So gab es ein Konto mit Festgeld, welches immer über dreißig Tage lief. Entweder wurde es für weitere dreißig Tage erneuert, oder es ging Geld darauf oder runter. Dann gab es ein weiteres Konto, auf dem ebenfalls ein fünfstelliger Betrag vorhanden war. Dieses Geld war jederzeit verfügbar. Hiervon wurden Beerdigungen bezahlt, die die Verstorbenen bereits im voraus angezahlt oder ganz bezahlt hatten. Auf diesem Konto war immer soviel Geld vorhanden, um wenigsten drei oder vier große Beerdigungen finanzieren zu können. Je nachdem, wieviel Geld wir aus unseren Vorsorgeverträgen einnahmen, füllten sich auch diese beiden Konten.

Dazu muß man wissen, daß der Bestatter eine Beerdigung vorfinanziert. Dabei kommen Summen von 10.000,- DM und mehr zusammen. Wenn das Geld bereits vorhanden ist, freut sich der Bestatter.

Natürlich hatten wir auch ein normales Geschäftskonto, wo die üblichen Zahlungsein- und ausgänge getätigt wurden. Hier wurde zum Beispiel die Miete bezahlt oder Kundenrechnungen. Über dieses Konto gibt es nicht soviel zu erzählen. Interessanter sind die ersten beiden Konten. Diese Gelder stammten von Menschen, die bei uns einen Vorsorgevertrag abgeschlossen hatten. Das heißt, diese Menschen haben zu Lebzeiten bei uns ihre eigene Beerdigung geregelt. Das ist in diesem Gewerbe nichts Außergewöhnliches. Im Gegenteil versucht doch jeder Bestatter möglichst viele dieser Verträge abzuschließen. Denn es sind die Aufträge der Zukunft, sozusagen die Bestandssicherung des Unternehmens. Über die Methoden, solche Verträge zu forcieren, erzähle ich später noch mehr. Bleiben wir bei den Festgeldkonten. Vorsorgeverträge können über Versicherungen, Anzahlungen, Einzahlungen, Überweisungen, Treuhandkonten oder Sparbücher abgesichert werden. Selbstverständlich ist diese Vorleistung des Vertragspartners keine Pflicht. Wenn jemand einfach nur den Ablauf für seinen Todesfall regelt, ist das sogar sehr verantwortungsbewußt. Damit verbunden sein sollte auch das Hinterlegen von Unterlagen wie Personalausweis, Stammbuch, Urkunden usw. an einem festen Ort. Wenn gewisse Unterlagen zu Lebzeiten nicht mehr benötigt werden, können sie auch beim Bestatter hinterlegt werden, oder dieser kopiert sie zumindestens. Die Hinterbliebenen haben es im Todesfall leichter, weil sie nicht nach Unterlagen suchen müssen oder Entscheidungen über Sarg, Ablauf und Grabstelle treffen müssen. Die Menschen haben in diesem Fall ganz andere Sorgen. Sie müssen den Tod eines ihnen nahestehenden Menschen verkraften. Sie befinden sich damit in einer Streßsituation, die nur nachfühlbar ist, wenn sie selbst erlebt wurde. Diese Menschen sind allerdings auch leichter bereit, vieles hinzunehmen. Hohe Preise zum Beispiel! Es gibt Bestatter, die das ausnutzen, jedoch sicherlich nicht alle. Das Entscheidende bei diesen Geldern ist, wenn sie dem Bestattungshaus direkt übertragen werden, kann dies damit arbeiten. Das ist gesetzlich völlig in Ordnung, doch sollten die Geldgeber wenigstens auf eine Verzinsung achten. Bei einer Sterbegeldversicherung kann das nicht passieren, aber ob die Verzinsung so optimal ist, wie es gerne dargestellt wird, sei dahingestellt. Der Vorteil besteht in der Zusicherung der Versicherungssumme im Todesfall. Natürlich nur, wenn die vertragliche Frist eingehalten wird. In den meisten Fällen bedeutet dies eine bereits vorhandene Zeit von zwölf Monaten Vertragsdauer, bzw. Prämienzahlung, bevor Sie sterben! Sonst können Sie die Versicherungssumme nicht kassieren. (Verzeihung, Ihre Hinterbliebenen!) Sparbücher, die Eigentum des Vertragspartners bleiben, aber trotzdem im Besitz des Bestatters sind, bieten auch dann noch Sicherheit, wenn die Bank darüber informiert ist und eine entsprechende Vollmacht vorliegt. Der Bestatter kann im Todesfall nur mit einer Sterbeurkunde an das Geld! Die Zinsen werden dem Sparbuch gutgeschrieben, das Geld für den bestimmten Zweck ausgegeben, und der Restbetrag sollte an die Hinterbliebenen ausbezahlt werden. Ich habe aber auch so großes Vertrauen von Menschen in unser Institut erlebt, daß sie uns Ihre Sparbücher direkt anvertraut haben. Die Bank wußte also nichts davon. Theoretisch dürften wir dieses Geld nicht so einfach abheben können, aber ob die Banken es nicht doch herausgeben würden, bleibt fraglich.

Ich habe von einem Bestatter gehört, der die ihm anvertrauten Gelder in Immobilien investierte, sich verkalkulierte und schließlich Konkurs anmelden mußte. Diese Gelder wurden an ihn überwiesen, eingezahlt oder direkt übergeben, was ich auch mehrfach erlebt habe. Passiert ist das in den neunziger Jahren. Dieser Bestatter ist sicherlich die Ausnahme, doch zeigt es die Risiken, die damit verbunden sein können. Von meinem damaligen Chef hörte ich auch, daß wir die Zinsen nicht weiterzugeben bräuchten. Bei der Vielzahl von Verträgen und direkt eingezahlten Summen kommen da schon hübsche Beträge zusammen.

Es sind hauptsächlich ältere Leute, die Geld direkt einzahlen, weil sie ganz sicher sein wollen, auch würdevoll unter die Erde zu kommen. Darüber hinaus kommen Erben an dieses Geld nicht mehr heran und die Verwendung für den gewünschten Zweck ist (fast immer) gewährleistet. Es ist schon erstaunlich, wieviel Menschen ihren Angehörigen nicht trauen, nicht mal ihren eigenen Kindern. Sie haben einfach Angst, das Geld könnte zweckentfremdet werden und sie werden nur »verscharrt«. Andererseits könnten sich diese Menschen auch über ein Testament absichern und dieses bei einem Anwalt oder einer Vertrauensperson hinterlegen. Und das Geld kann zinsergiebiger angelegt werden. Aber das muß ihnen jemand sagen. Damals sah ich das noch nicht so, zumal das auch nicht mein Job war.

Als Fazit zu diesem Thema bleibt also, daß jeder sich direkt übergebene Gelder quittieren lassen sollte. Außerdem ist es wichtig, sich schriftlich den Zinsertrag bestätigen zu lassen. Auf der relativ sicheren Seite ist der Mensch, der das Geld auf einem Sparbuch hinterlegt, es dem Bestatter zwar überläßt, dieser aber nur mit einer Sterbeurkunde über das Geld verfügen kann. Verwandte sollten immer darüber informiert werden, damit gegebenenfalls Restgelder zurückerstattet werden können. Das soll nicht heißen, daß Bestatter Verbrecher sind, andererseits hat so jeder ein gewisses Maß an Sicherheit. Ansonsten bleibt auch die Möglichkeit, sich von der eigenen Bank beraten zu lassen. Jeder Bestatter wird gern mit Vorsorgegeldern arbeiten und es muß nicht zum Schaden seiner Vertragspartner sein, aber warum nicht selber mit diesen Geldern arbeiten und über ein Testament absichern?

Noch ein Hinweis zu den Vorsorgeverträgen mit Anzahlung oder Sparbüchern: Das Sozialamt hat darauf keinen Zugriff! Auch dann nicht, wenn ein Mensch im Alten- oder Pflegeheim untergebracht ist und das Sozialamt zahlen muß. Dieses Geld ist unantastbar!

Sterbegeldversicherungen bieten ein hohes Maß an Sicherheit. Dennoch sollte auch hier ein Vergleich verschiedener Versicherungen stattfinden. Fast jeder möchte doch auch das verkaufen, woran er am meisten verdient. Das gilt nicht nur für Bestatter, die übrigens auch Versicherungen dieser Art »verhökern«.

Zum Abschluß möchte ich zu diesem Thema noch sagen, daß es durchaus sinnvoll ist, sich verschiedene Bestatter anzusehen, wenn ein Vorsorgevertrag abgeschlossen werden soll. Mund-zu-Mund-Propaganda ist nicht alles. Das Preisleistungsverhältnis und das »miteinander umgehen« ist auch sehr wichtig.

Februar

Die Abwicklung eines Sterbefalls

Als Geschäftsstellenleiter sollte ich mit dem Tagesgeschäft nicht soviel zu tun haben. Das Organisatorische, Kaufmännische und Personalangelegenheiten sollten mein Hauptgeschäft sein. Die Berater und die gewerblichen Mitarbeiter würden ihren Aufgaben nachgehen und wären an anderer Stelle entlastet, insbesondere bei den Verwaltungsaufgaben. Doch sehr bald wurde mir klar, daß in diesem kleinen Kreis diese Aufgabenverteilung unmöglich war. Über dreißig Sterbefälle allein im Januar bei Bollmann und fast soviel im Februar zwangen mich recht bald, in das Tagesgeschäft einzugreifen. Auch Husch in Laatzen hatte genug zu tun, wenn dort mit Frau Fröhlich auch schon eine Aushilfe tätig war. Sie hatte einen Vertrag, der sie zu 25 Stunden Wochenarbeit verpflichtete. Wenn sie mehr arbeitete, sollte sie die Stunden in Zeiten weniger Arbeit abbummeln. Das galt auch für Herrn Riech, der im gewerblichen Bereich arbeitete und wie Frau Fröhlich erst seit wenigen Monaten einen Vertrag hatte. Nur schien das mit dem Abbummeln kaum zu funktionieren und so mußten wir ihnen einen Teil der Überstunden bezahlen. Die beiden hätten sonst Auszeiten von mehreren Monaten nehmen müssen. Diese Situation zeichnete sich schon damals ab. Somit blieb es mir nicht erspart, ein richtiger Bestatter zu werden!

<u>Bereitschaftsdienst</u>

Anfang Februar beschloß ich, in den Bereitschaftsdienst einzusteigen. Der Bereitschaftsdienst dauerte sieben Tage und Nächte, von Freitagabend bis Freitagmorgen und umfaßte beide Institute. Während der normalen Geschäftszeit gingen die Anrufe in die Institute, doch nach 18 Uhr stellten beide Geschäfte auf Rufumleitung. Der Ruf wurde auf ein Handy umgeleitet und es klingelte bei demjenigen, der die Rufbereitschaft hatte. Natürlich mußte es immer griffbereit liegen. Auch nachts. Wenn jemand im Krankenhaus verstarb, konnte er über Nacht dort in der Kühlkammer liegen bleiben. Doch bei Alten- und Pflegeheimen war dies sehr selten möglich, in Privatwohnungen unmöglich. Also mußten die Verstorbenen schnell abgeholt werden. Es konnte auch vorkommen, daß die Angehörigen noch am Abend das Gespräch mit dem Bestatter führen wollten.

<u>Abholung der Verstorbenen</u>

Wenn der Anruf abends einging, fragte ich zuerst, ob der Arzt den Totenschein schon ausgestellt hatte. War dies nicht der Fall, brauchten wir nicht losfahren, denn eine Abholung ohne Totenschein war und ist verboten. Lag der Totenschein vor, konnten wir starten. Dann fragte ich, in welcher Etage die Wohnung lag. Es war mir lieber, mit jemandem zu sprechen, der nur indirekt mit dem Todesfall zu tun hatte. So konnte ich besser nach den Gegebenheiten des Flurs und der Wohnung fragen, ob es einen Fahrstuhl gab, welche Statur der Verstorbene hatte, einfach alles, was für den Abtransport wichtig schien, denn danach bestellte ich auch die Sargträger. Diese wurden von der Trägergesellschaft oder abgekürzt »THB« gestellt (zum THB erzähle ich gleich noch mehr.) Wenn das Gespräch nicht mehr am Abend stattfinden mußte, war mir das natürlich lieber, wie vielen anderen Kollegen sicher auch. Dann konnte sich unser gewerblicher Mitarbeiter mit drei THB-Leuten bei der Wohnung des Verstorbenen treffen und ihn ohne große Schwierigkeiten abholen. Der Sarg wurde in die Wohnung getragen, wenn möglich in das Zimmer des Toten. Die Angehörigen schickte man raus. Je nach Wunsch der Angehörigen wurde noch ein Sterbehemd angezogen. Der Verstorbene wurde, wenn es keine andere Absprache mit den Hinterbliebenen gegeben hatte, direkt in den Sarg gelegt, zugedeckt, Hände gefaltet, Augen geschlossen und anschließend Deckel drauf. Die Träger legten die Latexhandschuhe entweder in den Sarg unter die Decke oder das Kissen, oder entsorgten sie in der Wohnung im Müll. Anschließend wurden die Hände gewaschen. Zum Schluß verbeugten sie sich kurz vor dem Sarg und transportierten ihn ab. Diese Aktion dauerte selten länger als fünf Minuten und ging sehr routiniert über die Bühne. Dafür gab manch Hinterbliebener sogar Trinkgeld für die Träger. (Das erhaltene Trinkgeld bezog sich garantiert auf die Qualität der Arbeit der Träger und nicht auf den Anlaß. Ein Schelm, wer Böses dabei denkt.) Das konnten schon mal 50,- DM sein, mal mehr oder weniger oder auch gar nichts. Übrigens benutzen wir sehr schlichte und leichte Särge aus Pappelholz. Innen waren diese mit einem Tuch ausgeschlagen (darunter kam kleingeschreddertes Papier wie auch in das Kopfkissen), worauf der Tote gebetet wurde. Dieser Sarg wurde recht häufig für diese Zwecke gebraucht. Sah er irgendwann nicht mehr so gut aus, wurde er irgendwann mit dem Toten im Sarg zur Einäscherung gebracht. Das ging natürlich nur, wenn es keine Trauerfeier am Sarg gab. Die Angehörigen bezahlten einen neuen Sarg und hatten für den Verstorbenen nur einen gebrauchten Sarg erhalten. Aber niemand fragte und wo kein Kläger, ist auch keine Klage und somit kein Richter.

Die Verstorbenen, die im »Transportsarg« zu uns geholt wurden, erhielten später oft auf Wunsch der Hinterbliebenen einen anderen Sarg. In diesen Fällen legten wir die Toten von einem Sarg in den anderen. Damit verbunden war oft ein Umkleiden des Verstorbenen. Die Angehörigen entschieden sich häufig auch später noch für ein Kleid oder einen Anzug statt eines Sterbehemdes.

THB

Der vollständige Name lautet »Trägergesellschaft Hannoverscher Bestatter«. Diese Gesellschaft für Bestattungsdienste mbH ist von mehreren Bestattern gegründet worden und verleiht ihre Haupt- und nebenberuflichen Mitarbeiter gegen ein Entgelt an Bestatter für Abholungen, Trauerfeiern oder Beerdigungen. (Umgekehrt leiht sich die THB bei Engpäßen Träger von den Instituten zu den gleichen Konditionen.) Der Sinn besteht darin, diese Leute für jeden Bestatter recht günstig zu verleihen. Sie sind nach Absprache zu bekommen und für Abholungen auch kurzfristig. Somit braucht der einzelne Bestatter nicht soviel eigene Leute zu beschäftigen oder sich um Aushilfen zu kümmern. Denn es gibt auch Leerlauf für die gewerblichen Mitarbeiter, was für einen Bestatter wirklich teuer werden könnte. Die THB bezahlt ihre Leute nach Einsätzen, womit Leerlaufzeiten eben nicht bezahlt werden müssen. Durch den Zusammenschluß vieler Institute rechnet es sich auch für die Träger, da sie so an mehr Einsätze kommen, als wenn sie nur für einen Bestatter tätig wären. Um Kosten zu sparen, verzichteten Bestatter aber auch auf den THB und fuhren allein mit einem Mitarbeiter los, um eine Abholung zu zweit zu erledigen. Somit bleibt für sie auch mehr »hängen«. In Krankenhäusern reicht es oft aus, wenn einer allein hinfährt, da die Angestellten dort gegen ein Trinkgeld von 5,- bis 10,- DM hilfsbereit sind, obwohl ihnen die Annahme von Trinkgeldern eigentlich verboten ist. Die Trinkgelder sind immer noch billiger als einen zweiten Mann mitzuschicken und die Angestellten im Krankenhaus freuen sich auch. Aber Vorsicht! In Hannover habe ich es selber erlebt, daß ein Angestellter nicht helfen und erst recht kein Trinkgeld annehmen wollte. Vor meiner Zeit soll dieser Mann sogar einen Bestatter bei der Krankenhausverwaltung deswegen angeschwärzt haben, die das daraufhin erneut verboten hat. Damit verbunden war für den Bestatter die Drohung, im Wiederholungsfall in diesem Krankenhaus keine Abholungen mehr durchführen zu dürfen. Zur Abholung im Alten - oder Pflegeheim fuhren immer zwei Leute von uns, des öfteren auch ich. Wohnungen besuchten wir dagegen nur zu viert, wenn es mehr als vier Etagen durch das Treppenhaus waren, konnten je nach Gegebenheiten sogar fünf oder sechs Träger dabei sein. Das war allerdings die absolute Ausnahme. Jedenfalls gingen die Träger ins Geld und das haben selbständige Bestatter natürlich lieber sparen wollen, vor allem in ländlichen Gegenden. Bei der Berechnung der Trägern sind wir pauschal von vier Trägern ausgegangen, egal ob nun einer oder vier Träger an der Abholung beteiligt waren. Waren es mehr als vier, kam die nächste Pauschale mit sechs Trägern. Bei der Trauerfeier oder Beerdigung rechneten wir zwar auch mit Pauschalen, aber es war für die Angehörigen sichtbar, ob es nun vier oder sechs Träger waren. Ich glaube, wir waren nicht das einzige Unternehmen, welches so rechnete. (Zuschläge für Zeiten außerhalb der Geschäftszeit wurden selbstverständlich auch berechnet.)

Der Gesprächstermin

Mit den Hinterbliebenen wurde ein Termin vorzugsweise bei uns im Büro vereinbart. (Unsere Geschäftsführung war der Meinung, damit Geld zu sparen und einen Verhandlungsvorteil gegenüber den Angehörigen zu haben. Die meisten Angehörigen suchen von sich aus einen Bestatter aus. Die wenigsten möchten diese Berufsgruppe im Dienst in den eigenen vier Wänden wissen!) Wir sagten ihnen, was sie alles mitzubringen hatten. Neben den schon bekannten Unterlagen wie Geburts- und Heiratsurkunde oder Stammbuch, bei Geschiedenen das Scheidungsurteil, wenn vorhanden die Sterbeurkunde des Ehepartners, den Personalausweis, gegebenenfalls den Schwerbehindertenausweis (wurde des öfteren vergessen), Rentennummer(n), Krankenkassenkarte oder die dazugehörigen Daten. Wichtig waren auch Sterbegeldversicherungen, um die sich der Bestatter kümmern konnte. Das Geld aus dieser Versicherung wurde durch eine Vollmacht an den Bestatter überwiesen und konnte mit der Endabrechnung verrechnet werden. Es gab nur wenige Personen, die das selber machen wollten. Dafür benötigten sie wiederum die Sterbeurkunden und in Hannover haben sich darum die Bestatter gekümmert. Zum einen wurden die Hinterbliebenen entlastet und zum anderen war es bei uns im Preis enthalten. Wenn es schon eine Grabstelle gab, weil der Ehepartner schon verstorben oder ein Familiengrab bereits vorhanden war, konnten auch dafür die Unterlagen mitgebracht werden. Das alles war doch sehr umfangreich und mußte in den meisten Fällen erst einmal zusammengesucht werden. Hatte der Verstorbene bei uns einen Vorsorgevertrag, lagen viele dieser Unterlagen bereits bei uns vor. Wenn den Toten noch irgend etwas angezogen werden sollte, brachten die Angehörigen dies gleich mit. Doch in den meisten Fällen kamen sie erst in dem Trauergespräch darauf. Jetzt wissen sie, was wir vor dem eigentlichen Trauergespräch schon alles mit den Angehörigen besprechen mußten!

Am nächsten Tag erschienen die »traurigen« Menschen bei uns, um alles zu besprechen. Damit wir uns nicht falsch verstehen: Selbstverständlich haben wir auch kurzfristige Gesprächstermine von einer Stunde zur nächsten angeboten, wenn es unsere Terminplanung zuließ. Wegschicken wollten wir niemanden. Nachdem sich die Leute ihrer Garderobe entledigt hatten, führten wir sie in das Besprechungszimmer. Es wirkte recht repräsentativ und strahlte weniger Wärme als vielmehr Konferenzklima aus. Die Angehörigen setzten sich auf der einen Seite in die Ledersitze, bekamen von mir Kaffee, Tee oder Mineralwasser angeboten und wurden von mir befragt. Rückblickend möchte ich sagen, daß die Frage von Sympathie und Antipathie nicht unwichtig ist. Außerdem ist es auch wichtig gewesen, eine angenehme und vertraute Atmosphäre zu schaffen, was gerade in dieser Situation nicht so einfach war. Dies konnte das ganze Gespräch wesentlich beeinflussen.

Frau Radecke konnte sich hervorragend auf andere Menschen einstellen. Eine äußerst sensible Frau mit dem richtigen Gespür für die Menschen. Von ihr konnte ich sehr viel lernen und versuchte entsprechend auf mein Gegenüber einzugehen. So gut wie sie bin ich nicht geworden. Frau Loch hatte auch eine gute Art mit den Menschen umzugehen, lenkte meiner Ansicht nach aber das Menschliche mehr in die von ihr gewünschte Richtung. Beide Frauen haben darüber hinaus nicht das Geschäftliche vergessen.

Am Anfang des Gespräches fragte ich behutsam nach der Todesursache, ob es überraschend kam, wie der oder die Verstorbene entschlafen ist und daraus entwickelte sich recht schnell ein vernünftiges Gespräch. Durch Frau Radecke wußte ich von dem Wusch der Angehörigen, erst mal zu erzählen. Und so ließen wir sie erst mal alles erzählen. So gewannen sie Vertrauen und waren zugegebenermaßen auch leichter zu beeinflussen. (Sie glauben, das funktioniert nicht? Sie haben nicht die geringste Ahnung!) Trotzdem wurde bei uns niemand genötigt, einen teureren Sarg zu kaufen, als er ursprünglich wollte.

Mein späterer Chef erzählte mir von seinem Onkel, der bis zu seinem Konkurs ein sehr erfolgreicherer Bestatter gewesen war (ich erwähnte ihn bereits unter dem Thema »Vorsorgen«). Der habe die teuersten Särge an die Hinterbliebenen verkauft, indem er an ihrer Ehre gekratzt habe. Wenn das alte Mütterchen einen nicht so teuren Sarg kaufen wollte, hakte er sich bei ihr unter, ging mit ihr in die Sargausstellung, stellte sich mir ihr vor einen entsprechend teureren Sarg und tönte sinngemäß: »Sie wollen Ihren teuren Ehegatten nach über vierzig Jahren Ehe doch wohl nicht in einer billigen Holzkiste verscharren?! So einen Sarg hat ihr Mann verdient und keine billige Holzkiste!« Und mit solchen Argumenten hat er so manch gutes Geschäft getätigt.

Nach fünf bis zehn Minuten konnte ich mit dem formellen Teil beginnen. Auf einem extra Formular begann ich alles einzutragen: Name, Religion, Kirchengemeinde und Pastor (für »Heiden« einen Sprecher), Anschrift des Verstorbenen und der Hinterbliebenen, Geburtsdatum- und Ort, Ehepartner, Kinder, Beerdigungsfriedhof, Grabstelle vorhanden oder muß eine gekauft werden und wenn ja, was für eine. Wichtig war der Auftraggeber, denn der mußte auch die Rechnung bezahlen. Nur wenn er dazu nicht in der Lage war und auch nicht genug Geld zu erben war, sprang das Sozialamt ein. Ein paar Fragen zur Trauerfeier und Beerdigung wurden abgefragt. Krankenkasse, Renten- und Sterbegeldversicherung, Zusatzversicherungen und anderes wurden eingetragen und schon folgte der nächste Part.

Sarg und Zubehör

Wir mußten jetzt einen Sarg, Deckengarnitur incl. Auskleiden des Sarges und eventuell ein Sterbehemd aussuchen. Dafür verließen wir den Besprechungsraum und mußten in den Keller gehen, wo alles in einer großen Ausstellung zu begutachten war. Für die Menschen war es auf der einen Seite eine angenehme Unterbrechung, auf der anderen Seite hatten viele Angst davor, einen Sarg aussuchen zu müssen. Bei diesem Thema wurde auch über Geld geredet. Bisher war das nur angeschnitten worden, nun wurde es ernst. Wir konnten in Hannover bei Bollmann ungefähr zwölf Särge anbieten. Eiche, Kiefer, Buche, Kiefer kirschfarbig und natürlich Pappelholz. Die Pappelsärge wurden auch für Einäscherungen verwendet und waren in den unterschiedlichsten Arten zu erwerben und von allen Särgen mit die preiswertesten. Spannen von bis zu 600 Prozent sind hier keine Seltenheit gewesen. Das soll es auch in anderen Branchen geben. Die Preise für Särge sind sehr unterschiedlich. Je nach Holz, Optik und Herkunft lagen die Preise für einen einfachen Pappelsarg bei ca. 1.300,- DM (der war sehr schlicht) bis hin zu knapp 5.000,- DM für einen wuchtigen Eichensarg. Dazwischen gab es jede Preisklasse und jedes Design. Ein Buchensarg mit grünen Griffen ist mir genauso in Erinnerung wie der von uns allen als »Nuttensarg« bezeichnete schwarzlackierte und mit weißem Satin ausgeschlagene Sarg mit dem Namen der französischen Hauptstadt. Viele Särge bei uns hatten Städtenamen. Das italienische Modell hieß »Rom«. Zu dem »Pariser« Model erzählte mir einer unserer Mitarbeiter, daß angeblich eine Dame aus dem horizontalen Gewerbe so einen Sarg bei einem anderen Bestatter erworben hätte, mit roter Seide ausschlagen ließ und ihn dann für ihre Dienste gebrauchte. Das öffnet der Phantasie Tür und Tor. Verbürgen möchte ich mich für diese Geschichte aber nicht. Das meiste Geld wird mit Särgen verdient, auch wenn die anderen Leistungen durchaus Geld bringen. Die Ausstellung bei Husch war nicht so groß, verfügte dennoch über die fast gleichen Modelle.

Bei den Kopfkissen und den Decken waren sogar Spannen von 1000 Prozent und mehr drin. Natürlich galt das auch für die Sterbehemden. Vorne zu und hinten offen wie ein Krankenhaushemd konnten diese schon 90,- bis 134,- DM kosten. Bei Einäscherungen durften die Verstorbenen wegen Restrückständen keine eigene Kleidung tragen. Diese Verordnung galt für alle Krematorien und jeden Bestatter und war auch nicht zu umgehen. Denn vor der Einäscherung wurde jeder Verstorbene von einem Pathologen angeschaut, ob alles seine Richtigkeit hatte. Eine spätere Exhumierung, weil zum Beispiel bei der Todesursache Zweifel auftauchten, war logischerweise nicht mehr möglich, deshalb diese vom Gesetzgeber vorgeschriebene Untersuchung. (Bei diesen Untersuchungen stellten die Amtsärzte auch Unregelmäßigkeiten wie wundgelegene Stellen bei alten Menschen fest. Das wurde an die Behörden gemeldet und entsprechende Untersuchungen in den Alten- und Pflegeheimen eingeleitet.) Übrigens kostete die amtsärztliche Untersuchung 1999 in Hannover 115,- DM. Weitere 45,- DM wurden für die sogenannte polizeiliche Unbedenklichkeitsbescheinigung fällig. Ohne diese Posten gab es auch keine Einäscherung. Für uns als Bestatter waren es leider nur durchlaufende Posten, die vom Auftraggeber zu bezahlen waren. Für die Stadt ist es eine zusätzliche Einnahmequelle gewesen.

Urnen

Bei Einäscherungen verkauften wir Urnen, oder besser gesagt Überurnen. Ich erwähnte bereits die Aschenkapseln, die immer gleich aussehen. Das, was die meisten als Urne bezeichnen, enthält nicht die Asche, sondern die Kapsel mit der Asche. Wenn Angehörige bei einer Trauerfeier oder zur Beisetzung mit Urne anwesend sein wollten, machte eine Überurne Sinn. Sie sieht einfach freundlicher aus als eine blanke Aschenkapsel. Sicherlich kann man bei der Vielfalt der verschiedenen Urnen über den Geschmack und den Preis, der auch Spannen von 1000 Prozent und mehr beinhalten konnte, streiten. Tatsache aber ist, daß eine Überurne bei einer anonymen Beisetzung, wo kein Angehöriger dabei ist, keinen Sinn macht. Oft fanden Trauerfeiern am Sarg statt und zur Beisetzung der Urne ist niemand dabeigewesen, da konnte die Geldausgabe für die Überurne durchaus gespart werden. Ob wir das unserem Gegenüber immer so klar gemacht haben, glaube ich nicht.

Urnen können aus den verschiedensten Materialien wie Holz oder Kupertan (sieht Kupferähnlich aus und zersetzt sich mit der Zeit in der Erde) bestehen. Materialien, die sich mit der Zeit in der Erde zersetzen, werden in Deutschland immer mehr zur Pflicht. Im Einkauf kann eine Urne 15,- DM kosten, im Verkauf schon wieder 300,- DM. Die Käufer wissen zuwenig darüber, als daß sie nicht bereit wären, diese Summen zu bezahlen.

Allgemeine Kosten

Kommen wir wieder zum Formular. Wir hatten bereits über die Zahl der Sargträger gesprochen. Für vier Träger wurde ein Preis von knapp 500,- DM eingetragen. (Zwei Träger haben wir niemals angeboten.) Das war aber nur für die Abholung. Für die Beerdigung brauchten wir genauso viele Leute und berechneten den gleichen Preis. Bei diesem Posten haben die Angehörigen schon häufiger die Nase gerümpft. Ich habe ihnen dann die Notwenigkeit der Träger erklärt und sie akzeptierten es. Dazu kamen ungefähr 230,- DM für den Leichenwagen. Natürlich zweimal. Einmal zur Abholung und einmal zur Trauerfeier, bzw. Beerdigung. Für die Aufbewahrung des Sarges in unserem oder in einem »öffentlichen« Klimaraum berechneten wir um die 100,- DM. Wenn wir den Verstorbenen nicht bei uns behielten, war dies nur ein durchlaufender Posten, ansonsten unser Geld. Aber so ein Klimaraum ist auch wirklich nicht billig, weder in der Anschaffung noch in der Unterhaltung.

Entschieden sich die Hinterbliebenen, den Verstorbenen noch einmal anzusehen, richteten wir in unserem Aufbahrungsraum eine Aufbahrung am offenen Sarg aus, dekorierten den Raum, steckten eine Kerze an und ließen die Angehörigen an der schön zurechtgemachten Leiche in Ruhe Abschied nehmen. Auch das kostete extra, da es sich um eine zusätzliche Dienstleistung handelte.

Das Aufsetzten des Sarges und das Dekorieren der Kapelle berechneten wir auch noch. Dafür wurden 160.- DM fällig. Ich berechnete diese Summe allerdings nicht immer und ließ das bei nicht so gut situierten Leuten (oder wen ich dafür hielt) schon mal weg. Das schien mir durchaus vertretbar. Das Aufsetzten des Sarges heißt nichts anderes, als den Sarg in der Kapelle auf den dafür bestimmten Podest zu stellen und alles herzurichten, wenn es denn was herzurichten gab. Die Dekoration wie Kerzen, Bäume, Kreuz und das ganze Drumherum stand ja schon da.

Bei uns gab es zwei Posten, die ich später zusammenfaßte: Verschiedene Kosten und allgemeine Bemühungen! Das beinhaltete das Gespräch, die Erledigung der Formalitäten, Organisation der Trauerfeier, der Beerdigung und sonstiges wie Porto, Telefon und andere Aufwendungen. Ich erhöhte den Betrag später auf nahezu 360,- DM, wobei bis dahin einige Kunden der Meinung waren, wir wären in diesem Bereich sehr billig. Grund genug, auf die Kunden zu hören.

Für Sterbeurkunden berechneten wir wie jeder Bestatter 6,- DM für die erste und 12,- DM für jede weitere Urkunde. Drei Urkunden sind immer kostenfrei gewesen. Eine für die Krankenversicherung, von der es im Normalfall ein Sterbegeld in Höhe von 2.100,- DM (bei Mitversicherten 1.050,- DM) gab, eine für die gesetzliche Rentenversicherung und eine für die Behörden. Aber auch das ist nur ein durchlaufender Posten gewesen, wie die Kosten für den Totenschein. Das lag nun wieder an dem Arzt, wie hoch die Rechnung ausfiel. Die höchste von mir gesehene Rechnung betrug 375,- DM. Der Arzt wurde nach 22.00 Uhr gerufen und stellte den Tod eines dreiundreißigjährigen fest, der sich aufgehängt hatte. Inwieweit die Kosten stiegen, weil der Mann schon zwölf Tage da hing und die Maden an ihm knabberten, weiß ich nicht. Doch den Eltern des Mannes ließ ich eine Kopie der Rechnung zukommen, um ihr Mißtrauen zu zerstreuen. Als Bestatter legten wir diese und alle anderen Kosten aus. Denn eine Rechnung verschickten wir aus Pietätsgründen immer erst vier Wochen nach der Beerdigung, ganz im Gegensatz zu den Behörden. Deren Rechnung soll schon zwei oder drei Tage später für die gesamten

Friedhofskosten eingegangen sein.

Bei Einäscherungen kam in Hannover die Einäscherungsgebühr in Höhe von 455,- DM dazu. Über die erforderliche Amtsärztliche Untersuchung durch den Pathologen und die polizeiliche Unbedenklichkeitserklärung hatte ich schon berichtet. Sollte die Urne auf einem anderen Friedhof als dem in Hannover/Lahe beigesetzt werden, berechneten wir noch den Urnentransport in Höhe von 30,- DM.

Nach einem Herzschrittmacher brauchte ich wie erwähnt nur im Fall der Einäscherung zu fragen, was jedoch immer wieder für Verwunderung sorgte. Sobald ich aber den Grund erklärt hatte, war jede Verwunderung verschwunden. (Falls sie es nicht mehr wissen: Der Herzschrittmacher kann im Ofen explodieren und dort Schaden anrichten.) Die Kosten für die Entfernung in Höhe von ca. 180,- DM wurden somit akzeptiert.

Nicht viele Bestatter leisten sich eine Totenfrau. Die Meinung der Nichtwissenden darüber ist die, daß sie einen Toten herrichtet. In den meisten Fällen macht das der Bestatter oder die gewerblichen Mitarbeiter selber. Bei einer verstorbenen Frau wird schon mal der Wunsch geäußert, sie von einer Totenfrau anziehen und herrichten zu lassen, meistens war es die Ausnahme. Ansonsten haben wir diese Frau auch oder gerade für Behördengänge eingespannt. Dorthin ist sie auch für andere Bestatter gegangen und wir sparten Zeit. Als wir weniger zu tun hatten, arbeitete sie trotzdem für uns weiter. Die Kosten für die Angehörigen lagen ungefähr bei 150,- DM. Hätten wir sie nicht eingespannt, wäre das Geld in unsere Tasche gewandert. Das Warten auf die Papiere (Sterbeurkunden) konnte länger dauern und eine Tagesplanung ist in diesem Job nicht ganz so einfach. Die Menschen sterben nicht nach Terminplanung sondern wie sie wollen oder müssen.

Zu den Drucksachen habe ich mich anfangs bereits geäußert. Solange wir keinen vernünftigen Drucker hatten, ließen wir bei einer Druckerei bestimmte Karten oder Briefe anfertigen. Wenn es sich um einfaches Papier handelte, konnten wir es auch selber drucken. Für 25 Karten mit dazugehörigen Briefen konnten wir schon ca. 170,- DM verlangen. Erstaunlicherweise wurden hier von den Menschen keine Abstriche gemacht. Dabei handelte es sich um eine einfache Tätigkeit, was wahrscheinlich die wenigsten wußten. Anderseits wollten wohl die meisten Hinterbliebenen so etwas nicht selber tun. Ich erinnere mich nur an einen Fall, wo das jemand selber machen wollte. Der Preisphantasie waren hier keine Grenzen gesetzt. Für die Druckerei war es ein wichtiges Zubrot, für uns eine gute Geldquelle.

Bei der Zeitungsannonce gab es keinen Spielraum. Für eine Traueranzeige konnten zwischen 150,- DM und mehr gezahlt werden. Eigentlich gab es nach oben gar keine Grenzen! Die Summe ist für den Bestatter nur ein durchlaufender Posten gewesen. Erst hinterher bekommt er von der Zeitung seine Provision. Was meine Informationen dazu angeht, ist sie für alle gleich. Wenn ein Angehöriger direkt zu der Zeitung gegangen ist, brachte ihm das nichts. Denn unsere Preise und die Preise der Zeitung waren für ihn gleich. In diesem Fall hätte die Zeitung keine Provision zahlen müssen und wäre der lachende Dritte gewesen. Der Kunde hätte nichts gespart und wir nichts verdient.

Sowohl bei Drucksachen als auch bei der Zeitung konnten in nachhinein Danksagungen gewünscht werden. Dies entsprach einem doppelten Auftrag, war aber leider mehr die Ausnahme.

Ist der Verstorbene in der Kirche nicht Mitglied gewesen und es sollte trotzdem jemand ein paar tröstende Worte während der Trauerfeier oder am Grab sprechen, wurde ein Redner bestellt. Die Fähigkeiten der Redekunst waren sehr unterschiedlich. Der konnte 300,- oder 350,- DM kosten. Oft schien das auch berechtigt, aber nicht immer. Redner bezahlten wir und setzten sie später mit auf unsere Rechnung. Der Gewinn für uns lag bei unter 30,- DM. Nennen wir es eine Vermittlungsgebühr.

Friedhofsgebühren der Stadt Hannover 1999

Innerhalb Hannovers kann ein Friedhof der Stadt frei ausgewählt werden. Die Unterschiede der Friedhöfe sind sehr groß. Alte Friedhöfe mit alten Grabstätten und Grabsteinen oder auch neue und große Friedhöfe an der Autobahn sorgten für eine große Auswahl. Entscheidend ist für viele Menschen die Erreichbarkeit des Friedhofes.

Die Preise werden von der Stadt vorgegeben und sind durch den Bestatter nicht beeinflußbar. Ein Grabkauf ist nicht möglich, sondern es wird lediglich das Nutzungsrecht für eine bestimmte Dauer erworben. In Hannover sind das zwanzig Jahre.

Neukauf oder Wiedererwerb eines Urnenwahlgrabes	2.225,00 DM
Urnenreihengrab	1.535,00 DM
Anonymes Urnengrab	1.060,00 DM
Gebühr für die Urnenbeisetzung	445,00 DM
Unterstellung auf dem Friedhof	100,00 DM
Nutzung der Kapelle	450,00 DM
Neukauf oder Wiedererwerb eines Erdwahlgrabes	3.650,00 DM
Neukauf oder Wiedererwerb eines Erdreihengrabes	2.190,00 DM
Gebühr für die Beisetzung im Erdwahlgrab	1.110,00 DM
Gebühr für die Tiefenbeisetzung im Erdwahlgrab	1.500,00 DM
Gebühr für die Beisetzung im Erdreihengrab	775,00 DM

Gruftgrün	105,00 DM
Grabsteingenehmigung	150,00 DM

Hier nun einige Preise eines nicht städtischen Friedhofes in Hannover zum Vergleich:

Neukauf oder Wiedererwerb eines Urnenwahlgrabes	1.285,00 DM
Urnenreihengrab	588,50 DM
Neukauf oder Wiedererwerb eines Erdwahlgrabes	3.424,00 DM
Neukauf oder Wiedererwerb eines Erdreihengrabes	1.712,00 DM
Gebühr für die Tiefenbeisetzung im Erdwahlgrab	1.177,00 DM
Gebühr für die Beisetzung im Erdreihengrab mit Kapellenbenutzung	926,00 DM

Das sind nur einige Beispiele für günstigere Preise eines privaten Friedhofes.

Würdenträger oder auch Geistliche genannt

Pastoren und Pfarrer werden über die Kirchensteuer bezahlt. Allerdings können auch zusätzliche Kosten entstehen. Viele Kirchenmenschen besuchen die Angehörigen zur Besprechung mit dem eigenen Auto, aber zur Trauerfeier oder Beerdigung kommen sie fast immer mit dem Taxi. Zumindestens habe ich das so in Hannover erlebt. Das Taxi wartete und brachte sie danach wieder nach Hause, wenn die Damen oder Herren nicht zum Kaffee eingeladen waren. Wir hatten einen ehemaligen Taxifahrer, der diese Dienstleistung erbrachte. Anschließend stellte er eine Rechnung aus und wir reichten sie über unsere Rechnung weiter. Diese erfolgte meist ohne Aufschlag, denn das wäre doch zuviel des Guten gewesen, oder?! - Andererseits gab es auch hier Ausnahmen.

Kränze und Blumen

Wir arbeiteten mit einem bestimmten Blumenhaus zusammen. Die Qualität der Kränze, Blumen und Gebinde war in jeder Hinsicht gut. Wir gaben immer für dieses Blumenhaus eine Empfehlung ab, wohlwissend, dann eine zweistellige Provision vom Nettopreis zu erhalten. Wenn der Kunde direkt bei diesem Blumenhaus bestellte, brachte ihm das keinen Vorteil, denn die Handhabe war die gleiche wie bei der Zeitung. Wenn jemand ein anderes Blumenhaus wählte, wurde das selbstverständlich akzeptiert.

Musik

Zu jeder Trauerfeier gehörte Musik. In den Kirchen stand fast immer eine Orgel zur Verfügung. In Hannover selber gab es eine Stelle, die angerufen werden mußte, wenn ein Orgelspieler erforderlich war, denn die Kirchengemeinden stellen keine Spieler. Die Kosten für einen Orgelspieler lagen bei knapp 100,- DM, wobei auch hier wieder ein kleiner Teil bei uns hängenblieb. Wir waren Vermittler und das kostete eben die »Vermittlungsgebühr«. Einmal sprachen mich Angehörige darauf an, daß die eigentlichen Kosten doch niedriger als in unserer Rechnung seien. Dummerweise kannte er den Mann, der die Orgelspieler in Hannover einteilte. Ich erklärte ihm das Verfahren und er zeigte sich sehr enttäuscht darüber. Er war zwar ansonsten sehr zufrieden, aber dieser Punkt trübte sein Gesamtbild von unserem Haus. Es kam auch vor, daß Musik vom Band oder einer CD gespielt wurde. In diesen Fällen berechneten wir etwas weniger als die Hälfte.

Teuer wurde es, wenn extra Wünsche vorlagen, also bestimmte Instrumente oder besondere Titel gewünscht wurden, die nicht alltäglich waren. In diesen Fällen waren nicht nur die Anforderungen an die Musiker höher, sondern auch an die Auftraggeber. Sie mußten mehr bezahlen.

Karneval der Toten

Normalerweise sprechen die Angehörigen mit dem Pastor über die zu spielende Musik. Es kam auch mal vor, daß uns die Angehörigen über ihre Musikwünsche informierten, wir diese an den Organisten weitergaben und der Pastor erst kurz vor der Trauerfeier davon erfuhr. Solange keine außergewöhnlichen Liederwünsche vorlagen, die der Pastor nicht beherrschte, war das kein Problem. Einmal gab es allerdings ein Problem mit einem Lied, obwohl niemand dazu singen sollte, auch der Pastor nicht.

Dabei hatte sich einmal folgender Dialog ergeben:

»Das werde ich nicht zulassen. Ich mach mich doch nicht zum Affen. Womöglich soll ich mir noch eine Narrenkappe aufsetzen.« sprach der Pfaffe wutentbrannt.

»Ich bitte sie, Herr Pastor. Das Lied wird ja nicht gesungen und der Organist kann es auch spielen.« Dabei schaute ich den Organisten an. Der ältere Herr nickte mit ernster Mine. »Aus meiner Sicht kein Problem.«

»Die Angehörigen meinen wohl, nur weil sie dieses Spektakel bezahlen und auch noch Kirchensteuer zahlen, müssen wir springen. Und Sie,« dabei zeigte er mit erhobenen Zeigefinger auf mich, »Sie machen doch alles. Sie sind Dienstleister und versprechen den Angehörigen, was sie wollen. Hauptsache, sie kriegen den Auftrag. Wenn die eine dicke Erbschaft machen und es extra bezahlen, holen Sie den Sarg auch noch ein oder zweimal hoch, ehe die Grube dichtgemacht wird.«

»Ganz so schlimm ist es nun nicht. Ich kenne das Lied nicht. Daß es ein Karnevalslied ist, habe ich von den Angehörigen gehört. Aber wenn die Verstorbene eine besondere Beziehung zum Karneval hatte, warum soll so ein Lied nicht gespielt werden. Es ist sicherlich hart an der Grenze, aber..nun ja.« Bei den letzten Worten schaute ich wieder den Organisten an.

»Ich habe schon Schlimmeres gespielt.« sagte dieser trocken.

»Was mich wirklich ärgert,« sagte der Pastor, »ist die Tatsache, daß wir immer die letzten in der Kette sind, die so etwas erfahren. Wenn die Angehörigen Musikwünsche haben, sollen die das mit mir besprechen. Das ist mein Ding und nicht ihres!«

»Und was machen wir nun?« fragte ich, denn die Zeit drängte.

»Ich kann alles ein wenig gedeckter spielen, das es nicht so, na... so lustig klingt.« meinte der Organist.

»Meinetwegen. Aber das ist das letzte Mal, daß ich so etwas mitmache!« sprach der Pastor. »Spielen sie es!« sagte er entschlossen. Dann drehte er sich um und ging in den Raum, wo er sich vorbereiten konnte. Dabei sagte er es noch mal: »Spielen sie es!« Und dabei hörten wir ihn leise und unfreundlich singen: »Immer an der Wand lang, immer an der Wand lang, dadada....«

Die (Trauer)feier verlief reibungslos. Gern hätte ich dem Pastor noch gesagt, daß auch er nur Dienstleister ist, die Kirche auch kassiert (und das nicht schlecht) und die Menschen nun mal gewisse Ansprüchen haben. Aber das hätte nur Streß bedeutet. Also sagte ich nichts mehr und wartete auf den Beginn der - der Trauerfeier und nicht der Karnevalsveranstaltung.

Die Unterschrift

Jeder Auftrag wurde vom Auftraggeber unterschrieben und es wurde ihm eine Kopie davon ausgehändigt. Das Original blieb in unseren Händen. Bei nicht unterschriebenen Aufträgen haben sich die Auftraggeber in der Vergangenheit geweigert, zu bezahlen. Als Argument diente die nicht vorhandene Unterschrift. Von den Bestattern wird hier Pietät verlangt und manch Angehöriger hatte ein Verhalten, das war nicht nur respektlos, sondern unter aller Sau!

Terminvereinbarung

Fairerweise will ich eingestehen, daß die Würdenträger unserer Zeit –und damit meine ich Pastoren und Pfarrer- teilweise sehr viel um die Ohren haben. Immer weniger von ihnen übernehmen mehr Aufgaben, weil auch die Kirche sparen muß. Das führte bei der Terminvereinbarung zwischen

Angehörigen, Kirche, Friedhofsverwaltung und THB nicht immer zu den gewünschten Terminen. Direkt im Beisein der Angehörigen versuchte ich das zu managen. Oft waren es die Geistlichen, die keine Zeit hatten. Dann begann das erneute Telefonieren mit den anderen Stellen, bis endlich ein für alle angenehmer Termin gefunden war. Die meisten Pastoren versuchten es möglich zu machen Aber es gab auch »Pappenheimer«, die dafür bekannt waren, auf den ersten Wunschtermin nicht einzugehen. Druck ausüben konnten ich nicht, also versuchte ich es auf die diplomatische Art. Der Friedhof mußte sein Einverständnis wegen der Kapelle geben, damit diese zum entsprechenden Zeitpunkt nicht gerade besetzt war und der THB konnte seine Leute bereits anders eingeteilt haben. Die Angehörigen staunten nicht schlecht, wenn sie merkten, warum der Service ihnen gegenüber nicht immer so gut sein konnte, wie es der Bestatter wollte.

Nach dem Gespräch

Nachdem die Angehörigen das Büro verlassen hatten, ging die Arbeit für mich weiter. Zuerst mußte ich ein amtliches Formular mit der Schreibmaschine ausfüllen. Es gab eins für die Feuerbestattung und eins für die Erdbestattung. Sinnigerweise mußte bei der Erdbestattung immer die Größe des Sarges angegeben werden, damit die Gruft groß genug war. In diesem einen Jahr habe ich nicht einmal eine Sonderanfertigung erlebt und somit standen da immer die gleichen Maße. Das Formular hatten die Angehörigen unterschrieben wie diverse andere Formulare auch. Diese wurden mit dem Personalausweis, dem Stammbuch oder Urkunden von der Totenfrau zum Standesamt gebracht. Je nachdem, wieviel dort zu tun und wer krank oder im Urlaub war, bekamen wir die Sterbeurkunden nach zwei bis fünf Tagen. Die Renten- und Krankenversicherung erhielten je ein kostenloses Original, was nur für diese Institutionen bestimmt war. Über den Behördenweg wurde der Friedhof informiert, denn die einfache Terminabsprache reichte natürlich nicht. Sonst hätte ja jeder irgend jemanden dort verscharren können. Als Kostenträger traten von vornherein die Hinterbliebenen, bzw. der Auftraggeber ein. Die Friedhofsgebühren (das Grab selber), die Nutzungsgebühr für die Kapelle, das Ausheben des Grabes und wenn gewünscht, die Gruftmatten (hängen an den Seiten des Grabes herunter, damit man nicht die kahle Erde sieht), zahlten die Angehörigen direkt selber. Alle anderen Kosten wurden von uns verauslagt und erst vier Wochen später in Rechnung gestellt. Wenn es gewünscht wurde, meldeten wir den Verstorbenen bei Institutionen und Vereinen ab. Lebens- und Sterbegeldversicherungen erhielten von uns eine Sterbeurkunde, das Geld wurde an uns überwiesen und mit der Rechnung verrechnet. Blieb Geld übrig, haben wir das selbstverständlich innerhalb kürzester Zeit an die Eigentümer überwiesen.

Sie sehen, an Formalitäten bleibt dem Bestatter doch einiges zu tun. Insofern sind zumindestens unsere Preise nicht überteuert gewesen.

Die Trauerfeier

Vor der Beerdigung erfolgte fast immer eine Trauerfeier. Es gab nur sehr wenige Ausnahmen. Unser gewerblicher Mitarbeiter fuhr mit dem Sarg zur Kapelle und lud den Sarg allein aus. Mit Hilfe eines klappbaren und fahrbaren Gestells war dies überhaupt kein Problem. Nur beim Aufsetzten in der Kapelle mußte ihm jemand helfen. Entweder war ich das, sein Kollege von Husch oder ein Mann vom THB. Der Sarg stand vor dem Altar, links und rechts davon mehrarmige Kerzenständer. Der Sarg stand erhöht auf einem Podest, welcher mit einer Samtdecke kaschiert war. Auf dem Sarg wurde (meistens) ein Sarggesteck befestigt, was das Blumenhaus bereits geliefert hatte. Diverse Blumen und Kränze, die meist über dasselbe Blumenhaus geliefert worden waren, wurden schön angeordnet. Die Kränze kamen auf Kranzständer. Dadurch konnten die Schleifen glatt nach unten hängen. Schließlich sollte auch zu lesen sein, wer hier einen letzten Gruß schickte. Für einige war es auch nur wichtig, daß jeder sehen konnte, wer diesen »tollen« Kranz gestiftet hatte. Ich ordnete noch die Gesangbücher auf den Sitzen an, damit zumindestens in den vorderen Reihen auf jedem Platz ein Buch lag. Wenn alles aufgebaut war, fegte ein(e) Friedhofsangestelle(r) noch die auf dem Boden liegenden Reste vom Blumenschmuck weg, steckte die Kerzen an und bekam dafür 5,- DM Trinkgeld. Durch das Trinkgeld brauchten wir uns nicht darum zu kümmern. Ob es auch so die Aufgabe dieser Leute gewesen wäre, weiß ich nicht. Andererseits machten es alle Bestatter so, weil es der einfachste und bequemste Weg war. Während ich kurz vor Beginn der Veranstaltung alles fotografierte, wartete mein Kollege am Eingang, um Blumen und sonstiges entgegenzunehmen. Ein Träger stand neben einem Pult und bat die Ankommenden, sich in die Kondolenzliste einzutragen. Durch diese »Anwesenheitsliste« hatten es die Hinterbliebenen später leichter, sich bei der Trauergemeinde für deren Anteilnahme zu bedanken, vorausgesetzt, sie konnten die Namen lesen.

Nach Möglichkeit begrüßte ich den Musiker und den Geistlichen selber. Durch die Anwesenheit der beiden konnte nicht mehr viel schief gehen.

Endlich war es soweit und wir konnten die Trauergemeinde in die Kapelle reinlassen. Es kam schon mal vor, daß die engsten Angehörigen bereits vorher drin waren, um Abschied zu nehmen.

Den Pastor holte einer von uns aus seinem Kämmerlein, wo er sich vorbereitete und öffnete ihm mit Beginn der Musik die Tür zur Kapelle. Anschließend hatten wir Pause.

Die Beerdigung

Die Trauerfeier durfte maximal 30 Minuten dauern, damit die nächste Feier in der Kapelle stattfinden konnte. Außerdem mußten Blumen und Kränze rausgenommen werden. Waren es sehr viele, die wir nicht auf der ersten Fahrt mit dem Sarg transportieren konnten, fuhren wir ein zweites Mal oder ein zweiter Wagen brachte die Blumen und Kränze zur Grabstelle. Dieser extra »Blumentransport« bildete einen neuen Posten auf der Rechnung und kostete um die 90,- DM. Dauerte die Trauerfeier länger als eine halbe Stunde, hätte die Friedhofsverwaltung die Möglichkeit gehabt, die zweite halbe Stunde für die Kapelle auch noch zu berechnen. Das habe ich zum Glück nie erlebt. Noch schlimmer wäre es gewesen, wenn die nächste Trauergemeinde schon dagestanden hätte und durch uns nicht in die Kapelle gekommen wäre.

Das Ende der Trauerfeier kündigte der Organist an. Ein Klingelknopf bei der Orgel ließ eine Glocke im Warteraum für die Träger läuten. Das war auf fast jedem Friedhof so geregelt. Wir begaben uns zusammen zur Tür der Kapelle, lauschten, ob schon das Schlußlied gespielt wurde und betraten dann die Kapelle. Der Leichenwagen ist bereits vorher vorgefahren worden und die Heckklappe stand offen. Die Träger nahmen ihre Zylinder ab und versammelten sich um den Sarg. Auf jeder Seite zwei oder drei Männer. Sie erwiesen dem Toten die Ehre, indem sie sich kurz verbeugten, setzten den Zylinder wieder auf und griffen mit ihren in weiße Handschuhe gehüllten Händen an die Griffe. Für das Raustragen gab es noch eine zweite Möglichkeit: Die Träger hatten einen Gurt über die Schulter geschnallt, an deren Ende ein kräftiger Haken war. Dieser wurde unter dem Griff eingehakt und der Sarg hochgehoben. Diesen Gurt konnte niemand sehen, da er von der Jacke oder dem Mantel überdeckt wurde. Nur der Haken schaute raus. Wenn die Träger einen schweren Eichensarg mit einer noch schwereren Person so trugen, sah es einfach eleganter aus. Ihre Gesichter wirkten nicht so angestrengt.

Nachdem der Sarg eingeladen war, gingen die Träger schon langsam vor. Die Blumen hatten sie in den Wagen eingeladen. Vorausgesetzt, diese paßten noch rein und es sah vernünftig aus. Die Angehörigen liefen hinter dem offenen Wagen her und konnten somit auch sehen, wie ihre Blumen verladen worden waren. Ansonsten gab es eben einen extra Blumentransport.

Ein Angestellter vom Friedhof führte den Trauerzug zum Grab an, damit wir nicht umherirrten (allerdings soll schon mal einer einen Trauerzug über den ganzen Friedhof geführt haben, weil er sich selber verlaufen hatte). Dem folgte ich, mit der Kondolenzliste in der Hand. Diese war DIN-A 4 groß, hatte einen Lederkunststoffeinband und sah sehr repräsentativ aus. Ungefähr zehn Meter dahinter folgte der Wagen mit offener Heckklappe. Es folgten der Geistliche oder der Redner und dann die Angehörigen. Daß die Trauergemeinde direkt hinter dem Wagen lief, war so üblich. Der Fahrer des Wagens durfte nicht zu schnell fahren, damit die Leute nicht im Eilschritt hinterherlaufen mußten. War er zu langsam, liefen die Menschen direkt hinter dem Auto und atmeten die Abgase ein. Das richtige Tempo war nicht immer leicht zu finden.

An der Grabstelle angekommen, stellten sich die Träger links und rechts des Weges auf, ließen den Wagen halb vorbeifahren und nahmen den Sarg heraus. Das wirkte nicht immer sehr elegant, fiel aber den Angehörigen nicht so sehr auf wie mir, da ich mehr Vergleichsmöglichkeiten hatte. Um die Grabstelle herum lagen Roste, die die Träger betreten konnten, damit sie nicht ausrutschten und womöglich mit dem Sarg in das offene Grab fielen. Darauf lagen zwei Balken quer, auf denen der Sarg über dem offenen Grab abgestellt werden konnte. Sie warteten kurz auf die Angehörigen, um dann den Sarg an zwei oder drei Seilen herunterzulassen. Immer zwei Leute hatten ein Ende in der Hand. Der Friedhofsangestellte zog natürlich vorher die Balken beiseite. Der Geistliche oder Redner sprach noch ein paar Worte, meist ein »Vater Unser« und beendete die Zeremonie nach 5 bis 10 Minuten. Nachdem jeder an das Grab getreten war, des Toten gedacht und Blumen oder Erde nachgeworfen hatte, kondolierten die Freunde und Bekannte den Hinterbliebenen. Sollte kein Beileid ausgesprochen werden, stand das in der Trauerkarte oder in der Zeitungsannonce.

Wenn die Angehörigen die Erde auf den nackten Sargdeckel warfen und das Sarggesteck vorher abgenommen worden war, konnte das schon sehr laut sein. Einmal lagen sogar Steine in dem Sand. Das hörte sich an, als wenn jeder eine große Schaufel Sand darauf warf und selber das Grab zuschaufeln wollte. Meiner Bitte, in Zukunft auf Sand ohne Steine zu achten, wurde von der Friedhofsverwaltung entsprochen.

Zuletzt kondolierte ich und übergab die Kondolenzliste. Anschließend verabschiedete ich mich und ging. Die Blumen und Kränze hatten die Träger bereits ordentlich danebengelegt und ein kleiner Bagger sowie zwei, drei Arbeiter vom Friedhof lauerten schon hinter irgendeiner Hecke, um auch dieses Grab zuzuschütten. Die Angehörigen konnten die Arbeiter nicht sehen, was auch gut war. Denn die erinnerten mehr an Bauarbeiter als an Friedhofsmitarbeiter.

Das ist der normale Ablauf gewesen!

Rapid Data

In jeder Branche gibt es eine bestimmte Software und Softwarehäuser, die diese herstellen. In der Bestattungsbranche gibt es zwei große Softwarehersteller. Wir hatten einen Vertrag mit Rapid Data. Das Programm war übersichtlich und gut zu bedienen.

Im Februar sollte ich für zwei Tage in die Nähe von Hamburg fahren, um mich in das Programm einführen zulassen. Dort hatte Rapid Data seinen Hauptsitz. Das Vertrauen in meine Person war groß genug, mich nicht wie ursprünglich vorgesehen in den Anfängerkurs zu schicken, sondern gleich in den Fortgeschrittenenkurs. Die ersten Schritte konnte ich mir in Hannover noch selbst beibringen und bekam dabei auch Unterstützung von meinen Kolleginnen. Doch bei dem Kurs fehlten mir einige Kenntnisse, so daß ich immer etwas hinter der Thematik herhing. Es hat im Endeffekt jedoch gut funktioniert.

Interessant war dort die Zusammenarbeit mit den anderen Bestattern. Wir waren fünf oder sechs Leute aus den unterschiedlichsten Regionen Deutschlands. Zuerst waren alle recht aufgeschlossen, bis sie erfuhren, wer hinter Bollmann und Husch steckte. (Ich habe mich in Bezug auf unsere Muttergesellschaft dort auch nicht zurückgehalten. Meinem Arbeitgeber gegenüber war ich immer loyal.) Nicht, daß die etwas gegen uns gehabt hätten. Grundsätzlich waren jedoch und sind die eigenständigen Bestatter den großen Unternehmen gegenüber kritisch, eigentlich sogar negativ eingestellt. Sie begutachteten mich und fragten viel über die Organisation und das Arbeiten dort. Ich tat umgekehrt das gleiche. Die Stimmung war nicht angespannt, allerdings auch nicht freundlich, irgendwo dazwischen. So hatte ich einen Vorgeschmack auf das, was mich langfristig in Hannover erwarten sollte.

Husch

Wieder in Hannover angekommen, mußte ich mich auch mal in Laatzen blicken lassen. Frau Loch hatte zwar viel um die Ohren, kam aber gut zurecht. Wir hatten bereits besprochen, daß ich in erster Linie in Hannover bleiben sollte, um mich um Bollmann zu kümmern. Das war eine Absprache, die ich mit meinem Chef getroffen hatte. Bei Bollmann gab es wesentlich mehr zu tun, in jeder Hinsicht.

Frau Loch und ich unterhielten uns über Möglichkeiten der Werbung. Wir kamen damals beide auf die Idee, die Menschen zu Veranstaltungen einzuladen. Wir mußten sie nur mit irgendeinem Thema locken, was wirklich interessant war und nicht direkt mit Tod und Sterben zu tun hatte. So kamen wir auf das Thema »Erben und Vererben«. Während ein kompetenter Mensch über die rechtliche Situation ein Referat halten sollte, wollten wir als Ausrichter dieser Veranstaltung auftreten. Wenn die Interessierten erst mal bei uns waren, konnten wir uns auch positiv ins Spiel bringen. Im Mai fand dann die erste Veranstaltung dieser Art statt. Ein Jurist, der sich auf Wirtschaftsrecht spezialisiert hatte und mit mehreren Partnern fast neben uns residierte, sollte uns dabei unterstützen. Die Kanzlei war neu und so bot sich auch für ihn die Möglichkeit, etwas fürseinen Bekanntheitsgrad zu tun.

Diese Veranstaltung fand in einem Café statt. Es kamen fast nur ältere Leute, die wir so auch für Vorsorgeverträge gewinnen konnten. Geworben haben wir in einer dieser Zeitungen, die einmal die Woche kostenlos verteilt werden. Die Interessierten wurden gebeten, sich vorher anzumelden, damit wir ungefähr die Teilnehmerzahl wußten. Es kamen ungefähr vierzig Personen, und damit war das Café voll. Ein Stück Kuchen und eine Tasse Kaffee war für jeden Besucher frei. Somit gelang uns bei Husch erstmals auf offensive Art und Weise zu werben. Selbstverständlich versuchten wir diesen Erfolg später noch zu wiederholen, was uns auch gelang.

Mit Frau Loch sprach ich damals über die Gesamtsituation und machte dabei im Rückblick einen großen Fehler. Ich sagte ihr freien Handlungsspielraum zu, weil sie meiner Ansicht und auch nach Ansicht der Geschäftsleitung ihr Geschäft gut führte. Mit einer Ausnahme allerdings: Bei den Ausgaben mußte ich ihr immer wieder auf die Finger klopfen. Aber das wußte ich bereits von meinem Chef. So wollte sie unbedingt für unser gemeinsames Lager einen Motor für das Rolltor kaufen, damit die gewerblichen Mitarbeiter das nicht immer per Hand hochziehen mußten. Nun gut, zwei bis drei mal am Tag waren beide oder einer da, aber das reichte für mich nicht als Grund, mal eben lockere 3.000.-DM bis 4.000,-DM auszugeben. Ich lehnte das genauso ab wie das von ihr gewünschte Vordach für das gemietete Geschäft. Bei einer Preisanfrage hatte sie bereits die Kosten in Höhe von ca. 7.000,- DM erfahren. Entweder gingen die Leute am Geschäft vorbei oder rein und Schaufenster schauen sich die meisten Menschen eher bei gutem Wetter an. Herr Temps erzählte mir auch in diesem Zusammenhang, wie sie vor meiner Zeit einen Tresor für 5.000,- DM kaufen wollte. Die Bestellung konnte er in letzter Sekunde noch verhindern. Das Verhindern der ersten beiden Geldausgaben nahm sie mir äußerst übel. Richtig aneinandergeraten sind wir niemals. Sie zog die Mitarbeiter in Laatzen auf ihre Seite und machte ab dem Sommer Front gegen mich bei meinem Chef, der mir das später auch mitteilte. Damals sagte sie mir noch, wie toll sie es finden würde, daß ich ihr dieses Vertrauen entgegenbrachte und sie (fast) allein gewähren ließ. Aber im Februar sah alles noch sehr positiv aus.

Die Wasserleiche

Sowohl Bollmann als auch Husch führten keine Aufträge für die Polizei durch. Polizeidienst ist für einen Bestatter eine Angelegenheit, die sich nicht immer rechnet. Wenn es zum Beispiel irgendwo einen Unfall mit Toten gab, rief die Polizei den Bestatter an, der gerade Polizeidienst hatte. Innerhalb einer bestimmten Frist von ungefähr einer Stunde hatte der Bestatter am Unfallort zu sein und den Toten abzuholen. Konnte er das mehrmals nicht einhalten, bestand die Gefahr, aus diesem Polizeidienst ausgeschlossen zu werden. Diese Abholzeiten sind nicht überall gleich und die Polizei wird nicht mit der Stoppuhr daneben gestanden haben. Es konnte durchaus passieren, daß die Angehörigen einen anderen Bestatter beauftragten als die Polizei. Dann bekam der eine Bestatter einen sehr geringen Betrag, der gerade seine eigenen Kosten deckte, während der andere Bestatter den Toten nur noch abzuholen brauchte und das Geschäft einstrich.

Um die Aufnahme in diesen Notfalldienst mußte sich das Institut bewerben und wer das nicht tat, so wie wir, hatte damit nichts zu tun. Dafür blieb uns auch so mancher Anblick von entstellten Unfallopfern erspart. Das Einsammeln von Leichenteilen eines Selbstmörders an einer Bahnstrecke oder zerrissenen Unfallopfern brauchten wir uns nicht antun. Unsere »Kunden« sind fast immer eines natürlichen Todes gestorben und hatten fast immer ein entsprechendes Alter. Ein einziges Mal hatten wir mit der Überführung eines Kindes zu tun. Selbst die hartgesottensten Leute werden dann weich. Unser Mitarbeiter, der diese Überführung durchführte, erzählte mir davon. Meine Kollegin, die mit den Eltern gesprochen hatte, konnte ihre tiefe Betroffenheit nicht verbergen und obwohl ich nur am Rande damit beschäftigt war, berührte es auch mich.

In dieser Branche kann man sich die Toten nicht aussuchen. Ein Ereignis, welches ich am Anfang erlebte, war die Überführung einer Wasserleiche aus der Pathologie in Aachen nach Hannover. Lesen Sie über den Tod eines Menschen:

Irgendwo auf dem Rhein. Es ist kalt und dunkel. Ein Schiff fährt Richtung Norden. Und dann? Was dann passierte, ist nie genau geklärt worden. Die Nationalität dieses jungen Matrosen war tschechisch. War er betrunken oder war es Mord?

Mehrere Tage lag er im eiskalten Januarwasser des Rheins, bis er rausgefischt wurde. Man brachte ihn nach Aachen in die Universitätsklinik und obduzierte ihn. Sein Körper war aufgedunsen, die Haut hatte sich grünlich-weiß verfärbt. Seine Fingerkuppen waren abgetrennt. Man sagte mir später, die wären in der Uniklinik entfernt worden. Ebenso sollen seine Zähne dort rausgenommen worden sein, um seine Identität zu klären. Ich hatte keine Ahnung, ob das wirklich so war.

Ich war gerade vier Wochen in der Bestattungsbranche, als ich mit diesem Sterbefall konfrontiert wurde. Meine Kollegin hatte diesen Fall begonnen und ich unterstützte sie dabei. Vieles war neu für mich. Verstümmelte Wasserleichen sowieso. Es sollten aber noch ein paar Tage vergehen, bis ich diesen Toten mit eigenen Augen sah.

Nachdem seine Herkunft, Name und alles andere geklärt war, bekamen wir von einem Prager Bestattungsinstitut den Auftrag, den Verstorbenen von Aachen nach Hannover zu überführen, wo sie ihn dann selber abholen wollten. Gesagt getan. Ein Mitarbeiter von uns fuhr am

Montagmorgen los.

Für eine Auslandsüberführung ist es Vorschrift, einen Leichnam in einem Zinksarg zu transportieren. Grund dafür sind die Seuchengesetze. Außerdem gibt es darüber ein internationales Abkommen

An die Seiten des Zinksarges klebten wir ein Bettuch, damit der Tote nicht in dem blanken Sarg lag. Dieser wurde zugelötet und wiederum in einen Holzsarg gelegt. In dem Zinksarg ist ein ca. 20 cm großes Glas in Gesichtshöhe eingearbeitet, damit das Gesicht des Toten zu erkennen ist. Das kann unter Umständen für den Zoll wichtig sein. Für den Transport von Aachen aus wurde der Tote in einen sogenannten Überführungssarg aus Holz gelegt und kam erst in unserem Institut in besagten Zinksarg.

Ich kam in den Keller, als mich unser Mitarbeiter noch warnen wollte.

»Bleiben Sie stehen!« rief er mir zu.

Doch die Neugierde trieb mich voran. Schon am Eingang fiel mir dieser leicht süßliche Geruch auf. Ich sollte ihn noch Monate später in der Nase haben, wenn ich den Keller betrat. Unser Mitarbeiter war gerade dabei, die Leiche zu waschen. Sie war nicht dreckig, aber auch nicht richtig sauber. Sein Brustkorb war aufgetrennt und wieder vernäht worden, die Nähte wirkten wie Höcker. Die Fingerkuppen waren von beiden Händen abgetrennt. Die Fingerenden waren leicht ausgefranst. Und das Gesicht? Es wirkte puppenhaft. Die Augen waren leicht geöffnet und schauten ins Nichts. Die Haut glänzte, als wäre sie lackiert. Die Wangen wirkten unnatürlich rot. Die Unterlippe war über die Oberlippe gezogen und neben der Nase an der Wange festgenäht worden. Dieser Mann sah nicht aus wie ein Mensch. Er wirkte unnatürlich. Doch das Schlimmste war der Geruch.

Langsam näherte ich mich ihm. Mein Blick ging langsam über ihn rüber. »Ich habe sie gewarnt.« sagte mein Kollege. Ja, das hatte er!

US-Amerika und Bollmann

Am Anfang erwähnte ich bereits die Existenz von Großunternehmen, die in der Bestattungsbranche Institute aufkaufen. Ein so großes Unternehmen wie Ahorn-Grieneisen, das in Berlin angeblich 95 Prozent aller Einwohner kennen, stößt bei den Menschen auf kein Mißtrauen. Es gibt auch andere größere Bestatter, die mehrere Häuser betreiben und deswegen keinen schlechten Ruf haben. Natürlich arbeiten dort auch Angestellte, was von den kleineren und selbständigen Bestattern immer wieder als Nachteil angegeben wird. Jedoch zieht es nicht unbedingt so große Probleme nach sich, wie behauptet wird. Es gibt auch sehr motivierte Angestellte. Der Name des amerikanischen Unternehmens, für das ich im Endeffekt tätig war, ist hier in Deutschland nicht so bekannt wie in anderen Ländern Europas oder sogar den USA. Dort wird dieser Konzern sogar an der New Yorker Börse gehandelt. Zu diesem »Bestattungskonzern« gehören weltweit nicht nur Bestattungsinstitute, sondern Krematorien und eigene Friedhöfe. Es gab auch nichts Negatives über dieses Unternehmen zu berichten und trotzdem sollten wir mit dem Namen im Zusammenhang mit Bollmann einige Probleme bekommen. Seltsam, aber glücklich war der Umstand, daß Laatzen damit keine Probleme haben sollte.

Mitte Januar stand in der Hannoverschen Allgemeinen Zeitung unter der Rubrik Firmenlöschungen eine Mitteilung, aus der das Erlöschen der Firma Bollmann hervorging! Zwar stand da auch etwas von der Verschmelzung mit einer norddeutschen Gesellschaft, entscheidend war aber der letzte Satz: Die Firma ist erloschen! Natürlich blieb Bollmann bestehen, nur der Besitzer wechselte.

Die Reaktion kam nicht sofort. Irgendwann riefen besorgte Menschen an und fragten, was mit ihren Vorsorgeverträgen wäre und ob die überhaupt noch Gültigkeit hätten, denn Bollmann gäbe es doch nicht mehr. Andere fragten, wann das Geschäft geräumt werde und wieder andere fragten nach den Amerikanern! Das war um so verwunderlicher, weil der Konzernname gar nicht genannt wurde. Die norddeutsche Gesellschaft (in der Zeitung natürlich namentlich genannt) gehörte aber auch zum Konzern und so kamen wir über Umwege ebenso dazu. Woher wußten die Menschen von all diesen Hintergründen. Wir glaubten durchaus, einige Bestatter würden diese Information streuen, um uns zu schaden. Die Mund-zu-Mund-Propaganda funktionierte auf diesem Gebiet ausgezeichnet. Anders war dieses Hintergrundwissen nicht zu erklären. Monate später folgte eine neue Eintragung in das Handelsregister, welche die Firma Bollmann wieder auferstehen ließ, wenn auch nur als Tochterunternehmen einer großen norddeutschen Gesellschaft. Das gleiche galt natürlich für Husch, nur wurde dort nicht so viel Staub aufgewirbelt. Später erfuhr ich, daß Herr Temps durch diese Aktion Steuern sparen wollte. Wie das funktionieren konnte und sollte, vermag ich nicht zu sagen. Es hat mit dazu beigetragen, daß er später seinen Stuhl räumen mußte.

Den Kunden erklärten wir diese unglückliche Situation und das wurde auch akzeptiert. Doch für viele Menschen stellte es offensichtlich ein Problem da, wenn Herr Bollmann nicht mehr aktiv im Geschäft tätig war. Er war nicht nur Eigentümer, sondern auch die Galionsfigur für sein Geschäft wie andere Bestatter auch. Das Institut und der Eigentümer, also der Bestatter sind für die Menschen eins. Und nun wußten sie, daß dieser Mann in diesem Geschäft, welches die Familie seit vier Generationen führte, nicht mehr der Inhaber war. Gut, hätten die Leute genauer hingesehen, wären sie auf sein Ausscheiden aus dem Geschäft schon vor zwei Jahren gekommen. Verkauft hatte er vorher an jenen Bestatter, den ich bereits zum Thema Konkurs erwähnte. Das ging leider schief und er bekam sein Geschäft zurück, stellte einen Geschäftsführer ein und irgendwann verkaufte er erneut.

Amerikanische Konzerne waren vor allem für die älteren Menschen ein Problem. Nicht der Konzern selber, sondern die Tatsache, daß es sich um einen US-amerikanischen Konzern handelte. Die Einstellung vieler älterer Menschen gegenüber den USA ist nicht unbedingt positiv. Wahrscheinlich liegt das mit an dem Zweiten Weltkrieg, Kaugummi und Rock Musik. Diese negative Einstellung sollte ich im laufenden Jahr noch mehrfach hören. Einige Vorsorgeverträge wurden jedenfalls gekündigt und bereits gezahlte Vorsorgezahlungen mußten wir zurückzahlen. Wieviele Aufträge uns dadurch entgangen sind, läßt sich nicht mal schätzen. Wenn die Maschinerie der Mund-zu-Mund-Propaganda erst mal läuft, ist man machtlos. Wir sollten darunter noch sehr zu leiden haben.

Wie ich schon sagte, stellte sich für Laatzen dieses Problem zum Glück nicht, obwohl natürlich auch über Husch eine Eintragung vorlag. In Hannover gingen die Probleme mit den Banken weiter. Eine Firma, die nicht mehr existierte, konnte auch keine Konten besitzen, doch logischerweise waren wir auf die Banken angewiesen. Dies einigermaßen in den Griff zu bekommen, kostete mich Zeit und Nerven. Für die Konkurrenz war die gesamte Situation ein gefundenes Fressen. Bollmann war in diesem dichten Feld von Bestattern (in Hannover) einigen ein Dorn im Auge und wenn man einem von den Großen eins auswischen konnte, wollte jeder der erste sein. Außerdem hätte der eine oder andere bei unser Schließung Sterbefälle auf sein Institut ziehen können. Es kostete mehrere Gespräche, damit nicht rechtlich gegen uns vorgegangen wurde. Eine Institution forderte uns sogar über ihren Anwalt auf, unser Namensschild zu entfernen. Schließlich gab es die Firma nicht mehr. Ich spielte hier auf Zeit und hatte am Ende das Glück auf meiner Seite, zumindestens, was den Namen anging. Wie ich schon sagte, eine neue Eintragung in das Handelsregister folgte.

Der Verband der Hannoverschen Bestatter versuchte uns das Leben schwer zu machen, mußte aber nach der neuen und richtigen Eintragung in das Handelsregister klein beigeben. Rückblickend war die Entscheidung, auf den Verband einzugehen und alles im Guten zu klären, richtig gewesen. Der Nachteil der zweiten Eintragung war allerdings eine Wiederholung der Probleme mit den Kunden.

Ich war der dritte Geschäftsstellenleiter in zwei Jahren und konnte mir unter diesen Umständen langsam auch denken, warum das so war.

Organisation und Tagesgeschäft

Im Tagesgeschäft war ich schnell drin. Von Gespräch zu Gespräch wurde ich sicherer. Die Organisation einer Trauerfeier oder einer Beerdigung war kein Problem und die Abholungen erledigte ich im Beisein von erfahrenen Mitarbeitern. Abgesehen davon gab es noch andere Aufgaben. So bauten wir die Büroorganisation an beiden Standorten gleich auf. Falls wir uns doch mal gegenseitig vertreten sollten, dürfte es für die Vertretung keine Probleme geben.

Für Hausbesuche gab es in Hannover einen kleinen Aktenkoffer, wo leider nicht alles reinpaßte. Zwei dicke Ordner mußten verstaut werden. In dem einen war ein Katalog mit Bildern von Särgen, Urnen, Sargausstattungen, Sterbehemden und Blumenschmuck. Im zweiten Ordner befanden sich die Preislisten und Formulare. Dazu kam eine weitere Mappe mit Trauerkarten, Briefen und Mustern. Ein kleiner Ordner für Todesanzeigen und Danksagungen gehörte auch noch dazu. Zuerst baute ich drei Kataloge und Ordner gleichermaßen auf. Es war schwierig, alle Bilder von den Lieferanten zu erhalten. Selbst mein zukünftiger Chef, selber Lieferant für Bestattungsbedarf, erzählte mir von den Kosten und Schwierigkeiten, die mit neuen Fotos verbunden seien. Und da auch nicht immer wieder Fotos von bereits vorhandenen Mustern geschickt werden konnten, fertigte ich jede Menge Farbkopien an. Die Mappen sahen trotz dieser Kopien ganz passabel aus. Zuguterletzt kaufte ich noch einen Pilotenkoffer, wo alles reinpaßte und schon waren wir für Hausbesuche gerüstet. Jedesmal, wenn ich damit loszog, kam ich mir vor wie ein Vertreter. Im gewissen Sinn war das ja auch richtig.

Urnen standen bei uns im Büro in einem Regal. Das war nicht so praktisch, denn wenn Angehörige sich Urnen aussuchen wollten und in diesem Büro gerade jemand telefonierte, konnte das störend sein. Leider gab es keinen anderen Platz für die Urnen. Hier konnte ich keine Abhilfe schaffen. Das einzige, was ich tun konnte, war Preisschilder schreiben, denn die fehlten noch.

März

Kontaktpflege

Kontaktpflege ist in vielen Branchen üblich und wichtig. Es gibt Vertreter und Handelsvertreter, die Kunden besuchen und etwas verkaufen wollen. Im Bestattungsgewerbe werden die Institute besucht, um Särge und anderes zu verkaufen. Nur der Bestatter hat nicht so viele Möglichkeiten. Hausbesuche und offensive Werbung sind unschicklich, obwohl ich auch schon Jahreskalender als Beilage in Zeitungen gesehen habe, wo der Name des Bestattungsunternehmens groß und breit zu sehen war. Im Juni 2000 gab es sogar eine Beilage über ein neues Institut in der Hannoverschen Allgemeinen Zeitung. Vor einigen Jahren wäre das noch undenkbar gewesen. Die Werbung gegenüber dem Endkunden gestaltet sich also sehr schwierig. Und was machen wir mit den Krankenhäusern, Alten - und Pflegeheimen? Es gibt Gerüchte, demnach Provisionen für eine Abholung bezahlt werden und Empfehlungen aus diesen Häusern an die Angehörigen gegen ein gewisses Entgelt ausgesprochen werden! Davon habe ich gehört! Doch leider kann ich ihnen keinen konkreten Fall nennen. Hinter vorgehaltener Hand wird natürlich ständig darüber gesprochen, gerade von den Bestattern. Wenn es Bestatter so handhaben sollten und dabei ertappt würden, wäre der Ärger sehr groß und sie würden keinen Auftrag mehr aus diesem Bereich bekommen. Das soll nicht heißen, daß es so etwas nicht doch gibt.

Kontaktpflege bedeutet jedoch auch, sich vorzustellen, wenn man neu im Gewerbe ist, den Verantwortlichen erklären, daß man auf gute Zusammenarbeit hofft und für Anregungen offen ist. Von Einschleimen halte ich allerdings nichts. Es telefoniert sich leichter mit einem Menschen, dessen Bild im Kopf vorhanden ist als mit einem Unbekannten. Im Prinzip sind alle aufeinander angewiesen. Der Bestatter hat nichts gegen eine Empfehlung und ob Heim oder Krankenhaus, alle möchten immer einen glatten und unproblematischen Ablauf. Das hindert den Bestatter nicht, zu Ostern oder Weihnachten eine Kleinigkeit zu schenken, was ihn leichter in Erinnerung ruft. Angenommen werden darf offiziell nirgendwo etwas. Aber ein Gesteck zu Weihnachten, Kaffee und anderes zu Ostern oder wenn es einfach gut läuft, wurde nirgendwo abgeschlagen. Gute Qualität bei der Arbeit abzuliefern, hat trotz allem höchste Priorität. Ob nun geschmiert wird oder nicht, diese Kleinigkeiten sind wichtig. Wenn natürlich Geld über den Tisch geht und beide Seiten gut damit klar kommen, okay. Aber erwischen lassen sollte sich weder der eine noch der andere.

Ein Bestatter hat vor mehreren Jahren sein Institut in die Nähe von Krankenhäusern und Pflegeheimen gebaut. Da war schnell ein Kontakt zu den entsprechenden Stellen vorhanden. Erst gab es einen Aufschrei über diese Pietätlosigkeit. Aber dieser Aufschrei verstummte mit der Zeit. Der Standpunkt ist noch längst keine Garantie für viele Aufträge. Wir haben aus diesen Heimen und Krankenhäusern Verstorbene abgeholt, weil die Angehörigen Bollmann kannten oder weil man uns einfach empfohlen hatte. Hier zeigte sich erneut die Wichtigkeit der Mund-zu-Mund-Propaganda.

Trinkgelder

Während meiner Zeit wurden niemals Schmiergelder gezahlt. Wenn die Zentrale in Wiesbaden das mitbekommen hätte, wäre der Teufel losgewesen. Die Unterhaltung der Trinkgeldkasse war schon ärgerlich genug. Die Ausgaben lagen bei mehreren hundert Mark monatlich, was sich auf das Jahr gesehen ganz schön summierte! Das Geld bekamen die Helfer, die uns kurz zur Hand gingen. Sie bekamen es auch von anderen Bestattern, was sicherlich nicht als Korruption im herkömmlichen Sinn zu bezeichnen ist. Darüber habe ich schon berichtet.

Kundenfreundlichkeit

In den vergangen Jahren hatte der Name Bollmann durch die bekannten Inhaber- und Geschäftsstellenleiterwechsel sehr gelitten. Es gab einen regen Personalwechsel und nicht alle Mitarbeiter haben sich entsprechend kundenfreundlich verhalten. Mir wurde die Geschichte einer meiner Vorgänger erzählt, der Angehörige regelrecht anmachte. Sie hatten eben das Pech, kurz vor Ladenschluß um 18 Uhr unangemeldet (!) in der Tür zu stehen. Als sie ihm mitteilten, ihr Opa sei verstorben und »Bollmann« solle diesen Sterbefall übernehmen, hat er nur geantwortet: »Und da kommen Sie jetzt?!« Sein Tonfall paßte dabei zu diesen Worten. Mit solch einem Verhalten kann man sich seinen Namen schnell kaputt machen. Die Konkurrenz von uns -nur eine Straße weiter- soll sich später bei Herrn Bollmann für die Einstellung von diesem Geschäftsstellenleiter bedankt haben. Dieser Bestatter war schon fast pleite und hatte sich in der Vergangenheit angeboten, für Bollmann Abholungen oder anderes zu fahren, weil seine Auftragslage so schlecht war. Dank dieses Geschäftsstellenleiters erholte er sich wieder. Durch diesen Mann waren wir auch in einigen Heimen nicht mehr gern gesehen. Sein Verhalten war nicht nur geschäftsschädigend. Mit den Mitarbeitern konnte er ebenfalls nicht vernünftig umgehen, was auf Dauer zu einem schlechten Betriebsklima führte. Kurz um, von den 300 Sterbefällen, die Herr Bollmann zuvor pro Jahr hatte, sind bis Ende 1998 nur noch 220 Sterbefälle übriggeblieben. Fast 27 Prozent weniger. So hatte sich das unsere Zentrale nicht vorgestellt und darum waren sich mein Chef und ich einig: ich mußte verstärkt in die Krankenhäuser und Heime gehen. Durch Präsenz und nicht zuletzt gute

Arbeit wollten wir Boden gut machen. Über die Kundenfreundlichkeit brauchte er mir nichts zu erzählen, da ich über Vertriebserfahrung verfügte.

Am Anfang bin ich mit meiner Kollegin zum Antrittsbesuch gefahren, wurde vorgestellt und stellte mich von meiner besten Seite dar. Das war auch recht erfolgreich. Wir bekamen langfristig wieder »Aufträge« auch von Häusern, wo wir lange nichts zu melden hatten. Wir versuchten mit diesem Antrittsbesuch auch dort reinzukommen, wo wir nie erfolgreich gewesen waren. Es war der Versuch, neues Gebiet zu erobern, was sich als äußerst schwierig gestaltete. Die Zuteilung an bestimmte Bestatter durch Institutionen war einfach gegeben. Ob der Grund nun qualitativ gute Arbeit war oder ob andere Gründe vorlagen, sei dahingestellt.

Die geizigen Kinder

An einem Freitagmorgen stand ich mit einem Glaser, der unser Schaufenster auf Vordermann bringen sollte, unten im Eingangsbereich, um alles zu besprechen. Plötzlich tauchten zwei Herren in den Fünfzigern auf und stellten sich dazu. Erst ignorierten wir sie, dann meinte der eine: »Mensch, muß der Geld haben!«

Ich schaute etwas irritiert, lächelte freundlich und wandte mich wieder meinem Gesprächspartner zu. Wir unterhielten uns weiter über die Kosten des Auftrages. Die beiden standen noch einen Moment da und verschwanden im Haus. Ich war wieder im Büro, als Frau Radecke gerade zu einem Termin aufbrechen wollte. Sie bat mich darum, mich um die Angehörigen im Besprechungszimmer zu kümmern. Deren Mutter sei gerade verstorben und habe bei uns einen Vorsorgevertrag gehabt.

Als ich den Raum betrat, erkannte ich die beiden Männer von vorhin wieder. Wir stellten uns einander vor und begannen gleich mit dem Gespräch. Die beiden schienen recht zufrieden mit sich und der Welt. Sie erzählten mir, wie der eine in der ganzen Welt gearbeitet und viel Geld verdient hätte. Von seiner Scheidung, wie teuer die gekommen war und daß er jetzt mit einer viel jüngeren Frau zusammenlebte. Der andere war Rentner, hatte eine Familie und schien ebenfalls sehr glücklich zu sein. Für ein Trauergespräch war das ein ungewöhnlicher Anfang.

Wir scherzten, und es herrschte eine ausgesprochen lockere Atmosphäre. Ihre gerade verstorbene Mutter war krank und alt gewesen und ihr Tod eine Erlösung. Für alle. Zumindestens sagten die beiden mir das so.

Aus den Unterlagen entnahmen wir mehrere Sterbegeldversicherungen über eine Gesamtsumme von 8.000,- DM bis 9.000,- DM. Außerdem erzählten mir die beiden noch von einem Sparbuch mit fast 10.000,- DM. Ihr verstorbener Mann lag an einem anderen Ort und sie wollte laut ihrer Unterlagen nicht mit ihm zusammen beerdigt werden. Das ist seltsam, aber legitim. In den Unterlagen stand, daß ihr Leichnam in einem Reihengrab beigesetzt werden sollte, es sollte eine Trauerfeier geben und der Sarg war auch schon ausgesucht. Da der Vorsorgevertrag schon mehrere Jahre alt war, mußten die Preise neu berechnet werden. Denn die Preise in den Verträgen bezogen sich immer nur auf den aktuellen Stand. Ich überflog die Kosten und rechnete mit ungefähr 5.000,- bis 5.500,- DM plus der Kosten für den Friedhof in Höhe von ca. 4.000,- DM.

Davon wollten die Söhne nichts wissen. Ihre Mutter hätte auf dem Sterbebett ihnen gegenüber von einer Einäscherung und einer anonymen Beisetzung gesprochen. Niemand sollte die Last mit der Grabpflege haben. Und eine Trauerfeier wolle sie auch nicht haben, da ihre Freunde sowieso schon alle tot seien. Und ihre Familie? fragte ich in die lustige Runde. Ja, sagten sie, in Hannover würden sie wohl wohnen, aber mit der Grabpflege, na ja, da kümmere sich dann doch niemand drum. Das Grab verwahrlose und das wäre schade. Ich fragte die beiden, ob sie nicht später das Grab besuchen wollten. Beide winkten mit einem Lachen ab, als hätte ich gerade einen guten Witz erzählt. Mein Vorschlag über einen Grabpflegevertrag fand auch kein positives Echo. (Bei einem Grabpflegevertrag übernimmt eine Gärtnerei die Pflege gegen Bezahlung.) Ich merkte schon, daß mir nichts anderes übrig blieb, als auf ihre Wünsche einzugehen. Wir hatten zwar einen Vertrag, aber auf deren Einhaltung gegen deren Willen und angeblich auch gegen den Willen der Verstorbenen zu bestehen, gefiel mir nicht besonders. Es kam noch besser.

Da es sich nicht mehr um eine Erdbestattung, sondern um eine Feuerbestattung handelte, konnte nach Ansicht der beiden ein billigerer Sarg genommen werden. Wie gesagt, wir hatten einen Vertrag, auf deren Erfüllung ich hätte bestehen können. In so einer Situation werden das nur wenige Bestatter tun. Denn diese Leute würden anschließend alles Schlechte und nichts Gutes über unser Institut erzählen. Ich zeigte ihnen das Bild von einem Feuerbestattungssarg für umgerechnet knapp 2.000,- DM. Sie wollten das Original nicht sehen. Über den Preis waren sie sehr überrascht.

»Was, so viel? Haben Sie denn nichts billigeres?«

»Nein«, sagte ich.

»Es muß doch etwas Preiswertes geben.« meinte wieder der andere.

Ich antworte: »Es gibt noch einen Sozialsarg....« Worauf der andere gleich nach dem Preis fragte. Der lag ungefähr bei 1.300,- DM und war immer noch zu teuer.

Für das Sozialamt kostet der gleiche Sarg fast nur die Hälfte. Diese Preise werden vom Sozialamt vorgeschrieben und ein Bestatter kann sich diesen Aufträgen nicht entziehen. Es bleibt aber noch Geld übrig.

Es gab noch eine Möglichkeit, die ich allerdings nicht erwähnte. Die

Zentrale hatte im Großeinkauf fünfzig Särge gekauft, die wir Kartoffelkisten nannten. Der Grund lag im Aussehen. Das Holz sah aus wie ungehobelt, auf die Schnelle zusammengeschustert und die Form erinnerte an Schuhkartons. Deswegen konnten wir sie auch nur für Einäscherungen ohne Trauerfeier verwenden. Dieser Kauf war ein klassischer Fehlkauf, der Platz in Anspruch nahm und kaum zu verwenden war.

Die beiden entschieden sich für einen Sozialsarg. Der sah auch noch gut aus. Sehr schlicht und einfach. Eine »schönere« Holzkiste. Sehen wollten die beiden ihn nicht. Bei der Sargausstattung wurde das billigste genommen. Nächstes Thema war das Sterbehemd. Mußte überhaupt ein Sterbehemd sein? Nein, natürlich nicht. Eigene Kleider konnten wegen der Vorschrift für Einäscherungen nicht verwendet werden. Wir konnten die alte Dame auch nackt in den Sarg legen. Ich sagte das den beiden recht trocken. Das wollten sie dann doch nicht und entschieden sich auch hier für das billigste.

Soweit ich mich erinnere, kamen wir auf ungefähr 5.700,- DM, wovon schon ca. 1.500,- DM auf den Friedhof entfielen und fast 600,- DM für die Einäscherung fällig wurden. Es blieb eine Summe von mehreren Tausend DM aus den ganzen Versicherungen übrig. Darüber freuten sich die beiden riesig. Die Frau wurde von uns aus statt in den Sozialsarg in die Holzkiste gelegt. Berechnet wurde trotzdem der andere Sarg. Eigentlich ist es Betrug gewesen, andererseits hatten wir einen Vertrag gehabt, auf den ich nur aus Kulanz nicht bestanden habe. War es aus dieser Sicht immer noch Betrug? Aus meiner Sicht war es korrekt. Die tote Frau wurde von unseren Mitarbeitern sorgsam eingesargt wie jeder andere Verstorbene, vernünftig eingekleidet, Hände gefaltet und das war es. Keine Trauerfeier, keine Angehörigen, nichts. Die Söhne hatten ihr Geld und wir immerhin noch einen Teil des ursprünglich vereinbarten Geldes.

Auf der einen Seite war es mir egal, wie die Leute ihre Familienangelegenheiten regelten. Aber gerade in diesem Fall konnte ich nicht besonders zufrieden sein. Meiner Meinung nach hatten es beide nur auf die Kohle abgesehen und das im wahrsten Sinne des Wortes!

Die Zeitung

Frau Roller arbeitete schon seit mehreren Monaten als Aushilfe im Büro für uns und verstand sich mit Frau Radecke ausgezeichnet. Dadurch erfuhr ich auch von der Idee dieser Zeitung. Mein Chef war darüber informiert und begeistert, doch in der Vergangenheit hatte sich niemand darum kümmern können oder wollen. Mir gefiel diese Idee sofort und ich setzte mich mit Frau Roller zusammen, um alles zu besprechen. Um sie bei Laune zu halten, erhöhte ich ihren Stundenlohn von 18,- auf 20,- DM.

Soviel erhielten alle Aushilfen und für dieses Projekt brauchte ich sie, zumal diese Arbeit sehr anspruchsvoll werden sollte.

Diese Zeitung sollte »Gingko« heißen. Sie verband damit irgendeine Bedeutung, an die ich mich leider nicht mehr erinnere. Gingko würde einmal im Monat erscheinen und an Alten- und Pflegeheime verteilt werden. Ich weiß, was Sie jetzt denken. Es klingt geschmacklos, eine von einem Bestattungsinstitut vertriebene Zeitung in diese Häuser zu bringen. Jedoch steckte mehr als nur Werbung dahinter. Wir wollte ein halbwegs intellektuelles Informationsblatt schaffen, das sich nicht nur mit dem Tod, sondern auch mit dem Leben beschäftigte.

Wir planten eine Interviewreihe mit Personen aus unserem Gewerbe. Herr Bollmann und sogar unsere liebe Raumpflegerin Flori waren im Gespräch. Dann sollten Beiträge aus anderen Bereichen wie Kindergärten, Jugendgruppen, Schulen und Universitäten erscheinen. Die Beiträge sollten direkt von dort kommen und Frau Roller würde als eine Art Redakteurin über den Inhalt wachen. Die Fähigkeit dazu besaß sie durch entsprechende Schulungen und bereits geleitete Projekte ähnlicher Art. In der Zeitung sollten sich Alt und Jung wiederfinden. Eine Seite würde »Gesucht und Gefunden« heißen. Menschen, die in anderen Heimen Interessenpartner suchten, sollten hier ihre Möglichkeiten bekommen. Sogar eine Kolumne für Herrn Bollmann war geplant. Damit könnten wir unverbindlicher auftreten und würden mehr Akzeptanz finden, als wenn jeder sofort das Beerdigungsinstitut Bollmann damit in Verbindung brachte.

Frau Radecke hielt sich da raus und konzentrierte sich auf das Tagesgeschäft. Frau Loch hatte ebenfalls genug zu tun und eine Verbindung von Bollmann und Husch sollte nach draußen nicht erkennbar sein. Denn dann wären die Kunden womöglich wieder auf einige Verbindungen Richtung Amerika gekommen und das wollten wir vermeiden, wobei wir zu diesem Zeitpunkt gerade mit den Folgen der Handelsregistereintragung beschäftigt waren. Blieben nur Frau Roller und ich übrig. Aber auch wir hatten Meinungsverschiedenheiten. Sie versuchte dieses Blatt aus meiner Sicht zu intellektuell aufzumachen. Ich wollte jedoch einen großen Kreis ansprechen. Ein weiterer Punkt war die Aufmachung. Sie wollte teures Hochglanzpapier, mir reichte einfacheres Papier. Wir fanden unseren Kompromiß und investierten bis Ende des Monats viele Stunden in das Projekt. Allein mein Aufwand im Februar und März durfte bei schätzungsweise vierzig bis fünfzig Stunden gelegen haben. Die Kosten sollten bei einer Auflage von ca. 600 Stück pro Monat zunächst bei ungefähr 15.000,- DM liegen und das für die ersten Monate.

Neueinstellungen

Ich hatte bereits den THB erwähnt, mit dem wir zusammenarbeiteten.

Das war preiswerter, als permanent eigene Mitarbeiter zu beschäftigen, aber meinem Chef trotzdem zu teuer. Um Abhilfe zu schaffen, inserierte ich in der Zeitung. Wir suchten Aushilfen stundenweise und auf Abruf. Es meldeten sich recht viele und wir fanden auch einige brauchbare Männer. Einige arbeiteten im Schichtdienst und waren nur zu bestimmten Zeiten einsatzbereit, andere hatten ihre festen Zeiten. Insgesamt baute ich einen festen Stamm von sieben oder acht Trägern auf, die wir einsetzen konnten. Selbstverständlich wollte ich nicht auf den THB verzichten. Wenn meine Aushilfen und festen Mitarbeiter irgendwann alle mal keine Zeit gehabt hätten und ich auf den THB hätte zurückgreifen wollen, wäre das möglicherweise schwierig geworden. Dort hätte man sagen können, wenn es eng wird, kommt er angelaufen und sonst läßt er uns links liegen. Somit blieben wir im Geschäft und liehen auch unsere Mitarbeiter an den THB für andere Bestatter aus, natürlich gegen Bezahlung. Die Kosten für einen Träger richteten sich nach der Tätigkeit (Abholungen von zu Hause, aus einem Heim oder Krankenhaus, Trauerfeieren oder Beerdigungen) und lagen irgendwo zwischen 50,- und 60,- DM. Zuschläge für nachts, Wochenende und feiertags kamen dazu. Um diese Kosten zu reduzieren, brauchten wir Aushilfen. Unsere Helfer bekamen für eine Abholung 20,- DM und für eine Trauerfeier und Beerdigung 35,- DM. Das war wesentlich billiger als der THB.

Darüber hinaus suchten wir für Bollmann noch einen Berater. Jemand, der diesen Beruf ausüben wollte, mußte ein seriöses Auftreten besitzen, sich gut benehmen können und sollte auch über eine gute Allgemeinbildung verfügen. Der neue Mann sollte einfühlsam sein, was wohl klar ist, wenn auch nicht die Regel. Es bewarben sich auch Frauen auf diesen Posten, doch die lehnte ich ab. Gleichberechtigung hin und Gleichberechtigung her. Frauen sind vielleicht sogar die besseren Beraterinnen, doch unser Mann sollte auch mit tragen können. Einer attraktiven jungen Dame erklärte ich das. Daraufhin sagte sie mir, sie sei absolut fit, hätte beim Bundesgrenzschutz gearbeitet und würde sich diese Tätigkeit zutrauen. Ich bezweifelte dies nicht einmal, andererseits paßte es nicht in das Gesamtbild dieses Gewerbes. Mit dieser Meinung stand ich nicht allein. Auch unsere Mitarbeiterinnen dachten so! (Unabhängig davon packten Frau Loch und Frau Fröhlich im Krankenhaus oder im Heim schon mal mit an.) Es paßte wirklich nicht in unser Weltbild. Eine Frau hat keinen Sarg zu tragen! Ich glaube an die Beständigkeit dieser Worte! Die physische Konstitution spielt dabei nun mal eine übergeordnete Rolle. Auf einer Baustelle arbeiten auch überwiegend Männer. Selbst wenn ich eine Frau hätte einstellen wollen, mein Chef wollte es nicht!

Wir entschieden uns für einen jungen Mann mit sieben Jahren Jurastudium ohne Abschluß, der damals als Holzkaufmann arbeitete. Laut Herrn Temps würde sich der neue Mann bei 25 zusätzlichen Sterbefällen im Jahr schon tragen. Für mich bedeutete er mehr Freiheit, um das Geschäft offensiv zu beleben. Außerdem sollte er auch in Laatzen einsetzbar sein. Damit ihn alle kennenlernen konnten, verabredeten wir einen Termin, wo sich alle beschnuppern konnten. Es war nicht besonders aufregend, aber seine ruhige und überlegte Art kam gut an. Jeder konnte sich vorstellen, gut mit ihm arbeiten zu können. Damit stand seiner Einstellung zum nächsten Termin nichts mehr im Wege.

Fairerweise muß ich erwähnen, daß wir unseren ursprünglichen Favoriten nicht bekommen haben. Einen Mann im Alter von 48 Jahren. Bereits vor meiner Zeit hatte er mit Herrn Meu Kontakt gehabt und wurde deshalb von der Geschäftsleitung favorisiert. Man hatte ihn hingehalten, bis er kein Interesse mehr hatte. Er arbeitete im Öffentlichen Dienst, hatte einen sicheren Job, interessierte sich für unsere Tätigkeit und schien geradezu prädestiniert für uns. Durch die Querelen der Vergangenheit war er jedoch regelrecht vergrault worden. Ich nahm wieder Kontakt zu ihm auf, telefonierte mit ihn und er willigte ein, bei uns anzufangen. Vorher wollte er aber die Geschäftsleitung kennenlernen, um sich nach dem Desaster der Vergangenheit ein genaueres Bild zu machen. Pünktlich erschien er an einem Dienstag. Herr Themps und Herr Meu wußten natürlich von diesem Termin und besprachen sich mit mir im Büro. Und dann passierte es. Unser Gespräch zog sich immer mehr in die Länge, während unser Bewerber wartete und wartete. Mehrfach machte ich die beiden darauf aufmerksam, insbesondere unseren Chef. Es kam, was kommen mußte. Der Bewerber, von mir zwischenzeitlich zweimal vertröstet, von Frau Radecke mit Kaffee versorgt, hatte die Schnauze voll und ging wortlos! Später telefonierte ich mit seiner Frau. Nach ihrer Aussage wollte ihr Mann nicht in einem Unternehmen arbeiten, wo die Menschen so schlecht behandelt wurden. Irgendwie konnte ich es verstehen.

Der abgebrochen Zahn

Inzwischen hatte sich ja auch im Bekanntenkreis meine neue Tätigkeit herumgesprochen. Eine Bekannte rief mich an und bat mich um Hilfe. Sie arbeitete damals in einem Pflegeheim und hatte eine siebzigjährige Bewohnerin, die einen Schlaganfall erlitten hatte und bettlägerig war. Dazu kam ihre Einstufung in Pflegestufe III. Das bedeutet die höchste Pflegestufe. Die Frau war also ein Schwerstpflegefall, der jeden Monat 6.300,- kostete. Fast immer ohne Bewußtsein und ohne Heilungschancen. Ihr Mann wohnte gegenüber von diesem Heim und war fast den ganzen Tag bei ihr. Nachdem sie mir das erzählt hatte, fragte ich, wie sie sich meine Hilfe vorstellen würde. Bis dahin kam ich nicht darauf, dabei schien es so einfach.

Das ältere Ehepaar hatte sich auf dem Land ein Haus gekauft, um dort den Lebensabend zu verbringen. Das Haus mußte noch aus- und umgebaut werden, was noch viel Arbeit bedeutete. Doch bevor die beiden einziehen konnten, erlitt die Frau einen Schlaganfall. Ihr Körper lebte, aber ihr Geist nahm nicht mehr viel wahr. Der alte Mann war völlig verzweifelt, denn nun kam der nächste Akt. Die Ersparnisse des Paares mußten angegriffen werden, denn die Pflege war teuer. (Der Staat zahlt nur, wenn ein bestimmtes Vermögen nicht überschritten ist. Alleinstehende dürfen um die 4.000,- DM und Ehepaare um die 8.000,- DM behalten.) Damit fehlte nicht nur das Geld für den weiteren Ausbau des Hauses, welches damals wie eine Baustelle aussah. Der Mann hatte auch noch Angst, das Ersparte könnte nicht reichen, seine Frau auf dem letzten Weg würdig unter die Erde zu bringen. Der Verzweifelte besuchte seine Frau jeden Tag, freute sich über jede noch so kleine Regung und verlor nicht die Hoffnung. Doch die gab es nicht mehr. Um ihm zu helfen, wandte sich meine Bekannte an mich. Sie wollte für dieses Paar einen Vorsorgevertrag mit Einzahlung, damit Vater Staat nicht alles (so weit es ging) einzog. Denn Gelder, die vorher in einen Vorsorgevertrag bezahlt worden sind, konnten auch die Behörden nicht mehr einziehen. Problem war allerdings, daß wir den Vertrag vordatieren mußten, denn sonst wären rechtliche Probleme entstanden. Somit konnten wir das Geld für ihn und seine Frau wenigstens teilweise retten. Natürlich sicherte ich ihm eine Verzinsung der eingezahlten Beträge zu.

Also fuhr ich zu dem Mann hin, wo auch die Pflegerin wartete und erklärte ihm alles. Er konnte einfach nicht verstehen, warum von seinem Geld fast gar nichts übrigblieb. Wir erklärten es ihm zwei-, dreimal, trotzdem verstand er es nicht. Er erzählte mir, wie er sich einen Zahn mit Sekundenkleber an sein Gebiß geklebt hatte, um das Geld für den Zahnarzt zu sparen. Ich war sehr betroffen und wollte ihm helfen. Bei einem zweiten Termin konnten wir dann einen Vertrag für ihn und seine Frau ausfüllen. Er bezahlte die Beerdigung im Vorfeld und wußte zumindestens, daß seine Frau würdig unter die Erde kommen konnte. Soweit es ging, habe ich ihn beraten. Er nickte bei vielen Dingen nur und wollte es nicht wahrhaben.

In diesem Fall kann ich mit Gewißheit sagen, daß diesem Menschen ein wenig geholfen wurde. Vater Staat wird es mir hoffentlich verzeihen. Übrigens sind die Mitarbeiter beim Sozialamt in dieser und ähnlichen Fragen sehr hilfsbereit gewesen. Der Vorwurf der Paragraphenreiter trifft hier absolut nicht zu.

Internet-Ruhestätten

Im Internet ist alles zu finden, auch Ruhestätten. Was habe ich mir darunter vorzustellen? In erster Linie ein gutes Geschäft für den Betreiber. Natürlich kann es auch Sinn für einen Menschen haben, der auf diese

Weise einer ihm nahestehenden, aber verstorbenen Person nahe sein will. Am Bildschirm diese Ruhestätte zu besuchen ist meiner Meinung nach nicht dasselbe, wie direkt an ein Grab zu gehen. Handelt es sich um eine anonyme Beerdigung, ist dies schon gar nicht möglich. Für diese Fälle ist das Internet nicht schlecht. Auch wenn ich andere an der Trauer teilhaben lassen will, vorausgesetzt, sie haben Internetanschluß. Im Endeffekt trifft jeder diese Entscheidung für sich selber.

Ich hatte mich um die »Hall of Memory« gekümmert, weil es meiner Ansicht nach für die Zukunft wichtig schien und auch jüngere Menschen ansprechen sollte. Allerdings gab es in diesem einen Jahr meines Bestatterdaseins höchstens fünf oder sechs Anfragen allgemeiner Natur. Geld haben wir damit nicht verdient.

Nachdem ich Unterlagen und Dekoration kostenlos erhalten hatte, dekorierte ich ein kleineres Schaufenster im Eingang damit. Das Angebot dieser Firma, eine Vorführung in unserem Institut für Interessierte abzuhalten, konnte ich leider nicht aufgreifen, denn wir hatten keinen Internetanschluß und es war für uns auch keiner vorgesehen. Selbst meine bescheidenen Vorstellungen, eine eigene Homepage für Bollmann und Husch zu Informationszwecken aufzubauen, wurden in Wiesbaden abgeschmettert. Wir sollten irgendwann in ein allgemeines Bestatterverzeichnis eingetragen werden und für die Institute von uns sei irgendwann eine einheitliche Aufmachung der jeweils eigenen Instituts-Homepage geplant. Allerdings habe ich das während meiner Zeit nicht mehr erlebt.

Worum handelt es sich genau bei diesen Ruhestätten?! Diese Gedenkstätten sind nicht nur für Internet-Junkies der letzte Schrei, sondern sie ermöglichen es auch, über den Tod hinaus nicht vergessen zu werden. Es gibt Behauptungen, dazu würde ein gewisses Maß Exhibitionismus gehören. Denn in dieser virtuellen Gedenkstätte befinden sich ganze Lebensläufe, und das in aller Ausführlichkeit. Dazu findet der Betrachter Fotos über ein ganzes Leben, von der Wiege bis zum Sarg. Es gibt selbstverständlich auch die Möglichkeit, für Tiere, ja sogar für Tamagotchis (!), virtuelle Gedenkstätten einzurichten, allerdings nicht bei der »Hall of Memory«. Die Möglichkeit, Eternal Flames (Ewige Flammen) in so einem Garten der Erinnerung zu entzünden, hat sicher seinen Reiz. Der Kunde kann per Email Kondolenzkarten an das Trauerhaus senden, Kränze niederlegen und Totenlichter aufstellen. Angehörige dürfen hier eigene Bildwelten für den Verstorbenen schaffen. Der Kunde kann sogar zu Lebzeiten sein eigenes »interaktives Vermächtnis« erstellen und erst nach seinem Ableben wird es für die Allgemeinheit zugänglich sein.

Das Internet wird in den nächsten Jahren wahrscheinlich noch nicht den Friedhof als Gedenkstätte ablösen. Genausowenig werden Bestatter eine Ausbildung zum Informatiker haben müssen, denn es gibt mehrere Anbieter, für die der Bestatter nur als Vermittler auftritt und dafür berechtigterweise kassiert. Bei der »Hall of Memory« sollte 1999 eine einfache virtuelle Gedenkstätte um die 400,- DM kosten, wovon 20 Prozent Provision für den Vermittler übrigblieben. Es wurden nur Originalpreise zugrundegelegt.

Neben Gedenkstätten wird natürlich noch mehr angeboten, z.B. Literatur zum Thema Abschied und Trauer, überregionale und regionale Adressen und Informationen zu den Unternehmen. Seminare, die sich mit Sterben und Trauer befassen und auch die Bestattungsvorsorge kommt nicht zu kurz.

Wie sieht so eine Ruhestätte aus? Die Möglichkeiten sind unbegrenzt und daher ist es schwer zu beschreiben. Eine Aufmachung sieht laut Prospekt so aus: Ein blauer Himmel mit großen weißen Wolken. Der Aufbau der Worte ist genauso wie in einer Traueranzeige. Du hast uns nicht verlassen...., darunter in großen Buchstaben der Name des Verstorbenen, darunter in kleiner Schrift das Geburts- und Sterbedatum. Dann kommen bekannte Worte wie: Nach langer Krankheit....usw.. Die Trauerfeier fand in aller Stille statt.

Sie können auch die Ansicht eines Berges oder einen Baum auf einer Anhöhe bekommen, wo der Mond im Hintergrund leuchtet. Vom endlosen Meer bis zu den betenden Händen ist alles zu haben. Es gibt viele verschiedene Muster. So eine Eintragung kostet laut der »Hall of Memory« 398,- DM. Reicht Ihnen das nicht, gestalten Sie selber einen Nachruf mit Bildern. Lt. Prospekt dürfen Sie maximal 600 Worte verwenden und von Ihnen gestellte Bilder können mit eingebracht werden. Das Vergnügen kostet dann schon 1.698,- DM, allerdings für dreißig Jahre und Sie erhalten zusätzlich drei Farbabbildungen je Seite im Format A 4. Ein Hinweis fehlt auch nicht: Alle Aufwendungen in Verbindung mit der »Hall of Memory« sind wie die Beerdigung eine außergewöhnliche Belastung und können deshalb von der Steuer abgesetzt werden.

Insgesamt eine interessante Angelegenheit, die im Internet ruhig mal angeschaut werden sollte. Und sei es nur aus Neugier.

Internet Adressen für Gedenkstätten

Gedenkstätten für Menschen

www.ewigesleben.de
www.hall-of-memory.de
memopolis.uni-regensburg.de
www.eternalflame.com
virtuel-memorials.com (Robert Lee Peace)
www.cemetery.org
www.inforamp.net/-bems/

www.memorial-site.com
www.lastingmemories.com

Tamagotchi

www.urban.or_jp/home/Jun/tama/obaka.html
www.geocities.com/
Tokyo/Flats/6337/

Haustiere

www.petmemorial.com
www.lonet.net/-rkcathey/goldenbone/

Statistiken und Leichenstarre

Im März 1999 passierte einiges. Nicht so wichtig, doch erwähnenswert ist das Führen von Statistiken. Kein Unternehmen, welches etwas auf sich hält, arbeitet ohne Statistiken. Und so führten auch wir unsere Statistiken.

Von der Zentrale in Wiesbaden aus konnten sich die Kollegen auch bei uns in den Computer einloggen und diverse Programme aufrufen und alle Daten anschauen. Unabhängig davon füllten wir jede Woche ein Fax aus, auf dem wir Sterbezahl und Umsatz eintrugen. Anschießend faxten wir es nach Wiesbaden. Als später die Zahlen schlechter wurden, kam doch schon mal die Frage, was denn los sei, warum die Auftragslage so schlecht sei. Richtig unter Druck geraten bin ich dabei allerdings nicht, denn die Sterbezahlen waren und sind überall rückläufig. Zum einen werden die Menschen älter (freut mich für sie) und zum anderen sind viele potentielle Kunden von uns bereits im Krieg ums Leben gekommen. Normalerweise wären die Kriegsjahre jetzt dran, aber wegen der eben genannten Gründe hatte die gesamte Branche zu kämpfen.

An dieser Stelle möchte ich ein bestimmtes Gerücht aus der Welt schaffen. Wenn bei Toten die Leichenstarre eintritt und sie sollen bewegt werden, muß man ihnen die Knochen brechen. Stimmt's? Ich glaube nicht. In dem einen Jahr meiner Tätigkeit habe ich einige Leute mit angehoben, Arme und Beine beim Anziehen bewegt, um sie anzukleiden, aber ich mußte niemals einem Toten die Knochen brechen. Auch dann nicht, wenn der Verstorbene schon über 24 Stunden tot war. Mein Kollege aus dem gewerblichen Bereich erzählte mir dazu, daß er das erlebt hätte! Zwei- oder dreimal in zwanzig Jahren. Es sind Ausnahmen gewesen.

Wenn die Leichenstarre eintritt, sind die Glieder nicht so leicht beweglich, doch die Leichenstarre läßt auch wieder nach. Glauben Sie denn wirklich, die gefalteten Hände, die Tote haben, sind jedesmal zurechtgebrochen worden? Mein Chef aus der vorherigen Firma erzählte mir, er hätte auch mal in diesem Gewerbe als Aushilfe gearbeitet und könne sich gut daran erinnern, wie den Verstorbenen die Knochen gebrochen wurden. Damals wußte ich nicht soviel darüber. Inzwischen weiß ich es besser. Es sind Geschichten aus dem Reich der Fabeln.

Der Anwalt, der nicht bezahlen wollte

An einem Tag hatten wir einen Todesfall und sollten jemanden aus dem Krankenhaus abholen. Bevor wir das taten, wollten wir noch das Gespräch mit den Hinterbliebenen abwarten. Danach wußten wir, welchen Sarg, welche Ausstattung und ob Sterbehemd oder nicht, wir mitnehmen mußten. Wenn wir mit dem richtigen Sarg starteten, ersparte uns das eine Umsargung.

Ich kann mich noch genau an die beiden Damen erinnern, die zu unserem Termin erschienen. Eine Frau um die sechzig, elegant gekleidet und vornehm in ihrem Benehmen. Begleitet wurde sie von ihrer Schwiegertochter, die um die dreißig Jahre alt, sportlich elegant gekleidet und in ihrer Art lockerer gewesen war als die andere. Gestorben war die Schwiegermutter der älteren Frau. Mit ihrem Tod hatten sie gerechnet, da sie weit über achtzig Jahre alt und krank gewesen war. Abholen sollten wir sie im Krankenhaus. Das Gespräch ging recht sachlich über die Bühne. Der Anlaß war zwar traurig, aber wie so oft, wenn ein Todesfall nicht überraschend eintrifft, konnten die Angehörigen recht gut damit umgehen. Die Frauen hatten alle von mir gewünschten Unterlagen mitgebracht und sogar an ein Kleid der Verstorbenen gedacht. Nach ungefähr einer Stunde war das Gespräch beendet. Ich wußte genau, was die Angehörigen wollten. Sie hatten den Vertrag unterschrieben und selber schienen sie auch zufrieden zu sein. Die Abholung im Krankenhaus verlief ebenfalls problemlos und nichts deutete auf irgendwelche Schwierigkeiten hin.

Am Tag der Beerdigung hatten wir einen blauen Himmel, die Sonne schien und für März hatten wir recht angenehme Temperaturen. Die ersten Trauernden kamen gerade an und hatten sich in die Kondolenzliste eingetragen. Die Träger nahmen Blumen und Kränze entgegen, der Organist war auch schon zu sehen, und der Pfarrer fuhr ebenfalls vor. Dann sah ich auch die Schwiegertochter mit ihrem Mann. Die Frau ging auf mich zu, ihren Mann im Schlepptau. Mit einem strahlenden Lächeln begrüßte sie mich: »Ist das nicht ein herrlicher Tag heute?«

Ob sie das nun aufgrund meines ernsten Gesichtsausdruckes (hatte ich immer bei Beerdigungen) sagte, um mich aufzuheitern oder weil das Wetter wirklich so prachtvoll war, weiß ich nicht. Jedenfalls war ich sehr erstaunt. Das paßte irgendwie nicht in mein Bild, welches ich bisher von ihr hatte. Der Rest der Familie blieb relativ ernst und hatte davon auch nichts mitbekommen. Nachdem die Trauerfeier in der Kapelle zu Ende war und wir zum Grab gingen, konnte ich beobachten, wie dieselbe Frau schluchzend neben ihrem Mann ging und sie stützen mußte. Nichts war mehr von der strahlenden Laune und der offensichtlich guten Stimmung zu bemerken. Hatte sie ihre Trauer nur überspielen wollen? Oder war sie von der ganzen Zeremonie derart ergriffen, daß nun alle Dämme brachen? Ich weiß es nicht. Ich habe mehrfach Menschen aufgrund der Trauerfeier weinen gesehen, die meiner Meinung nach überhaupt nur wegen der Atmosphäre in diese Trauerstimmung kamen. In diesem Fall war der Unterschied ausgesprochen kraß. Ich bin mir nicht sicher gewesen, ob sie wirklich so ergriffen war oder nur so tat.

Nachdem wir Wochen später die Rechnung verschickt hatten, hörten wir längere Zeit nichts von der Familie. Doch statt Geld zu überwiesen, schickte uns der Mann von der Schwiegermutter einen Brief. Vorweg muß ich seinen Beruf als Anwalt erwähnen, den auch sein Sohn innehatte. Beide kannte ich von der Beerdigung her. An den genauen Wortlaut kann ich mich nicht mehr erinnern, aber im Endeffekt war die Summe von knapp 6.000,- DM der Familie wohl zuviel. Moniert wurden unter anderem die Pauschalsummen für die Träger und zwei oder drei andere Summen. Eine fehlende Urkunde, die wir beim zuständigen Amt neu bestellen mußten (weil es von Amtswegen erforderlich war) wurde ebenfalls moniert. Meine Überraschung über diesen Brief können sie sich vorstellen. Also griff ich zum Telefonhörer und rief direkt in der Kanzlei an. Leider war der Anwalt, der diesen Brief unterschrieben hatte, für einige Zeit verreist. Immerhin konnte ich seinen Sohn sprechen. Der wußte zwar von diesem Brief, bat mich aber, auf seinen Vater zu warten, um mit ihm alles zu besprechen, denn Genaueres wußte er nicht. Zwangsläufig erklärte ich mich einverstanden. In meiner (gespielten) fassungslosen Art fragte ich ihn, was insgesamt nicht in Ordnung war, damit diese Reaktion zustande kam. Ich konnte es mir wirklich nicht erklären. Er fand alles absolut in Ordnung. Die Familie war mit unserem Bestattungsinstitut sehr zufrieden, vom Gespräch über die Abholung (wo von der Familie allerdings niemand dabei war) bis zur Beerdigung. Und die Rechnung? Darüber sollte ich doch bitte mit seinem Vater sprechen.

Mit diesem Brief in der Hand telefonierte ich mit unserem Anwalt und schilderte ihm die Situation. Ich wollte zuerst im Guten, höflich und freundlich mit dieser Familie reden, um das fehlende Geld einzutreiben. Die Restsumme hatten sie inzwischen überwiesen. Doch weit gefehlt! Unser Anwalt gab mir Instruktionen und sagte mir klipp und klar, wie ich dort voll auf den Putz hauen sollte. In diesem Gewerbe ist man im allgemeinen doch etwas feinfühliger als in anderen Branchen. Trotzdem zählt am Ende auch hier nur das, was unter dem Strich übrig bleibt. Ich entschloß mich, nicht mehr auf den Vater zu warten, sondern einen Brief zu schicken, wie es mir unser Anwalt empfohlen hatte.

Die genaue Zusammensetzung, wie sich diese Pauschale für die Träger ergaben, erklärte ich nicht. Auch bei den anderen Fällen verteidigte ich die Pauschalsummen. Soweit ich mich erinnere, ging es um verschieden Kosten und eigene Bemühungen, zusammen 365,- DM als Pauschalsumme. Auch hier sollte ganz detailliert aufgelistet werden, wie sich diese Summe zusammensetzte. Einiges davon zu erklären schien schon möglich, aber nicht alles. Schließlich nahm ich nicht mit der Stoppuhr die Zeit, die ein bestimmter Arbeitsvorgang dauerte und überprüfte nicht mit einem Einheitenzähler am Telefon, wieviel die Gespräche für diesen Trauerfall kosteten. Zum Schluß könnten wir auch gleich noch den Verdienst für die Firma angeben. Ich habe noch niemals gehört, daß ein Anwalt für eine Beratung so etwas getan hat, geschweige denn, den damit verbundenen Verdienst preiszugeben.

Mit den Pauschalsummen bewegten wir uns auf einem sehr schmalen Grad, weil es schon Gerichtsurteile gab, die eine Aufschlüsselung unter bestimmten Umständen verlangten. Die Klarheit einer Rechnung durfte nicht in Frage gestellt sein. Dennoch fühlte ich mich im Recht. Lediglich bei der fehlenden Urkunde gab ich nach. Sie kostete 12,- DM und ich hätte fragen müssen, ob die Angehörigen diese nicht noch hätten auftreiben können. Ohne diese Urkunde gab es keine Sterbeurkunden und die Angehörigen mußten entsprechend länger darauf warten. In diesem Fall habe ich die Sterbeurkunden für wichtiger gehalten, denn ohne die kommt auch ein Anwalt bei der Nachlaßregelung nicht weit.

So ungefähr begründete ich meine Forderung nach den restlichen 900,- DM. Als letzten Grund für die Bezahlung führte ich den rechtsgültigen Vertrag an. Und der war von seiner Frau eigenhändig unterschrieben worden.

Kurze Zeit später erhielt ich einen Briefumschlag mit einem Scheck. Die 12,- DM waren abgezogen und ein Schreiben oder eine Kurzmitteilung fehlte auch. Aber es war nicht schwer zu erkennen, wer den Umschlag abgeschickt hatte.

Demonstration gegen die NATO

Wenn irgendwo auf der Welt ein Krieg tobt, bekommen wir Deutschen das nur über die Medien mit. Im Jugoslawienkonflikt 1999 waren erstmals deutsche Soldaten seit Ende des Zweiten Weltkrieges im Kriegseinsatz. Ob dies der Grund für diese Demonstration an einem Samstagmorgen war oder ob allgemein gegen den NATO-Einsatz protestiert wurde, kann ich Ihnen nicht sagen. Ich bin mir nicht mal sicher, ob sie wirklich im März stattfand. Vom Fenster aus sah ich einige hundert Menschen mit Plakaten und Transparenten an unserem Institut vorbeiziehen. Begleitet wurden sie von der Polizei. Erkennen konnte ich auf den Schriften den Protest gegen die Nato. Leider konnte ich das auch sehr gut durch Trillerpfeifen und Stimmen durch ein Megaphon hören. Sie fragen, warum ich gegen diese Demonstration war? Es ging nicht um meine politische Meinung, sondern ums Geschäft.

Ungefähr eine Woche vorher bekam ich einen Anruf, was bei uns eine Bestattung kosten sollte. Die Frage war nicht sehr beliebt, da sie nicht in wenigen Worten zu klären war. Im Ergebnis hing das von den Wünschen der Angehörigen ab, nicht zu vergessen, ob sie sich für einen Friedhof in Hannover oder außerhalb entschieden. Mein Antwort lag bei durchschnittlich 5.000,- DM. Das sind die Bestattungskosten ohne Friedhof für uns gewesen. Gut, ich sagte noch, plus minus 10 Prozent, was uns betraf. Die Frau stellte noch ein paar allgemeine Fragen, die ich ihr beantworten konnte. Ein paar Stunden später rief sie wieder an, um mit mir einen Termin zu vereinbaren. Das freute und erstaunte mich. Hatte ich diesen Sterbefall doch schon abgeschrieben.

In dem Gespräch kam heraus, daß nicht sehr viel Geld zur Verfügung stand, die Beerdigung ihrer Mutter aber würdevoll gestaltet werden sollte. Zum Trauergespräch selber gibt es nicht soviel zu sagen. Aus Termingründen vereinbarten wir eine Aufbahrung am späten Freitagnachmittag in unserem Haus. Ich zeigte der Frau die Räumlichkeiten und sie erklärte sich einverstanden. Am besagten Freitag kam sie mir ihren zwei Kindern im Teenageralter. Sie zog mich beiseite und fragte, in welchem Zustand ihre Mutter sei. Meiner Meinung nach sah sie den Umständen entsprechend gut aus und konnte angeschaut werden.

Zur Aufbahrung mußten wir von der ersten Etage in den Keller gehen. Dort kamen wir in einen kleinen Flur, von dem ein Weg in den Aufbahrungsraum führte. Der Raum war höchstens zwölf Quadratmeter groß und hatte eine sehr niedrige Decke. Die Verstorbene lag schön zurechtgemacht im offenen Sarg. Wir hatten mehrere Holzpodeste übereinandergestellt und eine Samtdecke darübergelegt. Darauf stand der Sarg. (Es wird in diesem Zusammenhang gern von einem Katafalk gesprochen, was nur indirekt stimmt. Denn das ist ein schwarzverhängtes Gerüst für den Sarg bei Leichenfeiern.) Eine Kerze und ein Kreuz am Kopfende sorgten für feierliche Stimmung. An den Wänden hingen dezente Bilder und zwei Stühle standen den Angehörigen zur Verfügung. Die Frau und ich gingen zuerst rein. Sie warf nur einen kurzen Blick auf ihre Mutter, dann drängte sie ihre Kinder schnell wieder zurück, bevor sie die Verstorbene sehen konnten. Die Frau wollte nicht, daß die Enkel ihre Großmutter so sahen. Ihrer Meinung nach sah sie nicht mehr gut aus.

Auch heute frage ich mich noch, was die Menschen für Vorstellungen haben, wenn es um den Tod geht. Ein Toter sieht ungeschminkt nach mehreren Tagen selten so aus wie zu Lebzeiten. Er muß nicht entstellt sein, kann sogar schlafend wirken, aber der Körper kann kein Leben mehr ausstrahlen! Die Frau nahm es relativ gelassen.

Zur Trauerfeier im selben Raum am Samstagmorgen kamen noch einige Verwandte. Sprechen sollte eine Sprecherin. Mit sieben oder acht Personen und der Sprecherin und dem geschlossen Sarg herrschte in diesem kleinen Raum nicht nur Enge, sondern die Luft war auch sehr schlecht. Wir hatten keine Belüftungsanlage. Für Musik hatte ich gesorgt, indem ich unsere kleine Stereoanlage im Keller aufgebaut hatte, um die gewünschten CD`s zu spielen. Es handelte sich dabei nur um klassische Musik. Die Aufteilung war recht einfach. Das erste Stück sollte gespielt werden, bevor die Sprecherin anfing, zwischendurch eins und zum Schluß sollten zwei oder drei nacheinander folgen. Die Familie wollte andächtig dabei stehenbleiben und für sich Abschied nehmen. Ich stand hinter einer Tür und hörte der Trauerrede zu, um meinen Einsatz für die Musik abzuwarten. Nach dem ersten Stück, als die Trauerrede gehalten wurde, konnte ich schon Trillerpfeifen hören. Nach dem zweiten Stück hörte ich schon richtigen Lärm von der Straße. Als zum Schluß die restlichen Stücke gespielt wurden, brauchte ich nicht mehr dabei zu bleiben, weil die Stücke in der Reihenfolge einprogrammiert waren. Ich ging zum Haupteingang und schaute raus. Der Demonstrationszug bewegte sich direkt von der Fußgängerzone in unsere Seitenstraße. Ich konnte nicht abschätzen, wieviele Menschen hier vorbeigehen würden. Wie viele es auch sein mochten, sie machten einen Wahnsinnslärm. Ich ging wieder in den Keller, wo der Lärm die Trauerfeier störte. Die Sprecherin fragte mich, was denn los sei. Als beste Lösung fiel mir nur ein, die Musik lauter zu drehen. Den Angehörigen schien das zu gefallen, denn nachdem die CD zu Ende gespielt hatte, standen sie immer noch um den Sarg herum und machten keine Anstalten zu gehen. Der Keller lag direkt zur Straßenseite, weshalb der Lärm der Demonstration laut und deutlich hörbar war. In dieser Situation schien es mir angebracht, die letzten Stücke zu wiederholen, was ich auch tat. Erst nachdem das beendet war, wollten die Angehörigen gehen. Zu diesem Zeitpunkt schien die Demo weit weg zu sein, denn ich hörte sie nicht mehr. Die Trauernden hatten auch genug und verschwanden stillen Schrittes. Mit etwas Geschick stellte ich den Sarg auf ein fahrbares Gestell und brachte ihn in den Kühlraum, oder wie wir den Angehörigen gegenüber sagten, in den Klimaraum. Schließlich handelte es sich nicht um so etwas Profanes wie eine Kühltruhe.

Trauerkreis

Unser Institut in Hannover bot einen Service an, der von Bestattungsinstituten nicht sehr häufig angeboten wurde. Einen sogenannten Trauerkreis. Ich erzähle Ihnen deshalb davon, weil Menschen, die mit dem Tod einer nahestehenden Person nicht klar gekommen sind, hier geholfen werden konnte.

Frau Radecke hatte Anfang der 90er Jahre einen speziellen Kurs dafür besucht. Dieser ging über einen längeren Zeitraum und kostete um die 15.000,- DM. Am Ende wurde eine Prüfung abgelegt und sie bekam eine Urkunde. Das war allerdings noch bei ihrem vorherigen Arbeitgeber, der dies auch finanzierte. Um so erfreulicher war es, daß sie mit dieser Qualifikation nun für uns arbeitete.

Sinn und Zweck des Unterfangens sollte sein, Kunden, die eine Beerdigung bei uns ausrichten ließen, psychologische Unterstützung zugute kommen zu lassen. In diesem Kreis sind während meiner Zeit immer nur Frauen gewesen. Die Zahl bewegte sich um die sieben oder acht Personen. Dieser Kreis fand alle 14 Tage statt und war natürlich freiwillig und vor allem kostenlos. Wie ich schon sagte, ein spezieller Service der Firma. Die Sitzungen dauerten zwischen 90 und 150 Minuten. Die Witwen oder Hinterbliebenen konnten in dieser Runde über ihre Probleme sprechen und den Tod des geliebten Menschen mit der Zeit verarbeiten. Die Menschen mußten erst lernen, den Tod zu akzeptieren und in den meisten Fällen ihr Leben allein zu meistern. Es wurde Musik zur Entspannung gespielt, einfühlsame Geschichten oder Gedichte vorgelesen und miteinander geredet. Manche Frau war bis zu zwei Jahre dabei, andere verließen den Kreis früher. Es entstanden Kontakte und Freundschaften. Im Prinzip ist es eine Selbsthilfegruppe unter sachkundiger Leitung gewesen. Frau Radecke mußte sich sehr genau vorbereiten, auf die einzelnen Personen einstellen können und aufpassen, daß nicht irgend jemand durch zu starke Gefühlsanwandlungen einen Nervenzusammenbruch bekam. Auch Selbstmordgedanken wurden hier vorgetragen. In Einzelgesprächen hat sie dann diesen Frauen zu psychologischer Hilfe durch einen Arzt geraten. Nämlich dann, wenn sie sich überfordert sah und Angst um Leib und Seele dieser Frauen hatte. Sie konnte gut zuhören und auf die Menschen eingehen, vermied aber jedes Risiko.

Einmal kam eine Frau zu uns, die gern teilnehmen wollte, obwohl der Sterbefall nicht über uns abgewickelt wurde. Auch hier versagte sie nach Absprache mit mir nicht ihre Hilfe. Ich weiß nicht die Zahl der Menschen, denen hier geholfen werden konnte, aber es verdient Respekt vor der Leistung von Frau Radecke und meinem damaligen Arbeitgeber. Denn für diesen Kreis bekam sie selbstverständlich eine Zulage und die Bewirtungskosten trug die Firma. Andererseits konnten wir uns sicher sein, den einen oder anderen Sterbefall durch die Mund-zu-Mund-Propaganda dieser Frauen zu erhalten. Insofern steckt natürlich Geschäftssinn dahinter, von dem alle profitieren konnten.

Warum Männer daran nicht teilnehmen wollten, konnte sie nicht erklären. Wir vermuteten, daß mein Geschlecht mit Gefühlen (auch dieser Art) noch weniger umgehen kann als das vermeintlich schwache Geschlecht.

Der neue Chef

In der letzten Märzwoche erhielt ich gegen Mittag einen Anruf. Die Frauenstimme kannte ich aus der Zentrale in Wiesbaden. Sie sagte mir, es wollte mich jemand sprechen, teilte mir noch den Namen mit und schon hatte ich ihn an der Strippe. Eine dunkle Stimme mit Akzent stellte sich mir als der neue Geschäftsführer für Deutschland vor! Ich war wie vom Donner gerührt. Das Unternehmen und Herr Temps hätten sich im beiderseitigen Einvernehmen getrennt (diese Redewendung kenne ich auch wegen meiner Tätigkeit davor sehr gut, denn wir haben sie dort häufiger angewendet). Man sei mit mir sehr zufrieden und ich sollte mir wirklich keine Sorgen machen, es könnte alles weitergehen wie bisher. Eine Beeinträchtigung meiner Arbeit oder meiner Stellung sei damit nicht verbunden. Wie gesagt, man war mit mir zufrieden und demnächst sollte ich Besuch von Herrn Paul erhalten, der alles weitere mit mir besprechen werde. Zum Schluß teilte mir der neue Geschäftsführer für Deutschland seine Telefonnummern in Wiesbaden und in Paris mit, wo die Europazentrale stand. Dann verabschiedete er sich höflich, und das Gespräch war beendet.

Ich ließ mir das Gespräch noch mal durch den Kopf gehen und bat schließlich Frau Radecke zu mir rein. Bevor ich ihr das sagen konnte, sollte sie sich setzten. Nachdem ich es ihr mitgeteilt hatte, war auch sie völlig fassungslos und fast den Tränen nahe. Gleich danach telefonierte ich mit Laatzen und gab die neue Nachricht durch. Auch dort herrschte Bestürzung. Was uns erwarten sollte, würden wir bald erfahren. Den neuen Geschäftsführer habe ich später auf der Geschäftsstellenleitertagung in Hamburg kennengelernt, ein intelligenter, aber knallharter Geschäftsmann, mit dem ich gut auskam, nur leider sehr wenig zu tun haben sollte. Es war das einzige Mal, daß wir direkten Kontakt hatten.

Zu der Trennung von Herrn Temps und der Firma habe ich später gehört, wie sein Abgang verlief. Der neue Geschäftsführer, ein Mann aus der Zentrale und er selber sollen für ungefähr eineinhalb Stunden im Büro von Herrn Temps verschwunden sein. Anschließend wurde den Angestellten die Trennung bekanntgegeben und zwei Kartons gesucht, in denen er seine Utensilien verstauen konnte. So soll die Trennung im beiderseitigen Einvernehmen ausgesehen haben. Übrigens kann dieser Abgang nicht ganz so überraschend gekommen sein. Bei seinem letzten Besuch im März meinte Herr Temps auf leichte Kritik von Frau Radecke hin, sie solle doch froh über ihn als Geschäftsführer sein, wer weiß, was nach ihm kommen würde. Ahnte er sein berufliches Ende in diesem Unternehmen?

Mein neuer Chef Herr Paul kam recht bald zu seinem Antrittsbesuch. Wir kannten uns von seinem letzten Besuch im Februar. Damals kam er mit jemanden aus Paris zur Stippvisite vorbei. Ich zeigte den beiden das Geschäft, und wir sprachen über den dringend benötigten Mitarbeiter. Der Mann aus Paris bestätigte nur, daß unbedingt zusätzlich jemand eingestellt werden müßte. Herr Paul und ich hatten damals schon kleine, aber nicht ernsthafte Reibereien. Er versuchte mich zu provozieren, was ihm allerdings nicht gelang. Ich war schlagfertig genug, um zu kontern, was ihm offensichtlich gefiel. Als die beiden wieder wegfuhren, hakte ich unser Gespräch als erledigt ab. Nun tauchte er allein auf.

Wir unterhielten uns fast drei Stunden lang. Von Frau Loch aus Laatzen wußte ich schon einiges über ihn, denn sie hatte eine Zeitlang in dem Bestattungsinstitut seines Onkels gearbeitet. Von der Mentalität her waren sich demnach die beiden Männer sehr ähnlich (Frau Loch schien mir aber auch gut dazu zu passen), was ich zu diesem Zeitpunkt jedoch als nicht bedenklich sah. Zuerst erklärte er mir die neuen Gegebenheiten und erläuterte seine Absicht, die Struktur des Unternehmens in Deutschland zu ändern. Herr Paul war für den gesamten operativen Teil zuständig. Das heißt, für die Institute und Geschäftsstellenleiter war er ab sofort der Ansprechpartner. Das gleiche galt für die geplanten Zukäufe und Personalentscheidungen. Er verklickerte mir, alle Neuentscheidungen, die Geld kosten würden, müßten bis auf weiteres auf Eis gelegt werden! Zumindestens solange, bis er in diesem Chaos seines Vorgängers den Durchblick hätte. Die Angestellten würden ihm über angebliche mündliche Absprachen mit dem bisherigen Geschäftsführer alles möglich erzählen. Nur nachprüfen konnte er das nicht. Einerseits hatte er Recht, andererseits schien mir diese Einstellung zu mißtrauisch.

Über Bollmann und Husch haben wir logischerweise die meiste Zeit gesprochen. Auch er sah mein Haupttätigkeitsfeld in Hannover. Als wir auf unsere Pläne für die Zukunft kamen, erzählte er von Verkaufstraining vor der Kamera, von einheitlicher Kleidung für die männlichen Mitarbeiter und dem Zusammenwachsen der Institute in Deutschland. Als ich ihm sagte, was ich von dem blauen Zweireiher und der blauweiß gestreiften Krawatte zur anthrazitfarbenen Hose hielt (nämlich gar nichts), meinte er nur trocken, er hätte das ausgesucht! Mit weiteren Zukäufen in Hannover war auf absehbare Zeit nicht zu rechnen. Das enttäuschte mich. Grund dafür war nach seinen Angaben das neue Steuerrecht der rotgrünen Regierung, wonach ein Firmeninhaber, der sein Institut an uns verkaufen wollte, die Hälfte davon an Vater Staat als Steuern abführen muß. Ich wußte nicht, ob dies der Wahrheit entsprach, vorstellen konnte ich es mir schon. Deswegen gäbe es keine verkaufsbereiten Bestatter. Andererseits erzählte er Monate später, fast täglich würden irgendwelche Besitzer von Instituten bei ihm anrufen, um ihr Institut zu verkaufen. Nur seien die nicht kaufenswert. Den neuen Mitarbeiter, nun ja, den brauchten wir nicht mehr. Mit anderen Worten, das Tagesgeschäft sollte mein Hauptjob sein und für die Versprechungen seines Vorgängers konnte er ja nun wirklich nichts. Zugegebenermaßen stimmte das. Die Bewerberunterlagen konnte ich dem jungen Mann sofort zurückschicken. Dann war da noch die geplante Zeitung. Das Ding wischte er sofort vom Tisch. In seinen Augen zu teuer und nutzlos. Kontaktpflege, sicher, die muß sein, jedoch ohne diese peinlichen Auftritte in Heimen und das Bitten um Aufträge. So hatte ich mir das auch nicht vorgestellt und bin mir heute nicht mehr so sicher, ob er das wirklich so gemeint hatte. Ich glaube, dies war der Beginn einer ganzen Reihe von Mißverständnissen. Jedenfalls wollte er auch wieder Herrn Bollmann einspannen, was dieser jedoch nicht wollte. So teilte er uns das später mit. Bevor mein neuer Chef an diesem Tag nach Springe fuhr, um meinen dortigen Kollegen zu besuchen meinte er nur: »Auch wenn wir Reibereien haben, Reibung erzeugt Wärme!« Diese Wärme gab es zwischen uns nie.

Zwei Themen in Bezug auf meinen Chef möchte ich hier noch ansprechen. Die von ihm gestrichene Zeitung tauchte nach dem mit von mir entwickelten Konzept sechs Monate später bei einem anderen Bestatter auf. Dieser war bereits seit langem ein sehr guter Freund von Herrn Paul. Ohne jemandem etwas zu unterstellen: Daß dieses Konzept erfolgreich durch ein anderes Bestattungsinstitut umgesetzt wurde, dessen Besitzer ein guter Freund von meinem Chef war, läßt manche Vermutung zu...!

Dann möchte ich zum Thema Vorsorgevertrag noch etwas erzählen. Es handelt sich hierbei um ein Gespräch zwischen Herrn Paul und mir an jenem Tag. Den genauen Wortlaut kann ich ihnen natürlich nicht widergeben, aber sinngemäß verlief unser Gespräch so:

»...Angst haben zu sterben.«

»Die Menschen müssen Angst haben zu sterben ohne einen Vorsorgevertrag. Sie müssen glauben, daß sie ohne den verscharrt werden wie ein Hund. Die Angst soll ihnen richtig im Genick sitzen. Die Menschen müssen, ich betone: müssen, wirklich davon überzeugt sein, daß sie ohne einen Vorsorgevertrag nicht anständig beerdigt werden. Die sollen uns die Ladentüren einrennen und die Vorsorgeverträge aus der Hand reißen. Und wenn das passiert, glauben sie mir, dann haben wir unsere Arbeit nicht nur gut gemacht, dann sind wir einfach spitze.«

»Leuchtet mir schon ein, wie wichtig das Vorsorgegeschäft ist. Doch wie wollen Sie die Menschen davon überzeugen, daß es so wichtig und sinnvoll für sie ist, einen Vorsorgevertrag abzuschließen? Die, die das wirklich wollen, kommen auch so zu uns. Wie können wir das für die anderen interessant machen?«

»Wir arbeiten daran. Ich kann Ihnen noch nicht sagen, wie und wann wir damit auftreten werden. Die Leute sollen ja auch das Geld möglichst direkt einzahlen. Es ist nicht schlecht, wenn sie eine Sterbegeldversicherung abschließen, aber eine direkte Anzahlung bringt uns mehr. Ich werde diese Angelegenheit entsprechend forcieren. Sie hat Priorität!«

»Wenn wir mal ehrlich sind, ist es doch so, daß dieses Geld anders angelegt viel mehr bringen kann. Ich brauche dafür nicht einmal ein großes Risiko einzugehen. Die Verzinsung bei einer Einzahlung entspricht dem üblichen Zinskurs eines Sparbuches, sprich 2 oder 2,5 Prozent. Zahl ich das Geld in einen halbwegs vernünftigen Fonds, habe ich mindestens das doppelte. Dazu ein Testament und das Geld ist für den bestimmten Zweck sicher. Bei einer Sterbeversicherung ist es wieder etwas anderes. Mit dem Geld können wir gar nicht arbeiten, sondern betreiben nur Bestandssicherung. Das Thema zu forcieren macht Sinn, aber die Leute....«

Unterbricht mich: »So dürfen Sie das nicht sehen. Wer sein Geld anlegen will, wird es tun. Wer sein Geld bei uns »anlegt«, hat auch ein bestimmtes Vorhaben. Die älteren Menschen haben nun mal den Wunsch, in Würde unter die Erde zu kommen. Und wir werden ihnen diesen Wunsch auch erfüllen. Das ist unser Job. Und im übrigen, wir betrügen ja niemanden. So ist das Geld sicher für diesen Zweck angelegt. Mit einem Vorsorgevertrag bei uns sollte sich jeder in besten Händen fühlen und nicht darüber nachdenken, ob er sein Geld nicht doch woanders anlegt. Wenn Sie die Leute zu einer Geldanlage beraten wollen, sollten Sie Vermögensberater werden.«

Vorsorgeverträge müssen nicht angezahlt werden. Ältere Menschen tun dies trotzdem recht häufig, weil sie Angst haben, daß später nicht mehr genug Geld für eine vernünftige Beerdigung da sein könnte. Grundsätzlich ist es keine schlechte Angelegenheit. Aber Gedanken, ob dieses Geld nicht auch anderes angelegt werden kann und testamentarisch für die eigene Beerdigung festgelegt werden könnte, sollten auch angestellt werden. Die Möglichkeit einer Sterbeversicherung ist natürlich ebenfalls nicht zu verachten. Bietet sie doch ein hohes Maß an Sicherheit. Inzwischen können sogar über achtzigjährige noch eine Sterbegeldversicherung abschließen. Die Beiträge sind entsprechend hoch. Information ist alles.

Jeder kann das für sich allein entscheiden. Wie auch immer. Dieses Thema begleitete mich noch das gesamte Jahr über. Entscheidendes ist dennoch nicht passiert. Interessant ist noch eine andere Tatsache. Es gab eine Vereinbarung mit Frau Loch und Frau Radecke, die ihnen für jeden Vorsorgevertrag eine Prämie von 10,- DM ohne Anzahlung und 20,- DM mit Anzahlung zusicherte. Die Regelung ist schriftlich vor meinem Eintritt in die Firma belegt worden und kam während meiner Zeit ebenfalls nicht zur Auszahlung. Der Versuch von Herrn Paul, diese Prämienregelung Frau Radecke gegenüber als unmoralisch hinzustellen, scheiterte. Warum er diesen Versuch ihr gegenüber unternommen hat, kann ich nur erraten. Ich glaube, er wollte das Unternehmen von dieser Zusage entbinden. Leider bin ich nicht darüber informiert, ob er gegenüber Frau Loch den gleichen Versuch unternommen hat. So blieb es mir mehrfach überlassen, ihn daran zu erinnern und mehrfach hatte ich den Eindruck, daß er sich darum kümmerte. Ich berichtete natürlich auch Frau Loch über diese Entwicklung zu den Prämien. Laut ihrer Aussage hatte sie bisher keine Prämien erhalten. Kurz bevor ich die Firma verließ, wollte sie davon nichts mehr wissen. Sie hatte ihre Prämie monatlich ausgezahlt bekommen.

April

Bestattungsarten

Während meiner Zeit als Bestatter und Geschäftsstellenleiter wurde mir häufig die Frage nach den verschiedenen Bestattungsarten gestellt. Darum scheint es mir angebracht, an dieser Stelle näher darauf einzugehen.

In Deutschland gibt es drei verschiedene Bestattungsarten. Die Erd-, die Feuer- und die Seebestattung. Verstorbene und Urne müssen an Land auf einem amtlich zugelassenen Bestattungsplatz beigesetzt werden. Die Möglichkeit eines privaten Bestattungsplatzes (kein öffentlicher Friedhof) kann nur mit besonderer Genehmigung der Gemeinde- oder Stadtverwaltung genutzt werden. Die Wahl der Bestattungsart hängt dabei ganz vom Wunsch des Verstorbenen ab.

Der Erdbestattung

Möglich ist eine Erdbestattung in einem Erdgrab oder einem Sarkophag (Steingrab). Es ist die herkömmlichste Art der Bestattung in Deutschland.

Im Islam ist es üblich, den Toten in einem Tuch beizusetzen. Das ist lange Zeit in Deutschland nicht möglich gewesen. Inzwischen gibt es einige wenige Friedhöfe in Deutschland, die auch diese Möglichkeit der Bestattung bieten. Ein Muslim darf nur unter Muslimen beigesetzt werden und die Ausrichtung des Grabfeldes muß nach Mekka erfolgen. Bedenkt man die große Zahl unserer Mitbürger, die dem Islam zugehören, ist diese Entscheidung nur gut zu heißen.

Die Feuerbestattung

Die Feuerbestattung darf nur mit der eindeutigen Zustimmung des Verstorbenen durchgeführt werden. Wenn diese Willenserklärung bereits zu Lebzeiten schriftlich festgelegt wurde, wird es damit überhaupt keine Probleme geben. Gibt es nur eine mündliche Willenserklärung, kann das durch den Ehepartner bestätigt werden. Ansonsten besteht die Möglichkeit, die Einäscherung zu beantragen. Das ist in den Bundesländern unterschiedlich geregelt. Ohne die Erlaubnis einer Einäscherung darf in Deutschland niemand eingeäschert werden.

Die Seebestattung

Die Geschichte, in der der Verstorbene einen besonderen Bezug zur See gehabt hatte und deshalb dort beigesetzt werden möchte, kennen Sie sicher schon. Diese Geschichte muß heute nicht mehr erzählt werden, weil inzwischen die Behörden den Wunsch eines Menschen akzeptieren, auf

See beigesetzt zu werden. Nicht möglich ist es allerdings, einen toten Körper im Sarg oder in Tüchern eingewickelt auf See beizusetzen. Denn diese Frage wurde mir auch einmal gestellt. Angehörige können dabei sein, was allerdings den Preis erhöht. Ich habe es mehrfach so erlebt, daß die Angehörigen eine Trauerfeier am Sarg oder an der Urne abhielten und wir danach die Urne mit der Post an die See geschickt haben. Von dort wurde sie von einem Bestatter auf einem speziellen Schiff mitgenommen und auf See beigesetzt.

Die Seebestattung findet an einem offiziell zugelassenen Platz in der Nordsee, Ostsee oder im Atlantik außerhalb der Drei-Meilen-Zone statt. Der Kapitän oder ein Geistlicher sprechen einige Worte des Abschieds, bevor die Urne der See übergeben wird. In einer Seekarte wird die Versenkungsstelle vermerkt und den Angehörigen als Kopie überlassen.

Grabstätten

Ich hatte bereits über die Möglichkeit eines Grabkaufes gesprochen. Eine Grabstelle wird nicht gekauft, sondern Sie können nur ein öffentlichrechtliches Nutzungsrecht erwerben. In Hannover liegt das bei zwanzig Jahren. Bundesweit sind diese Fristen sehr unterschiedlich. Durch die jeweilige Friedhofsordnung wird das Nutzungsrecht geregelt und auch der Zeitraum für das Nutzungsrecht ist dort festgelegt.

Sowohl für Urnen als auch für Särge gibt es die Möglichkeit der Wahlgrabstätte, der Reihengrabstätte, der Gemeinschaftsgrabstätte (anonymes Grab) oder der Wandgrabstätte (Urnen).

Die Wahlgrabstätte

Wahlgrabstätten befinden sich in bevorzugter Friedhofslage auf einem festgelegten Platz. Diese sind meist größer als Reihengräber und können aus mehreren Grabstellen bestehen. Ein Wahltiefengrab bietet die Möglichkeit, zwei Menschen übereinander beizusetzen und ist deshalb oft preisgünstiger als die herkömmliche Wahlgrabstätte. Außerdem besteht so die Möglichkeit, daß sich sehr nahestehende Menschen im selben Grab beigesetzt werden können. Wahlgräber wurden besonders früher häufig für Familien genutzt. Das passiert auch heute noch, aber im Zuge der allgemeinen Mobilität immer weniger. Wahlgrabstätten sind die teuerste Möglichkeit von den vorhandenen Grabarten.

Die Reihengrabstätte

Reihengrabstätten können nicht zu Lebzeiten erworben werden. Sie werden »gekauft« und zugeteilt, wie sie gebraucht werden. Die Verstorbenen werden einzeln und der Reihe nach beerdigt, ohne daß dort ein Platz frei bleibt. Eine Auswahl im herkömmlichen Sinn gibt es nicht, obwohl die Friedhöfe je nach Größe oft mehr als einen Platz mit Reihengräbern haben.

Die Gemeinschaftsgrabstätte oder das Anonyme Grab

Die Bezeichnung anonyme Grabstätte kommt dadurch zustande, weil den Hinterbliebenen zwar der Gesamtplatz, jedoch nicht die Einzelgrabstätte bekannt ist. Über diesen Grabplätzen liegt fast immer eine Wiese, die nach der Beisetzung wieder geschlossen wird. Der Rasen wird danach wieder so gelegt, daß nicht einmal zu erkennen ist, wo die letzte Beisetzung stattfand. Angehörige sind bei der Beisetzung nicht anwesend. Es ist die preisgünstigste Variante, da auch die Grabpflege entfällt.

Das Wandgrab

Das Wandgrab für Urnen nennt sich Kolumbarium und ist die Alternative zum Erdgrab. In einer Holz oder Steinwand sind verschiedene Kammern für die Urnen. Die Kammern sind oft mit einer Steinplatte verschlossen, auf der die Daten des Verstorbenen stehen können.

Bestattungsfrist

Laut Gesetz muß ein Verstorbener innerhalb von 96 Stunden bestattet werden, wobei bestattungsfreie Tage nicht mitgezählt werden. Dieses Gesetz ist in fast allen Bundesländern gleich und wird noch dadurch ergänzt, daß ein Toter nicht vor Ablauf von 48 Stunden nach Feststellung des Todes bestattet werden darf. Damit verbunden ist der Bestattungs- und Friedhofszwang. Es ist nicht möglich, die Urne und schon gar nicht den Sarg mit nach Hause zu nehmen oder im eigenen Garten beizusetzen.

Bei allen Vorschriften und Gesetzen, die es zu beachten gilt, hat der Bestatter dennoch einige Möglichkeiten, auf Wünsche der Angehörigen einzugehen. Oftmals gibt es zwischen dem Bestatter und den Behörden ein gutes Zusammenspiel. So habe ich während meiner Amtszeit auch das eine oder andere versucht möglich zu machen, damit diese Frist von 96 Stunden ausgedehnt werden konnte. Allerdings haben wir niemals jemanden innerhalb von 48 Stunden unter die Erde bringen können. Allein aus organisatorischen Gründen ist das nicht möglich gewesen. Die Sterbeurkunden brauchten selbst im günstigsten Fall schon diese Zeit. Ausnahmen gab es natürlich auch hier, aber führten nicht zu einer früheren Bestattung. Wenn die Angehörigen mich gebeten haben, noch vier oder fünf Tage zu warten, damit Tante Lieschen aus dem Urlaub in Afrika an der Trauerfeier teilnehmen konnte, habe ich die Papiere eben etwas später an die Behörden weitergereicht. Und im Regelfall halten sie auch still, weil ihnen die Umstände in diesem Gewerbe bekannt sind. Das längste, woran ich mich erinnern kann, sind in einem Fall sechs Wochen gewesen. Zuerst hatten wir den armen Mann in unserem Klimaraum, dann fing er an zu riechen und wir brachten ihn zur Zwischenlagerung in den Kühlraum des Krematoriums. Schuld waren die Erben. Erst wurde von dem Lebenspartner des alten Mannes ein Auftrag über 10.000,- DM an uns erteilt, dann machte er einen Rückzieher, als er erfuhr, daß er das bezahlen müßte. Als nächstes war das Sozialamt dran, allerdings mit dem üblichen Sozialamtsauftragswert. Das bedeutete: So günstig wie möglich! Da lagen wir für unseren Auftrag ohne Friedhof bei ungefähr 2.000,- DM. Schließlich tauchte ein Neffe auf, setzte sich mit dem Sozialamt in Kontakt und wollte für die Kosten aufkommen. Seiner Meinung nach sollten um die 100.000,- DM zu erben sein. Als er erfuhr, daß dieses Geld nicht mehr oder womöglich niemals da war, zog er sich wieder zurück. Irgendwann haben mich Leute aus der Stammkneipe des Verstorbenen angerufen, wann denn endlich die Trauerfeier sei. Das alles zog sich hin und er kam ohne Trauerfeier auf Anordnung des Sozialamtes unter die Erde. Leider wußte ich nicht, von welcher Kneipe die Leute mich angerufen hatten und so konnte ich bei erneuter Anfrage nur noch die Grabstelle nennen. Ich hörte später, daß sie mit einem Kranz zu dem Grab gegangen sind und ihm die letzte Ehre erwiesen haben. Sein Lebenspartner und sein Neffe haben das nicht fertiggebracht. Ob der Lebenspartner das Geld veruntreut, gestohlen oder was weiß ich damit gemacht hat, kann ich Ihnen nicht sagen. Diese Geschichte endete irgendwann vor Gericht.

Daß Verstorbene noch zu Hause liegen bleiben sollen, wurde seltener gewünscht. Aber dieser Wunsch soll laut meiner Mitarbeiter immer öfter geäußert worden sein. Auch hier sind wir den Menschen entgegengekommen. Laut Gesetz sind zwischen Eintritt des Todes und der Überführung in eine Totenhalle 36 Stunden zulässig.

Der Anruf kam am Mittwochabend und die Abholung erfolgte erst am Freitagmorgen. Abschiednehmen ist für einige Menschen sehr wichtig, während andere es lieber vermeiden wollen. Das muß jeder für sich selber entscheiden. Wir haben immer versucht, auf die Menschen einzugehen. Ich glaube, jeder Bestatter wird dies versuchen.

Ich erinnere mich an eine Abholung an einem Samstagvormittag. Der Anruf dazu kam am Freitagabend. Zuerst betrat ich die Wohnung allein, um mir die Gegebenheiten anzusehen. Ich betrat das geräumige Wohnzimmer. Die Tote lag auf dem Sofa, hatte einen Trainingsanzug an und war zur Hälfte mit einer Decke bedeckt. Sie ist nur Ende dreißig geworden und an Krebs gestorben. Ihr Körper wirkte ausgemergelt und fleckig. Sie hatte nur wenige Haare. So wie der Körper aussah, muß es ein schmerzhaftes Sterben gewesen sein. Aber ihr Gesicht wirkte ausgesprochen friedlich, geradezu entspannt. Allein zu sterben muß sehr schlimm sein. Diese Frau ist nicht allein gestorben, sondern im Kreis ihrer Familie. Die Familie fühlte sich dadurch besser, weil sie diese Frau begleiteten konnte und alles tat, damit sie sich geborgen fühlte.

Frau Radecke meinte in bestimmten Situationen die Seele zu spüren, wenn sie den Raum eines gerade Verstorbenen betrat. Sie konnte es selber nicht erklären. Ich weiß nicht, ob es so ist oder nicht. Aber dieses Gefühl glaubte auch ich manchmal zu haben. Irgendetwas in diesem Raum war anders als es normalerweise gewesen wäre. Vielleicht ist es nur Einbildung gewesen. Vielleicht auch nicht.

Aufbahrungsmöglichkeiten gab es nicht nur in unserem Institut, sondern auch auf den Friedhöfen. Dort sind die Verstorbenen allerdings hinter Glas zu besichtigen gewesen. Die Atmosphäre ist dort meist sehr kalt, was sicher auch an der kargen Einrichtung und den Steinwänden liegt. Insofern ist die Abschiednahme zu Hause die beste und die preiswerteste Möglichkeit.

Werbung in der Zeitung und in Kirchenblättern

Der April wurde für uns schon ruhiger, was zum einen mit der allgemeinen Lage zu tun hatte, zum anderen aber auch mit den hausgemachten Problemen. Zu dieser Zeit entschloß ich mich trotz aller Sparmaßnahmen mehr Geld in die Werbung zu investieren. Eine Firma, die niemand kennt, bekommt nun mal keine Aufträge. Also bekam eine Zeitung in Hannover, nennen wir sie das Hannoversche Wochenblatt, einen Dauerauftrag. Die Zeitung wurde einmal die Woche kostenlos an alle Haushalte verteilt und beschäftigte sich in erster Linie mit Hannover. In jedem Ort und jeder Stadt gibt es diese Zeitungen. Allerdings werden sie überwiegend von Leuten ab vierzig oder von noch älteren Menschen gelesen, also die von uns gewünschten Ansprechpartner. Der Anzeigenverkäufer dieser Zeitung kannte noch Herrn Bollmann und war hoch erfreut, wieder mit uns ins Geschäft zu kommen. Auch ich fühlte mich gut bei ihm aufgehoben. Alle vierzehn Tage erschien eine Anzeige von Bollmann unter den Kleinanzeigen oben rechts (oder links?). Jedenfalls immer in sehr guter Position. Wir schalteten zwei Anzeigen im Wechsel und hatten damit auch Erfolg. Eine Anzeige kostete gut 500,- DM. Ab einer gewissen Anzahl von Anzeigen bekamen wir (wie jeder andere) einen Bonus. Darüber hinaus waren wir in einigen Kirchenblättern vertreten. Auch das schien eine recht sinnvolle Geldanlage. Damit sprachen wir immer die gewünschte Zielgruppe an und unterstützten die Kirchengemeinden. Dadurch wiederum bekamen wir die eine oder andere Empfehlung. Leider sind wir dabei nicht die einzigen gewesen, doch bei aller Qualität unserer Arbeit mußte Werbung einfach sein.

Einige Bestatter aus Hannover und dem Umland bedienten sich noch einer anderen Werbung in Form einer Anzeige in der größten Zeitung

Hannovers, der Hannoverschen Allgemeinen Zeitung. Dort inserierten sie als Fachverband Hannoverscher Bestatter e.V. gemeinsam. Ich glaube alle vierzehn Tage erschien diese Anzeige. Grundlegendes Thema dieser Anzeige war das Führen des Fachzeichens. Nur fachgeprüfte Unternehmen, deren Inhaber vor der Handwerkskammer eine freiwillige Prüfung abgelegt haben, durften dieses Zeichen im Schaufenster, der Leuchtreklame oder im Briefkopf führen. (Das Zeichen selber besteht aus der Ansicht eines Sarges von vorn und drei Kirchenfenstern dahinter. Darunter steht: Bestatter vom Handwerk geprüft. Dieses Zeichen ist in schwarzweiß.) Es wurde darauf hingewiesen, »daß bei Inanspruchnahme dieser Institute die vorschriftsmäßige und würdige Bestattungsdurchführung sowie sachkundige und vertrauenswürdige Hilfe geboten wird.« Außerdem wurde auf die »hohe Verantwortung und besondere Verpflichtung für das Ansehen unseres Berufsstandes in der Öffentlichkeit« aufmerksam gemacht.

Grundsätzlich war diese Anzeige zu begrüßen. Denn viele Eigentümer von Bestattungsinstituten gehören nicht zu Fachverbänden und machen sich das Leben entsprechend einfach. Sicher sind das nicht alles schwarze Schafe. Für uns ergab sich durch unsere Nichtmitgliedschaft der Nachteil, in dieser Anzeige nicht zu erscheinen, obwohl zumindestens Bollmann noch berechtigt war, dieses Zeichen zu benutzen. Andererseits waren wir eben kein Mitglied mehr. Viel schlimmer wog die Auffassung von Kunden, es würde sich um Familienbetriebe handen. Davon stand in dieser Anzeige kein Wort und es war uns leider nicht klar, warum das von den Menschen in diese Anzeige interpretiert wurde. Jetzt ging es noch weiter. Warum erschien unser Name nicht in der Anzeige? Waren wir kein Familienunternehmen? Was war mit Herrn Bollmann? Anfangs hatten wir einen gewissen Erklärungsnotstand. Schließlich erklärten wir auf Anfrage kein Familienunternehmen zu sein. Wurde nach dem neuen Besitzer gefragt, antworteten wir mit einer »norddeutschen Gesellschaft«. Kam die Frage nach einem amerikanischen Unternehmen, antworteten wir, dies sei uns nicht bekannt. Damit mogelten wir uns durch.

Das Wissen für die Menschen, ein Bestatter betreibt ein Familienunternehmen, ist nicht zu unterschätzen. In einem Familienbetrieb sind die Angehörigen besser aufgehoben als bei Angestellten?! Ein Selbständiger wird in den meisten Fällen engagierter sein als ein Angestellter. Nur, was diese Anzeige nicht sagte, ist die Tatsache, daß viele Bestatter Angestellte haben! Oder glauben sie wirklich, da arbeiten die Töchter, Söhne und Neffen in einem größeren Institut. In einem kleinen Institut mag das der Fall sein. Aber auch hier arbeiten Träger, die mit Sicherheit nicht zur Familie gehören. (Ich habe gehört, daß in den ländlichen Gebieten Freunde und Verwandte den Sarg tragen, wenn es auch nur noch selten vorkommt.) Diese Anzeigen verfehlten nicht ihre Wirkung.

Als Fazit bleibt die Erkenntnis, wonach kleine Familienunternehmen in dieser Branche einen besseren Ruf genießen als Großunternehmen. Im Grunde mag die Einstellung von Selbstständigen besser sein, doch sollte man den Angestellten nicht Unrecht tun und sie alle als unmotiviert oder unqualifiziert abstempeln.

Geschäftsstellenleitertreffen

In einem großen Unternehmen gibt es immer viele Besprechungen, die oft nicht sehr effektiv sind, weil Selbstdarsteller und Möchtegernmanager lang und breit Monologe halten. Bei uns war das nicht ganz so. Jedes Institut arbeitete für sich allein, quasi wie ein Profit Center (Teilbereich eines Unternehmens, für den ein »eigener Periodengewinn« ermittelt wird. In diesem Fall ist der Geschäftsstellenleiter gewissermaßen selbständiger Unternehmer). Meine Verantwortung bezog sich auf Bollmann und Husch, somit brauchten wir zum Glück nur innerhalb dieser Geschäfte unsere Besprechungen abzuhalten. Leider mußten wir Frau Loch das eine oder andere mal darum bitten, sich kürzer zu fassen, da sie die Gewohnheit hatte, alles lang und breit und teilweise doppelt zu erzählen. Ansonsten kamen wir aber gut voran. Nach außen hin gab es Kontakt zu meinem Chef und nach Wiesbaden, wo es in der Hauptsache um buchungstechnische Angelegenheiten ging. Natürlich gab es auch Kontakt zu anderen Instituten unserer »Familie«, allerdings hielt er sich in Grenzen. Und dann gab es einmal im Jahr ein Geschäftsstellenleitertreffen.

Das erste Treffen dieser Art wurde kurzfristig verschoben, was wahrscheinlich mit dem Wechsel der Geschäftsleitung zu tun hatte. Der neue Termin fand im April in Hamburg statt. Mein Kollege aus Springe und ich fuhren gemeinsam mit dem Auto dahin und konnten so über einiges reden, wie zum Beispiel über unseren neuen Chef. In Hamburg waren wir in einem guten Hotel untergebracht und sollten in den nächsten zwei Tagen alle anderen Geschäftsstellenleiter und den neuen Geschäftsführer kennenlernen. Desweiteren wurden Unternehmensziele, die Neuorganisation und sonstiges kommentiert. Es war sehr interessant, die anderen Bestatter kennenzulernen. Einige von Ihnen hatten ihr Geschäft an eine norddeutsche Gesellschaft oder die Amerikaner direkt verkauft und hatten nun einen Vertrag als Geschäftsstellenleiter oder Geschäftsführer. Sie hatten alle noch vor der Jahreswende 98/99 verkauft und bezogen für einen bestimmten Zeitraum ein Gehalt. Nach außen hin blieben sie Besitzer, was für die Kunden sehr wichtig war. Daß der Gewinn ganz woanders hingehen würde, konnte den Menschen egal sein. Für sie war wichtig, daß es sich um ein »Familienunternehmen« handelte.

Die Geschäftsstellenleiter waren völlig verschiedene Typen. Der Hamburger, mit dem ich enger zusammenarbeiten sollte, war bereits Mitte sechzig, elegant gekleidet und sehr beredet. Der Nürnberger mehr der

Hemdsärmelige, Herr Riechening, bei dem ich eingearbeitet wurde, war dagegen mehr zurückhaltend wie mein Kollege aus Springe. Dann war da noch ein Geschäftsführer aus Bremen mit seinem Unternehmen. Es umfaßte mehrere Institute. Er war gleichberechtigt in der Geschäftsführung tätig. Zumindestens für seine Institute. Genau war das nicht zu durchschauen. Aber er spielte seinen Part des Gegenpols zu meinem Chef, der übrigens ein Jahr später offiziell Geschäftsführer für Deutschland wurde, sehr gut. Die überlegte, scharfsinnige und ruhige Art beeindruckte uns alle. (Im Jahr 2000 hat er einen neuen Aufgabenbereich und besucht die Institute, um Schwächen zu beseitigen und als Ansprechpartner präsent zu sein. Ob damit sein Einfluß nachgelassen hat, kann ich nicht sagen.) Insgesamt sind wir neun Geschäftsstellenleiter oder Geschäftsführer gewesen, dazu kamen der neue Geschäftsführer, Herr Meu als Verantwortlicher für Marketing und ein Gast. Dieser junge Mann hatte unter Herrn Temps schon eine Rolle bei Neuerwerbungen gespielt, verließ die Firma und war nun wieder da. So richtig wurde seine Rolle nicht aufgeklärt. Er soll, wie ich später erfuhr, über Herrn Paul in den Konzern gekommen sein. Die beiden sind sehr gute Freunde gewesen!

Ein wichtiger Punkt war die Angleichung des Produktprogrammes, wovon wir damals noch weit entfernt waren. In jedem Institut, das zu uns gehörte, sollte ein identisches Grundprogramm vorhanden sein. Angefangen bei den Särgen bis zu Sterbehemden, Kissen und Decken. Jedes Institut sollte allerdings ein wenig individuell in der Auswahl bleiben dürfen. Der Vorteil wäre durch den Großeinkauf ein günstigerer Preis. Das nächste große Thema brachte eine sehr interessante Diskussion mit sich. In Großbritannien und anderen Ländern versuchte man durch direkte Kundenbefragung zu erfahren, was den Menschen an dem beauftragen Institut und den damit verbundenen Leistungen gut oder nicht so gut gefallen hatte. Das sollte nun auf Deutschland übertragen werden. Die Reaktionen waren sehr unterschiedlich. Die Bestatter meinten, dies sei hier nicht möglich. Die Angehörigen nach der Trauerfeier mit einem Fragebogen zu belästigen, sei einfach unmöglich. Gegenargument von Herrn Meu war die Problemlosigkeit damit in anderen Ländern. Warum dann in Deutschland? Dazu hieß es wieder, wenn die Selbständigkeit nach außen hin aufrecht gehalten werden sollte, könnte dieser Fragebogen Mißtrauen wecken. In kleineren Städten, wo der Bestatter in Vereinen und sonst wo engagiert ist, wo ihn jeder kennt, da sagt man schon, wenn eine Trauerfeier nicht gefallen hat. Auf die Frage, wie oft das schon vorgekommen sei, herrschte das große Schweigen. War die Qualität der Arbeit immer so gut oder sprachen die Menschen doch nicht offen aus, was sie dachten? Ein Lob zu bekommen ist das eine, doch bei dem Gegenteil halten sich die meisten Menschen bedeckt. Ich habe nur einmal eine Beschwerde über unsere Arbeit erlebt. Die Diskussion über diesen Fragebogen war von Emotionen geprägt. Selbst mein Chef sprach sich dagegen aus. In dem kleinen Ort, wo er neben dem Bestattungshandel noch ein eigenes Institut besaß, konnte dieser Fragebogen Probleme mit sich bringen. In den größeren Städten schien das Problem nicht so groß zu sein. Die Fragen wurden einzeln beraten und ein Termin für den Beginn der Befragung bestimmt.

Ansonsten passierte nicht soviel. Nennenswert ist noch der Besuch auf dem Ohlsdorfer Friedhof in Hamburg gewesen, der einer der größten Friedhöfe der Welt und wie ein Park angelegt ist.

Der Hamburger Bestatter hatte noch eine sehr gute Geschichte parat, die ich Ihnen nicht vorenthalten möchte:

Game Over

Sein Schwiegersohn und er wurden spät abends zu einem Sterbefall gerufen. Der Arzt hatte den Totenschein ausgestellt und der Verstorbene sollte abgeholt werden. Ein ganz normaler Sterbefall.

Die beiden fuhren zu dem Haus in einem gutbürgerlichen Viertel. Der Bestatter lief zur Tür und klingelte, während sein Schwiegersohn im Auto wartete. Die Witwe des Verstorbenen öffnete die Tür. Sie gingen in das Haus, und die Frau schilderte ihm alles. Er fragte sie, ob er sich kurz den Toten und die Gegebenheiten des Hauses ansehen könne. Die Frau verwies ihn in die erste Etage, drehte sich um und ging wieder in das Wohnzimmer zurück. Sonst war niemand mehr im Haus.

Allein, was sonst nicht üblich ist, betrat er das Schlafzimmer, in dem der Verstorbene liegen sollte. Zwei Kerzen brannten. Er machte das Licht an und sah - keine Leiche. Er wollte gerade in den nächsten Raum gehen, als er noch hinter dem Bett einen Fuß sah. An diesem Fuß war ein Stöckelschuh. Langsam ging er hin und erkannte einen Mann in Frauenkleidern und Frauenschuhen. Er war geschminkt und trug eine Perücke mit langen roten Haaren. Man konnte nur erahnen, was hier hätte passieren sollen.

Nachdem der Überführungssarg oben war, wollten die Bestatter den Toten ausziehen, um ihm ein Totenhemd anzuziehen, wie es von der Ehefrau, jetzt Witwe, gewünscht worden war. Doch da lauerte schon die nächste Überraschung. Unter dem Kleid trug er einen roten enganliegenden Latexanzug. Wau, dachten sich die beiden, was mag wohl noch alles kommen. Die beiden waren zum Glück allein mit dem Toten im Raum, denn in solchen Momenten ist es schwer, sich ein Schmunzeln zu verkneifen. Sie versuchten erst einmal diesen Gummianzug auszuziehen, ohne ihn dabei zu beschädigen. Es ging aber nicht. Wohl oder übel mußte einer die Witwe um Erlaubnis fragen, den Gummianzug aufschneiden zu dürfen.

Die Frau stand im Wohnzimmer mit dem Rücken zum Schwiegersohn, der sie nun doch etwas peinlich berührt um Erlaubnis fragte. Sie zog an ihrer Zigarette und sagte nur ein leises »Ja«. Offensichtlich war ihr das alles ebenso peinlich oder sogar egal. Es ist auch für jemanden, der täglich mit Hinterbliebenen zu tun hat, schwierig deren Gedankengänge zu verstehen. Der Abstand zwischen echter Trauer und Heuchelei ist oft geringer, als Außenstehende denken mögen.

Schließlich lag der Tote im Sarg, nur noch mit dem Totenhemd bekleidet und sollte nach unten gebracht werden. Sie waren gerade auf der Treppe, als der Ältere noch einen Blick in ein anderes Zimmer werfen konnte. Dort leuchtete etwas auf dem Monitor von einem PC auf. Er mußte loslachen, konnte sich nur mit Mühe beherrschen, was zu Unverständnis bei seinem Schwiegersohn führte, zumal sie auch noch den Sarg in den Händen hatten. Fast wäre ihnen der Sarg hingefallen. Sein Schwiegersohn fragte verärgert, was denn so komisch sei. Der Bestatter deutete mit dem Kopf in das Zimmer. Sein Schwiegersohn schaute ebenfalls in den Raum und lachte laut los. Auf dem Monitor stand: »GAME OVER«.

Alltag im April

Zurückgekehrt in das Institut begann der Alltag. So hatte ich das Problem mit einer Urnenbeisetzung in Berlin. Damit der dortige Friedhof die Urne bekommen konnte, ist ein sogenannter Aschenanforderungsschein erforderlich gewesen. Dieser Anforderungsschein war für das Krematorium wichtig. Denn wie ich bereits erwähnte, mußte von Amts wegen immer bekannt sein, wo die sterblichen Überreste beigesetzt werden sollten.

In diesem Fall war für einen bestimmten Termin in Berlin die Trauerfeier vorgesehen, doch der Aschenanforderungsschein vom dortigen Friedhof blieb aus. Vier Tage vor der Trauerfeier bekam ich einen Anruf aus Berlin. Ich wurde nach der Urne für besagten Fall gefragt und erfuhr, daß der Schein bereits vor über einer Woche abgeschickt worden war. In Hannover wußte niemand etwas davon. Die weitere Suche danach schien sinnlos und ich bat um einen neuen Schein. Er wurde mir gefaxt und ich leitete ihn auf diesem Weg an das Krematorium weiter, allerdings mit dem Versprechen, das Original hinterherzuschicken. Alles in allem war die Urne rechtzeitig in Berlin, die Trauerfeier fand wie geplant statt, und die Angehörigen haben von dieser Hektik nichts mitbekommen.

In einem anderen Fall warteten wir auf Sterbeurkunden. Das Standesamt bestand auf eine Heiratsurkunde der Verstorbenen, obwohl ihre Geburtsurkunde und die Sterbeurkunde ihres bereits verstorbenen Mannes vorlag. So wollte es die Vorschrift. Die Angehörigen hatten jedoch keine Heiratsurkunde ihrer Tante und wußten weder den Ort noch das Heiratsdatum genau. Vom Standesamt in Hannover konnten wir keine Hilfe erwarten, denn die Heirat fand vor dem Umzug nach Hannover statt.

Irgendwie konnten die Angehörigen in den Unterlagen noch den Hinweis finden, wonach die Heirat in Bad Nenndorf bei Hannover stattfand. Also rief ich dort beim Standesamt an und fragte nach dem Namen und dem Datum. Das konnten wir zumindestens auf die Jahre 1934 bis 1936 eingrenzen. Der Standesbeamte bekam allerdings zuviel, als er die unklaren Daten von mir erhielt. Da ich ihm wirklich nichts Genaueres sagen konnte, arbeitete er sich in Etappen vor. Die Hochzeiten nach dem Krieg konnte er über den Computer abrufen, doch alles was davor war, mußte manuell herausgesucht werden. Nach zwei Tagen hatte er die Unterlagen gefunden. Gegen eine Gebühr von 10,- DM bekamen wir eine beglaubigte Kopie und damit die Sterbeurkunden. Dieser Beamte hatte seinem Berufsstand alle Ehre gemacht.

Ein weiteres Thema war unser Kühlraum im Außenlager. Wir waren uns immer noch nicht einig, ob wir den überschüssigen Platz vermieten sollten oder nicht. Denn wenn wir es taten und andere Bestatter rein wollten, mußte immer einer von uns zur Stelle sein. Es behagte uns allen nicht, wenn Hinz und Kunz ohne uns hineinspazieren konnten und womöglich ihrer Neugierde freien Lauf lassen würden. Außerdem wollten wir den Friedhöfen mit ihren Kühlkammern keine Konkurrenz machen, waren wir doch auf sie angewiesen. Über den Preis wurde auch noch diskutiert, und irgendwann verlief alles im Sande.

Frau Radecke und Frau Loch äußerten mir gegenüber zu diesem Zeitpunkt den Wunsch nach einem Zwischenzeugnis. Sie erklärten übereinstimmend, daß durch den Abgang von Herrn Temps außer seiner rechten Hand Herrn Meu niemand mehr von ihren Leistungen in der Vergangenheit Zeugnis ablegen konnte. Und wie lange Herr Meu noch bleiben würde, schien damals ungewiß. Er hielt aber länger durch als ich und wird bestimmt immer noch dort arbeiten. Insbesondere Frau Radecke, die eine Zeitlang als einzige Trauerberaterin bei Bollmann das Geschäft über Wasser gehalten hatte, wollte diese Leistung festgehalten haben. Ich habe beiden angeboten, ihnen ein Zwischenzeugnis zu schreiben. Allerdings mußte es vom Geschäftsführer unterschrieben werden. Darüber sprach ich mit Herrn Meu, der die Situation dem neuen Geschäftsführer erklären mußte und vorab noch seinen Kommentar dazu abgeben wollte. Über diesen Weg wiederum war mein Chef sauer, weil ich ihn übergangen hatte. Aber das renkte sich bald wieder ein. Frau Loch wollte ihr Zeugnis selber schreiben, hat es aber nie getan. Dagegen konnte ich Frau Radecke ihr Zeugnis übergeben. Natürlich fragten der neue Geschäftsführer und mein Chef nach den Hintergründen, akzeptierten aber die angegebenen Gründe. Es blieb ihnen auch nichts anderes übrig. Gerade in Bezug auf Bollmann konnten die beiden Herren nur hoffen, daß der häufige Personalwechsel der Vergangenheit nicht andauerte. Durch meine Person sollte auch bei den Mitarbeitern Ruhe einkehren, denn die Menschen außerhalb registrieren diese häufigen Wechsel durchaus.

Kein Mensch kann sich von bösen Gedanken frei sprechen, auch meine damaligen Mitarbeiter und ich nicht. Das Geschäft verlief im April etwas flauer als im Vorjahr. Irgendwann kam Herr Landmann zu mir und berichtete von unserem Konkurrenten um die Ecke. Dort arbeitete ein Mann, den er von früher her kannte. Dieser kam aus Jugoslawien und hatte angeblich keine Arbeitserlaubnis. Wir überlegten eine kurze Zeit, ob wir deswegen etwas unternehmen sollten. Andererseits, was wäre gewesen, wenn dieser Mann inzwischen eine Arbeitserlaubnis hatte. Wie stünden wir dann da? Sie erinnern sich, was ich am Anfang schrieb: Bestatter gönnen sich nicht das Schwarze unter den Fingernägeln und sie benehmen sich manchmal wie die Mafia! Ich beschloß für uns alle, nicht der Mafia anzugehören. Wir unternahmen nichts.

Eine persönliche Beziehung zu Hinterbliebenen

In den meisten Fällen habe ich versucht, die Trauer der Hinterbliebenen und das Schicksal der Verstorbenen nicht zu dicht an mich herankommen zu lassen. Der Grund liegt auf der Hand. Ich wäre vor die Hunde gegangen! Mitgefühl zu zeigen ist das eine, ehrliches Mitgefühl zu spüren das andere. Es hängt viel von der Sympathie gegenüber den Hinterbliebenen oder Angehörigen ab, wie nah ein Bestatter diese Gefühle an sich heranläßt. Von einem dieser Fälle möchte ich Ihnen erzählen.

Ich kann mich noch genau daran erinnern. An einem Donnerstagnachmittag klingelte das Telefon. Ein Mann sagte mir, daß wir bitte vorbeikommen sollten. Sein Sohn sei gestorben, die Polizei und der Notarzt wären bereits da und der Totenschein schon ausgestellt. Er und seine Frau könnten noch gar nicht fassen, was eigentlich passiert sei. Wir sprachen über die üblichen Formalitäten und vereinbarten auf Wunsch des Mannes den Termin für den Freitagvormittag bei ihm zu Hause. Unsere Leute fuhren eine Stunde später hin, um den Toten abzuholen. Der junge Mann wog um die 120 Kilo und dazu kam noch der Sarg. Die Träger hatten einen sehr schweren Job.

Die Wohnung der Eltern war sehr schön eingerichtet. Ein kläffender Hund wurde in einen Nebenraum gesperrt. Nichts deutete auf irgendwelche Probleme hin. Offensichtlich eine ganz normale Familie. Wir setzten uns im Wohnzimmer an einen Tisch und sie boten mir Kaffee an. Anschließend erzählten sie erst mal, was passiert war. Ihr Sohn war 22 Jahre alt. Es gab noch einen jüngeren Bruder, der ebenfalls dabei war wie auch der beste Freund des jungen Verstorbenen. Sein Freund mußte fürchterlich leiden. Er schien sogar mehr zu leiden als die Familie, die sehr gefaßt war. Später merkte ich, daß die Familie den Tod ihres Sohnes einfach noch nicht begriffen hatte. Der Freund erzählte von dem Toten, er lobte ihn und schluchzte immer wieder. Nein, daß es so kommen würde, konnte er einfach nicht verstehen. Die Mutter komplementierte ihn in die Küche, damit wir anfangen konnten. Ihr anderer Sohn kümmerte sich um den Freund. Der Verstorbene hatte in der Vergangenheit Drogen- und Alkoholprobleme gehabt. Aber die Eltern kämpften um ihn, glaubten an ihn und unterstützen ihn. Sie waren für ihn da, gaben ihm Liebe und Fürsorge, um ihn wieder auf den richtigen Weg zu bringen. Sie bekamen für ihn eine Einzimmerwohnung direkt neben ihrer Wohnung. So konnten sie ihn vor den schlechten Einflüssen besser schützen und ihn unterstützen. Und sie hatten Erfolg. Langsam kehrte er in die Normalität zurück. Er arbeitete, traf sich nicht mehr mit den Freunden von früher und hatte alle Chancen auf ein normales Leben. Bis zu jenem Abend. Er schaute Fernsehen und dann blieb sein Herz stehen. Einfach so. Er muß es noch gespürt haben, blieb trotzdem aufrecht sitzen, sackte dann in sich zusammen und war tot. So fanden sie ihn auch. Nach zwei oder drei Tagen brachen die Eltern die Tür auf, weil sie nichts von ihm gehört hatten. Sein Hautfarbe war fast schwarz. Das kam durch die Drogen von einst, Alkohol und Medikamente, die er noch immer zu sich nahm, allerdings kontrolliert. Der Anblick war ein Schock für die Eltern. Ihr Sohn sah so anders aus. Instinktiv erkannten sie seinen Tod, dennoch starteten sie Wiederbelebungsversuche und riefen den Notarzt. Der konnte nur noch den Tod feststellen und die Polizei anrufen.

Die Wahl fiel auf einen Friedhof nicht weit von der Wohnung der Eltern entfernt. Es war kein städtischer Friedhof, dafür kostete die Grabstelle weniger, und der Friedhof sah recht ansehnlich aus. Ein Geistlicher kam nicht in Frage, denn die gesamte Familie war aus der Kirche ausgetreten. Als Sprecher empfahl ich eine sehr gute und ältere Sprecherin. Diese Frau besaß ein großes Einfühlungsvermögen und konnte sehr gut und ergreifend sprechen. Vor allem leistete sie der Familie Trost und Beistand. Daß sie schon an die siebzig Jahre alt war, störte nicht. Später bedankte sich das Elternpaar für diese gute Empfehlung.

Ich besuchte die Familie aus beruflichen Gründen noch zwei- oder dreimal. Und jedesmal hatte ich trotz dieses traurigen Anlasses das Gefühl, willkommen zu sein. Wir verstanden uns sehr gut und ich versuchte nicht nur, sie gut zu beraten, sondern ich wollte sie richtig betreuen. In dem ganzen Jahr gab es von den siebzig oder achtzig Sterbefällen, die ich betreute, vielleicht zwei oder drei, wo ich mich ebenfalls aus purer Überzeugung so ins Zeug legte.

Am Tag der Trauerfeier hatten wir den Sarg in der Kapelle aufgebahrt, als mich unser Mitarbeiter noch auf den Zustand des Toten aufmerksam machte. Herr Landmann war immer sehr bemüht, sein Wissen mit mir zu teilen. Er gab mir viele gute Tips und Ratschläge. In diesem Fall war er der Meinung, ich sollte mir den Toten in dem Sarg unbedingt ansehen. Na gut, wir gingen in die Kapelle. Dort standen wir allein vor dem Sarg. Die Angehörigen waren noch nicht da. Die Kerzen brannten bereits, die ersten

Kränze und Blumen hatte der Blumenhändler schon geliefert. Es herrschte eine festliche und traurige Atmosphäre. Wir drehten die Schrauben am Sarg auf. Sechs Stück. Dann konnte Herr Landmann den Deckel auf einer Seite anheben, damit ich reinschauen konnte. Ich konnte das Gesicht sehen. Es war schwarz. Die Lippen sahen aus wie geschwollen. Er sah aus wie ein Neger. Ich konnte mir bis dahin gar nicht vorstellen, daß so etwas möglich war. Nun sah ich es mit eigenen Augen. Ich kann mich zwar nicht in die Lage der Eltern versetzen, aber dieser Anblick, als sie in seine Wohnung kamen, muß ihnen einen gewaltigen Schock versetzt haben.

Zur Trauerfeier hatte ich meinen Radiorecorder mitgebracht. Die Eltern verzichteten auf Orgelmusik und wollten auch nicht singen. Sie entschieden sich unter anderen für Lieder von Herbert Grönemeyer und Marius Müller-Westernhagen. Mit der Sprecherin hatte ich die Einsätze dafür abgesprochen, auch das Wechseln der CD`s war meine Aufgabe. Die Eltern des Jungen kamen mit der Familie und Freunden. Die Mutter weinte, während der Vater sehr gefaßt wirkte. Während der Trauerfeier änderte sich dieses Bild. Die Mutter konnte nicht weinen, jedoch der Vater. Sein Schluchzen war herzergreifend. Zum Schluß spielten wir ein Lied von Westernhagen. Es endete mit einem langen Klaviersolo. Während das lief, öffnete ich leise die Türen und gab den sechs Trägern draußen ein Zeichen. Langsam kamen sie in die Kapelle, stellten sich um den Sarg und verneigten sich kurz. Ihre Zylinder hatten sie dabei in den Händen. Danach trugen sie den Sarg raus zum Leichenwagen. Die Trauernden versammelten sich hinter dem Wagen. Langsam fuhr er an und die Trauergemeinde folgte die 100 Meter bis zum Friedhofsausgang. Dann fuhr er langsam los. Die Trauernden schauten noch hinterher. Ich überreichte die Kondolenzliste und zog mich zurück. Der Sarg wurde in das Krematorium gebracht.

Ungefähr zwei Wochen später wurde die Urne beigesetzt. In diesem Fall wollte ich die Urne selber tragen. Wir hatten sie im Vorraum der Kapelle auf einem Podest aufgestellt. Über dem Podest hing eine kleine Samtdecke. Ich empfing die Eltern und den Bruder mit Freundin am Kapelleneingang. Langsam schritten wir die Stufen zur Tür hoch. Oben angekommen öffnete ich die Türen. Nun konnten sie die Urne sehen. Die Mutter schluchzte kurz auf, dann hatte sie sich wieder gefangen. Mit der einen Hand habe ich das Band der Urne festgehalten, mit dem diese später in die Grabstelle herunterlassen wurde. Mit beiden Händen umfaßte ich die Urne und ging voran. Natürlich wußte ich den Platz der Grabstelle. Langsam lief ich vor der Familie. Am Grab angekommen, positionierte ich mich davor, damit die Familie alles sehen konnte. Ein fragender Blick von mir zum Vater, ein kurzes Nicken von ihm, dann konnte ich die Urne langsam herunterlassen. Dabei mußte ich in die Knie gehen, damit die Urne nicht hinunterfiel. Anschließend ließ ich die Familie allein.

Die Mutter wurde Teilnehmerin an unserem Trauerkreis, während der Vater auf seine Art damit fertig werden wollte. Die beiden riefen mich Tage später an und vereinbarten mit mir einen Termin. Sie kamen und schenkten mir eine Flasche Hennessy-Cognac. Vorher hatten sie mich bereits gefragt, was ich gern trinken würde. Das war ihre Art, Danke zu sagen. Danke für eine sehr gute Betreuung. Es gibt Ehen, die nach so einem Todesfall in die Brüche gehen. Von Frau Radecke weiß ich von den Problemen der Eheleute mit dem Tod ihres Sohnes. Hoffentlich konnten sie die lösen und sind noch zusammen.

Der Fragebogen

Auf der Geschäftsstellenleitertagung hatten wir über den Fragebogen gesprochen. Das Ergebnis dieser Tagung hatte ich bereits mit den Mitarbeitern besprochen. Richtig ernst wurde es jedoch, als die Fragen vorlagen. Meine Aufgabe bestand nicht nur darin, den Mitarbeitern klarzumachen, daß dieser Fragebogen zur Pflicht wurde, sondern ich wollte sie von den Vorteilen überzeugen.

Wir saßen alle in Laatzen im Besprechungszimmer. An den Gesichtern der mir zuhörenden Leute konnte ich deren Einstellung schon erkennen. Nachdem ich mit meinen Ausführungen fertig war, kamen jede Menge Einwände. Die Einwände von Frau Loch mußte ich schon ernst nehmen, allerdings nicht ihren ausgeprägten Hang zu Übertreibungen. Sie malte schon den bevorstehenden Bankrott von Husch aus. Die Menschen in Laatzen würden sich das nie und nimmer gefallen lassen.

»Die kommen von allein und sagen, was ihnen nicht gefällt.« Diese Argumentation war mir nicht fremd.

»Wie viele sagen Ihnen denn, daß sie mit irgend etwas nicht zufrieden sind?« fragte ich.

Das Gespräch in wörtlicher Rede wiederzugeben, könnte diesen Rahmen sprengen. Sinngemäß fragte ich sie, ob die Leute auch sagen würden, was sie konkret gestört habe, ob sie wisse, daß vielleicht der Leichenwagen zu dreckig gewesen war, ob etwas in der Ausstellung negativ aufgefallen sei. Es war leicht, ihre Argumente auszuhebeln. Es war nicht leicht, sie trotz der besseren Argumente zu überzeugen. Herr Riech schlug in die gleiche Kerbe wie Frau Loch. Im Nachhinein muß ich allerdings gestehen, daß mir spätestens zu diesem Zeitpunkt klar sein mußte, daß er von seiner »Chefin« beeinflußt wurde. Mit seiner Arbeit konnte ich zufrieden sein, soweit ich die beurteilen konnte. Hier offenbarte sich aber seine Schwäche und ihre Stärke. Frau Fröhlich (ebenfalls in Laatzen tätig) sprach sich ebenso gegen diese Befragung aus, allerdings wesentlich sachlicher. Frau Radecke und Herr Landmann konnten sich ebenfalls nicht damit anfreunden, aber sie argumentierten sachlicher.

Es ist sehr schwer gewesen und dauerte drei Stunden, bis ich die Zustimmung von allen fünf Mitarbeitern erhielt. Es schien mir wichtig, nicht nur zu sagen, wie es in Zukunft läuft, sondern alle von diesen neuen Abläufen zu überzeugen.

Jeden Montag faxten wir die Namen und Adressen der Auftraggeber von unseren Sterbefällen direkt in die beauftragte Agentur nach Wiesbaden. Mit einem Abstand von ungefähr drei Wochen schickten sie den Fragebogen an die Angehörigen. Wir mußten allerdings zusehen, bis dahin die Rechnung an die Befragten schon abgeschickt zu haben, denn es gab auch Fragen dazu. Ob sich die Menschen gut oder schlecht an alles erinnern konnten, weiß ich nicht. Der Zeitraum zwischen Beerdigung und Fragebogen sollte nicht zu lange dauern, damit nicht alte Wunden aufgerissen wurden. Andererseits sollte das Ergebnis uns weiterbringen und das Erinnerungsvermögen an diesen Tag nicht total verdrängt sein. Es war eine Gratwanderung.

Für die Befragten bestand die Möglichkeit der Anonymität. Wer wollte, konnte selbstverständlich auch seinen Namen angeben. Als Kompromiß hatten wir ein Schriftstück aufgesetzt, welches in erster Linie von Frau Loch und meiner Wenigkeit erarbeitet wurde. Es sollte immer mit der Kondolenzliste übergeben werden und die Angehörigen auf den Fragebogen vorbereiten. Daß dieser Fragebogen nicht an uns, sondern zu einer Marketingfirma nach Wiesbaden geschickt werden sollte, begründeten wir gar nicht erst. Wenn diese Frage einmal aufkam, argumentierten wir mit einer professionellen Erfassung und Auswertung, die nur durch eine Marketingfirma gewährleistet wurde. Es gab zu diesem Fragebogen nicht eine einzige Klage. Außerdem behielt ich mir das Recht vor, Angehörige, die ich damit nicht belasten wollte, zu verschonen. Das Recht galt für uns alle und führte zu einigen Irritationen bei der Geschäftsleitung. Monate später wurde ich ausdrücklich dazu verdonnert, alle Angehörigen zu nennen.

Gut einen Monat, nachdem wir mit dieser Aktion angefangen hatten, hörte ich von Frau Loch, daß unser Institut in Springe sich nicht daran beteiligen mußte. Indirekt hielt sie mir das vor. Obwohl ich zugegebenermaßen Vorbehalte hatte, konnte sich der ehemalige Besitzer und jetzige Mitarbeiter dieses Institutes gegen unseren Chef durchsetzen, während ich diese Aktion unbedingt durchsetzten wollte. Und weil der die Namen nicht nennen mußte, machte sie das gegen meine Anweisung auch nicht. In diesem Fall war ich allerdings mehr als nur enttäuscht. Denn bis dahin war ich der Meinung gewesen, auch Laatzen würde die Namen der Auftraggeber weitergeben. Nun wollte ich keine Überzeugungsarbeit mehr leisten und sagte ihr klipp und klar, daß sie die Befragung genauso wie alle anderen (mit Ausnahme von Springe) durchziehen sollte. Sie erzählte mir noch mal, daß Laatzen immer noch ein Dorf ist, auch wenn die indirekte Anbindung an Hannover vorliege. Dort sei eben alles anders. Ich ließ nicht mit mir handeln und beharrte auf meiner Anweisung. Nun kam allerdings ein Argument, bei dem ich langsam aber sicher den Glauben an die Firma verlor. Sie behauptete, alles mit unserem neuen Chef Herrn Paul abgesprochen zu haben, denn der würde auch keinen Fragebogen an die Hinterbliebenen verschicken! Nun blieb mir nichts anderes übrig, als dies zu überprüfen. Mein Chef erklärte mir am Telefon, er habe wirklich noch keine Namen nach Wiesbaden gefaxt und Frau Loch habe von ihm die Erlaubnis, diese Aktion zu umgehen. Er entschuldigte sich bei mir, weil ich von ihm noch keine Information darüber erhalten habe. Sein Institut lag in einer Kleinstadt und er hatte deshalb große Bedenken. Insofern könne er die Argumente aus Springe und Laatzen verstehen. Zähneknirschend mußte ich ihr zugestehen, die Befragung aussetzen zu können. Das wiederum führte zur Konfrontation zwischen meinem Boß und Herrn Meu, unserem Marketing-Fachmann. Herr Meu hatte viel Arbeit in die deutsche Variante dieser Befragung gesetzt und war gegenüber der Europazentrale informationspflichtig. Wer nun wem was sagen konnte und durfte, schien unklar. Soweit ich mich erinnere, zogen irgendwann alle Institute nach.

Diese Aktion sollte über einen langen Zeitraum zu genauen Ergebnissen führen. Die Antworten fielen von Institut zu Institut unterschiedlich aus. Es gab individuelle und allgemeine Punkte. Während meiner Zeit wurden noch keine Konsequenzen daraus gezogen.

Von meinen Kollegen aus der Kölner Gegend wußte ich von der Ablehnung dieser Aktion, aber auch sie beteiligten sich daran. Ich glaube, der Geschäftsstellenleiter Herr Riechening ist noch nie der Typ Mensch gewesen, der gegen Anweisungen verstoßen hat. Er erledigte seine Arbeit gut.

Zuerst können sie das in der Kondolenzliste beigelegte Anschreiben lesen und danach folgt der Fragebogen, den die Angehörigen zugeschickt bekommen haben. (Ich habe den genauen Wortlaut aus rechtlichen Gründen geändert. Der Inhalt bleibt sinngemäß der gleiche.)

Bollmann Bestattungen

Sehr geehrter Herr Müller,

am heutigen Tag erhalten Sie die Kondolenzliste mit diesem Schreiben.

Welche Art von Blumen für Sie anläßlich der Trauerfeier abgegeben wurden, haben wir für Sie auf der Rückseite der beiliegenden Trauerkarten vermerkt.

Vielleicht möchten Sie sich bei Verwandten, Freunden und Bekannten für die Anteilnahme bedanken.

Bei der individuellen Auswahl von Text- und Gestaltungsmöglichkeiten der Danksagungen stehen wir Ihnen sehr gern beratend zur Seite. Wie viele Drucksachen Sie benötigen, können Sie anhand der Eintragungen auf der Kondolenzliste ersehen.

Wir sind sehr bemüht, Ihnen in schweren Stunden hilfreich zur Seite zu stehen. Viele Dinge in der Zeit danach bleiben dennoch zu erledigen, die meist zusätzlich belasten, da keine Erfahrung mir diesen Problemen besteht. Bei der Bewältigung der nun auftretenden Fragen möchten wir Sie nicht allein lassen.

In den nächsten Wochen werden wir Sie in einem Fragebogen um Ihre ehrliche Meinung bitten. Wir möchten feststellen, ob sie mit uns und der Ausführung der Bestattung zufrieden sind.

Sollten Sie ganz einfach das Bedürfnis für ein Gespräch zur Bewältigung Ihrer Trauer oder weitergehende Fragen haben, rufen Sie uns einfach an oder besuchen uns in der Straße Nummer 1.

Die Betreuung hört für uns nicht mit der Trauerfeier oder der Beerdigung auf.

Wir sind immer für Sie da!

Bollmann Bestattungen

Die Fragen

Zuerst wurde der Leser gebeten, unser Bestattungsinstitut und die folgenden Dienstleistungen zu bewerten. Dabei wurden die Antworten zum Ankreuzen vorgegeben.

Wie sind Sie auf uns aufmerksam geworden?

1. Gelbe Seiten
2. Örtliches Telefonbuch
3. Persönliche Empfehlung
4. Anzeige in der Tageszeitung
5. Krankenhaus / Altenheim (Name)

Bei den folgenden Fragen gab es diese Antworten zum Ankreuzen:

1. Sehr gut
2. Gut
3. Befriedigend
4. Mittelmäßig
5. Schlecht
6. Nicht zutreffend

Beratungsgespräch

- Das schnelle Beantworten von Telefonanrufen durch unsere Mitarbeiter
- Der Empfang bei Ihrem ersten Besuch durch unsere Mitarbeiter im Institut
- Die Atmosphäre in den Räumlichkeiten des Institutes
- Die Beratung, die zum Arrangement des Begräbnisses führte
- Das Arrangement stimmte mit meinen Vorstellungen überein
- Die angebotenen Särge und Urnen
- Unser weiteres Leistungsangebot, z.B. Blumen, Kränze, Traueranzeigen
- Die Verständlichkeit, mit der meine Fragen von den Mitarbeitern beantwortet wurden
- Die Verständlichkeit, mit der Preise und Zahlungsmodalitäten erklärt wurden

Abschiednahme

- Die Möglichkeiten der Terminabsprache, um die/den Verstorbene/n noch einmal zu sehen
- Die würdige Atmosphäre des Aufbahrungsraumes
- Die Art und Weise der Aufbahrung der/des Verstorbenen

- Das würdige Verhalten der Mitarbeiter des Institutes während der Abschiednahme
- Die vorhandene Zeit, um Abschied von der/dem Verstorbenen zu nehmen

Tag der Bestattung

- Das Erscheinungsbild des Bestattungsfahrzeugs bei der Trauerfeier
- Die Kleidung der Mitarbeiter des Institutes
- Die Blumenarrangements und Kränze in der Anordnung
- Würdevoller Auftritt der Sargträger
- Die Gegebenheiten der Trauerfeier
- Die Art und Weise, wie die besprochenen Arrangements ausgeführt wurden

Nach der Beerdigung

- Die telefonische Betreuung nach dem Beerdigungstag
- Das Übereinstimmen des Kostenvoranschlages und der tatsächlichen Rechnung

Mitarbeiter des Bestattungsinstitutes

- Verfügbarkeit
- Mitfühlendes und verantwortungsvolles Verhalten
- Freundliches und höfliches Verhalten
- Bereitschaft zur Hilfe
- Der Gesamteindruck

Bei den folgenden Fragen gab es unterschiedliche Antworten zum Ankreuzen.

Die Kosten für die Bestattung sind:

- Geringer als erwartet
- Erwartungsgemäß
- Mehr als erwartet

Bitte geben Sie eine Beurteilung ab, wie Ihre Erwartungen von unserem Bestattungsinstitut erfüllt wurde:

- Erwartungen wurden übertroffen
- Erwartungsgemäß
- Erwartungen wurden nicht eingehalten

Würden Sie uns weiterempfehlen?

- Bestimmt
- Möglich
- Unwahrscheinlich

- Bestimmt nicht

Möchten Sie Ihre individuelle Bestattung bereits zu Lebzeiten regeln?
- Auf jeden Fall
- Vielleicht
- In Planung
- Auf keinen Fall

Möchten Sie noch irgendwelche Ideen oder Vorschläge zur Verbesserung für unseren Service angeben?

Diese Antwort konnte handschriftlich eingetragen werden!

Als letzter Punkt wurde die freiwillige Angabe des Absenders angeboten.

Über die Ergebnisse der einzelnen Auswertungen wurden wir nicht informiert. Erst bei einer bestimmten Anzahl von beantworteten Fragebogen war eine statistische Auswertung möglich, weshalb sich diese Aktion nicht nur auf ein Jahr erstrecken sollte. Aus den Ergebnissen sollten schließlich Konsequenzen gezogen werden, was ich aber nicht mehr erlebt habe. Bedenkt man jedoch die Tatsache, wonach eine einzige schlechte Beerdigung angeblich bis zu fünf nicht erhaltenen Sterbefällen führen kann, ist diese Aktion durchaus positiv zu sehen. Denn jeder Kunde sorgte im Gegenzug durch seine Zufriedenheit für neue Sterbefälle (durch seine Empfehlung, oder was dachten Sie?).

Die Überführung nach Griechenland

Solange Herr Bollmann das Geschäft noch selbst führte, gab es einen sehr guten Kontakt zu verschiedenen türkischen Gemeinden. Es kamen viele Angehörige mit Sterbefällen zu ihm. Er sorgte auch für die Überführung in die Türkei und was sonst alles zu erledigen war. Nachdem er sein Geschäft nicht mehr führte, ging dieser Kontakt zum Institut Bollmann verloren. Auch hier zeigte sich, wie wichtig die Kontaktpflege ist. Die Zahl der Sterbefälle aus diesem Kreis muß sehr hoch gewesen sein, was ich an den alten Unterlagen im Keller sehen konnte. Innerhalb einer Volksgruppe ist ein guter Ruf Gold wert.

So hörte ich einmal von einem Bestatter aus Köln, der selber Türke war und in seinem Bestattungsinstitut nur Landsleute bediente. Überführungen in die Türkei soll er angeblich auch selber durchgeführt haben, nur die Art und Weise klingt so abenteuerlich, daß ich daran bis heute nicht glauben möchte. Er soll die Verstorbenen mit einem Lastwagen mit eingebauten Kühlaggregat transportiert haben! Der Vorteil lag im Preis. Eine Überführung mit dem Flugzeug ist nicht ganz billig, denn es wird das Gewicht berechnet. So soll er mit mehreren Verstorben im Gepäck verschiedene Grenzen passiert haben. Ich persönlich glaube diese Geschichte nicht. Sie bestätigt wieder mal die Legendenfreudigkeit zum Thema Tod und Bestatter.

Anfragen von Türken hatte ich in meiner Zeit nur zweimal. In dem einen Fall fragte jemand telefonisch an, was eine Beerdigung hier in Deutschland kosten sollte. Im anderen Fall kam eine junge Frau mit ihrem Schwager und ihrem Bruder. Der Mann der Frau ist mehrere Monate vorher ermordet worden und galt als verschollen. Über den Mord wußte sie lange Zeit nichts. Irgendwann haben Spaziergänger die schon halbverweste Leiche gefunden und die Polizei verständigt. Die beiden Männer sprachen kein Deutsch, dafür die junge und resolute Frau. Sie schien sich mit dem Gedanken an den Tod ihres Mannes schon längere Zeit abgefunden zu haben. Als sie mich nach dem Preis für die Überführung in die Türkei nach Anatolien fragte, hielt ich kurz Rücksprache mit dem Flughafen. Zu dem gewünschten Ort gab es keinen Direktflug und eine Verladung des Sarges in der Türkei in ein anderes Flugzeug schien erforderlich zu sein. Nach einer vorsichtigen Schätzung kam ich auf gut 8.000,- DM inklusive aller Leistungen für uns. Ungläubig schauten mich die drei an und meinten, noch vor drei Jahren hätte Herr Bollmann eine Überführung für 3.500,- DM inklusive aller Leistungen berechnet. Also beim besten Willen, entweder gab es diesen Bestatter in Köln doch und Herr Bollmann hat mit ihm zusammengearbeitet oder ich weiß auch nicht, wie er das gemacht haben will. Sie können sich denken, daß wir nicht ins Geschäft kamen. Vielleicht wären wir uns in der Mitte handelseinig geworden, unsere Leistung anerkannt worden und neue Aufträge gefolgt. Vielleicht, vielleicht auch nicht. Es ist müßig darüber nachzudenken, denn ich kann es nicht mehr ändern.

Besser sah es dagegen mit Überführungen nach Griechenland aus. Aus Gifhorn kamen einige Aufträge (Sterbefälle). Die Griechen kommunizierten untereinander recht viel und gut. Schon bevor ich angefangen habe, gab es diese Kontakte. Ein einflußreicher Mann aus der griechischen Gemeinde in Gifhorn hatte uns einige Aufträge vermittelt. Irgendwann, nachdem wir wieder einen Sterbefall aus Gifhorn hatten und er sich direkt eingeschaltet hatte, sprach mich Frau Radecke an. Dieser Mann, der von allen mit »Papa« vor seinem Namen angeredet wurde, hatte mit Frau Radecke gesprochen und durchblicken lassen, daß wir uns doch mal erkenntlich zeigen könnten. Er bekam einen Scheck über 200,- DM.

An einen Sterbefall erinnere ich mich sehr gut. Ein junger Mann hatte mich vormittags angerufen, um mit mir einen Termin für den nächsten Tag abzusprechen. Natürlich kam auch er auf Empfehlung. Ich erklärte ihm den Weg zu uns und konnte vorab schon einige Fragen beantworten.

Am nächsten Tag besuchte er uns mit seiner Mutter. Im Besprechungsraum habe ich ihnen wie üblich Kaffee angeboten und versucht, eine möglichst angenehme Atmosphäre zu schaffen. Der Mann erzählte mir von seinem schwerkranken Vater, der im Krankenhaus lag und für den es keine Hoffnung mehr gab. Seine Mutter wirkte bei diesen Ausführungen abwesend und war bestimmt in Gedanken bei ihrem Ehemann. Für die Frau kam der nahende Tod ihres Mannes nicht ganz so überraschend, denn er quälte sich seit über einem Jahr. Nun, wo es nicht mehr lange dauern konnte, hielt es ihr Sohn für ratsam, alles jetzt schon Mögliche im Vorfeld zu klären. Als angehender Arzt hatte er seine Erfahrungen gemacht. Für mich ging es nicht um einen Auftrag, sondern um einen Kostenvoranschlag. Den genauen Preis für die Überführung nach Thessaloniki in Griechenland konnte ich natürlich nicht im voraus wissen, da ich nicht das Gewicht des Vaters kannte. Danach zu fragen, was der Mann zum damaligen Zeitpunkt auf die Waage brachte, wäre sehr pietätlos gewesen.

Wir konnten viele Punkte klären, bis wir zum Thema des Sarges kamen. Natürlich fragte ich vorsichtig, ob die beiden schon einen Sarg aussuchen wollten. Der junge Mann bejahte dies. Daraufhin fing seine Mutter wieder an zu weinen. Welch ein Gedanke, für einen geliebten und todkranken, aber noch lebenden Menschen einen Sarg auszusuchen. Die Gewißheit zu haben, daß der Mensch, für den dieser Sarg bestimmt ist, schon bald darin liegen soll und keine Macht der Erde kann das verhindern, ist schwer zu ertragen. Der Sohn legte seinen Arm um die Schulter seiner Mutter und versuchte sie zu trösten. Dabei sprachen die beiden griechisch. In solch herzergreifenden Situationen fühlte ich mich absolut unwohl, auch wenn ich es nicht direkt an mich heranließ. Schließlich signalisierte mir der Sohn keinen Sarg anschauen zu wollen und alles weitere zum gottgegebenen Zeitpunkt besprechen zu wollen.

Es ist sehr schwer, einen Kostenvoranschlag zu erstellen, wenn die Angehörigen sich keinen Sarg ausgesucht haben. Die Überführung nach Griechenland habe ich pauschal mit 2.500,- DM veranschlagt und lag damit im Nachhinein gar nicht so verkehrt.

Wenige Tage später erhielt ich von dem jungen Mann die Nachricht über den Tod seines Vaters. Er verstarb im Krankenhaus. Wir hatten vorher darüber gesprochen, wo die Familie und Freunde am offenen Sarg Abschied nehmen wollten. Das sollte nicht in Hannover bei Bollmann sondern in Gifhorn in einer Kapelle geschehen. Über die Organisation sollte ich mir keine Gedanken machen, dies würde die Familie selber klären. Soweit, so gut. Konkret hieß das in diesem Fall, wenn wir den Verstorbenen am Freitag (Sterbetag) abholen würden, müßten wir ihn auch wieder am Sonntag in die Kapelle bringen. Wir konnten ihn nicht am Sonntag aus dem Krankenhaus abholen. Damit hätten wir zwei Fahrten nach Gifhorn gehabt und auch zweimal berechnen müssen. Die Familie willigte ein, den Verstorbenen von einem Bestatter aus Gifhorn abholen und in den Kühlraum bringen zu lassen. Dieser erklärte sich bereit, den Toten am Sonntag in der Kapelle mit einem unserer Mitarbeiter in »unseren« Transportsarg umzusargen. Leider wollte er von uns keinen Austauschsarg haben, was wesentlich einfacher gewesen wäre. Denn damit hätten wir uns das Umsargen schenken können. Die uns dafür in Rechnung gestellten Kosten waren höher als erwartet und wurden natürlich mit auf die Rechnung für unseren Kunden geschrieben. Dafür mußte ich unseren Mitarbeiter nicht zweimal losschicken. Zum einen wechselten sich Herr Landmann und Herr Riech jede zweite Woche mit dem Notdienst ab, zum anderen mußte dann schon derjenige fahren, der Notdienst hatte. Wenn in dieser Zeit ein Sterbefall zur Abholung gemeldet worden wäre, hätte ich das erledigen müssen. Grundsätzlich war ich dazu bereit, aber trotz meines »exorbitanten« Gehaltes, wie mein Chef meinte, ist bei dieser Fahrt am Sonntag der halbe Tag einzuplanen gewesen. Denn die Abschiednahme dauerte bestimmt zwei Stunden. Dazu mußten wir mit dem Sarg vorher dasein, den Verstorbenen umsargen, umziehen, warten, Sarg einladen, nach Hannover fahren und den Verstorbenen in den Kühlraum bringen. Die gewerblichen Mitarbeiter bekamen das bezahlt, ich nicht. Damals wußte ich schon, daß mein Job mich an die »Basis« führen sollte. Grundsätzlich war ich dazu bereit. Im Hinterkopf hatte ich aber die (berechtigte) Vermutung, von dort nicht mehr wegzukommen.

Als Anmerkung möchte in an dieser Stelle den Vertrag mit unseren Mitarbeitern anbringen. Unsere Mitarbeiter sollten laut Vertrag nur alle drei Wochen Notdienst haben. Die Realität sah anders aus und erforderte alle zwei Wochen Notdienst. Langfristig wurde der Notdienst von Bollmann und Husch getrennt, so daß wir alle in der gleichen Situation waren. Jede zweite Woche Notdienst ging mir gegen den Strich und sollte sich so schnell nicht ändern. (Am Notdienst hat sich bis zum Juli 2000, dem Zeitpunkt dieser Sätze, nichts geändert.)

Der Sonntag verlief ohne Komplikationen. Die Familie bat mich, sie am Montag in Gifhorn zu besuchen. Erst dann wollten sie einen Sarg aussuchen und mir den griechischen Bestatter nennen, der den Verstorben am Flughafen in Thessaloniki abholen sollte. Diese Angaben sind dringend für das Konsulat erforderlich gewesen. Mit einem Pilotenkoffer bewaffnet kam ich in die Wohnung. Die Angehörigen waren sehr freundlich und baten mich zum Frühstück. Ich habe dies auch bei anderen griechischen Familien erlebt. Sie sind eben sehr höflich, wie übrigens auch viele Deutsche in dieser Situation. Nachdem der Sarg ausgesucht war, rief ich gleich in der Firma an und gab die Bestellung durch. Dies war wichtig, damit sofort ein passender Zinkeinsatz bestellt werden konnte. Die Familie hatte dafür Verständnis. Bei der Überführung nach Griechenland konnte ich noch keinen Termin nennen. Erstens fehlte der Zinkeinsatz, zweitens mußte ich noch in das griechische Konsulat (welches glücklicherweise in Hannover seinen Sitz hat) und drittens konnte ich erst danach den Flug buchen. Das erklärte ich der Familie, doch die Witwe flehte mich an, ihren Mann doch schon am nächsten Tag zu überführen. Ich erklärte ihr, warum wir solange warten mußten, aber sie weinte und bettelte. Ich fühlte mich ausgesprochen schlecht dabei, obwohl ich für diese Situation nichts konnte. Also erklärte ich es ihr ein zweites Mal. Sie verstand es einfach nicht. Zum Glück verstand es ihr Sohn.

Im griechischen Konsulat angekommen, mußte ich eine Stunde warten wie jeder andere, dann wurden alle Papiere geprüft. Alles schien vorhanden zu sein. Der Grieche, mit dem ich die Sterbesache abwickelte, sprach kein Deutsch. Wir versuchten uns auf Englisch zu verständigen, was sogar einigermaßen funktionierte. In einem extra Buch wurden die Todesfälle eingetragen, der Ausweis wurde durch Stempeln und durch das Abschneiden einer Ecke ungültig gemacht. Im Prinzip waren es die gleichen Papiere, die für eine Überführung eines Deutschen nach Deutschland erforderlich gewesen wären. Aber dann suchte er ein Papier und fand es nicht. Es fehlte die Bescheinigung vom Gesundheitsamt. Der Verstorbene durfte mit keinen ansteckenden Krankheiten infiziert gewesen sein. Eine gefahrlose Überführung nach Griechenland mußte laut Paragraph sowieso irgendeines internationalen Abkommens gewährleistet sein. Ohne dieses Dokument konnte der Mitarbeiter nichts machen. Wir verabredeten ein Nachreichen des Papiers, dafür bereitete er alles weitere vor.

Das Gesundheitsamt kam mir sehr entgegen. Außerdem hatte ich Glück, denn der zuständige Arzt, der das internationale Dokument bestätigen mußte, hatte die Unterlagen recht schnell erhalten. Diese Angelegenheit dauert nach meinem Wissen nur zwei Tage. Bis dahin hatten wir auch den Zinkeinsatz und damit verbunden den Abflugtermin.

Der Sarg mit dem Zinkeinsatz wurde von uns in Jute gewickelt, damit er nicht als Sarg zu erkennen war. Wir mußten ihn bis vierzehn Uhr am Flughafen abgeliefert haben, damit er am nächsten Tag mit abtransportiert werden konnte.

Nachdem der Sarg am Flughafen und die Familie bereits einige Stunden vorher abgeflogen war, konnte ich diese Akte erst mal für drei oder vier Wochen beiseite legen, denn solange wollte die Familie in Griechenland bleiben. Die Formalitäten hatte ich bereits erledigt. Der Versichertenälteste, der mit der Frau über ihre Witwenrente sprechen sollte, hatte von mir den Zeitpunkt ihrer Rückkehr erhalten. Normalerweise melden sich die Versicherten bei den Versichertenältesten. In diesem Fall wollte ich mich nicht darauf verlassen. Die Witwenrente hatte ich natürlich für die Frau beantragt, so wie das jeder Bestatter in Deutschland erledigt hätte. Die endgültige Regelung der Rente ist nicht unser Job gewesen.

Ein paar Tage später erhielt ich einen Anruf aus Griechenland. Es war der Sohn des Verstorbenen. Er sprach mit mir sehr ruhig, hatte jedoch allen Grund auf mich sauer zu sein. Der Bestatter in Griechenland wollte die Annahme erst verweigern, weil der Tote nicht einbalsamiert worden war. Davon hatte bei uns keiner etwas gewußt und somit auch nicht veranlaßt. Zum Glück konnte der Sohn den Bestatter nach drei Stunden dazu überreden, den Sarg doch mitzunehmen. Und meine Kollegen und ich wußten für die Zukunft, was es alles zu berücksichtigen gab.

Mai

Der Mai ist gekommen ...

Sie kennen dieses Lied. Für uns hatte der Mai eine andere Bedeutung. Die Zahl der Sterbefälle bewegte sich abermals nach unten. Erklärungen gab es durchaus dafür, aber das machte mich nicht glücklicher. Auch bei anderen Instituten war ein Rücklauf von Sterbefällen zu bemerken. Zumindestens erzählte dies unsere Totenfrau, die auch für andere Institute arbeitete. Ich versuchte, sie auszutricksen und Namen zu erfahren, doch sie blieb eisern und schwieg sich über unsere Konkurrenz aus. Andererseits konnte ich mir sicher sein, daß sie nichts über unsere Problemchen erzählen würde.

Im April erhielten wir eine Einladung zu einer Veranstaltung in einem Pflegeheim. Von Frau Radecke erfuhr ich mehr über diese kulturellen und interessanten Nachmittage. Meine Freundin und ich beschlossen die Einladung zu dieser Veranstaltung anzunehmen. Da ich mich dort noch nicht vorgestellt hatte, konnte ich gleich meine Visitenkarte an den Mann bringen, denn auf der Einladung stand immer noch der Name des Geschäftsstellenleiters aus dem Jahre 1998 als Ansprechpartner. Geboten werden sollte eine Stunde Klavier und Gesang aus den Bereichen Musical und Gospel.

Katja und ich fanden uns rechtzeitig ein. Mit der Einladung in der Hand suchte ich einen Ansprechpartner, aber es ließ sich kein kompetenter Mensch finden, dem ich meine Visitenkarte andrehen konnte. Alle Beschäftigten waren Aushilfen oder dafür nicht zuständig! Ich beschloß mein Glück später erneut zu versuchen. Das Konzert fand in einer Art überdachtem Hof statt. Dieser Bereich war freundlich eingerichtet und sehr hell. Die Heimbewohner, die sich als Zuhörer eingefunden hatten, waren überwiegend geistig behindert. Während der Vorstellung beobachtete ich sie und bemerkte den positiven Einfluß der Musik auf sie. Sie freuten sich darüber wie die Kinder. Ich konnte es an ihren strahlenden Gesichtern und teilweise auch an ihren Gesten erkennen. Während der Pause schienen einige von ihnen unkontrolliert umherzulaufen. Eigentlich war das nicht schlimm, denn sie konnten nicht raus und richteten keinen Schaden an. Nach der Pause lauschten sie dem Klavierspieler und der Sängerin und erfreuten sich der Musik. Irgendwann entdeckte ich Frau Radecke mit ihrem Mann. Die beiden wollten ebenfalls an der Vorstellung teilnehmen, setzten sich jedoch gleich in die äußere Stuhlreihe. Meine Kollegin hatte Notdienst und mußte demnach das Handy ständig bei sich tragen, um neue Sterbefälle entgegenzunehmen. Und tatsächlich, mitten in einem Stück aus »Cats« klingelte das Handy und sie verließ zum Telefonieren den Hof. Kurze Zeit später kam sie wieder rein und winkte nur ab. Entweder falscher Alarm oder eine Anfrage, wie wir sie immer wieder erlebten.

Der Notdienst konnte in dieser Hinsicht eine nervige Angelegenheit sein. Sterbefälle annehmen oder Hinterbliebene beraten ist das eine, aber manchmal kamen schon recht dusselige Anfragen zu unmöglichen Zeiten. Und das meine ich so, wie es hier steht. So wurde ich einmal um Mitternacht angerufen, weil jemand wissen wollte, wo ein bestimmter Friedhof ist und wie er am besten dahin kommen konnte. Nicht etwa am nächsten Morgen, sondern zwei Tage später! Zum Glück lag ich noch nicht in den Federn und gab bereitwillig Auskunft. Eine Kollegin erzählte mir, sie hätte einen Anruf mitten in der Nacht erhalten, wo ihr der Anrufer den Tod eines Familienmitgliedes mitteilte. So weit, so gut. Aber der Verstorbene lag im Krankenhaus und konnte nicht am nächsten Tag, einem Samstag, sondern erst am Montag abgeholt werden. Das wußte sogar der Anrufer und sagte ihr das freundlicherweise. Vielleicht wollte er nur einen Termin für das Wochenende mit ihr absprechen? Weit gefehlt, vor Montag hatte er keine Zeit. In diesem Fall kann ich aber noch Nachsicht walten lassen, denn der Angehörige war durch den Tod vielleicht nur verstört und wollte diesen Anruf hinter sich haben. Wichtig ist es immer gewesen, in diesen Situationen trotzdem höflich zu bleiben. Anrufe um 21 Uhr oder 22 Uhr mit allgemeinen Fragen hielten sich zum Glück in Grenzen. Wenn jemand zu einem Sterbefall anrief, war das wieder etwas völlig anderes. Samstags hatten Bollmann und Husch immer geschlossen, denn es lohnte sich nicht im Geschäft zu sitzen. Zu wenig Menschen verirrten sich zu dieser Zeit in die Institute. Die meisten Sterbefälle wurden sowieso telefonisch gemeldet.

Kommen wir wieder zu dem Konzert. Nachdem dies beendet war, hatte ich meine Visitenkarte noch immer in der Hand. Dann sah ich einen Korb für Geldspenden. Demonstrativ befestigte ich einen 50,- DM Schein an meiner Karte und legte sie rein. Ich glaube, diese Aktion wurde durchaus registriert. Bei künftigen Einladungen stand mein Name als Ansprechpartner auf dem Briefkopf. Die 50,- DM habe ich übrigens aus eigener Tasche bezahlt.

Im Goethe-Jahr

Über das Schaufenster hatte ich bereits einiges erwähnt. Ich habe es immer als ein Mittel gesehen, positive Aufmerksamkeit zu erringen, was es normalerweise auch immer sein sollte. Dafür kamen wir gemeinsam auf die Idee, uns das Goethe-Jahr 1999 zu Nutze zu machen.

Herr Wahle hatte uns von zu Hause eine Totenmaske Goethes mitgebracht, von der wir später erfahren haben, daß es gar nicht die Totenmaske dieses berühmten Dichters war. Die Maske war zu Lebzeiten angefertigt worden, wie ich erst ein Jahr später erfuhr. Aber solange sie im Schaufenster lag, schien das niemand zu bemerken. Dazu stellten wir auf einen alten Notenständer aus Holz ein Buch mit Bildern weiterer Totenmasken berühmter Persönlichkeiten, um dieses Gesamtbild zu bestärken. Alle vierzehn Tage wechselten wir dazu einen passenden Spruch Goethes zum Thema Tod und Sterben aus. Dieser Spruch lag auf der einen Seite der Totenmaske und auf der anderen Seite standen die Daten des Dichters. Natürlich machten wir dabei auch auf das Goethe-Jahr aufmerksam. Im Hintergrund stand ein großes selbstgemaltes »Bild«. Auf diesem »Bild« hatte Frau Wahle ein großes, schlichtes Kreuz gemalt. In den beiden unteren Hälften standen einige unserer Leistungen wie Erd,- Feuer- und Seebestattungen, usw. Das alles fügte sich zu einem äußerst interessanten Gesamtbild im Schaufenster zusammen. Im Hintergrund das große Kreuz in einem rechteckigen Rahmen mit den wichtigsten Leistungen unseres Institutes. Herr Bollmann hatte zum Thema Tod ein Buch geschrieben, welches wir ebenfalls im Schaufenster ausgelegt hatten. Damit unterschied sich unser Schaufenster total von den gewohnten Bestatterschaufenstern. Unser Konkurrent um die Ecke veränderte daraufhin ebenfalls sein Fenster, allerdings nicht so gut! Nur ein paar Urnen von links nach rechts zu verschieben, reichte eben doch nicht. Herr Paul sah das später und meinte, man könne überhaupt nicht mehr erkennen, ob wir wirklich ein Bestattungsinstitut seien. Es war durchaus als Schaufenster eines Bestattungsinstitutes zu erkennen. Wir hatten außerdem einige typische Merkmale wie Broschüren und eine Urne beibehalten. (Im März 2000 schien das große Johann Sebastian Bach Jahr angebrochen zu sein. Im Schaufenster fand sich alles an, was zu diesem großartigen Komponisten und Musiker gehörte. Nur diesmal war ich dafür nicht verantwortlich! Unabhängig davon sah es gut aus!)

Der Kundenkreis von Bollmann war früher nicht nur anspruchsvoll, sondern größtenteils intellektuell. Mit der Zeit hatte das Institut diesen Kundenkreis mehr oder weniger verloren. Das war deshalb sehr schade, weil aus diesem Kreis sehr lukrative Aufträge kamen. Mit dem weniger anspruchsvollen Publikum schrumpfte der durchschnittliche Auftragswert der Sterbefälle. Dies erklärt, warum ich versuchte, diese Menschen wieder für Bollmann zu gewinnen. Teilweise ist es uns gelungen, und wir bekamen auch positive Reaktionen aus dieser Zielgruppe auf unser Schaufenster. Bei der Eingabe der Aufträge in die EDV mußten wir immer angeben, wie der Auftraggeber auf uns aufmerksam geworden ist. Diese Frage leiteten wir weiter und bekamen einige Male zur Antwort: »Durch ihr Schaufenster!« Bei Husch in Laatzen gab es diese Probleme nicht. Die Kunden sind dort einfacher und nicht so anspruchsvoll gewesen. Und Frau Loch gestaltete ihr Fenster selber und das recht gut.

Herr Wahle und seine Frau haben uns bei diesen Aktionen sehr unterstützt. Leider hatte Herr Paul keine gute Meinung von Herrn Wahle. Für Herrn Paul war er der falsche Mann am falschen Ort. Aus diesem Grund mußte er gehen, was ich für eine krasse Fehlentscheidung hielt. Abgesehen davon hatte er nur einen Zeitvertrag und mußte nicht gekündigt werden. Eine Vertragsverlängerung schied also aus. Wir bekamen keinen Ersatz für ihn und die geplante Neueinstellung, über die ich schon berichtet hatte, war zu diesem Zeitpunkt bereits gestrichen. Übrigens ist es noch erwähnenswert, daß ich einen Freibrief bekam, unseren gewerblichen Mitarbeiter Herrn Landmann nach Hause zu schicken. Herr Temps hatte ihn damals von der Straße geholt, denn er besaß fast zwanzig Jahre Erfahrung in diesem Beruf und war gerade wieder arbeitslos. Herr Landmann hatte schon bei einigen Bestattern in Hannover gearbeitet. Diese vielen Arbeitsplatzwechsel sprachen nicht unbedingt für ihn, andererseits verfügte er über sehr viel Erfahrung, weshalb Herr Temps ihn in die Firma holte. Hin und wieder mußte ich ihn auf den Pott setzen (zur Ordnung rufen), wenn er zu eigensinnig wurde. So wollte er sich nur ungern etwas von meinen Kolleginnen sagen lassen, aber es gab keine großen Unstimmigkeiten. Ich lernte einiges von ihm und hielt schützend meine Hände über ihn. Dies mußte ich gegenüber Frau Loch und natürlich Herrn Paul tun. Offensichtlich wollten sie ihn beide los werden.

Trauerfeier im Krankenhaus

Ein Sterbefall, an den ich mich recht gut erinnere, zog sich von Ende April bis zur Urnenbeisetzung im Juni hin. Auch hier waren es wieder die Hinterbliebenen, bzw. die Witwe, die mich sehr beeindruckte. Sie kennen diesen Spruch: Hinter einem starken Mann steht eine starke Frau! In diesem Fall stimmte es wirklich.

Ich hatte Notdienst, als an einem Samstagmorgen gegen neun Uhr das Handy klingelte. Eine Frau meldete mir den Tod ihres Mannes. Der Arzt hatte bereits den Totenschein ausgestellt. Sie bat mich, ihren Mann erst gegen 15 Uhr abzuholen, was ich ihr auch zusagte. (Die Überführung von zu Hause in eine Totenhalle muß innerhalb von 36 Stunden geschehen.) So konnte ich alles in Ruhe in die Wege leiten. Ich telefonierte mit der THB, bestellte drei Träger, benachrichtigte unseren Mitarbeiter, der mit dem Leichenwagen dorthin fahren sollte und konnte vorher die Unterlagen für das Beratungsgespräch holen.

Um 15 Uhr kam ich auf dem Parklatz an und sah schon die Träger und unseren Leichenwagen. Wir begrüßten uns kurz, dann gingen Herr Landmann und ich zu dem Reihenhaus. Nachdem wir geklingelt hatten, öffnete uns die Witwe. Ich stellte uns vor und sprach ihr unser Beileid aus. Anschließend schauten wir uns die Gegebenheiten an. Ihr Mann lag noch im Bett und hatte seinen Pyjama an. Er lag auf dem Rücken und sah schlafend aus. Die Decke reichte ihm bis zum Kinn, was in so einem Fall eigentlich unüblich ist. Der Notarzt hätte sie darauf aufmerksam machen sollen, den Verstorbenen wegen der Wärme nicht zuzudecken. Andererseits schien es unwahrscheinlich, daß innerhalb weniger Stunden der Verwesungsprozeß durch die Wärme beschleunigt einsetzen würde. Wahrscheinlich hatte ich ihr das sogar gesagt, andererseits kann ich die Menschen verstehen. Sie nehmen Abschied und versuchen trotzdem den Normalzustand solange wie möglich aufrecht zu halten, indem sie ihn »schlafen« lassen. Herr Landmann holte die anderen Träger und ich meinen Koffer. Während der Einsargung lenkte ich die Frau und ihre Tochter durch ein Gespräch ab, denn wir wollten sie bei dieser Aktion nicht dabei haben. Der Anblick wäre zu schmerzlich gewesen und womöglich hätten sie die Träger bei der Arbeit behindert. Bei allem Verständnis für die Hinterbliebenen, auch die Träger wollen ihre Arbeit gut und schnell erledigen. Lag der Verstorbene im offenen Sarg, hatten die Angehörigen noch die Möglichkeit, ihn zu sehen. Erst danach kam der Deckel drauf.

Nachdem wir allein waren, setzten sich die Witwe, ihre Tochter und ich in das Wohnzimmer. Das Haus war größer als erwartet. Im Erdgeschoß gab es einen Marmorboden und die Einrichtung war sehr edel. Die Wohngegend hatte einen sehr guten Ruf. Der Verstorbene war Chefarzt an einem großen Krankenhaus in der Nähe und ein anerkannter Arzt auf seinem Fachgebiet gewesen. Ich erfuhr einiges über ihn. Er hatte an internationalen Kongressen teilgenommen und seine Artikel waren in Fachzeitschriften veröffentlicht worden.

Das Gespräch dauerte ungefähr zwei Stunden. Während die Frau sehr gefaßt wirkte, brach bei der Tochter mehrfach die Trauer durch, doch sie wollte trotzdem an dem Gespräch teilnehmen. Der Tod kam völlig überraschend für die beiden, denn der Mann starb so, wie es sich die meisten Menschen wünschen. Er legte sich schlafen und wachte nicht mehr auf. Ein angenehmer Tod. Erst am nächsten Morgen bemerkte seine Frau sein Ableben. Sie machte einen sehr resoluten Eindruck auf mich. Ich glaube, dies lag zum einen an der herausragenden Stellung ihres Mannes und zum anderen in ihrer Natur begründet. Obwohl sie und wahrscheinlich auch ihr Mann vielen Menschen in geistiger Hinsicht überlegen waren, haben sie das andere bestimmt nicht spüren lassen.

Die üblichen Formalitäten zu erledigen, war das eine. Doch die Frau hatte einige Extrawünsche, die ich gern möglich machen wollte. So wünschte sie sich zum Beispiel eine ganz auf ihren Mann zugeschnittene Todesanzeige in der Zeitung, die sich deutlich von den anderen hervorheben sollte. Genaueres würde ich später erfahren. Nach dem Wochenende hatten wir uns im Institut verabredet, um über die Traueranzeige, Trauerkarten und natürlich die Trauerfeier und Beisetzung zu sprechen. Sie entschied sich dafür, ihren Mann einäschern zu lassen. Über den Beisetzungsort wollte sie noch nachdenken. Die Trauerfeier sollte in der Kapelle im Krankenhaus stattfinden, was eine einmalige Angelegenheit und absolut unüblich war. Sie arbeitete selber im Krankenhaus und hatte die besten Verbindungen zur Verwaltung, was mich nicht überraschte. Damit brauchte ich mich nicht um die Erlaubnis zu kümmern. Mein Part blieb die Organisation der Trauerfeier. Dafür nannte sie mir den Pfarrer des Krankenhauses, mit dem ich alles besprechen sollte. Nachdem ich mit ihm einen Gesprächs- und Besichtigungstermin für die Kapelle abgesprochen hatte, stand dem nichts mehr im Wege.

Die Zeitungsanzeige sollte der nächste wichtige Punkt werden. Auf Kränze und Blumen sollte verzichtet werden, damit das Geld für einen wohltätigen Zweck gespendet werden konnte. In der Anzeige mußte dafür die entsprechende Kontonummer genannt werden. Die Frau suchte eine große Anzeige aus, wählte jedoch eine Schriftart, die unter unseren Mustern offensichtlich nicht dabei war. Meinen Vorschlag, dies mit der Zeitung zu klären, lehnte sie ab. Es durfte auf keinen Fall etwas schiefgehen. Außerdem wollte sie nicht unseren Namen als ausführendes Institut unter der Anzeige stehen haben. Für uns war das sehr schade, denn damit macht jedes Institut in Hannover gern Werbung. Angeblich soll es Bestatter geben, die sogar eine größere Anzeige als von den Angehörigen gewünscht inserieren. Die brauchen natürlich nur den vereinbarten Preis zu zahlen. Die Mehrausgaben durch die größere Anzeige werden durch die Provision von der Zeitung finanziert. Damit verdient der Bestatter zwar nichts mehr an der Anzeige, aber günstiger kann er gar nicht werben. Wie gesagt, ein Gerücht!? Die Frau wollte auch keine Anzeige von dem Krankenhaus und den Mitarbeitern aufgegeben haben. Doch eine kleine Anzeige durften sie schließlich aufgeben. Mit der Zeitungsanzeige hatte ich nun nichts mehr zu tun und damit war unsere Provision futsch. Der Witwe konnte es egal sein, denn sie bezahlte den gleichen Preis. Der blieb für den Endverbraucher immer gleich, egal, ob er nun beim Bestatter oder der Zeitung die Anzeige aufgab. Nur der Verlag freute sich. Andererseits war ich nicht bereit, auf das Geld zu verzichten. Ich rief die Anzeigenabteilung an, schilderte den Fall und meldete Anspruch auf die Provision an. Die Mitarbeiterin hielt Rücksprache mit ihrem Chef und der willigte ein. Das fand ich nicht so schlecht.

Die Trauerbriefe sollten auf Büttenpapier in der gleichen Schriftart wie die Zeitungsanzeige gedruckt werden. Das war kein so großes Problem. Von der Zeitung erfuhr ich die Schriftart und gab sie an die Druckerei weiter. Nachdem die Trauerbriefe hergestellt waren, wurden sie von der Druckerei direkt an die Witwe geliefert.

Im Krankenhaus traf ich wie verabredet den Pfarrer. Für ihn war die Trauerfeier im Krankenhaus genauso ungewöhnlich wie für mich, jedoch verständlich. Der Verstorbene war sehr beliebt und genoß ein hohes Ansehen. Die Kapelle war recht groß und brauchte sich nicht hinter anderen Kapellen zu verstecken. Sie war sehr hell, modern und hatte irgendwie eine angenehme Atmosphäre. Nachdem wir alles geklärt hatten, fuhr ich wieder los.

Für den Tag der Trauerfeier waren wir bestens gerüstet. Für die Trauergäste hatten wir vom Krankenhaus Gratiskarten für die Parkgarage bekommen. Zuerst hieß es, so etwas sei nicht möglich. Damit die Gäste nach der Feier wieder rausfahren konnten, hatten wir schon Markstücke parat gelegt, die wir an den Kondolenzlisten verteilen wollten. Offensichtlich war das der Krankenhausverwaltung zu peinlich und sie händigte mir die Karten aus. Die verteilten wir statt des Geldes an den Kondolenzlisten. Ebenfalls verteilten wir dort Karten, auf denen die Daten und Kontonummer für die wohltätige Einrichtung standen, für die gespendet werden sollte. Aufgrund des großen Andrangs hatten wir ein eigenes Stehpult für eine Kondolenzliste mitgebracht. Ein zweites Pult wurde uns vom Krankenhaus zur Verfügung gestellt. Die beiden standen links und rechts des Eingangs mit je einem Träger zur Seite, der die Ankommenden bat, sich einzutragen. Der Pfarrer fragte mich noch, ob ich während der Trauerfeier fotografieren oder sogar filmen wollte. Etwas erstaunt verneinte ich diese Frage. Der Pfarrer meinte nur, er hätte schon die verrücktesten Sachen erlebt.

Kurz bevor die Trauerfeier beginnen konnte, wollte die Witwe mit ihrer Tochter noch einen Moment allein am Sarg sitzen. Nachdem sie in die Kapelle gegangen waren, stellte ich mich demonstrativ vor die Tür, damit die Gäste nicht zu früh eintraten und störten. Das führte bei einigen Personen zu Unmut und ich mußte mehrfach erklären, warum sie noch nicht eintreten sollten. Schließlich war es soweit. Der Pfarrer wollte starten, über 100 Gäste standen vor der Tür, die angehende Opernsängerin aus Hamburg und der Pianist standen schon in den Startlöchern, die Fotos hatte ich im Kasten und die Zeit lief. Die Kapelle stand uns länger als 30 Minuten zur Verfügung, aber an einem Freitagnachmittag bei schönem Wetter auf das Arbeitsende zu warten, macht niemand gern. Leise betrat ich die Kapelle, ging zu der Witwe und blieb neben ihr stehen, ohne ein Wort zu sagen. Sie schaute zu mir hoch, dann nickte sie kurz. Das war ihr Okay. Wir öffneten die Tür und ließen die Gäste eintreten. Die vorderen Plätze waren reserviert. Wir hatten Namenskarten und Reservierungskarten ausgelegt. Die Zahl der Gäste war sehr groß. Die Menschen blieben sogar im Flur stehen, um der Andacht des Pfarrers zu lauschen.

Einer mochte den Verstorbenen offensichtlich nicht. Ob es nun der Hausmeister oder wer auch immer war, ich weiß es nicht. Während der Trauerfeier mußte er an eine Nebentür zum Kapelleneingang. Dabei klapperte er dermaßen laut mit den Schlüsseln, daß ich ihn bitten mußte, etwas leiser zu sein. Er grinste mich an und verschwand in dem Raum. Von dort hörten wir es sehr laut klappern. Warum er gerade zu diesem Zeitpunkt so laut sein mußte, weiß der Teufel. Dahin hätte ich ihn auch sehr gern gewünscht. Er kam wieder raus, klapperte beim Abschließen mit dem Schlüssel und verschwand. Nach ungefähr zwanzig Minuten tauchte er wieder auf und wiederholte die Prozedur. Ich konnte ihn erneut nur bitten, die Trauerfeier nicht zu stören, wieder erfolglos. Mit ihm streiten wollte ich auch nicht. Das wäre eine noch größere Störung gewesen. Herr Halder, einer unserer Aushilfen war über diesen Mann ziemlich sauer, hielt sich jedoch aus dem selben Grund wie ich zurück. Dazu sollten Sie wissen, daß Herr Halder ungefähr zwei Meter groß und ungefähr einhundert Kilo schwer war, außerdem spielte er Rugby. Insofern hätte seine leider nicht gesagte Drohung, dem Kerl Schläge zu verpassen, sicher gefruchtet. Wir überstanden es aber auch so.

Die Frau und ihre Tochter wollten bei dem letzten Musikstück die Kapelle verlassen, um die Beileidsäußerungen nicht entgegennehmen zu müssen. Die Gäste schickten wir in eine andere Richtung zum Ausgang. Später bedankte sich die Frau nachdrücklich dafür, obwohl wir es so abgesprochen hatten. Denn als sie rauskamen und zum Seitenausgang auf eine Wiese gingen, schien die Sonne und sie waren dort allein. Ich konnte beide weinen hören. Aber in ihrem großen Schmerz wollten Mutter und Tochter für ein paar Minuten allein sein. In Gedanken an den Ehemann und Vater.

Die Kondolenzliste übergab ich der Witwe am Montag persönlich zu Hause. Sie bedankte sich noch mal für die ausgezeichnete Arbeit. Mein Angebot, am Trauerkreis von Frau Radecke teilnehmen zu können, schlug sie aus. Sie fühlte sich im Kreis ihrer Freunde sehr gut aufgehoben und stark genug, damit fertig zu werden. Sie könnte sich eher vorstellen, anderen Frauen in der gleichen Situation zu helfen. Ich konnte mir das auch sehr gut vorstellen, hielt jedoch mein Angebot aufrecht.

Meine letzte Aufgabe bestand darin, einen geeigneten Friedhof zu finden. In Hannover/Lahe gibt es einen sehr großen neuen Friedhof. Aber die Nähe der Autobahn störte die Witwe. Sie wollte ihren Mann in Isernhagen beisetzten lassen, was jedoch nicht so einfach war. Der gewünschte Friedhof soll sehr schön und vor allem sehr ruhig gewesen sein. Und er war genauso schnell erreichbar. Das Friedhofsamt hatte aber etwas gegen die Beisetzung der Urne eines Hannoveraners in ihrer Gemeinde. Die Ablehnung wurde damit begründet, daß die Bürger von Isernhagen mit ihren Steuermitteln, bzw. Friedhofsgebühren den Friedhof finanzierten. Wenn jeder »Außenstehende« hier einfach beigesetzt werden könnte, bliebe kein Platz mehr für die eigenen Leute und die Preise müßten steigen. Die Begründung mit »könnte« und »müßte« war im eigentlichen Sinn richtig. Die Witwe versuchte noch etwas über Freunde aus Isernhagen zu arrangieren, doch auch dies scheiterte. Irgendwie fand sie dann doch noch einen stillen Ort auf dem Laher Friedhof, der ihr angemessen erschien. Am Tag der Urnenbeisetzung begrüßte ich sie und ihre Tochter am Friedhofseingang und führte sie in ein kleines Haus in einen Raum. Den Pfarrer hatte ich schon dorthin gebracht. In diesem sehr spärlich eingerichteten Raum stand die Urne auf einem kleinen, aber hohen Tisch, über dem eine Decke lag. Links und rechts der Urne standen Kerzenständer mit fast abgebrannten Kerzen. Sie brannten und kleckten langsam die Decke voll. Der Pfarrer begrüßte die beiden und ich verabschiedete mich. Ursprünglich wollte ich die Urne selber tragen, was mir aus Termingründer leider nicht möglich war. Der Angestellte des Friedhofes hatte nun diese Aufgabe übernommen. Normalerweise tragen diese Angestellten auf diesem Friedhof immer die Urne oder führen den Trauerzug zur Grabstelle. Natürlich konnte der Bestatter das selber tun. Bei diesem Mann war ich mir meiner Sache nicht so sicher. Manchmal hatte er etwas getrunken und er sah nicht sonderlich gepflegt aus, andererseits hatte ich mit ihm noch keine Probleme gehabt. Da nichts über diese Beisetzung bekannt wurde, konnte ich von ihrem Gelingen ausgehen.

Ich habe die Frau nie wieder gesehen oder etwas von ihr gehört. Ihre Rechnung hat sie sofort nach Erhalt bezahlt. Ich glaube, diese starke Frau wird andere Menschen im Krankenhaus und an anderer Stelle an ihrer Lebenskraft teilhaben lassen.

Der Bestatter schlechthin

In Hannover gab und gibt es einen Bestatter, der das Institut von seinem Onkel übernommen und ausgebaut hatte. Dann hat er zwei weitere Geschäfte aufgemacht und wurde so zu einem der größten Bestatter in Hannover. Er spielte eine große Rolle im Bestattungswesen in Hannover, beim THB, bei den hannoverschen Bestattern und in der Geschäftsführung des Krematoriums. Ich fragte ihn einmal, warum er nicht auch auf Landesebene eine größere Rolle spielen wollte? Er antwortete mir, lieber das Feld zu beackern, auf dem er etwas bewirken könnte. Das leuchtete mir ein.

Kennengelernt habe ich diesen Mann auf einer Sitzung des Trägervereins. Bereits im Vorfeld hatte ich mit dieser Sitzung ein Problem. Nur Geschäftsführer waren stimmberechtigt und es gab einiges zum Abstimmen. Nun bin ich das leider nicht gewesen. Mir war durchaus klar, wenn ich ohne Vollmacht der Einladung nachkommen würde und nicht mitstimmen konnte, wäre dies ein gefundenes Fressen für die anderen Bestatter gewesen. Wir sogenannte »Großen« sind nicht sehr beliebt gewesen und mit Recht hätten die anderen behaupten können, daß sie uns nicht für voll nehmen müssen. Wie auch, wenn ich nicht an einer einfachen Abstimmung teilnehmen konnte. Um diesem Problem zu entgehen, telefonierte ich mehrfach mit meinem Chef. Ich brauchte diese Vollmacht unterschrieben von unserem neuen Geschäftsführer. Offiziell hatte mein Vorgesetzter nichts zu melden und seine Unterschrift nutzte mir gar nichts. Andererseits befand sich unser Boß ständig unterwegs und war nur sehr schwer erreichbar. Mein Chef wollte sich darum kümmern. Die Zeit verging und es passierte einfach nichts. Kurz vor diesem Termin erklärte ich ihm, nicht daran teilnehmen zu wollen und mir statt dessen das Protokoll zuschicken zu lassen. Als Mitglied stand uns das zu und wurde uns sowieso zugeschickt. Mein Chef hielt das für keine gute Lösung und bat mich, unbedingt daran teilzunehmen.

Ich »liebe« es, wenn jemand in Form einer Bitte eine Anweisung gibt. Also fügte ich mich und leistete dem Folge!

Am Abend der Versammlung fuhr ich mit meinem Wagen zu diesem Lokal. Es standen einige Limousinen von BMW, Mercedes und Audi der gehobenen Klasse auf dem Parkplatz. Diese Autos gehörten natürlich auch anderen Gästen. Trotzdem bin ich sicher, die meisten dieser Luxusautos gehörten meinen Kollegen. Warum auch nicht!? Ich betrat den Versammlungsraum, grüßte in die Runde, stellte mich kurz vor und setzte mich auf einen freien Platz. Wir saßen in Hufeisenform. Nach dem offiziellen Teil sollte später ein phantastisches Buffet hergerichtet werden. Natürlich auf Kosten des THB, denn schließlich fand die Jahreshauptversammlung nur einmal im Jahr statt.

Irgendwann vor der offiziellen Versammlung setzte sich der Vorsitzende zu mir und wir unterhielten uns. Ich erzählte von meinem Einstieg, wie es so läuft und blieb recht allgemein. Er erklärte mir den Ablauf des Abends und erzählte ebenfalls allgemeines. Zwischendurch hinterfragte er immer wieder Details zu meinem Arbeitgeber und zu Bollmann. Er hatte in der Vergangenheit bereits das Geschäft kaufen wollen, wurde aber mit Herrn Bollmann nicht einig. Mein Chef soll damals ebenfalls seine Finger drin gehabt haben. Leider fehlen mir da genauere Informationen. Insofern waren dieser Mann und Herr Bollmann nicht gut aufeinander zu sprechen, denn hinter den Kulissen muß wohl noch mehr gelaufen sein. Der Vorsitzende und mein Chef dagegen kannten sich schon länger und waren gute Freunde.

Dann allerdings mußte ich ihm eingestehen, nicht stimmberechtigt zu sein. Er schaute mich fragend an und wollte den Grund wissen. Ich erklärte dies mit dem Wechsel in der Geschäftsleitung und daß intern vieles im Umbruch sei. Das klang einigermaßen glaubwürdig, stellte uns jedoch in kein gutes Licht. Denn für eine einfache Vollmacht brauchte ich nicht mehr als die Unterschrift vom richtigen Boß. Der Vorsitzende sprach sich mit jemand anderem aus dem Vorstand ab und erklärte, ich sei nur als Beobachter da. Ich nahm es so hin.

Die Sitzung hatte bereits angefangen, als noch ein Geschäftsstellenleiter kam. Ich kannte ihn vom Sehen her. Er gehörte zu einem anderen größeren Unternehmen. Auch die unterhielten in Deutschland viele Institute. Wir sahen uns und nickten uns kurz zu. Zu meinem Erstaunen durfte auch er nicht abstimmen. Im Gegensatz zu meiner Person wurde er vom

Vorstand bloßgestellt. Diese Angelegenheit wurde so laut besprochen, daß es jeder, wirklich jeder in diesem Raum mitbekommen mußte. Die Vollmacht für ihn sollte schon längst aus der Zentrale in Berlin dagewesen sein, fehlte aber. Somit konnte er genau wie ich die Vorstellung nur beobachten. Das Traurige daran war, daß das für ihn bei jeder Sitzung so gelaufen ist. Somit konnten wir zu zweit alles beobachten und manch kleiner Bestatter freute sich über die Unzulänglichkeiten der »Großen«. Nach der Sitzung kam er zu mir und wir konnten ein paar Worte wechseln. Als ich darüber sprach, daß wir die jüngsten in diesem Raum seien und offensichtlich in einigen Fällen andere Ansichten hätten als die anderen Bestatter, kam eine sehr positive Reaktion von ihm.

»Wir sind keine Konkurrenten. Wir ziehen beide am selben Strang. Sie in Ihrem Unternehmen und ich bei mir!« Das beeindruckte mich und ich lud ihn spontan ein, mal auf einen Kaffe in das Institut zu kommen. Zur Sitzung selber möchte gar nicht soviel sagen. Für die Bestatter interessant, für Außenstehende uninteressant.

Mein Chef hatte mir nahegelegt, seinen Freund (diesen Bestatter) anzurufen. Ich tat es und wir verabredeten uns bei ihm im Institut. Von allen Instituten, die ich jemals sah, war dies das beste. Das Geschäft schien sehr gut organisiert zu sein, die Mitarbeiter motiviert und gefördert. Für die Zukunft hatte er viele Pläne.

Nach der Begrüßung führte er mich durch sein Institut. Es handelte sich um ein relativ neues Gebäude, welches nach den Anforderungen eines Beerdigungsinstitutes gebaut worden war. Das fing schon mit über zwanzig Parkplätzen an. Dazu muß ich sagen, daß sein »Hauptquartier« im Randgebiet von Hannover lag, während sich die beiden anderen Geschäfte in Hannover befanden.

Das Gebäude hatte viele Fenster und war dadurch sehr hell. Er hatte an (fast) alles gedacht. Wenn man die Räumlichkeiten betrat, steuerte der Kunde auf die Rezeption zu. Hier wurden die Telefongespräche angenommen und die Kunden in ein Besprechungszimmer geleitet. Eine breite Treppe führte in die erste Etage. Die Inneneinrichtung und der Bau wirkten durch ihre Großzügigkeit sehr amerikanisch. Ich glaube, jeder Kunde wird hier beim ersten Mal durchaus beeindruckt gewesen sein. Wahrscheinlich hat das mit dazu beigetragen, viele große Sterbefälle von Persönlichkeiten aus Hannover bekommen zu haben. Allerdings erst mit der Zeit, denn vorher gab es Herrn Bollmann und sein Institut Bollmann. Nicht diese typisch dunkle und muffige Bestatteratmosphäre, sondern eine freundliche und großzügige Umgebung erwartete die Menschen. Dieses negative Image vom muffigen Bestattungsinstitut trifft in diesem Gewerbe immer weniger zu. Auch hier wird dazugelernt. Hell und freundlich darf es ruhig sein und doch persönlich. In der ersten Etage gab es einen sehr großen Raum, wo Trauerfeiern abgehalten werden konnten. Ungefähr sechzig Personen hatten hier Platz, es gab einen Regieraum für

Musik und Licht, eine eigene Orgel, eine Lautsprecheranlage, ein Pult für den Geistlichen oder Sprecher, einfach alles. Die gesamte Einrichtung gefiel mir wesentlich besser als in so mancher Kapelle. Es gab zwei oder drei Aufbahrungsräume mit Klimaanlage und separater Belüftung. Dadurch konnten die Verstorbenen dort einige Stunden liegen, ohne daß sie gleich anfingen zu muffeln.

»Ich habe die Aufbahrungsräume so angelegt, damit die Angehörigen den Verstorbenen beim Betreten des Raumes nicht gleich in die Nasenlöcher gucken!«

Das machte durchaus Sinn. Fast immer trat man zuerst an das Fußende und...!

Diese Räume hatten Fliesen, wie es vorgeschrieben war. Wir hatten dagegen bei Bollmann einen Teppich, was eigentlich unzulässig ist. Laut Bundesseuchengesetz muß ein abwaschbarer Boden vorhanden sein, denn eine Leiche kann durchaus auslaufen. Um das zu verhindern, haben wir beim Sargausschlagen (das Zurechtmachen des Sarges) auf den Sargboden zuerst eine spezielle und wasserundurchlässige Plane befestigt. Denn das blanke Holz könnte im Extremfall beim Auslaufen einer Leiche nicht reichen. Damit hatten wir für uns die nötige Sicherheit. Zusätzlich sei gesagt, daß wir einen »Persilschein« vom Gewerbeaufsichtsamt hatten, der uns in unseren Räumen ohne Belüftung, Klimaanlage und bei einer nur zwei Meter hohen Decke die Leichenaufbahrung erlaubte. Ob das auch für den Teppich galt, wage ich zu bezweifeln.

Das einzige, was er in seinem Institut nicht anbot, war Kaffee und Kuchen, ansonsten bestand die Möglichkeit der Videoaufnahme und was weiß ich alles. Der Klimaraum konnte genügend Verstorbene unterbringen und ein Florist wurde in dem Gebäude auch noch beherbergt, soweit ich mich erinnere.

In seinem Büro plauderte er ein wenig aus dem Nähkästchen. Über den Trauerkartendruck meinte er nur: »So schnell kann man das Geld gar nicht verdienen wie damit.« Wir sprachen über seine eigenen Aufgaben. Administrative Aufgaben meinte er damit. Aus dem Notdienst hatte er sich ausgeklinkt und Sterbefälle übernahm er nur, wenn ausdrücklich nach ihm verlangt wurde. Der Mann konnte es sich leisten. Dieser Lebemann, zumindestens wirkte er so auf mich, wußte sehr viel über die Bestatter von Hannover. Da er mit meinem Chef gut befreundet war, erzählte er auch über ihn. Wenn die beiden sich trafen, würde Herr Paul sich bei ihm schon mal »ausheulen« über die Probleme im allgemeinen und mit den Bestattern in Hannover. Mein Chef erzählte mir später umgekehrt das gleiche über seinen Kumpel! Interessant fand ich die Geschichte über ein Angebot von uns für sein Institut. Demnach hat er sich mit Herr Temps getroffen, entschied sich aber für die Selbständigkeit. Die finanzielle Seite hätte mich schon interessiert, natürlich sagte er darüber nichts. Er meinte nur, wenn ihn jemand mit Herrn Temps gesehen hätte, wären seine Kollegen aus dem Stadtverband nicht sehr gut auf ihn zu sprechen gewesen. Merkwürdigerweise war die Front gegen die Konzerne immer da, jedoch hinter der Front versuchten viele mit ihnen zu sprechen. Vielleicht gab es ja ein gutes Übernahmeangebot!

Ein anderer Punkt war die Situation in Hannover. Das dichte Feld der vielen Institute in und um Hannover bei sinkenden Sterbezahlen wurde immer schwieriger. Jeder wollte seinen Teil vom Kuchen abhaben. Dieser Kuchen wurde immer kleiner und am Ende konnten nicht alle übrigbleiben. Deswegen gab es natürlich auch Übernahmen von Hannoveranern in der Stadt. Meist aber nur hinter den Kulissen. Wie ich schon erwähnte, hatte dieser Mann versucht, Bollmann zu kaufen. Von ihm erfuhr ich von der Absicht, Husch zu kaufen, bevor wir dies taten. Damals lag das Institut mit der Tischlerei noch etwas versteckt in einem Mischgebiet. Zudem sollte die Immobilie zuerst über 700.000,- DM kosten. Später haben wir sie für wesentlich weniger verkauft. Dazu kam die schlechte Erreichbarkeit während der großen Messen in Hannover. Wie meinte er so schön: »Was soll ich mit einem Geschäft, wo ich während der Messe mit dem Hubschrauber hinfliegen muß!« Aber nicht nur Übernahmen sind unser Thema dazu gewesen. Er sagte mir unverhohlen: »Wenn die großen Firmen meinen, sie brauchen nur Geschäfte aufzukaufen, die Kleinen kaputtmachen und können den ganzen Markt unter sich aufteilen, dann zeige ich mal, was wirklicher Wettbewerb ist! Zumindestens hier in Hannover. Meine Kriegskasse ist voll genug und dann sehen wir, wer übrig bleibt!«

Mein Chef meinte später zu mir: »Dieser Mann gräbt uns und anderen das Wasser ab, wenn wir nicht aufpassen. Der rüstet mit aller Gnade auf!« Was konkret damit gemeint sein sollte, erfuhr ich im Herbst. Dieser Bestatter brachte die Zeitung heraus, über die ich mich schon ausführlich ausgelassen habe. Es war unser Projekt und wurde zu seinem Baby.

Einige Tage später gratulierte ich ihm zum Geburtstag. Den Tip bekam ich von seinem Freund und meinem Chef. Ich habe ihn dann nicht mehr gesehen, bin aber davon überzeugt, daß er noch immer eine bedeutende Rolle unter Hannovers Bestattern spielt. Übrigens haben die beiden Freunde damals schon Gespräche über einen Verkauf geführt. Wer von wem gekauft werden sollte, brauche ich wohl nicht zu erwähnen. Bei annähernd 700 Sterbefällen lag sein Anteil irgendwo zwischen 10 und 15 Prozent an den gesamten Sterbefällen in Hannover. Dazu kamen gut zwölf Angestellte und eine sehr gute Immobilie, wenn sie denn verkauft werden sollte. Als Manager für Hannover sicher ein guter Mann. So dachte mein Chef, Herr Paul, über ihn. Nur was sollte mit mir passieren? Diese Frage blieb unbeantwortet.

Herr Mayer

Herrn Mayer hatte ich auf der Sitzung des Trägervereins getroffen und eingeladen. Irgendwann verabredeten wir einen Termin und er kam auf einen Kaffee vorbei. Sie fragen, was daran so interessant ist. Er war damals Geschäftsstellenleiter von einem anderen großen Bestattungsunternehmen. Verantwortlich zeichnete er sich für weitere Filialen in Hameln und Hildesheim. Die internen Probleme lagen ähnlich wie bei uns. So wollte er eine Ausstellung mit Briefmarken organisieren. Geplant war sie als Wanderausstellung für die Konzerninstitute, aber seine Konzernzentrale quatschte ihm rein und irgendwann sagte er alles ab. Briefmarken zum Thema Tod – die Idee schien nicht uninteressant. Wir hatten ähnliches vor, doch wegen der Kosten und dem angeblich nicht zu sehenden Nutzen passierte bei uns nicht viel.

Mit solchen Ausstellungen locken sie die Leute in das Geschäft und erreichen sie mit anderen Informationen. Sinn und Zweck ist es, vielleicht einen Vorsorgevertrag abzuschließen oder einfach eine Empfehlung bei einem Sterbefall zu bekommen. Die interessierten Menschen kommen dann schon. Aber es muß ein »Aufhänger« vorhanden sein, um die potentiellen Kunden überhaupt ansprechen zu können. Irgendwo ein Geschäft wie jedes andere. Bei ihm kam noch dazu, daß eine große Versicherung an dem Unternehmen beteiligt war und die wollten ihre Produkte loswerden. Seine Ausstellung hätte einen zu kommerziellen Charakter gehabt. Heute gibt es eine Trennung von der Versicherung und dem Beerdigungsgeschäft. Natürlich sind sie noch unter einem Dach, aber die Firma ist neu strukturiert und erfolgreicher geworden.

Herrn Mayer selber habe ich 1999 nicht wieder gesehen, erst 2000. Zu diesem Zeitpunkt war er Regionalgeschäftsleiter und es gab eine neue Geschäftsführung in Berlin. Ich bekam das Angebot, Geschäftsstellenleiter für Hannover, Hameln und Hildesheim zu werden, doch ich lehnte ab. Denn dieses Buch hätte sich niemals mit dem Job vertragen.

Ausstellungen

Ich habe bereits von unseren Plänen bezüglich einer Ausstellung erzählt. Es ist immer die Frage, wen will ich ansprechen und was will ich damit erreichen. Im Prinzip wären es immer Werbeveranstaltungen gewesen, warum auch nicht. So hatte ich die Idee, die Särge, die wir als Holzkisten bezeichnet haben, bemalen zu lassen. Kindergärten, Schulen und interessierte Gruppen wären unsere Ansprechpartner gewesen. Als Thema hätte wir »Tod und Sterben« angegeben. Ich glaube nach wie vor, daß eine Ausstellung dieser Art mit bemalten Särgen durchaus von Interesse sein kann. Damit werden nicht nur ältere Leute angesprochen, sondern auch junge Menschen. Eine vernünftige Auseinandersetzung mit diesem Thema ist keine Frage des Alters. Kinder können sich auf ihre Art und Weise sehr vernünftig damit auseinandersetzten. Als zweiten Punkt hätten wir die Aufmerksamkeit der Eltern errungen und diese Altersgruppe ist meist Auftraggeber für Beerdigungen.

Platz dafür wäre im Ausstellungsraum vorhanden gewesen. Die Särge waren auf Fotos vorhanden und für ein paar Tage konnten sie mal woanders stehen. Die Medien haben an so etwas immer Interesse und eine Berichterstattung darüber schien mir nicht so abwegig. Es gab 1999 eine Ausstellung auf mehreren Friedhöfen in Hannover. Angehende Künstler der Kunsthochschule Hannover haben unter fachkundiger Leitung einige Kunstwerke geschaffen und auf den Friedhöfen ausgestellt. Ob da nun verschiedene Bänder in bunten Farben oder undefinierbare Skulpturen hingen und standen, schien völlig egal. Die Zeitungen haben darüber berichtet und es wurde darüber gesprochen, allerdings, und das ist der springende Punkt, in der Mehrzahl ausgesprochen kritisch. Daran sehen Sie das Risiko so einer Ausstellung. Trotzdem bleibe ich bei meiner Meinung. So eine Ausstellung richtig aufgezogen kann sehr erfolgreich sein und von den Menschen angenommen werden.

Mit der Leiterin dieser Aktion auf den Friedhöfen hatte ich über meine Idee gesprochen. Sie schien begeistert, hatte aber keine Zeit und schlug mir darum eine Ausschreibung an der Kunsthochschule vor. Nachdem sie mir sagte, wie das ablaufen sollte, verging mir die Lust. Ein hoher Aufwand und einige Kosten waren damit verbunden, ohne zu wissen, ob ich im Endeffekt das bekomme sollte, was ich wollte. Denn die angehenden Künstler sind sehr progressiv gewesen und wollten mitunter provozieren. Das wiederum konnte ich überhaupt nicht gebrauchen. Vom Ablauf her wäre eine Ausschreibung mit Genehmigung der Schulleitung Pflicht gewesen. Für die Studenten hätte sich die Frage gestellt, welchen Nutzen sie davon haben. Bringt das etwas für »mein« Studium?

Eine andere Variante, auch für das Schaufenster, sollte der Umgang von verschiedenen Volksgruppen und Glaubensgemeinschaften mit dem Tod sein. Wir wollten einfach in den Gemeinden fragen, wo Interesse besteht, sich dazu zu äußern und öffentlich darzustellen. Ob das nun den Islam, die Griechisch-Orthodoxen, Buddhisten, Juden oder eben Christen betrifft. Selbst bei den Christen gibt es bekannterweise Unterschiede zwischen Protestanten und Katholiken. Sogenannte freie Christengemeinschaften gibt es auch noch. Bei den Gemeinschaften konnten wir auf die Verbindungen von Herrn Bollmann rechnen, Griechen kannten wir selber und Russlanddeutsche ebenfalls. Der Phantasie sind da keine Grenzen gesetzt gewesen. Rückblickend gesehen waren wir vielleicht zu euphorisch. Andererseits glaube ich heute noch an diese Ideen. Die Möglichkeit, sich einmal auf diese Art und Weise darzustellen und ernst genommen zu werden, ist für viele Menschen interessant. Glaubensgemeinschaften oder Volksgruppen möchten sich meist auch darstellen können.

Warum nicht zu diesem Thema? Leider habe ich nachgegeben und die Idee verlief im Sande. Oft ist es jedoch besser etwas zu riskieren und sich ein blaues Auge zu holen, als auf den Versuch eines anderen zu warten. Womöglich noch eines Konkurrenten.

Buchhaltung

Bevor ich in dieser Branche angefangen habe, wurde mir von Herrn Temps und Herrn Meu erklärt, daß die Buchhaltung zentral in Wiesbaden erledigt werde. Für Bollmann war das bereits der Fall und Husch sollte bald nachziehen. Einige Institute in Deutschland buchten damals auch noch selber. Aber dies sollte sich bald ändern. Ich empfand das als positiv, denn Buchhaltung ist für mich ein recht trockenes Thema. Als Industriekaufmann wußte ich damit zurechtzukommen, aber geliebt habe ich sie nie. Die Belege zu sammeln und mit einem Kommentar in die Zentrale zu schicken, klingt recht einfach. Allerdings klappte es mit dem Buchen nicht immer so wie gewünscht. Denn bezahlt wurde von unserem Konto in Hannover immer erst dann, wenn in Wiesbaden gebucht war. Durch einen hohen Personalwechsel in der Buchhaltung und Finanzleitung kam es zu Verzögerungen und unsere Rechnungen wurden nicht früh genug bezahlt. Auch Skonto ging uns so manches Mal flöten. Bei einer Rechnung für Särge und sonstiges über 4.000,- DM konnten das bis zu 120,- DM sein. Ich empfand das als sehr ärgerlich und war deshalb über das eigenständige Buchen von Husch sehr froh. Es wurden von uns nur die erfaßten Belege nach Wiesbaden geschickt. Für uns kam es aber noch dicker. Wir bekamen Mahnungen, erst die eine, dann die andere und schließlich die letzte. Jeder weiß, nach der letzten Mahnung hört nicht alles auf, sondern es geht erst richtig los. Ein Mahnverfahren ist kostspielig und rufschädigend. Zudem kann es passieren, daß der Lieferant nicht mehr liefert. Um diesen Ärger nicht zu riskieren, habe ich in mehr als einem Fall die Rechnung selber bezahlt. Ich hielt das für das kleinere Übel. Das gab zwar Diskussionen mit der Zentrale, aber keinen großen Ärger. Was sollten die auch sagen? Wartet gefälligst auf das Mahnverfahren?

Ich glaube, im Mai stellte sich die neue Finanzleiterin bei uns vor. Sie machte eine Rundreise durch Deutschland zu den Instituten, um alles und alle kennenzulernen. Die Frau war mir durchaus sympathisch. Über unseren neuen Geschäftsführer waren wir uns einig, zu Herrn Paul äußerte sie sich damals noch zurückhaltend, schwenkte jedoch später voll auf seine Linie. Ein kluge Frau. Sie schlug mir vor, die Buchungen selber zu übernehmen. Allerdings nur teilweise. Lieferantenrechnungen sollten von Wiesbaden gebucht werden und was mit Trauerfeiern und Beerdigungen zu tun hatte, von uns. Blumen zum Beispiel wurden von uns im Namen der Angehörigen bestellt. Wie sollten wir sonst unsere Provision bekommen?! Der Organist bekam sein Geld von uns und wir haben es auf die Rechnung des Kunden geschrieben. Natürlich mit Vermittlungsgebühr. Das mußte alles irgendwie gebucht werden. Ich willigte nach Rücksprache mit Frau Radecke ein und sah die Angelegenheit sehr positiv. Leider sollte ich mich dabei irren. Es gab keine genaue Abgrenzung, wer was buchen sollte. Insbesondere in der Anfangsphase hatte man einige Belege gar nicht oder doppelt gebucht. Später wurde wieder alles umgeworfen. Die Entscheidungsfreudigkeit auf diesem Gebiet blieb groß.

Ein anderer Punkt war die interne Rechnungsstellung. Jedes Institut wurde als eigene Kostenstelle betrachtet, aber die Mitarbeiter sollten ausgetauscht werden und für das andere Institut arbeiten können. Das ergab noch einen Sinn. Aber wir mußten uns die Mitarbeiter gegenseitig bezahlen. Diese Rechnungen brauchten zum Glück nur einmal im Monat erstellt zu werden, bezogen sich allerdings ebenso auf Verkaufsartikel. Wir hatten zwar ein gemeinsames Lager, aber bis dahin hatte jeder für sich die Ware bestellt. Später änderte ich das und bestellte in Absprache mit der neuen Finanzleiterin alles auf den Namen von Bollmann. Alles, was von Husch genommen wurde, mußte uns allerdings wieder gutgeschrieben werden. So wollte es das System. Durch diese Rechnungsschreiberei erhöhten wir künstlich den Umsatz, was auf Dauer nicht gut sein konnte, wie mir jeder Kaufmann bestätigen würde. Leider konnte ich das während meiner Zeit nicht mehr abschaffen, weil es aus Organisationsgründen in der Zentrale nicht anders funktionierte. Unser EDV-System gab zudem eine computergestützte Lagerführung nicht her. So mußten wir alles manuell aufzeichnen. Nicht tragisch, aber überflüssige Arbeit. Das Lager wiederum bezahlte nur Bollmann und am Jahresende sollte Husch seinen Anteil wieder an uns überweisen. Auf die neue Finanzleiterin kamen viele Aufgaben zu und wir mußten warten. Bis dahin waren wir in diesem System gefangen.

Das Lager

Unser Lager in der Stadt war relativ neu und befand sich auf einem Gewerbehof. Leider hatten wir bei starkem Regen ein Problem mit der Kanalisation. Das Wasser drang in das Lager und konnte in den etwas höher liegenden Kühlraum fließen. Wenn das Gewerbeaufsichtsamt davon Wind bekommen hätte, wäre eine Schließung durchaus möglich gewesen. Um die neuen Särge vor dem Wasser zu schützen, stellten wir diese auf Paletten. Die Särge im Kühlraum standen entweder auf Holzkanten oder Rollwagen. Aber das Wasser drang auch in die Küche und die Toilette. In der Küche schimmelten bald die Möbel und der Fußboden. Ich reklamierte beim Vermieter die Probleme mit der Kanalisation. Unser Nachbar hatte die gleichen Probleme, alle anderen blieben verschont. Dem Vermieter drohte ich mit einer Mietkürzung, ohne zu wissen, ob das so einfach möglich war. Er versprach mir schnelle Abhilfe.

Meine grundsätzliche Überlegung zum damaligen Zeitpunkt bestand darin, das Lager aufzugeben. Andererseits hatten wir Investitionen vor nicht einmal einem Jahr von mehreren 10.000,- DM getätigt. Mein Chef und ich wollten die Angelegenheit erst mal beobachten. Auch Frau Loch und Frau Radecke waren dieser Meinung. Daß sich vier Monate später eine völlig andere Situation ergeben sollte, konnte ich zu diesem Zeitpunkt nicht ahnen.

Die alte Dame

Mehrfach habe ich schon über Personen berichtet, die mich in irgendeiner Art und Weise beeindruckt haben. Die Frau, um die es hier geht, hatte ein bewegtes Leben hinter sich, verfügte trotz ihrer fast neunzig Jahre über einen ausgesprochen wachen Geist und ihre blauen Augen funkelten immer noch lebhaft aus einem faltigen Gesicht.

In Hannover gibt es ein Altenheim, das der Christengemeinschaft sehr eng verbunden ist. Die Christengemeinschaft entstammt dem christlichen Glauben (wie der Name schon sagt) und ist eng mit der Anthroposophie verbunden. Die Menschen der Christengemeinschaft glauben unter anderem daran, daß der Geist des Verstorbenen nach dem Tod irgendwie und irgendwo im Weltraum weiterlebt und irgendwann in einem neuen Menschen wiedergeboren wird. Bei den Trauerfeiern geht es darum bei aller vorhandenen Trauer auch lockerer zu als bei anderen christlichen Gemeinschaften. Durch den Glauben an die Wiedergeburt ist für die Angehörigen nur der Körper gestorben, doch der Geist lebt weiter, behält das erworbene Wissen und kehrt irgendwann zurück. Dahinter steckt eine viel komplexere Erklärung, als ich sie in diesem Buch geben kann.

In dieses Heim wurden Herr Landmann und ich wegen eines Todesfalles gerufen. Frau Radecke kümmerte sich um die Schwester des Verstorbenen, die dort ebenfalls untergebracht war. Wir fuhren mit dem Leichenwagen vor, luden den Sarg auf den fahrbaren Untersatz und schoben ihn damit zum Eingang. Dort erfuhren wir die Zimmernummer und gingen gleich weiter zum Fahrstuhl. Mit Mühe paßte der Sarg der Länge nach rein, während wir beide eng an die Wand gedrückt daneben standen. Dieses Problem gab es in vielen Heimen. Sie wurden für die Lebenden gebaut, aber selbst für Krankentransporte sind die Fahrstühle und die Flure oft zu klein. In diesem Fall auch für uns. Die Heimleiterin erwartete uns bereits und ließ uns rein. Im Zimmer zeigte sie uns alles und verschwand wieder.

Früher hatten wir mehr Sterbefälle aus diesem Haus erhalten, leider hatte es mein Vorvorgänger mit der Heimleitung gründlich versaut. Nachdem ich mich vorgestellt hatte, bekamen wir wieder eine Chance, obwohl wir vorher natürlich auch noch rein durften. Ich habe mir erklären lassen, was gewünscht und was nicht erlaubt ist und mich immer daran gehalten. Der Kunde ist König, ebenso die Heimleitung. Denn wenn sie schon nicht den Auftrag erteilt, kann sie immer noch eine Empfehlung aussprechen.

Daß wir grundsätzlich allein arbeiten durften, war so üblich und galt auch für andere Bestatter. Dieses Vertrauen war immer da. Gestorben war ein alter Mann Mitte achtzig. Er hatte sich zu einem Mittagsschläfchen hingelegt und war nicht mehr aufgewacht. Von Frau Radecke wußten wir durch einen bestehenden Vorsorgevertrag, welchen Sarg, Ausstattung und Sterbehemd wir mitnehmen mußten. Wir zogen den Mann aus und das Sterbehemd an. Die Unterwäsche ließen wir meist an, insbesondere, wenn die Toten Windeln anhatten. Es gab aus dem Krematorium nie Beschwerden, obwohl das nicht den Vorschriften entsprach. Die Sachen ausziehen funktionierte recht einfach. Um das Sterbehemd anzuziehen, nahmen wir jeder eine Hand des Toten und hielten sie hoch, anschließend zogen wir die Ärmel über die Hände und Arme. Um das Hemd im Nacken zu schließen, mußte einer den Kopf anheben. Dann packten wir ihn an Kopf und Fußgelenken und legten ihn in den Sarg. (Allein deshalb wollten wir keine Angehörigen dabei haben. Dieses Umgehen mit »ihrem lieben Verstorbenen« hätten sie nicht verstanden.) Die Hände mußten wir noch mal hochheben, um die Decke bis zur Brust hochzuziehen. Anschließend falteten wir die Hände zusammen und legten sie auf die Decke. Diese wurde nach oben und unten straff gezogen, unten gefaltet, die Haare des Verstorbenen ein wenig hergerichtet und der Sarg geschlossen. Nachdem der Sarg wieder auf dem fahrbaren Gestell stand, wurde er von Herrn Landmann rausgeschoben. Bei den Kurven im Flur gab es immer wieder Probleme, so daß er den Sarg am Kopfende nach unten drückte und statt auf vier nur auf zwei Rädern um die Ecke schob. Manchmal mußte er ein Stück vor, wieder ein Stück zurück, wieder vor und wieder zurück, mehrmals das wiederholen und den Sarg dabei, soweit es ging, im senkrechten Zustand um die Ecke fahren. Daß der Verstorbene im Sarg dabei ein wenig hin und her rutschte, blieb nicht aus. Den Sarg mit dem Gestell allein zu bewegen war einfacher als zu zweit. Ohne Gestell als Hilfsmittel hätten wir uns noch mehr quälen müssen. Nachdem der Sarg im Fahrstuhl war, hatten wir das Schlimmste hinter uns. Unten angekommen ging ich vor, öffnete die Heckklappe vom Leichenwagen, zog den Wagen (ausfahrbarer Boden für den Sarg) nach vorn, damit Herr Landmann den Sarg aufsetzten konnte. Dann setzte er ihn auf, ich zog das Gestell beiseite und er schob den Sarg auf dem Wagen in das Auto. Das Gestell wurde zusammengeklappt und an der Seitenwand im Innenraum befestigt. Wir setzten uns in das Auto und fuhren zehn Meter auf der Straße, bogen rechts ab und nach ungefähr dreißig Metern parkten wir wieder auf dem Bürgersteig. Der Grund dafür lag im Aufbahrungsraum. In diesem Altenheim war ein eigener Raum für Aufbahrungen vorhanden. In den neuen Heimen wurde so etwas eingeplant, in den älteren Heimen gab es diese Räume nur vereinzelt. Als vertrauenswürdiger Bestatter besaßen wir einen eigenen Schlüssel für den Aufbahrungsraum, der nur von außen zu betreten war und über eine eigene Klimaanlage verfügte. Die Heimleiterin wollte nicht den Sarg über den Bürgersteig transportiert haben. Deshalb die Aktion mit dem Leichenwagen.

Den Sarg mußten wir vor dem Aufbahrungsraum wieder ausladen und dort reintragen. Wir stellten ihn auf ein Podest. Den Sargdeckel brachten wir in einen extra Raum. Der Aufbahrungsraum war sehr karg eingerichtet. Ein Kreuz, zwei Kerzen und zwei Bänke, kahle Wände und kein natürliches Licht. Der Tote hatte den Transport auch gut überstanden, so daß wir ihn nicht noch einmal herrichten mußten. Wir zündeten die Kerzen an, schalteten die Kühlung an und verließen den Raum.

Der Verstorbene blieb dort drei Tage offen aufgebahrt. (Die Gebühr für die Aufbahrung vom Heim aus lag bei 90,- DM und wurde von uns nur weitergereicht. Wir haben nichts zusätzlich berechnet. Zusätzlich wurden 230,- DM für den Leichenwagen und 485,- DM für die Träger berechnet. Außerhalb der Geschäftszeit erhöhte sich die Summe um 132,- DM bei vier Trägern. Dieser Zuschlag blieb gleich, sogar wenn wir nur zu zweit waren!) Während dieser Zeit konnten die Angehörigen, in diesem Fall seine Schwester, jederzeit den Raum betreten und bei ihm bleiben. Durch das Aufsuchen seiner Nähe konnte sie die äußere Veränderung des Toten miterleben, was für Angehörige der Christengemeinschaft meist dazugehört. Der Geist des Verstorbenen würde während der Aufbahrung dem Körper entweichen. Am dritten Tag fand die Aussegnung statt, so wie es auch in anderen christlichen Glaubensgemeinschaften üblich ist, bzw. üblich war. Die eigentliche Trauerfeier wurde in einer Kapelle oder Kirche abgehalten.

Die alte Dame und Schwester des Verstorbenen wurde ja nun von Frau Radecke beraten und ich hatte nichts mit ihr zu tun. Irgendwann nach der Trauerfeier und Beisetzung sollte sie noch Danksagungskarten erhalten, die sie Freunden und Bekannten zuschicken wollte. (Man bedankt sich für die Anteilnahme!) Da ich Zeit hatte und wir die Karten selber angefertigt hatten, entschloß ich mich, ihr die Karten zu bringen. Nachdem Frau Radecke mein Kommen angekündigt hatte, fuhr ich mit dem Firmenauto in das Heim.

Sie wohnte in der vierten Etage. Im Heim gab es Wohnungseinheiten, wo die Bewohner so selbständig wie möglich leben konnten. Sie hatte eine Klingel, (der Schlüssel steckte von außen), und drinnen eine eigene Kochecke, ein Badezimmer sowie ein großes Zimmer, was sie durch einen Kleiderschrank unterteilt hatte. Wir setzten uns auf ihre Couch und sie begutachtete die Karten. Dabei nahm sie sich eine Zigarette aus der Schachtel, steckte sie, die Karten lesend, in den Mund und zündete den Glimmstengel mit einem Feuerzeug an. Sie tat das auf eine so routinierte Art und Weise, daß ich nicht an eine über Achtzigjährige denken mochte, sondern an irgendeine coole Lady aus einem Gangsterfilm. Mit den Karten war sie zufrieden. Wir fingen an zu plaudern und sie erzählte von ihrem Leben. Ihr Körper wollte nicht mehr so, wie sie wollte, aber ihr Geist schien hellwach. Sie erzählte vom Krieg, wie sie vorher schon Jura zu studieren begonnen hatte, jedoch wegen des Krieges das Studium nicht hatte beenden können. Ihr Mann war gefallen, sie brachte ihre Kinder allein durch und und und... Sie hatte ein sehr bewegtes Leben geführt und mit ihrem Bruder war der vorletzte aus ihrer Familie gestorben. Aber sie fühlte sich nicht schlecht. Ihre Zeit würde so oder so kommen, also warum ängstlich darauf warten. Ein Gläschen Wein am Abend, Besuch der Kinder und das Leben so angenehm wie möglich zu führen -das war ihr Motto-, selbst wenn fast ihr ganzes Geld an das Heim bezahlt werden mußte. Nicht, weil es so teuer war, aber ihre Rente war nur klein. Es ging ihr doch nicht schlecht. Sie erzählte das mit ihrer brüchigen Stimme so lebhaft, wie eine Zwanzigjährige. Nur ihre Bewegungen und die Stimme paßten nicht dazu.

Selten habe ich einen Menschen in diesem Alter so optimistisch gesehen. Ob das nun an ihrem Glauben lag, weiß ich nicht. Als ich später mal in das Heim mußte, nahm ich ihr eine Schachtel Zigaretten mit. Leider war sie nicht anwesend, als ich an ihrer Tür klingelte. Ein Pfleger öffnete mir die Tür und in seiner Gegenwart legte ich die Schachtel auf den Tisch und verschwand wieder. Ich habe sie nie wieder gesehen, obwohl ich mehrmals in dieses Haus kommen mußte. Erinnern werde ich mich an die blauen Augen einer alten Frau mit einem jungen Geist.

Juni

Die Würde der Toten

Im Grundgesetz steht geschrieben, daß die Würde des Menschen unantastbar ist. Aber wie steht es um die Toten? Nun, die Antwort ist recht einfach: Die Würde der Toten ist unantastbar! Allerdings steht das nicht im Grundgesetz. Und wie mit den Lebenden ist es auch mit den Toten. Die Menschen halten sich nicht immer daran.

Der Vorteil eines weltumspannenden Konzerns ist, daß Erfahrungen in einem Bereich auch in verschiedene Länder weitergegeben werden können. Mit einiger Verspätung habe ich im Juni einen Zettel in den Arbeitsräumen der gewerblichen Mitarbeiter aufgehängt, der sich mit der Würde der Toten beschäftigt. Leider habe ich das Original nicht mehr, aber sinngemäß stand folgendes auf diesem Papier:

»Zur Erinnerung an alle Mitarbeiter:
Sobald eine Familie uns einen ihrer teuersten Schätze anvertraut,
wird uns dieser Raum heilig.
Verhalten Sie sich immer so, als sei die Familie des Verstorbenen
in diesem Raum anwesend. Vergessen Sie dies nie.
Behandeln Sie den Verstorbenen mit Würde.«

Das klingt logisch und sollte immer so sein, doch die Angst vieler Menschen, was mit den Toten außerhalb ihrer Sicht wirklich geschieht, ist nicht so unbegründet. Mir selber ist kein Fall bekannt, in dem einer unserer Mitarbeiter fahrlässig oder sogar pietätlos mit Verstorbenen umgegangen ist. Gut, ich erzählte die Geschichte von dem Toten, der aus dem Sarg gefallen ist. Aber das ist wirklich der einzige Fall. Was ich ihnen erzählen möchte, hörte ich von unserem Geschäftsführer und es spielte sich in England ab.

Irgendwo hatte sich dort ein Reporter in einem Bestattungsinstitut als Angestellter eingeschlichen und sogar heimlich seine Kamera benutzen können. Dabei hat er die Arbeitsräume gefilmt, die in einem sehr schlechten Zustand waren. Der Gedanke, daß die Toten nur mit Handschuhen angefaßt werden, ist für manch Angehörigen sowieso schon eine Zumutung. Der Satz: »Unsere Oma ist sauber!« ist mir noch im Ohr. Wenn der Sarg mit Inhalt dann im Institut zwischen Müll und Sperrholz steht, ist das für die Medien ein gefundenes Fressen. Wenn auch noch gefilmt wird, wie die Mitarbeiter aus jenem Institut in England einen Toten im Spaß als Pumpe für eine Zapfanlage mißbrauchen, kann das böse Folgen haben. Die Mitarbeiter wollten den Mann umziehen, waren selber guter Laune und alberten rum. Der Journalist war mit seiner versteckten Kamera ebenfalls dabei. Schließlich nahm einer der Angestellten den Arm des Toten und bewegte ihn lachend hin und her wie eine Pumpe und tat so, als wenn er aus der Nase Bier zapfen würde. Angeblich sollen sie ihm dann noch mit nicht vorhandenen Gläsern zugeprostet haben!

Ich kenne die Geschichte nur vom Hören und in jeder Branche gibt es schwarze Schafe. Nachdem dieser Beitrag im Fernsehen gelaufen war, gab es einen Sturm der Entrüstung. Verständlicherweise. Die Konsequenzen für den Angestellten können sie sich selber denken. Er wurde entlassen. Das Institut gehörte zum größten Bestattungsunternehmen der Welt und dieser Name wurde damals auch genannt. Die Folge war ein Umsatzeinbruch von dreißig Prozent. Das Vertrauen in die Firma war vernichtet und mußte wieder mühsam neu erworben werden. Das kostete Zeit, Geld und Kraft. Wie gesagt, die Geschichte wurde mir erzählt, bzw. auch den anderen Geschäftsstellenleitern. Damit sollte auf einen pietätvollen Umgang mit den Toten (auch ohne Anwesenheit der Angehörigen) und eine entsprechende Berufseinstellung und Beaufsichtigung des Personals hingewiesen werden.

Privatleben

Im Juni 1999 schauten meine Freundin und ich uns einige Wohnungen in Hannover an. Es wurde langsam Zeit, meinen Wohnsitz in die Stadt zu verlegen. Wenn ich Notdienst hatte und gerufen wurde, dauerte es entsprechend lange, bis ich bei den Hinterbliebenen antreten konnte. Der persönliche Zeitaufwand war auch für mich größer. Katja wohnte schon in Hannover. Leider war ihre Wohnung nicht groß genug für uns beide. Außerdem wollte ich unbedingt einen Stellplatz für mein Auto haben, wenn wir wirklich zentrumsnah wohnen wollten. Schließlich ist Hannover im Jahr 2000 die EXPO-Stadt mit vielen Besuchern und Gästen, die unser Parkplatzproblem noch vergrößern würden. Endlose Runden um die Häuserblocks zu drehen war nicht mein Ding, also bestand ich darauf. (Im Juli 2000 sprach Hannover mehr über die Besucherflaute der EXPO als über Parkplatzprobleme wegen der EXPO.)

Eine Wohnung, die wir in der Nähe des Institutes besichtigten, war gut aufgeteilt, hatte einen Balkon und einen Einstellplatz für mein Automobil. Dummerweise lag sie im Erdgeschoß, was meiner Freundin mißfiel. Eine andere Wohnung, die wir sehr gern bezogen hätten, lag in einer höheren Etage, wo nun wirklich niemand mehr durch das Fenster einsteigen konnte. Mit gut neunzig Quadratmetern Wohnfläche, Keller und Einstellplatz und in ruhiger Lage favorisierten wir sie sofort. Leider haben wir sie dann doch nicht bekommen. Die Vermieter und wir hatten bereits per Handschlag alles besiegelt, sollten sogar die Einbauküche ohne Abschlagszahlung nutzen können, aber das Haus, wo diese Familie einziehen wollte, wurde nicht frei. Die Leute, die wiederum darin wohnten, konnten nicht in eine andere Wohnung ziehen, weil dort eine alte Frau wohnte, die nun doch nicht in das Altersheim wollte (und verständlicherweise noch kein Kunde für uns werden wollte). So sahen wir uns weitere Wohnungen an und entschlossen uns spontan für eine Dreizimmerwohnung in der Nähe von Bundeskanzler Schröder. Der wohnte damals noch in der Südstadt, einem Viertel von Hannover.

Ursprünglich sollte Katja vom 1. Juli an bei mir auf dem Land wohnen, bis wir eine gemeinsame Wohnung gefunden hatten. Plötzlich hatte sie Panik, aufs Land zu ziehen. Ihre Wohnung mußte sie wegen Eigenkündigung zum 30. Juni räumen und nun war »Holland in Not«! Da wir zuerst die Wohnung zum 1. August beziehen wollten, bot uns der neue Vermieter an, die Wohnung schon zum 1. Juli zu beziehen und dafür nur die halbe Miete für diesen Monat zu bezahlen. Wir wurden sofort handelseinig.

Mit meinem anderen Vermieter konnte ich ebenfalls einen Kompromiß schließen. Ich besorgte einen Nachmieter, der am 1. Juli in die Wohnung wollte und dafür ebenfalls nur die halbe Miete für den Juli zahlen mußte. Der wiederum mußte noch seine alte Wohnung kündigen. Soweit ich gehört habe, funktionierte dies nicht so reibungslos. Mir blieb eine Woche Zeit, den Umzug zu organisieren. Urlaub konnte ich nehmen. Freunde sagten mir ihre Hilfe zu (und haben geholfen) und einen LKW konnte ich gebührenfrei von der Firma bekommen, die unser Institut den Hinterbliebenen bei Wohnungsauflösungen empfahl. Der Inhaber fühlte sich wahrscheinlich ein wenig verpflichtet, andererseits erledigte er seine Sache gut und zur Zufriedenheit der Hinterbliebenen. Wenn viel Geld für ihn aus der Wohnungsauflösung übrig blieb, schickte er uns einen Scheck. Eine Hand wäscht die andere. Aus Dankbarkeit überließ ich ihm meinen kaum gebrauchten Herd und die Spüle.

Sechs Monate nach Dienstbeginn wohnte ich endlich in Hannover. Das lag auch am Ende meiner Probezeit Ende Juni. Ich hatte es für ratsam gehalten, die sechs Monate Probezeit abzuwarten und erst dann nach Hannover zu ziehen.

In Bezug auf meinen Beruf blieben die Menschen neugierig. Wann immer jemand von meiner Tätigkeit erfuhr, war die erste Reaktion Ablehnung und die zweite Neugierde. Das sollte sich nicht ändern. Einigen wenigen Freunden habe ich auf Wunsch die Einrichtungen im Institut gezeigt, ohne allerdings den Kühlraum zu öffnen. Tote wollte keiner sehen und hätte sie selbstverständlich nicht zu sehen bekommen.

Weltraumbestattung und Kryonik

Unser Geschäft brauchte Ideen, denn die Sterbezahlen sanken in Juni weiter. Ich wurde auf zwei Bestattungsarten aufmerksam, die nicht neu, jedoch durchaus interessant waren. Es handelte sich dabei um Weltraumbestattung und Kryonik (Tiefkühlung). Beide Verfahren sind nicht billig gewesen und die Wahrscheinlichkeit, so eine Bestattungsart zu verkaufen, sind und waren sehr gering. Aber etwas Neues zu präsentieren, hatte für mich einen gewissen Reiz. Die Menschen würden vielleicht fragen und so kommen auch Geschäfte zustande.

Es liegt auf der Hand, woher die Idee der Weltraumbestattung kommt!? Natürlich aus den USA! Ursprünglich sollte sie nur einem kleinen Teil von Personen zugänglich sein, wie Astronauten und Schauspielern. Inzwischen steht der Kosmos sogar den Normalsterblichen offen. Mein neuer Chef hielt nicht viel davon und meinte nur, die Redensart : »Den kannst du auf den Mond schießen!« kommt nicht von ungefähr.

Vor der Weltraumbestattung erfolgt die Einäscherung der Leiche. Die Asche wird anschließend in der Urne nach Amerika geflogen und dort in ein kleines Behältnis aus Metall gefüllt. Mit Hilfe ausrangierter Marschflugkörper wird dieser Behälter mit anderen Behältern in die Umlaufbahn geschossen und verglüht nach einigen Erdumrundungen. Ob dafür heute noch alte Marschflugkörper verwendet werden, oder ob es elegantere Möglichkeiten der Beförderung gibt, vermag ich nicht zu sagen. Der Preis soll um die 15.000,- DM liegen und die Organisation kann (fast) jeder deutsche Bestatter übernehmen.

Wie sollte es anders sein, daß auch die Kryobiologie aus den USA stammt und sich bei uns immer beliebter macht. Hier wird der Verstorbene mittels Stickstoff bei minus 196 Grad tiefgekühlt. Um Zellschädigungen zu vermeiden, muß vor der eigentlichen Tiefkühlung eine spezielle Behandlung vorgenommen werden. Diese muß möglichst kurz nach Eintreten des Todes erfolgen und soll Zellschädigungen verhindern. Die Tiefgekühlten haben die Hoffnung auf Wiederbelebung durch die Wissenschaft, und vielleicht neue Erkenntnisse, welche heute noch nicht heilbare Erkrankungen später heilbar machen. In den USA bieten mehrere Gesellschaften die Tiefkühlung an, manchmal auch nur die Tiefkühlung des Kopfes. Der Preis soll zwischen 100.000,- DM und 300.000,- DM betragen.

In beiden Fällen blieb es bei der Information. Fragen hat sowieso niemand gestellt, nicht einmal die Christengemeinschaft, die den Geist nach dem Tod im Weltraum vermutet.

Der Selbstmord

In dem einen Jahr als Bestatter habe ich drei oder vier Selbstmordkandidaten unter die Erde bringen müssen. Warum ich dieses »Glück« hatte, weiß ich nicht, denn meine Kollegin hatte höchstens einen Fall.

Irgendwann saß mir eine junge Frau mit zwei ebenso jungen Männern im Besprechungsraum gegenüber. Sie hatte über drei Wochen lang nichts von ihrem Bruder gehört und war besorgt. Sie ging zu der Wohnung ihres Bruders und klingelte, aber er öffnete nicht. Mit den Freunden hatte sie schon gesprochen. Auch von denen hatte keiner etwas von ihm gehört. Offensichtlich war er etwas labil, weshalb sie sich schon Sorgen machte. Er hatte vor einigen Wochen sein Diplom als Ingenieur geschafft, war 32 Jahre alt und lebte allein. Irgendwie muß sie eine Ahnung gehabt haben und hat die Polizei gerufen, die mit Hilfe eines Schlüsseldienstes die Tür öffnete. Der Anblick, der sich der Schwester und den Beamten bot, muß schrecklich gewesen sein. Ihr Bruder hatte sich erhängt! Später erfuhr ich, daß er bereits zwölf lange Tage am Strick gehangen hatte. In Anbetracht des warmen Wetters ist es erstaunlich, wie lange die Nachbarn den Gestank ertragen haben und sich nicht beschwerten. Den Notarzt konnte man sich schenken und so wurde gleich ein Pathologe gerufen (er hatte Notdienst). Ich erzählte bereits am Anfang (Februar) unter »Allgemeine Kosten« davon. Der Körper des Toten war von den Maden bereits zerfressen und fürchterlich entstellt. Wie in so einem Fall üblich, wurde der Tote erst mal beschlagnahmt, um genauer untersucht zu werden. Die Staatsanwaltschaft wurde ebenfalls eingeschaltet und mußte die Leiche erst »freigeben«, bevor das Bestattungsinstitut Zugriff hatte. Der Abtransport erfolgte in eine Leichenhalle, wo nur Polizeifälle lagen, also Unfälle, Mord und Selbstmord. Die Leichen, die wie diese mit Maden verseucht waren, kamen in eine extra Box. In diesem Fall stand die Entscheidung der Staatsanwaltschaft schnell fest, daraus keinen Mordfall zu machen. Und nun saß mir seine Schwester gegenüber und wußte überhaupt nicht damit umzugehen. Zu allem Überfluß waren ihre Eltern verreist und nicht erreichbar, weshalb sie nun alles im Alleingang planen wollte. Nach den üblichen Formalitäten suchte sie Sarg, Urne und alles andere aus. Einen Friedhof hatte sie ebenfalls ausgesucht, nur den Termin konnten wir nicht festlegen. Erstens wußten wir noch nichts von der Staatsanwaltschaft und zweitens sollten die Eltern dabei sein.

Ein paar Tage später bekam ich auf mein Nachfragen bei der Staatsanwaltschaft die Info, nach der die Papiere des Verstorbenen abgeholt werden konnten und die Leiche freigegeben worden ist. Die Tochter hatte sich inzwischen dafür entschieden, ihren Bruder so schnell wie möglich einäschern zu lassen. Ihre Eltern sollten nicht in Versuchung kommen, den völlig entstellten Sohn noch einmal anzuschauen. Aus meiner Sicht war das in Ordnung, zumal wir ihn gleich nach der Abholung in das Krematorium bringen konnten. Somit brauchten wir ihn nicht in unseren Kühlraum zu stellen, da er entsprechend unangenehm gerochen hatte.

Die Eltern meldeten sich irgendwann bei der Tochter und erfuhren von ihr die traurige Wahrheit. Mit dem nächsten Flugzeug kamen sie zurück. Der Vater suchte mich mit seiner Frau auf, um über alles zu sprechen. Der Mann wirkte sehr gefaßt. Vielleicht kam das daher, weil er Psychologe war. Andererseits fragte ich mich, ob sein Beruf mit dem Tod seines Sohnes zusammenhängen konnte. Letztenendes konnte es mir egal sein. Über seine Verantwortung mußte er sich Gedanken machen und nicht ich. Die Frau schien mir völlig fertig gewesen zu sein. Ich glaube, sie stand unter Tabletteneinfluß. Ihr Mann meinte noch, daß die Frauen (Mutter und Tochter) große Probleme mit dem Verlust des Sohnes und Bruders hatten. Mit den Vorbereitungen ihrer Tochter waren die Eltern zufrieden. Das einzige, was ich nicht erfüllen konnte, war der Wunsch, die Beerdigung an einem Samstag durchzuführen. Stattfinden sollte diese in Hildesheim. Ich erkundigte mich bei den zuständigen Stellen nach den Möglichkeiten der Samstagsbeerdigung und erhielt eine Abfuhr. Egal, ob Hannover oder Hildesheim, dies war nicht möglich. Über diese mangelnde Flexibilität der Friedhofsbehörden habe ich mich bereits geäußert. Früher oder später werden Beerdigungen sicher überall am Wochenende durchgeführt werden können. Damals war ich gar nicht so unglücklich darüber, nicht am Wochenende arbeiten zu müssen. Eine Beerdigung in einer anderen Stadt hatte sowieso ihre Tücken. Man mußte sich über die Dekoration und vorhandene Utensilien, die Musik und anderes erkundigen, was an und für sich kein großes Problem war, nur zeitaufwendig.

Einige Tage später erhielt ich einen Anruf von einem Hildesheimer Bestatter. Die Eltern hatten sich bei ihm nach den Möglichkeiten einer »Wochenendbeerdigung« erkundigt. Daß sie mit einem befreundeten Bestatter darüber sprechen wollten, hatten sie mir angekündigt. Ich hatte mich in unserem Gespräch schon gewundert, warum wir den Todesfall trotzdem übernehmen sollten. Die Tochter wohnte genau wie ihr verstorbener Bruder in Hannover und kam deshalb zu uns. Sie konnte wohl kurz nach dem Erlebten keinen klaren Gedanken fassen. Der Bestatter sagte mir, die Eltern hätten ihm den Auftrag gegeben, sich um alles zu kümmern. Zum einen seien die Familien befreundet und zum anderen kannte er sich in Hildesheim mit den Gepflogenheiten besser aus. Gut, ich hatte einen unterschriebenen Vertrag, der offensichtlich gegen den Willen der Eltern war. Wegen der Gefahr eines Streites zwischen Eltern und Tochter, akzeptierte ich das. Ich berechnete die Abholung, den Sarg und einige Formalitäten. An die Summe kann ich mich nicht mehr erinnern. Ich versuchte wirklich mehr als fair zu sein. Bollmann zahlte natürlich nicht zu, andererseits blieb nicht viel hängen. Die Urne durfte der Hildesheimer auch noch verkaufen und die Asche vom Krematorium brauchte er sich nur über den Aschenanforderungsschein schicken zu lassen. Der Bestatter bedankte sich für dieses Gentleman`s Agreement und es klang ehrlich. Moralisch war mein Verhalten einwandfrei, geschäftlich nicht unbedingt.

Der Vater schrieb mir später einen Brief und bedankte sich noch mal für mein Entgegenkommen. Unser Institut wollte er auf jeden Fall weiterempfehlen. Außerdem erklärte er mir, der Hildesheimer Bestatter habe aufgrund seiner Beziehungen die Beerdigung an einem Samstagnachmittag möglich gemacht. Skeptisch war er nur wegen der Rechnung des Notarztes. Die Summe von 375,- DM schien ihm zu hoch. Ich schickte ihm eine Kopie. Er akzeptierte sie und bezahlte.

Am Ende war dies ein Sterbefall wie jeder andere, nur mit einigen Ausnahmen. Ich frage mich nur, wie der Hildesheimer Bestatter die Beerdigung am Samstagnachmittag möglich machen konnte und warum dies in Hannover nicht möglich war?

Der Stinker

Der Verwesungsprozeß des Selbstmörders, von dem ich ihnen eben erzählt habe, war nach zwölf Tagen am Strick bei hochsommerlichen Temperaturen sehr weit fortgeschritten. Damit verbunden ist ein sehr unangenehmer Geruch gewesen. Ob Menschen langsam oder schnell verwesen, hat unter anderem damit zu tun, wie sie gelebt haben. In eine »Persönliche Beziehung zu Hinterbliebenen« (April) erzählte ich von dem jungen Mann, der fast völlig schwarz am ganzen Körper war. Er hatte Drogen- und Alkoholprobleme gehabt, was zu einem schnelleren Verwesesungsprozeß führte. Jeder weiß, daß Tote irgendwann einmal anfangen zu riechen. Hat das wirklich nur damit zu tun, was sie zu sich genommen haben, oder betrifft das womöglich ihren früheren Lebensstil?

Ein Kollege wurde im Sommer spät abends von der Polizei angerufen, um aus einer Wohnung jemanden abzuholen. Er fuhr mit einem Mitarbeiter dorthin. An der Adresse angekommen, sahen sie die Polizei. Die beiden gingen zu der Wohnung hinauf. Vor der Wohnungstür stand ein Polizist gegen die Wand gelehnt, die Mütze in der Hand und etwas blaß im Gesicht. Auf dem Hausflur kam ihnen schon ein Gestank wie von einer Müllhalde entgegen. Mein Kollege wollte die angelehnte Tür aufmachen, was aber kaum möglich war. Das Chaos war schon zu sehen- und zu riechen.

In der Wohnung türmte sich der Müll. Alte Tageszeitungen und Zeitschriften, leere Flaschen und Dosen, Papiertücher, Becher, Bücher, Kartons und leere Lebensmittelverpackungen. Dazwischen stand gebrauchtes Geschirr. Die Essensreste darauf waren von einer dicken und pelzigen Schimmelschicht überdeckt. Obwohl die Fenster offen waren, konnte man im schummrigen Licht der herunterhängenden Glühlampe jede

Menge dicke, fette und grünliche schimmernde Schmeißfliegen erkennen. Es war kaum zu erkennen, wo man hintreten sollte. Durch die Hitze draußen und drinnen war der Gestank fast unerträglich.

Aus dem Badezimmer war das Würgen eines sich übergebenden Menschen zu hören. Kurz danach kam ein Polizist aschfahl aus dem Bad. Die Leichenbestatter bahnten sich den Weg zum Toten. Er lag auf dem Sofa. Aufgedunsen wie ein Ballon.

Sein Gesicht schien sich zu bewegen. Bei näherem Hinsehen konnte man die dicken Maden auf seinem Gesicht und am ganzen Körper erkennen. Sie fraßen sich Stück für Stück in ihn rein. Menschlich sah er nicht mehr aus. Er mußte schon mehrere Wochen tot sein.

Die Leichenbestatter hatten den Sarg im Hausflur abgestellt und wollten den Toten aus der Wohnung in den Flur tragen. In der Wohnung war es für den Sarg zu eng. Sie legten eine Art Plane neben das Sofa, um den Verstorbenen dann vorsichtig darauf zu rollen. Die Polizisten wollten dabei nicht helfen. Mit Handschuhen, Kitteln und einem Tuch vor dem Mund, gingen die Männer zu Werke. Sie zogen den Toten vorsichtig an die Sofakante. Als sie ihn runterrollen wollten, konnten sie ihn nicht mehr halten und er fiel vom Sofa. Der aufgedunsene Balg fiel auf den Boden, platzte auf und alle Innereien und Gedärme spritzten auf den Boden. Die beiden bekamen davon jede Menge ab. Zum »Glück« blieb fast alles auf der Plane. Schnell rollten sie diese zu, packten das Bündel und brachten es zum Sarg.

Nachdem er eingeladen war, reinigten sie sich und ihre Klamotten. Daß sie sich auch desinfizierten, braucht wohl nicht erwähnt zu werden.

Polizeieinsätze wie dieser sind zum Glück die Ausnahme. Aber wie mein Kollege schon sagte: Viele sterben so, wie sie gelebt haben.

Das Konzept für die Buchlesung

Herr Bollmann gehörte zu den Bestattern, die sich mit dem Tod nicht nur geschäftlich, sondern auch geistig auseinandergesetzt haben. Für ihn war es wirklich ein besonderes Anliegen, den Menschen in ihrer Trauer zu helfen. Seine Familie hatte das Institut bis in die vierte Generation geführt, erst seine Kinder fühlten sich nicht mehr zum Bestatter berufen und somit verkaufte er den Namen. Danach hat er ein Buch über »das Todesverständnis der Menschheit im Bewußtsein früherer Zeiten und in der Gegenwart« geschrieben.

Er beschreibt darin, wie wichtig es ist, die Sterblichkeit des Menschen zu akzeptieren. Nur wer sich dessen wirklich bewußt ist, lebt auch intensiv. Er geht auf vergangene Kulturen ein und wie damit umgegangen wurde. Er schreibt über die Psychologie des Todes und die Neubestimmung abendländischer Todesbetrachtungen, Probleme der Sterbebegleitung in unserer Zeit und seine persönliche Lebenserfahrung. Kurz um, er setzt sich in seinem Buch auf intellektuelle Art und Weise mit dem Thema auseinander.

Dieses Buch hatte eine Auflage von ungefähr 2000 Büchern und sprach genau den Kreis von Menschen an, die früher ausschließlich zu Herrn Bollmann kamen. Diesen Kreis zurückzugewinnen, sah ich als meine Hauptaufgabe an. Natürlich sind wir auch für andere Kreise zugänglich gewesen, aber es galt, wieder die Zahl von 300 Sterbefällen pro Jahr zu erreichen. In diesem Zusammenhang kamen mein Chef und ich auf die Idee einer Buchlesung durch Herrn Bollmann. Herr Paul wollte ihn am liebsten wieder für das Geschäft einspannen und als »Zugpferd« vor den Karren spannen. Aber dieser Mann hatte seine Entscheidung bereits getroffen. Er besaß unter anderem das große Haus in der Innenstadt von Hannover, in dem auch wir residierten, und sein Haus in Spanien. Darüber hinaus hielt er Vorträge und war Mitglied im Tempelherrenorden, der sich um das Wohlergehen anderer Menschen kümmerte. Das Tagesgeschäft interessierte ihn einfach nicht mehr, und das sagte er uns sehr direkt. Andererseits schien er an einer Buchlesung doch sehr interessiert zu sein. Zum einen bot es ihm die Möglichkeit, den Bekanntheitsgrad seines Werkes zu erhöhen und zum anderen wollte er uns natürlich unterstützen. Denn daß »sein« Institut in den letzten Jahren so gelitten hatte, machte ihn betroffen. Meine Aufgabe sollte es nun sein, diese Lesung zu organisieren und ein Konzept auf die Beine zu stellen.

Ort der Lesung sollte ein großes Hotel in unserer Nähe sein. Im Dorint-Hotel habe ich 1998 das erste Gespräch mit Herrn Temps gehabt, was ich für ein gutes Omen hielt. Parkplätze konnte ich im dazugehörigen Parkhaus reservieren. Die Gästeliste stellten Herr Bollmann und ich zusammen. Uns schwebte eine Teilnehmerzahl von maximal vierzig Personen vor, die auch bewirtet werden mußten. Wichtig waren natürlich die Medien, die kommen sollten. Das schien mir die schwerste Aufgabe zu sein. Jeder meint irgend etwas Außergewöhnliches für die Allgemeinheit zu haben, worüber unbedingt berichtet werden muß. Darum nahm ich vorab schon Kontakt zum Hannoverschen Wochenblatt auf, in dem wir regelmäßig annoncierten. Ich erzählte meinem Ansprechpartner von unserem Vorhaben und fragte, ob das von Interesse sein könnte. Grundsätzlich meinte er ja. Er schränkte dies jedoch wieder mit dem Argument ein, daß es wirklich für die Allgemeinheit von Interesse sein sollte. Sehr viele Menschen und vor allem seine Kunden waren der Meinung, etwas Berichtenswertes zu besitzen und wollten einen Artikel in der Zeitung darüber haben. Leider war das nicht immer so interessant, wie diese Leute dachten.

Wir hatten offensichtlich ein gutes Thema. Schau an, wer hätte das gedacht! Als guter Werbekunde sind unsere Chancen nicht so schlecht gewesen. Und das Thema war wirklich interessant!

Im Versicherungsgeschäft

Daß Bestatter Sterbegeldversicherungen verkaufen, habe ich bereits am Anfang etwas ausführlicher geschildert. Mein Hinweis, diese Versicherungen genau zu überprüfen, bezog sich auf den Hintergrund von vielleicht attraktiveren Möglichkeiten. Unabhängig davon sind Versicherungen auf jeden Fall zuverlässig (meistens!).

Im Juni meldete sich ein Versicherungsvertreter bei uns und fragte nach Möglichkeiten der Zusammenarbeit. Wir sind zwar schon Partner der Volksfürsorge gewesen, aber aus meiner Sicht sprach nichts dagegen, sich zusammenzusetzen und über alles zu reden. Wir vereinbarten einen Termin bei uns. Schließlich saß der Mann vor Frau Radecke und mir. Etwas rundlich, bunte Krawatte, rotes Sakko, blaues Hemd, farbenfroh wie ein Papagei. Er machte sich in Anbetracht meiner dezenten Farben über seinen eigenen Geschmack lustig. Das machte ihn sympathisch und sein Angebot war auch gar nicht so schlecht. Leider habe ich die konkreten Zahlen nicht mehr greifbar, aber für abgeschlossene Versicherungen bei seiner Firma sollten wir eine recht ordentlich Vergütung erhalten. Darüber hinaus stellte er uns bei entsprechender Vertragsanzahl sogar noch bessere Provisionen in Aussicht und es bestand die Möglichkeit, auf anderen Feldern zusammenzuarbeiten. Wir könnten ihn unseren Kunden in anderen Versicherungsfragen empfehlen und er uns bei seinen Kunden. Es gab genug Möglichkeiten. Wieder im Gespräch waren gemeinsame Präsentationsabende. Die Besprechung verlief sehr gut und wir verabredeten, die ausgetauschten Unterlagen und Informationen zu prüfen und nach zwei Wochen wieder miteinander zu telefonieren.

Bei genauem Hinsehen kam ich zu dem Schluß, daß sein Angebot in der Anfangsphase für uns nicht soviel bringen konnte, sondern erst nach einem gewissen Zeitraum. Das lag an der vorgeschlagenen Staffelung, mit der wir erst bei entsprechender Abschlußhäufigkeit eine entsprechende Provision verdient hätten. Meine Gedanken gingen weiter in die Richtung der gemeinsamen Präsentation. Den Vorsorgevertrag in finanzieller Hinsicht konnte die Versicherung bekommen und wir den Vorsorgevertrag über die Ausführung eines Sterbefalls. Wenn zwei verschiedene Unternehmensarten sich zusammentun, kann schließlich ein größerer Kundenkreis angesprochen werden. Außerdem hätte nicht einer die Kosten für die Präsentation allein übernehmen müssen, sondern beide ihren Anteil.

Meinen Vorschlag leitete ich an Herrn Paul weiter. In diesem Fall mochte ich nicht einfach die Entscheidung treffen, denn auch in Wiesbaden gab es Ideen, wie unsere Sterbegeldversicherungen besser vermarktet werden konnten. Leider gab es keinen Zeitplan, weshalb wir eigentlich diesen Versuch ruhig hätten starten können. Die Erfahrungen damit hätten uns alle weiterbringen können und bei einem Mißerfolg hätte ich die Angelegenheit einfach beendet. Aber mein Chef winkte ab. In London würde gerade etwas auf die Beine gestellt, und Ende des Jahres, wahrscheinlich noch im Herbst, sollten konkrete Vorschläge vorliegen. Diese brauchten wir nur noch umzusetzen. Dafür erzählte er mir von einer anderen Idee. Es gab die Überlegung, mit einer Krankenversicherung zusammenzuarbeiten. Unsere Institute sollten in bestimmten Städten und Orten Sterbefälle der dort Versicherten übernehmen und dafür Sonderkonditionen erhalten. Darüber hatte ich zwar selber schon nachgedacht, nur nicht weiter verfolgt. Dies war nur dort möglich, wo wir über entsprechende Kapazitäten verfügten. Die Krankenkassen bezahlten unabhängig von der Höhe des Sterbegeldes 2.100,- DM, bzw. 1.050,- DM bei Mitversicherten. Den Rest mußten die Versicherten aufbringen. Die Krankenkasse hätte unsere Kondition als Zusatzleistung an die eigenen Versicherten ausgeben können. Wie sie sich denken können, blieb es bei diesen Gedankenspielen, wie ich dem Versicherungsmenschen auch eine Absage erteilen mußte.

Grundsätzlich spielt das Versicherungsgeschäft eine immer größere Rolle im Bestattungswesen. Um Sterbegeld beziehen zu können, muß der Verstorbene am Todestag und am 1. Januar 1989 Mitglied in einer gesetzlichen Krankenkasse gewesen sein. Alle Personen, die danach geboren wurden, erhalten in Zukunft kein Sterbegeld mehr. Bedenkt man das frühere Sterbegeld von 4.000,- DM und irgendwann den Wegfall des gesamten Sterbegeldes, erklärt sich von selbst, warum die Menschen bei einer Beerdigung sparen. Die Einstellung zur Beerdigung hat sich grundsätzlich geändert. Es ist eine Zeiterscheinung, daß die Menschen für ihre eigene Beerdigung oder die eines ihnen nahestehenden Menschen nicht mehr soviel Geld ausgeben wollen. Diese beiden Gründe machen es den Bestattern nicht mehr so einfach, Geld zu verdienen. Werden Vorsorgeverträge mit Versicherungsverträgen zusammengeschlossen, kann der Bestatter mit großer Wahrscheinlichkeit davon ausgehen, im Todesfall des Vertragspartners ein gutes Geschäft zu tätigen. Bei Bareinzahlungen hat er es noch besser, aber das sagte ich ja bereits.

Einen interessanten Aspekt, der dieses Thema nur indirekt berührt, möchte ich gern noch ausführen. Warum gehen Bestatter immer neue Wege, versuchen ihr Angebot zu verbessern und verkaufen Versicherungen? Zum einen natürlich, um Geld zu verdienen, zum anderen müssen sie sich auf die neuen Gewohnheiten der Menschen einstellen und mit dem Trend gehen. Und der heißt: Das Geld zu Lebzeiten ausgeben und im Todesfall nur das nötigste! Die Kunden (letztenendes sind es Kunden!) sind viel preisbewußter geworden, deshalb wird bereits an einem neuen Konzept in Wiesbaden gearbeitet. Nicht die Organisation der Trauerfeier und Beerdigung sowie die Erledigung aller Formalitäten steht im Vordergrund, sondern es sollen einzelne Leistungen verkauft werden. Der Angehörige beauftragt das Institut mit der Trauerfeier und der Beerdigung und kümmert sich um den Rest. Das kann er natürlich jetzt schon tun. Aber die meisten Bestatter werden die Angehörigen in die gewünschte Richtung lenken oder drängen, um den Auftrag zur Erledigung aller Aufgaben zu erhalten. Viele Hinterbliebene wollen das, weil sie gar nicht wissen, daß es auch anders geht. Werden die Leistungen als Einzelpositionen angeboten, können die Menschen Geld sparen. Vorausgesetzt, sie wollen wirklich einiges selber erledigen. Ich bin sicher, wir werden so ein Konzept bald in die Tat umgesetzt sehen. Wenn nicht aus Wiesbaden, dann woanders.

(An dieser Stelle kommt ein Hinweis auf eine Beilage in der Hannoverschen Allgemeinen Zeitung im Mai 2000. Dort werden die einzelnen Leistungen verkauft. Die Preise für die Särge sind sehr günstig. Ich habe fast den Eindruck, als würden die Särge zum Einkaufspreis angeboten:

Einfacher Kiefernsarg:	145,00 DM
Kiefernsarg lackiert:	296,00 DM
Nadelvollholzsarg massiv:	550,00 DM
Eichenvollholzsarg massiv:	798,00 DM
Eichenvollholzsarg massiv (altdeutsch)	995,00 DM

Alle Preise sind mit Mehrwertsteuer angegeben. Wahnsinn!

Unsere Preise lagen damals wesentlich höher. Hier nur einige Beispiele:

Einfacher Kiefernsarg:	ca. 1.800,00 DM
Pappelsarg:	ca. 2.500,00 DM
Eichensarg:	ab 3.700,00 DM

Ich glaube, diese Transparenz der Preise ist die Zukunft für das Bestattungswesen. Die Idee hatten wir auch. Umgesetzt hat sie jemand anders. Glückwunsch!

Bleibt nur noch die Frage, ob die Qualität der Arbeit ebenso gut ist.

Skurrile Typen

Überall laufen sie in der Gegend umher. Man lernt sie im Privatleben oder bei der Arbeit kennen. Sie benehmen sich normal und dann tun sie Dinge, die sind nicht normal oder zumindestens sehr auffällig. Natürlich habe ich solche Menschen in meinem damaligen Beruf ebenfalls kennengelernt.

Von den Trägern hörte ich immer recht interessante Geschichten. So gab es unter ihnen ein Mann, der sehr gern und recht gut erzählen konnte.

Über ihn wurde erzählt, daß er zu DDR-Zeiten Oberst bei der Stasi gewesen sein soll. Ich hatte keine Ahnung, ob dies der Wahrheit entsprach. Fragen mochte ich ihn allerdings auch nicht. Irgendwie konnte ich es mir nicht vorstellen, weil in den Medien immer von den Seilschaften usw. im Osten berichtet wurde. Da paßte ein ehemaliger Oberst der Stasi irgendwie nicht in das Bild eines Trägers. Egal, jedenfalls erzählte dieser Mann einmal von einem Bestatter, dessen Sohn in die Fußstapfen des Vaters treten wollte, aber es manchmal an der notwendigen Pietät fehlen ließ.

Irgendwann an einem warmen Sommertag klingelte bei diesem Bestatter das Telefon. Nach kurzem Gespräch war klar, wohin der Leichenwagen zu fahren hatte, um den Verstorbenen abzuholen. Der Eigentümer hatte bereits einen anderen Auftrag und beauftragte deshalb seinen Sohn mit der Abholung. Dieser lag im Garten auf der Liege und sonnte sich. Das Radio lief, ein kühles Bier stand neben ihm und sehr arbeitsfreudig sah er auch nicht aus. Der Vater organisierte die Träger und schickte seinen Sohn los.

»Aber rasier dich und zieh dich vernünftig an!« rief er ihm noch zu. Der Sohn zog sich schwarze Schuhe und eine schwarze Hose an. Über den Oberkörper zog er nur ein Muskel-Shirt und den schwarzen Kittel. Den konnte er bis oben zuknöpfen. Damit fiel sein fehlendes Hemd gar nicht weiter auf. Er setzte sich in den Leichenwagen, fuhr los und erschien pünktlich vor dem Haus. Die Träger warteten bereits auf ihn und staunten nicht schlecht, als sie ihn sahen. Rasiert hatte er sich nicht und er roch drei Meilen gegen den Wind nach Schweiß und Bier. Sie betraten die Wohnung, er wickelte das Notwendigste mit den Angehörigen ab und vereinbarte einen festen Gesprächstermin. Mit vereinten Kräften wurde der Sarg nach unten getragen und in das Auto gestellt. Die Angehörigen kamen mit zur Haustür und standen noch im Eingang, als er sich von ihnen verabschiedete und gerade in den Wagen einsteigen wollte. Bis hierhin ist noch alles in Ordnung gewesen, mal abgesehen von seinem ungepflegten Kopf. Dann passierte es. Von der anderen Straßenseite rief ihm ein Kumpel etwas zu: »Na Kalle, biste wieder am Ackern?«

Kalle drehte sich zu ihm um, erkannte seinen Kumpel, zog sich blitzschnell den Kittel vom Oberkörper, hielt seine Faust nach oben und legte seine Hand auf seinen Bizeps: »Geackert habe ich eben. Das bringt Muckies. Gleich geht's wieder in die Sonne und zum kühlen Blonden!« Er öffnete die Fahrertür, warf den Kittel rein und schwang sich hinterher. Die linke Hand zur Schläfe grüßend verabschiedete er sich von den entsetzt schauenden Angehörigen und fuhr im sportlichen Fahrstil davon.

Die andere Geschichte habe ich teilweise miterlebt. Sie ist allerdings nicht ganz so krass. Ich war noch relativ neu bei Bollmann, als Frau Radecke einen Anruf erhielt. Ein junger Mann wollte sich über einen Vorsorgevertrag informieren und vereinbarte mit ihr einen Termin bei uns. Frau

Radecke schlug mir eine Teilnahme an dem Gespräch vor, um Eindrücke zu sammeln. Als der junge Mann da war und von ihr in das Besprechungszimmer geführt wurde, fragte sie ihn in meinem Beisein, ob er was dagegen hätte, wenn ich zuhören würde.

»Das möchte ich nicht so gern,« sagte er zurückhaltend. Wir schauten uns kurz an und ich blieb draußen.

Im Büro wurde es mysteriöser. Der Mann gab Frau Radecke einen Zettel mit einer Telefonnummer und bat sie dort am Abend um 19 Uhr anzurufen. Sie fragte nach dem Grund. Er meinte nur, dort werde sich eine Stimme melden. Dann sollte sie sagen, daß sie eine himmlische Botschaft habe. Nach dem Grund gefragt, erklärte der junge Mann, Frau Radecke habe ein ausgesprochen positives Sendungsbewußtsein und sei deshalb ein sehr gutes Medium. Frau Radecke schaute wohl etwas fassungslos. Er nahm ihre Hand, schaute ihr in die Augen und bat sie höflich und eindringlich, die ihr aufgetragene Aufgabe zu erfüllen. Dann war das Gespräch beendet und er ging.

Frau Radecke erzählte mir die ganze Geschichte und ich mußte gestehen, daß ich damit irgendwie nichts anfangen konnte. Ich schlug ihr vor, dort anzurufen. Nein, sie wollte selber anrufen.

»Wie kam der junge Mann auf Sie?« fragte ich Frau Radecke.

»Das habe ich ihn leider gar nicht gefragt. Ich weiß nicht, wie er auf meine Person kam?!«

Am nächsten Morgen fragte ich Frau Radecke, ob sie angerufen hatte und sie verneinte. Sie hielt das für keine gute Sache und sprach sogar von Scientology. Die Frage war eigentlich, wie kam der Mann auf Bollmann und speziell auf Frau Radecke. In der Tat besaß sie ein besonderes Gespür und war sehr sensibel, was sie vielleicht wirklich als Medium ausgezeichnet hätte. Aber Medium wofür? Oder war es doch nur ein dummer Scherz?!

Im Lauf des Vormittags meldete sich der Mann telefonisch und fragte Frau Radecke, warum sie nicht angerufen habe. Solange sie nicht wisse, was dahinter stecke, wolle sie das nicht tun, erklärte sie ihm. Er fand das sehr schade, wünschte ihr alles Liebe und Gute, dann verabschiedete er sich. Wir haben nie wieder etwas von ihm gehört.

Wenn ich über skurrile Typen schreibe, fällt mir immer wieder eine bestimmte Geschichte ein. Die Person, um die es dabei geht, war eigentlich nicht skurril, sondern legte mehr ein nicht übliches Verhalten an den Tag.

Die Alte ist tot

An einem Montagmorgen klingelt ein Mann an unserer Tür, der eine verblüffende Ähnlichkeit mit Boris Becker hatte. Ich öffnete ihm die Tür und er trat wohlgelaunt ein. Er sagte mir seinen Namen, der mir sehr bekannt vorkam. Er mußte mit einem Sterbefall aus der Vergangenheit zu tun haben, wo die Verstorbene allerdings schon unter der Erde lag. Also fragte ich ihn, was ich für ihn tun könne. »Sie können meine Mutter abholen«, antwortete er. Ich fragte ihn etwas irritiert, was mit ihr los sei. Der Mann schaute mich ebenso fragend und dann lachend an. »Was soll sein, sie ist tot und ich möchte, daß sie abgeholt wird«. So langsam begriff ich, was dieser Mann von mir wollte. Es handelte sich um einen neuen Sterbefall. Allerdings hatte der Mann wohl den Eindruck, ich hätte es noch nicht kapiert und setzt noch einen drauf.

»Bringen sie meine Alte unter die Erde, in die Kiste, erledigen sie alles.«

Wir saßen im Besprechungszimmer und gingen das Auftragsblatt für Sterbefälle durch. Zwischendurch wurden von ihm ein paar Witze gemacht, während er mir bereitwillig alle Fragen beantwortete. Natürlich wurde auch ich lockerer und stellte mich auf diesen Angehörigen ein. Es war seine Angelegenheit, wie er mit dem Tod seiner Mutter umging.

Beim Thema Geld sagte er nur, viel sei nicht mehr da und das Konto seiner Mutter habe er bereits geplündert. Einen Sarg wollte er nicht aussuchen und nahm ungesehen den billigsten. Eine Sargausstattung ließ sich nicht verhindern, weil wir keine blanken Holzkisten verkauften. Sterbehemd, na ja. Doch. Seine Mutter sollte anonym beigesetzt werden. Schließlich wäre ja niemand da, der sich um das Grab kümmern konnte. Dafür hatte er nun wirklich keine Zeit.

Plötzlich öffnete er den Teil des Totenscheins, der nur amtlichen Stellen vorbehalten war. Zwar machte ich ihn noch darauf aufmerksam, doch es interessierte ihn nicht. Er wollte nur etwas nachschauen. Schließlich habe er ihn ja auch selber ausgestellt! Großartig, dachte ich mir. Es ist zwar völlig legitim, daß der Sohn den Totenschein selber ausstellt, wenn er schon Arzt ist. Bedenkt man jedoch sein Verhalten, kommen einem schon merkwürdige Gedanken.

Als wir nach nur zwanzig Minuten mit allem durch waren, verabschiedete er sich freundlich und ging seiner Wege. Die Rechnung wurde pünktlich bezahlt, ebenso das Sterbegeld der Krankenkasse. Eine Trauerfeier fand auf Wunsch des Sohnes nicht statt. Er wollte seine Alte nur schnell unter die Erde bringen.

Es steht mir nicht zu, über andere zu urteilen und wer weiß, was für Gründe dieser Arzt hatte, so zu denken und zu handeln. Für einen Bestatter ist so ein Auftrag leicht und schnell verdientes Geld. Die Verstorbene wird abgeholt, in den Sarg gepackt und gleich in das Krematorium gebracht. Andererseits erleben wir auch viel Heuchelei, was mir zum Glück in diesem Fall erspart blieb.

Was passierte sonst noch?

Frau Radecke übernahm einen Sterbefall, der in der Bearbeitung einfach war, aber einen hohen Betreuungsaufwand danach mit sich brachte. Gestorben war ein Mann Mitte dreißig, seit langer Zeit arbeitslos, Alkoholiker und von seiner Frau geliebt. Irgendwann fiel er betrunken aus dem vierten Stock und war sofort tot. Vor seiner Beerdigung brachte seine Frau eine Fahne mit. Es war die Vereinsfahne von Hannover 96, »seinem« Verein. Sie wollte den Stadionsprecher noch dazu bewegen, daß dieser kurz vor einem Spiel ein paar Worte des Abschieds über Lautsprecher sagte. Der wollte aber nicht. Somit blieb ihm immerhin noch die Fahne, die zur Trauerfeier über seinen Sarg gelegt wurde wie die Landesflagge bei Helden. Die Frau selber nutzte die Möglichkeit, sich von Frau Radecke aufbauen zu lassen. Sie kam zu ihr und erzählte und erzählte. Sicher war das gut für sie, jedoch überforderte sie meine Kollegin damit zeitlich dermaßen, daß diese ihr nahelegte, sich einen Psychiater zu suchen, was sie zum Glück auch tat. Solange ich bis Dezember noch da war, tauchte sie trotzdem immer wieder auf. Wenn die Gespräche und die Telefonate zu lang wurden, klingelte ich an unserer Haustür und täuschte Besuch für Frau Radecke vor. Das mag sich für Sie etwas plump anhören, aber Trauerkreis und Trauerberatung ist das eine, Rundumbetreuung das andere.

In einem anderen Sterbefall hatte uns eine Frau angerufen. Soweit ich mich erinnere, handelte es sich um die Nachbarin einer Verstorbenen. Sie hatte die Polizei gerufen, weil es unerträglich aus der Nachbarswohnung roch. Die kam auch und hat nach mehreren Klingelversuchen die Tür aufbrechen lassen. In der Wohnung bot sich ein fürchterliches Bild. Die Frau lag in der Küche auf dem Boden. Sie war mindestens schon eine Woche tot. In der Wohnung lebten ihre zwei geistig behinderten Kinder, beide schon über zwanzig. Die »Kinder« und die Wohnung sahen schlimm aus. Alles war total verwahrlost und dreckig, Exkremente und verschimmelte Essensreste lagen rum, vieles lag auf dem Boden und der Gestank war bestialisch. Herr Landmann erzählte mir später, so etwas habe er noch nie oder zumindestens sehr, sehr selten erlebt. Wir brauchten allerdings einen Ansprechpartner. Die Nachbarin hatte nur ihre nachbarliche Pflicht getan und die Kinder waren dazu nicht in der Lage. Also mußte alles über das Sozialamt laufen. So ist es am Ende auch geschehen und verlief sehr unspektakulär. Den Kindern der Frau blieb der Weg in ein Wohnheim nicht erspart, denn allein konnten Sie nicht überleben.

Im Juni passierte noch etwas sehr Ungewöhnliches und war für eine Familie ein schwerer Schicksalsschlag. Der Anruf ging am Abend bei mir ein. Zu Hause im Kreis seiner Familie verstarb ein älterer Herr. Ich besprach mit dem Schwiegersohn das nötigste und schickte unsere Leute vorbei. Dem Gespräch entnahm ich, daß er alle weiteren Formalitäten zu einem späteren Zeitpunkt mit mir besprechen wollte. Leider war das falsch. Unser gewerblicher Mitarbeiter, Herr Landmann, traf ein und der Mann wollte gleich alles mit ihm besprechen, was unmöglich war. Für diesen Aufgabenbereich waren unsere gewerblichen Mitarbeiter nicht geschult. Mein Anfahrtsweg nach Hannover hätte über 40 Minuten gedauert. Das wiederum schien dem Schwiegersohn zu lange und so erklärte er Herrn Landmann, gleich am nächsten Morgen bei uns im Büro erscheinen zu wollen. Um Punkt 8 Uhr stand er auf der Matte und wurde von Frau Radecke in Empfang genommen und beraten. Damit war ich außen vor, denn er wurde ja sehr gut beraten.

Zwei Tage später meldete sich der Mann wieder. Diesmal war sein Vater verstorben und er wollte gleich von Frau Radecke beraten werden. Dafür fuhr ich mit Herrn Landmann zu der uns bekannten Adresse. Wir zogen dem Toten einen Anzug an, kämmten ihn und legten ihn in den Sarg. Dort blieb er noch für 5 Minuten stehen, damit die Familie Abschied nehmen konnte. Wir warteten solange im Flur, bis wir das Zeichen zum Abtransport bekamen. Der Mann begleitete uns nach unten. Nachdem der Sarg im Wagen verschwunden war, kam er zu mir und gab mir einen 50,- DM Schein. Herr Landmann, die drei Träger und ich verabschiedeten uns, warteten bis er weg war und verschwanden kurz hinter einer Hecke. Dort teilte ich das Geld unter den vier Trägern auf. Einer war zuviel bestellt worden, da ich nicht eingeplant gewesen war. Nun gut, da ich schließlich nicht mitgetragen habe, wollte ich nichts von dem Trinkgeld. Mit der Aufteilung zu warten, schien mir nicht sehr klug, denn bis man genau diese Träger wiedersieht, können Wochen vergehen. Sie hatten gute Arbeit geleistet und ich wollte nicht den Ruf wie einige meiner Bestatterkollegen haben: Die Drecksarbeit machen wir und er sackt die Kohle ein!

Juli

Der Juli begann für mich mit zwei Wochen Urlaub, allerdings kein Erholungsurlaub. Wie ich schon im vorherigen Kapitel andeutete, zogen meine Freundin und ich in Hannovers Innenstadt zusammen. Sie wissen selber, was mit so einem Umzug alles verbunden ist, wenn die Möbel und Kisten in der Wohnung stehen und es an´s Aufbauen und Auspacken geht. Wenigstens brauchten wir in der neuen Wohnung nicht zu renovieren. Sie war übergabefertig. Zur Erholung blieben uns zum Schluß noch drei Tage am Timmerndorfer Strand und ein Sonnenbrand.

Als ich Mitte Juli wieder in das Büro kam, erwartete mich nichts Aufregendes. Das Geschäft verlief sehr ruhig. Von Frau Loch in Laatzen hörte ich das gleiche. Nichts Aufregendes, nichts Besonderes, keine besonderen Vorkommnisse. Normalerweise ist es im Sommer ruhiger. Allerdings nicht, wenn das Wetter sehr schwül und wechselhaft ist. Viele Menschen leiden unter so einem Wetter und zuerst will ihr Kreislauf nicht mehr und schließlich bleibt das Herz stehen. Das war's dann! Schlecht für die Menschen, gut für den Bestatter! Ist es dagegen richtig heiß, bleiben die Menschen zu Hause und bewegen sich kaum. Dann passiert auch nicht soviel. Genau so war der Sommer 1999, warm, heiß und trocken. Die gesamte Branche (zumindestens in Hannover) hatte nicht viel zu tun. Die Todesanzeigen in den Zeitungen sind immer ein guter Leistungsmaßstab für uns und wahrscheinlich auch andere gewesen. Frau Radecke erzählte mir, was auf mich zukommen würde und bereitete sich schon auf ihren in ein paar Tagen beginnenden Urlaub vor. Frau Loch hatte sich bereits entspannt und war dabei von Frau Fröhlich vertreten worden. Wenn sie zu einem Gespräch oder einer Beerdigung fahren mußte, fuhr ich nach Laatzen, um sie dort zu vertreten. Dauerte ihr Vorhaben nicht lange, wurde ihr Geschäft geschlossen und eine Rufumleitung eingeschaltet. Der für Husch eingegangene Ruf wurde zu Bollmann weitergeleitet. Wir konnten anhand des Displays auf dem Handy erkennen, ob der Anruf für Husch war und meldeten uns dementsprechend. Sie denken jetzt sicher, so ein Beerdigungsinstitut kann doch nicht einfach für kurze Zeit am Tag schließen. Grundsätzlich haben sie recht. Aber Laatzen ist irgendwie kleinstädtisch (Zitat Frau Loch, ohne die Laatzener beleidigen zu wollen) und wenn an der Tür ein Schild mit entsprechendem Hinweis (»Komme gleich wieder«) hängt, funktioniert das. Außerdem wurde auf diesem Schild immer auf unsere Telefonnummer hingewiesen. Darüber sind wir immer erreichbar gewesen. Indirekt natürlich. Frau Loch praktizierte das öfter und ich akzeptierte es, denn die meisten Meldungen erhielten wir per Telefon. In Hannover konnten wir das Geschäft nicht allein lassen, entweder mußte jemand aus Laatzen kommen oder wir hatten ein Problem. Und wir hatten bald ein Problem.

Frau Radecke hatte ihren Urlaub in einer Hinsicht günstig gewählt. Wir bekamen in unserem Haus neue Fenster und damit auch in unserem Büro. Die Handwerker gingen ein und aus, verursachten sehr viel Staub und Lärm. Wenn ich mit den Angehörigen im Besprechungsraum saß und wir uns anschreien mußten, war das nicht sehr pietätvoll. Standen die Menschen erst im Büro, konnte ich schlecht einen anderen Termin oder Ort vorschlagen und die Handwerker mußten schnell fertig werden. Bei dem Lärm hörte ich nicht immer das Telefon, was uns womöglich noch den einen oder anderen Sterbefall gekostet hatte. Ich versuchte das Beste aus dieser Situation zu machen und die Menschen zufriedenzustellen, was mir leider nicht immer gelungen ist.

Die unzufriedene Frau

Ich habe immer versucht, die Angehörigen, Hinterbliebenen und Auftraggeber zufriedenzustellen, egal ob es sich um Sozialfälle oder wohlhabende Leute handelte. Ein einziges Mal ist mir dies nicht gelungen.

Die Frau kam irgendwann im Mai zu Frau Radecke, um für ihre alte und kranke Mutter einen Vorsorgevertrag abzuschließen. Im Juli, kurz nachdem meine Kollegin in den wohlverdienten Urlaub gefahren war, stand sie im Büro und wollte mit Frau Radecke den Tod ihrer Mutter besprechen. Das Dilemma fing schon damit an, daß ich ihr von dem Urlaub Frau Radeckes erzählte. Ihr widerwilliges Gesicht, alles weitere mit mir besprechen zu müssen, entging mir nicht. Schon im Gespräch wirkte sie leicht aggressiv, wobei ich mir keiner Schuld bewußt war. Anhand der vorbereiteten Unterlagen aus dem Vorsorgevertrag kamen wir schnell voran. Sie bat mich ihre verstorbene Mutter in dem Heim aufzubahren, welches der Christengemeinschaft eng verbunden war. Dort war sie zwar nicht verstorben, aber die Tochter hatte mit der Heimleitung gesprochen und die hatte zugestimmt. Die Aufbahrung sollte drei Tage dauern. Nachdem ich mit dem Heim gesprochen hatte, mußte ich der Frau schlechte Nachrichten mitteilen. Die Klimaanlage in diesem Raum funktionierte nicht und bei 30 Grad Außentemperatur konnten wir die Verstorbene nicht solange offen aufbahren. Sie erhob Einspruch! Es stehe mir nicht zu, darüber zu urteilen und sie hätte schließlich die Zusage vom Heim! Ich versuchte es ihr zu erklären. Zwecklos. Schließlich machte ich sogar vorsichtig auf die gesetzlichen Bestimmungen aufmerksam. Sicher konnte sie eine Ausnahmegenehmigung beantragen, doch unter diesen Umständen schien die nicht sicher. Mit der Heimleitung wollte sie nicht sprechen. Es war ganz klar, wer der Verantwortliche und damit der Buhmann war! Ich!

Punkt. Ende. Aus.

Ihre Mutter konnte wenigstens 24 Stunden aufgebahrt werden, trotz der Wärme. Die Angehörige wollte ihre Mutter erst in einem Reihengrab und dann anonym beerdigen, allerdings ohne Einäscherung. Ich empfahl ihr den Friedhof »An der Strangriede«. Dieser kleine, schöne und mitten in Hannover gelegene Friedhof war nicht soweit von ihr entfernt und bot die Möglichkeit der anonymen Erdbeisetzung. Außerdem gab es einen günstigeren Preis als bei den städtischen Friedhöfen. Sie begutachtete alles und willigte ein. Einen Tag später rief sie mich an, um mir mitzuteilen, wie entsetzt sie über den Zustand des Friedhofes war. Das wiederum konnte ich nicht verstehen. Diesen Friedhof kannte ich und er war sauber und gepflegt. Nach einigem hin und her grenzte sie den Bereich ein, wo ihre Mutter beigesetzt werden sollte. Ich versprach ihr, mich darum zu kümmern.

Auf diesem Platz wuchs Gras. Sicher war es kein englischer Rasen, eher wilder Rasen, allerdings nicht ungepflegt. Ich fragte die Frau, was wir nun tun sollen. Sie entschloß sich, den Termin für die Trauerfeier bestehen zu lassen und ihre Mutter einäschern zu lassen. Anschließend sollte die Asche anonym beigesetzt werden. Kein Problem für mich. Die Träger bestellte ich wieder ab. Den Sarg konnten wir ebenso zu dritt die 15 Stufen in die Kapelle hochtragen. Nach der Trauerfeier konnten wir warten, bis die Trauergemeinde weg war und den Sarg wieder einladen. Zu dritt sah das nicht unbedingt elegant aus, aber solange es keiner sehen konnte, schien mir das egal. Die Trauerfeier verlief glatt. Ein Träger stand wieder bei der Kondolenzliste, Herr Landmann und ich kümmerten uns um die Blumen und Kränze. Die Frau hatte Trauerbriefe bei uns bestellt, die wir wegen unseres defekten Druckers nicht hatten selber herstellen können. Statt dessen mußte ich mal wieder unsere Hausdruckerei beauftragen.

Den Text gab sie mir telefonisch durch und um sicher zu gehen, wiederholte ich ihn. Leider passierte mir ein Mißgeschick und ich faxte einen fehlerhaften Text zur Druckerei. Die Schuld lag eindeutig bei mir. Das Dilemma wurde bemerkt, als die Briefe bei der Frau ausliefert wurden und diese völlig entsetzt darüber war. Die serviceorientierten Inhaber der Druckerei legten sich ins Zeug und fertigten noch am selben Abend einen neuen Druck auf unsere Kosten an, damit die Karten am nächsten Morgen verschickt werden konnten. Ich muß dazu sagen, daß zum Auslieferungszeitpunkt gegen 18.00 Uhr ein Postversand nicht mehr möglich war. Somit änderte sich am Zustellungstermin für die Briefe nichts, aber die Aufregung und der Ärger für die gestreßte Frau ließen sich nicht wegdiskutieren. Die Druckerei war ebenfalls sauer auf mich, denn die hatten eine Sonderschicht eingelegt. Bevor übrigens so ein Druck erstellt wurde, faxte die Druckerei ein Muster, welches ich zugegebenermaßen nicht Korrektur gelesen hatte.

Ich entschuldigte mich bei der Frau und sie akzeptierte knurrend, dafür forderte sie einen Nachlaß bei der Rechnung. Ich willigte ein, ohne allerdings eine Summe oder Prozentzahl zu nennen. Den nächsten Ärger gab es bei den Formalitäten. Eine Versicherung, die sie uns anvertraut hatte, erwies sich bereits als ausgezahlt und eine zweite Versicherung ist von ihrer Mutter irgendwann einmal »eingefroren« worden. Die zu erwartende Summe war damit wesentlich geringer als erhofft. Sie können sich ihr Gesicht vorstellen, als ich ihr das mitteilte.

»Das ist doch unmöglich. Sie haben nicht richtig nachgefragt und die falschen Leute angesprochen!« geiferte sie.

Ich blieb freundlich und wagte zu widersprechen. Diese Frau war ja nun keineswegs dumm oder primitiv, sondern intelligent und gebildet, aber sie konnte mich einfach nicht leiden. Sie kümmerte sich selber darum. Was daraus geworden ist, weiß ich nicht. In dieser Hinsicht habe ich mir eigentlich nichts vorzuwerfen.

Das nächste Problem ließ nicht lange auf sich warten. Die Urne sollte anonym beigesetzt werden, wie wir es besprochen hatten. Die Frau wollte trotzdem wissen, wo die Urne anonym beigesetzt wird. Ich erklärte ihr den Sinn dieser Bestattungsart.

»Sie überschreiten Ihre Kompetenzen!« Kommentierte sie meine Erklärung.

Nach einigem Hin und Her begriff sie endlich die Gegebenheiten und akzeptierte sie.

Andernfalls wäre eine anonyme Beisetzung gar nicht möglich gewesen. Als Frau Radecke wieder zurück war, suchte diese Frau sie auf und beschwerte sich sehr massiv über mein Verhalten. Sie glaubte übrigens, in ihr die Chefin von Bollmann vor sich zu haben. Wir ließen sie in diesem Glauben.

Natürlich erhielt sie einen Fragebogen und meldete sich bei uns. Dummerweise hatte ich sie an der Strippe, weil Frau Radecke nicht anwesend war. Sie interpretierte die Fragen negativ. Es müsse uns sehr schlecht gehen, wenn wir zu solchen Mitteln greifen würden. Ich erklärte ihr das Gegenteil, was natürlich nicht ganz richtig war. Meiner Antwort, daß wir uns verbessern wollten und darum eine Kritik von unseren Kunden brauchten, schenkte sie keinen Glauben. Außerdem konnte sie sich überhaupt nicht positiv äußern. Vielleicht zu Frau Radecke, aber nicht zu mir. Ich machte ihr den Vorschlag, die Fragen so zu beantworten, wie sie es für richtig hielt und dabei die positive Reaktion auf Frau Radecke mit zu berücksichtigen. Damit war sie einverstanden und ich blieb außen vor.

Damit hatte ich den eigentlichen Sinn dieser Befragung hintergangen. Meine Fehler in diesem Sterbefall kannte ich selber. Letztenendes galt für mich der bekannte Spruch: Ich glaube nur den Statistiken, die ich selber gefälscht habe.

Bei der Rechnung wurden wir uns nicht einig. Ich gab ihr die Karten zum Selbstkostenpreis und mußte dabei noch den zweiten Druck bezahlen. Sie sagte mir dazu nur sehr trocken: »Ich weiß nicht, ob mir das reicht!« Es reichte ihr, weil ich die Schnauze gestrichen voll hatte und ihr höflich sagte, sie werde keinen weiteren Rabatt erhalten. In diesem Fall bin ich absolut sicher gewesen, daß diese Frau unser Institut immer schlecht reden würde, selbst wenn sie hätte gar nichts bezahlen müssen. Ich war mir sicher, absolut sicher!

Rechnungen

Daß wir unsere Rechnung immer mit Abstand zu den Beerdigungen versandt haben, wissen Sie schon. Bevor sie verschickt wurden, mußte logischerweise erst kontrolliert werden, ob die Krankenversicherung das Sterbegeld überwiesen hatte und Sterbegeldversicherungen oder sonstige Institutionen ihre Schuld beglichen hatten. Das Geld erhielten wir und verrechneten es mit der Gesamtrechnung. Erst wenn alles eingegangen war, konnten wir den Restbetrag in Rechnung stellen. Manchmal brauchten die Kassen oder Gesellschaften etwas länger als üblich, dann mußten wir hinterhertelefonieren. Gleichzeitig mußten die von uns verauslagten Gebühren wie Krankenhausgebühr oder Einäscherungskosten als durchlaufende Rechnung erfaßt sein. Erst wenn alles eingetragen war, ging die Rechnung raus. Wenn sie bezahlt war, wurde sie zu den bereits vorhandenen Unterlagen geheftet und abgelegt. Halt! Die Kopien behielten wir in Hannover und die Originale schickten wir nach Wiesbaden. Die Kontoauszüge schickten wir ebenfalls dahin und behielten nur die Kopien. So war das.

Irgendwann kam aus unserer Zentrale der Wunsch, sämtliche Kopien geschickt zu bekommen. Wiesbaden hatte alles von uns, manches sogar doppelt. Widerwillig packte ich die Pakete mit den letzten Kopien und ließ sie zur Post bringen. Durch den häufigen Personalwechsel und ein großes Chaos in der Vergangenheit verschwanden offenbar sehr viele Unterlagen in einem großen schwarzen Loch. Einmal rief mich Herr Meu an und fragte nach Kontoauszügen. Dazu nannte er mir die Nummern der Auszüge und bat mich, ihm die Originale zu schicken. Leider waren die schon in Wiesbaden, was ich ihm auch mitteilte. Daraufhin meinte er, die Leute dort würden ihn nur anlächeln und sagten, ich müsse diese Auszüge haben. Warum ich allerdings drei von über einhundert Auszügen behalten haben sollte, wußte dort niemand zu erklären. Sie sehen, der Bürokratismus nahm ausufernde Formen an, kostete Zeit und Nerven. Und so lächelte ich zurück.

»Frieren Sie die Mutter ein«

Der Juli ist auch Reisezeit. Was ist aber, wenn mit dem Tod eines Familienangehörigen gerechnet werden muß? Entweder wird nicht verreist, oder es wird alles für den eventuellen Todesfall vorbereitet.

Das Ehepaar hatte sich telefonisch angemeldet. Die beiden Mitfünfziger saßen mir in unserem Büro gegenüber, gut gekleidet, freundlich und etwas verlegen. Die Mutter der Frau lag in einem Pflegeheim. Dort war man der Meinung, die alte Frau werde nicht mehr lange leben. Wie lange sie noch hatte, wußte allerdings niemand. Vielleicht eine Woche, einen Monat oder sogar ein Jahr. In Anbetracht dieser Tatsache hatten sich die beiden trotzdem dazu entschlossen, eine mehrwöchige Reise nach Australien anzutreten. Dabei wollten sie sehr viel im Inneren des Landes unterwegs sein, weshalb sie nicht immer erreichbar sein würden.

Wir besprachen die üblichen Formalitäten, sie suchten Sarg und Ausstattung aus, legten sich auf den Pastor und die Kapelle fest und hatten schon eine Grabstelle neben dem verstorbenen Ehemann. Als Ansprechpartner während ihrer Abwesenheit gaben sie mir die Telefonnummer ihrer Tochter.

»Bei der Beerdigung möchten wir auf jeden Fall dabei sein!«

»Wie schnell können Sie wieder in Deutschland sein?«

»Na ja, eine Woche, vielleicht zwei Wochen kann es dauern. Da wir schon alles besprochen haben, brauchen Sie später doch nur einen Termin mit unserer Tochter auszumachen. Wenn wir die Nachricht haben und wissen, wann wir wieder zurück sind, ruft sie Ihr Institut an und dann sagen Sie ihr den Termin!«

»Gut, eigentlich kein Problem. Allerdings sind zwei Wochen eine lange Zeit.«

»Verstehe, Sie haben Angst, meine Schwiegermutter könnte wieder aufwachen? Haha!«(Lacht dabei!)

»Grundsätzlich sehe ich darin kein Problem, obwohl es gesetzliche Vorschriften über die Bestattungsfrist gibt. Irgendwie kriegen wir das schon hin!«

»Frieren Sie die Frau doch ein! Haha!«

»Herbert, bitte!«

»Tut mir leid. War nicht so gemeint!«

Die beiden sind in den Urlaub gefahren und konnten ihn genießen, denn die alte Frau hat gewartet und starb erst später!

Fremde Leichen

Ich hatte von dem Pflegeheim erzählt, wohin ich im Mai zu einer Musikveranstaltung mit meiner Freundin gegangen bin. Damals habe ich 50,- DM mit meiner Visitenkarte in den Sammelkorb gelegt. Das sollte eine gute Investition werden. Wir bekamen einige Aufträge von dort, ich meine natürlich Sterbefälle. Wir hatten zwar vorher dort schon zu tun gehabt, aber ich glaube, es hatte sich trotzdem gelohnt.

An einem Freitagabend erhielt ich einen Anruf von einem Pfleger. Ein Heimbewohner war verstorben und wir sollten ihn abholen. Gesagt, getan. Herr Landmann konnte allein dahinfahren, denn die Pfleger dort waren sehr hilfsbereit und faßten mit an. Dafür bekamen sie 5,- DM oder 10,- DM Trinkgeld. Die Pfleger haben zu den betreuten Menschen oftmals einen persönlichen Kontakt und der Tod einer von ihnen betreuten Person trifft sie manchmal hart. Sie helfen dann, um noch irgend etwas für den Verstorbenen zu tun. Das ist sicher nicht überall so, aber hier war es so.

Der Verstorbene kam über das Wochenende in unseren Kühlraum. Außer dem Personalausweis und dem Totenschein hatten wir nichts in der Hand. Normalerweise werden die Angehörigen benachrichtigt und die melden sich beim Bestatter. Also wartete ich am Montag. Ich wartete auch am Dienstag und in meiner unendlichen Geduld wartete ich noch den halben Mittwoch, dann rief ich im Heim an. Den Namen des Pflegers hatte ich notiert, nur offensichtlich nicht richtig. Niemand wollte uns angerufen haben. Es war sehr schwer, irgendwelche Informationen aus dem Heim über den Verstorbenen zu erhalten. Im Sekretariat erfuhr ich, daß er gar keine Angehörigen mehr hatte. Das stellte mich nun vor das Problem, wer der Auftraggeber sei. Kurzerhand meldete ich mich beim Sozialamt. Dort gab es eine sehr nette und hilfsbereite Sachbearbeiterin, mit der wir in der Vergangenheit schon manches Problem gelöst hatten. Sie nahm sich der Angelegenheit an, und ich wartete darauf, wie es weitergehen konnte.

Nach einer Woche meldete ich mich wieder bei der Sachbearbeiterin und fragte nach den neusten Erkenntnissen. Sie war im Urlaub und ihre Vertreterin konnte mir nicht soviel dazu sagen, meinte aber, es wäre alles in die Wege geleitet. Inzwischen kamen schon Nachfragen aus dem Heim, wann denn die Beerdigung sei. Ich vertröstete die Anrufer und erklärte ihnen die Situation. Merkwürdigerweise wußte ich immer noch nicht, wer denn nun hinter dem Anruf stecken konnte. In der dritten Woche bekam ich endlich eine Information aus dem Sozialamt. Der Verstorbene war Sozialhilfeempfänger! Dabei gab es nur ein Problem. Das Heim hätte uns gar nicht diesen Auftrag erteilen dürfen, denn als Auftraggeber war das Sozialamt verpflichtet, nur bestimmte Bestatter (z.B. auch die THB) zu beauftragen. Wir verloren diesen Sterbefall und blieben auf den Kosten sitzen. Einen Verantwortlichen im Heim gab es nicht. Mir blieb nichts anderes übrig, als die Heimleitung dort über die Spielregeln zu informieren. (Wenn das Sozialamt der Leistungsträger ist, ist es auch der Auftraggeber und wir dürfen in so einem Fall ohne entsprechenden Auftrag nicht aktiv werden.) Von dem anderen Institut bekamen wir einen neuen Sarg gleicher Qualität. Natürlich von innen ausgeschlagen, Kissen und Decke innen liegend und ein Sterbehemd. Aber den Rest zahlten wir drauf.

Wie das Leben so spielt, ist mir das zweimal passiert. Im zweiten Fall handelte es sich um eine Institution vom Roten Kreuz. Der Anruf kam nachts. Damals wohnte ich noch nicht in Hannover und übernachtete gerade bei meiner Freundin. Das Handy für den »Notruf« lag neben dem Bett. Es ist immer ein total blödes Gefühl gewesen, wenn ich nachts rausgeklingelt wurde. Aus dem Schlaf heraus versuchte ich mich schnell zu sammeln. Stift und Papier hatte ich zur Hand, und dann ging es los. Wenn ein Anruf von einer Institution kam, waren die Anrufer gefaßter. Sie hatten eher Verständnis dafür, wenn man nicht sofort klar beisammen war. Ein privater Anrufer, der womöglich die ganze Nacht am Sterbebett gesessen hatte, rechnete nicht unbedingt mit einem verschlafen wirkenden Bestatter. Auch in diesem Fall nahm ich alles auf und schickte unseren Mitarbeiter dorthin. Dazu rief ich den Nachtdienst des THB an und organisierte drei Träger. Warum ich nicht selbst gefahren bin? Laut Herrn Temps war das nicht mein Job und mit der Aussage von Herrn Paul konnte und wollte ich mich nicht anfreunden.

Auch hier verging die Zeit, bis klar war, daß es keine Hinterbliebenen gab. Wir hatten die Papiere bereits beim Standesamt eingereicht und alle Unterlagen komplett zusammen. Der Verstorbene lag ebenfalls längere Zeit im Kühlraum und ich telefonierte weiteren Informationen hinterher. Irgendwann kam die gleiche Information wie im ersten Fall aus dem Sozialamt. Der andere Bestatter machte es mir nicht so leicht. Bis ich unsere Auslagen für die Papiere zurückbekommen hatte, mußte ich mehrfach bei ihm anrufen.

In beiden Fällen haben wir zugezahlt. Unsere Mitarbeiter hatten Anspruch auf die Summe von 50,- DM für Einsätze nach 18.00 Uhr. Die Träger habe ich mir bezahlen lassen. Der andere Bestatter meinte noch, dies müsse er gar nicht tun. Vielleicht war das wirklich so, aber ich ließ mich davon nicht abbringen. Alles in allem sind beide Fälle nicht sehr glücklich verlaufen.

Über sechzig Jahre verheiratet

Es ist schon merkwürdig. Ich versuchte immer den nötigen Abstand zu halten, aber irgendwie ist es mir nicht immer gelungen. Auch hier kam es wieder zu einer persönlichen Beziehung, wo ich für einen wildfremden Menschen zu einem seiner engsten Vertrauten wurde.

Zwei Menschen heiraten, gründen eine Familie, durchleben gute und schlechte Zeiten, erleben Leid und Freud mit ihren Kindern, werden gemeinsam alt und plötzlich muß der andere sterben. Für den Überlebenden bedeutet das meistens eine große Einsamkeit und warten auf das eigene

Ende. Aber so leicht stirbt es sich nicht.

Im Laufe des Tages hatte der alte Mann bei uns angerufen. Ausnahmsweise geben wir ihm mal einen Namen, natürlich nur einen fiktiven Namen. Er meldete sich mit Stupe. Seine Frau war nach kurzer Krankheit in einem Pflegeheim in Kirchrode, einem Stadtteil von Hannover, gestorben. Zum einen sollten wir seine Frau abholen, und zum anderen wollte er alles bei sich in der Wohnung mit uns besprechen. Ich sagte Herrn Landmann Bescheid, zuerst mit Herrn Stupe zu sprechen und ihn wieder anzurufen, wenn wir alles besprochen hatten. Dann konnte Herr Landmann gleich mit dem richtigen Sarg, Ausstattung und Sterbehemd die Abholung erledigen. Außerdem hatten Herr Landmann und Herr Riech (unserer zweiter gewerblicher Mitarbeiter in Teilzeit und hauptsächlich bei Husch tätig) noch genug zu tun.

Bis zu Herrn Stupe war ich ungefähr 20 Minuten unterwegs. 1999 wurde überall wegen der EXPO 2000 in Hannover gebaut. Die Straßen waren verstopft, und es gab endlose Staus. Die Autofahrer ertrugen es mit einer Engelsgeduld. Die Wohnsiedlung war relativ neu. Ich mußte allerdings suchen, bis ich das Mehrfamilienhaus fand, in dem er im Erdgeschoß wohnte. In der Wohnungstür stand einer kleiner, alter Mann von 86 Jahren, der für sein Alter noch recht fit wirkte. Wir setzten uns in sein Wohnzimmer. Bevor ich meine Unterlagen auspackte, fragte ich ihn, wie und was genau passiert sei und sprach mein Bedauern darüber aus. Er erzählte sehr gefaßt von seiner Frau. Seit ein paar Wochen war sie ernsthaft krank gewesen und mußte schließlich in ein Heim. Und nun war sie eingeschlafen. Für immer. Als er die letzten Worte sprach, schluchzte er kurz laut auf und hielt sich die Hand vor die Augen, dann hatte er sich wieder gefaßt. Er erzählte weiter, wie freundlich und zuvorkommend die Menschen im Heim waren und wie einsam er nun sein werde. Dann begannen wir mit den Formalitäten, wozu ich meine Unterlagen auf den Tisch legte. Inzwischen hatte er uns Mineralwasser geholt, was wir bei der großen Hitze beide gut gebrauchen konnten.

Geduldig beantwortete er meine Fragen, gab Auskunft und holte die von mir gewünschten Unterlagen. Er schob mir den Personalausweis seiner Frau rüber und ich wollte ihn gerade an mich nehmen. Doch er ließ noch einen Moment die Hand darauf und schaute auf ihr Bild. Langsam zog ich meine Hand zurück und wartete, bis er den Personalausweis losließ. Ich frage mich noch heute, was er wohl gedacht haben mag. Für unsere Statistik fragte ich ihn, wie er auf Bollmann gekommen sei. Er antwortete, die Leute im Heim hätten uns empfohlen. Ich nahm es für ihn nicht erkennbar mit Freude auf. Schließlich braucht jeder mal Bestätigung. Das Aussuchen des Sarges fiel ihm wieder sehr schwer. Ich kannte das inzwischen. An diesem Punkt wird den Menschen die unwiderrufliche Endgültigkeit des Geschehenen bewußt. Er meisterte auch diese Situation. Beim Aussuchen der Sargausstattung fragte er mich um Rat. Das Teuerste habe ich ihm nicht empfohlen, jedoch etwas Gutes. Dann überkam es ihn doch wieder. Ich legte meine Hand auf die seine und er beruhigte sich wieder. Nachdem wir das Wichtigste besprochen hatten, bat ich ihn, von seinem Telefon kurz im Institut anrufen zu dürfen, um Sarg, Ausstattung und ausgesuchtes Sterbehemd durchgeben zu dürfen.

Ein Problem gab es noch mit dem Friedhof. Die Stupes gehörten eigentlich nicht zur Gemeinde, wurden aber von ehrenamtlichen Mitarbeitern dieser Gemeinde betreut. Die Trauerfeier konnte zwar in der Kirche stattfinden, weil der Pastor die Stupes kannte, aber die Grabstelle auf dem Friedhof mußte noch geklärt werden. Schon am Abend wurde ich von der Gemeinde angerufen. Das Doppelgrab für Stupe war reserviert worden. Als ich Herrn Stupe daraufhin anrief, bestätigte er mir das. Die Gemeinde hatte ihn vor mir angerufen.

Ich wollte wieder in das Institut fahren. Vorher fragte ich ihn, ob seine Kinder zu ihm unterwegs seien. Nein sagte er, die würden erst am Abend kommen.

»Ich werde jetzt mit dem Bus zu meiner Frau fahren!«

Das kann nicht wahr sein, dachte ich mir. Einerseits wollte ich wieder in das Institut, um andere Dinge zu erledigen, andererseits widerstrebte es mir, Herrn Stupe in dieser Situation allein mit öffentlichen Verkehrsmitteln durch die Stadt fahren zu lassen. Nur wenige Menschen werden nachvollziehen können, was in ihm vorging. Nach sechzig Jahren war er allein. Seine Frau war tot. Ich bot ihm an, ihn dorthinzufahren, was er ablehnte. »Na ja«, sagte ich, »ich muß sowieso erst dahin fahren. Es gibt für mich dort einiges zu tun.« log ich ihn an.

»Was denn?« fragte er skeptisch.

»Ich muß mit der Heimleitung sprechen, das ist immer so nach einem Todesfall.«

Er zog sich um und wir konnten losfahren.

Wir wollten gerade die Station betreten, da drehte er sich plötzlich um, nahm meinen Arm und drückte mir 20,- DM in die Hand. Ich wollte das Geld nicht, aber er bat mich, es anzunehmen. Dankend steckte ich es ein. (Das Geld wanderte in die Kaffeekasse.) Schon die erste Pflegeschwester kam ihm entgegen, um ihn in die Arme zu nehmen. Sofort fing er wieder an zu schluchzen, hatte sich aber schnell wieder unter Kontrolle. Die Schwester hakte sich bei ihm ein und führte ihn zum Zimmer seiner Frau. Sie öffnete die Tür, er löste sich von ihr und lief auf das Bett zu. Diesmal fing er richtig an zu weinen, laut und herzergreifend. Er beugte sich über sie und legte seinen Kopf auf ihre Brust, dabei hielt er ihre Arme ganz fest. Die Szene ließ mich nun wirklich nicht mehr kalt. Ich schluckte, sah nur in die weinenden Augen der Schwester und wir verließen beiden den Raum. Draußen vor der Tür mußte ich erst mal durchatmen. Das war doch ergreifender als alles andere. Ungefähr 10 Minuten später kam unser Wagen, allerdings ohne Herrn Landmann, sondern mit einer unserer Aushilfen. Wir unterhielten uns eine Weile, dann schaute ich nach Herrn Stupe. Er saß neben dem Bett auf einem Stuhl. Ganz still, die Hände zusammengefaltet, seine Frau dabei anschauend.

»Herr Stupe,« sagte ich zu ihm. Er reagierte nicht.
»Herr Stupe,« wiederholte ich etwas lauter. Er schaute zu mir auf.
»Möchten sie noch etwas bei ihrer Frau bleiben?«
»Nein, es ist Zeit.«

Ich brachte ihn zu einer Schwester. Die beiden setzten sich auf eine Bank im Flur. Nun konnten wir mit unserer Arbeit beginnen. Wir holten den Sarg rein, zogen der Frau kein Sterbehemd an, sondern ließen ihr auf Wunsch des Witwers das Nachthemd an. Der Deckel wurde aufgelegt und zugeschraubt. Dann konnte der Sarg verladen werden. Ich schaute nach meinem Auftraggeber und fragte ihn, ob ich ihn zurückbringen konnte. Diesmal wollte er mit dem Bus fahren. Er brauchte die Zeit für sich.

Am nächsten Tag erschien er überraschend mit seinem Enkel in unserem Büro. Ursprünglich wollte Herr Stupe keine Zeitungsannonce aufgeben, hatte sich jedoch kurzfristig anders entschieden. Als der Enkel (ungefähr zwanzig Jahre alt) erzählte, ein Praktikum bei der Hannoverschen Allgemeinen Zeitung abzuleisten, war ich etwas verwundert. Ich bin davon ausgegangen, daß er eine Annonce, auch eine Todesanzeige, preiswerter in Auftrag geben konnte. Zumindestens würde er »unsere« Provision sparen. Nein, meinte er, die Anzeige müsse er voll bezahlen. Ich kenne nicht die Gepflogenheiten der Zeitung, empfand dies jedoch schon als sehr merkwürdig.

Einen Tag vor der Trauerfeier rief Herr Stupe mich an, ob er am Nachmittag mit seinem Sohn in unser Institut kommen dürfe. Sein Sohn wollte noch einmal die Mutter sehen. Ich konnte ihm das schlecht abschlagen. Herr Landmann war krank und Herr Riech hatte für Husch viel zu tun. Unsere Aushilfe war zwar zuverlässig, hatte aber ebenfalls genug um die Ohren. Außerdem hatten wir die Verstorbene in unserem Außenlager untergebracht. Mir blieb nichts anderes übrig, als selber dorthin zu fahren, den Sarg einzuladen und mit dem Mercedes zurückzukommen. Dafür mußte mein Wagen dort stehen bleiben. Kurz bevor die beiden Herren ankamen, hatte ich im Keller den Aufbahrungsraum hergerichtet. Die Verstorbene sah gut aus, die Kerzen brannten und der Teppich war sauber. Es verlief alles zur Zufriedenheit. Abends fuhr ich zurück in das Lager, um die Autos zu tauschen. Obwohl das alles sehr zeitaufwendig war, habe ich diese Aufbahrung nicht berechnet. Warum? Ich weiß es selber nicht. War es Mitleid oder hielt ich es einfach für besser? Egal, die Entscheidung war richtig!

In der Kirche gab es keine eigene Dekoration. Der Bestatter, der vor Ort war, hatte seine eigene Dekoration dort untergebracht. Die meisten Beerdigungen in dieser Kirche wurden von ihm ausgeführt. Entweder mußten wir alles selber mitbringen oder ich fragte höflich nach, ob wir seine Dekoration verwenden durften. Ich entschied mich für die zweite Lösung und bekam, was ich wollte. Am nächsten Morgen wollten wir den Sarg aufbahren, hatten jedoch die Decke für das Podest (wo der Sarg drauf stehen sollte) vergessen. Ehrlich gesagt bin ich von dem Vorhandensein einer Decke ausgegangen. Diese Angelegenheit sollte noch ein kleines Nachspiel für mich haben. Im Juli 1999 wurde von Frau Loch und Herrn Riech bereits kräftig an meinem Stuhl gesägt. Kurz bevor ich aufhörte, erzählte mir mein Chef einiges dazu. Herr Riech hatte wegen dieser vergessenen Decke bei ihm angerufen und sich über mich beschwert. Ich wäre unzuverlässig und hätte alles Mögliche vergessen, was natürlich eine glatte Lüge war. Das ist mit Sicherheit nicht auf seinem Mist gewachsen, sondern kam garantiert von »seiner« Chefin Frau Loch. Es ist natürlich nur eine Vermutung. Herr Paul erzählte kurz vor Ende, wie oft beide noch wegen anderer »Lappalien« bei ihm angerufen haben, er dies jedoch für Geschwätz hielt. Er kannte eben Frau Loch recht gut.

Während der Trauerfeier saß ich mit den Trägern und Herrn Riech auf einer Bank vor der Kirche. Vorher wollte Herr Stupe mit seinen beiden Söhnen allein Abschied nehmen, doch der eine Sohn bestand darauf, mit seiner Familie in die Kirche zu gehen. Der alte Herr wird seine Gründe für diesen Wunsch gehabt haben. Genutzt hat es ihm nichts. Nach der Trauerfeier wurde der Sarg in den einen Leichenwagen und die Blumen und Kränze in den zweiten Wagen geladen. Den fuhr ich. Dabei mußten wir eine viel befahrene Kreuzung überqueren. Mit der Polizei hatte ich damals eine kurzfristige Sperrung der Straße besprochen, bis die beiden Autos und die Trauergemeinde sie überquert hatten. In jede Fahrtrichtung stellte sich ein Träger, um die Autos anzuhalten. Zuerst kam der Leichenwagen mit dem Sarg, gefolgt vom Pastor, Herrn Stupe, seinen Kindern mit Familien und den Angehörigen und Bekannten. Der letzte in der Reihe war ich mit den Blumen. Für den zweiten Wagen stellte ich ihm 95,- DM in Rechnung. Ob ich nun mit dem Golf oder dem zweiten Leichenwagen dorthin fuhr war egal, aber der Kranztransport mußte sowieso berechnet werden.

Herr Stupe ließ auch noch die Danksagung in der Zeitung über uns in Auftrag geben. Nachdem er den Befragungsbogen erhalten hatte, stand er irgendwann im Büro und bat mich um Hilfe beim Ausfüllen. Das war zwar nicht Sinn und Zweck der Aktion, doch ich erklärte ihm alles und kreuzte an, was er wollte. Es waren nur die besten Bewertungen. Ich glaube, es werden die besten Bewertungen für ganz Deutschland gewesen sein. Übrigens hat er später noch einen Vorsorgevertrag bei mir abgeschlossen. Als ich ihm den Vertrag nach Hause brachte, freute er sich dermaßen mich wiederzusehen, daß er eine Flasche Sekt öffnete und wir auf seine Gesundheit anstoßen konnten.

August

Der Mooreichensarg und Adolf Hitler

Mooreiche ist kein Holz, was über Jahrhunderte im Moor lag und es ist kein Baum, der in der Nähe von irgendeinem Moor gewachsen ist. Bei einem Mooreichensarg handelt es sich um grünlich gebeiztes Eichenholz. Särge dieser Art sind beim Lieferanten fast nie vorrätig, eigentlich niemals. In den siebziger Jahren war Mooreiche sehr begehrt, aber heute interessiert sich fast niemand mehr dafür. Wirklich niemand? Es gibt natürlich immer wieder Ausnahmen. Der Mann, der mich damals danach fragte, wollte unbedingt einen Sarg aus Mooreiche haben.

Als er sich telefonisch bei mir meldete, wollte er wissen, ob so ein Sarg vorrätig sei. Das war nicht der Fall. Dann wollte er wissen, wie lange es dauern würde, ihn zu besorgen. Diese Frage beantwortete ich mit zwei bis drei Tagen, ohne zu wissen, ob das stimmte. Er fragte natürlich nach dem Preis, und da mußte ich total passen. Alles in allem sehr unbefriedigend. Dementsprechend enttäuscht reagierte er. Der Mann fragte mich, wie lange ich brauchen würde, ihm diese Informationen zu besorgen. Nun ja, ich rechnete mit zwei bis drei Tagen.

Merkwürdigerweise hatte kein Lieferant einen Mooreichensarg vorrätig. Vorsichtshalber fragte ich nach Fotos, die ich zeigen könnte und gleich in unseren Katalog einkleben konnte, aber auch die hatte keiner parat. Mein Chef, der ja unter anderem unseren Bestattungsbedarf lieferte, verneinte ebenfalls, wollte sich jedoch darum kümmern. Das sagte mir allerdings jeder Lieferant und Hersteller zu, den ich anrief. Als Fazit blieb, daß so einen Sarg zur Zeit niemand haben wollte und er deswegen bestellt werden mußte. Ich entschloß mich zu warten, bis ich wenigstens ein Foto davon hatte.

Nach einer Woche rief mich der Herr wieder an und war sehr erbost, weil ich mich noch nicht gemeldet hatte. Ich wollte ihm die Situation erklären, doch er beschwerte sich erst mal bei mir. Damit hatte er natürlich durchaus recht. Mein Argument, ihm ein Foto vorlegen zu wollen, akzeptierte er nur bedingt.

»Wenn sie nicht in der Lage sind, mir ein Foto zu zeigen oder einen Preis zu nennen, wie soll das erst werden, wenn ich tot bin. Der Krebs frißt mich auf und läßt mir nicht mehr viel Zeit.«

»Sie haben natürlich recht,« warf ich ein. »Es dauert wirklich etwas lang, aber... gut, sie haben recht. Es tut mir leid.«

»Na ja, so schlimm ist es nun wieder nicht. Das sind doch nur kleine Fische. Große Fische, da dürfen sie keine Fehler machen. Adolf Hitler, das war ein großer Fisch, ein Verbrecher. Dem habe ich die Hand geschüttelt. Den Göring habe ich auch noch gesehen. Alles Verbrecher.«

»Sie haben einiges erlebt?«

»Im Krieg und danach. Der Preis dafür war sehr hoch. Ich habe keine Familie gehabt, dafür viel Arbeit. Geschäftsführer von einer großen Fabrik war ich. Und nun warte ich darauf zu sterben.«

»Keine Chance auf Besserung?«

»Ach was,« antwortete er recht barsch. »Ich habe mein Leben gelebt, und es war in Ordnung. Ich liege im Bett und kann mich kaum noch bewegen. Zweimal am Tag kommt jemand, um nach mir zu schauen. Das ist doch nichts. Der Tod beendet alles, und das ist gut so. Die einzige Aufgabe, die ich noch habe, ist meine eigene Beerdigung auf die Beine zu stellen, und dazu brauche ich einen Mooreichensarg.«

»Ich werde mich drum kümmern und ihnen alles zuschicken.«

»Wissen Sie, ich habe sogar schon eine Grabstelle. Und es lohnt sich für Sie, mich unter die Erde zu bringen. Sie sind doch Geschäftsmann und wollen verdienen, also machen Sie ihren Job!«

Es dauerte ungefähr zwei Tage, bis ich das erste Foto und einen Preis vorliegen hatte. Die wollten doch tatsächlich 2.400,- DM im Einkauf für einen Mooreichensarg haben. Das war verdammt teuer. Ich schickte das Foto und meinen Verkaufspreis von 7.900,- DM zu dem Sterbenden. Merkwürdigerweise meldete er sich nicht mehr. Irgendwann habe ich bei ihm angerufen. Nach mehreren Versuchen gab ich auf. Entweder war ich zu teuer oder er schon tot.

Zwischen Designsarg und Peace Box

Es gab immer mehrere Ansprechpartner für unseren Einkauf. Mein Chef war unser Hauptlieferant und hätte es am liebsten gesehen, wenn Bollmann und Husch alles bei ihm eingekauft hätten. Aber das eine oder andere Modell schien bei der Konkurrenz günstiger oder optisch schöner. Oder er hatte nichts Vergleichbares. Leider kaufte er sehr vieles in Ost- und Südosteuropa ein und über diese Qualität rümpften wir so manches Mal die Nase. Nicht alles war minderer Qualität, doch den hohen Anforderungen der Kundschaft sollte schon entsprochen werden. Eine Firma kam aus der Nähe von Hameln. Der Vertreter schaute öfter bei uns rein. Ich schätzte diesen Mann, weil er auch immer Neues zu berichten hatte. Stutzig wurde ich nur, als er mir davon erzählte, wie er bereits im Krieg immer an vorderster Front gekämpft habe und von Anfang an dabei war. (Zweiter Weltkrieg und nicht Erster Weltkrieg!) Ich schaute ihn etwas skeptisch an und schätzte sein Alter auf vielleicht 65, von mir aus sogar auf 68 Jahre, dann fragte ich nach seinem Alter. Seine Antwort beeindruckte mich: 78 Jahre!

In diesem Gewerbe arbeiten wirklich nicht nur Alte und Scheintote. Dieser Mann strahlte eine Vitalität aus, die mich stark beeindruckte.

Ein anderes Mal meldete sich der Vertreter eines italienischen Sarglieferanten und wollte gleich vorbeikommen. Ich hatte Zeit und willigte ein. Der Fabrikant aus Italien, sein Sohn und der Vertreter standen in der Tür. Früher hatte Bollmann viel bei ihm bestellt, doch jetzt nur sehr wenig. Sie wollten den Grund dafür wissen. Ich hatte auf diese Frage gewartet. Die mußte einfach kommen und ich hätte sie ebenso gestellt. Dann verwies ich auf die wechselhafte Geschichte dieses Geschäftes und die hohen Preise seiner Fabrikate, lobte dafür wieder die eleganten Formen.

Die Italiener haben etwas andere Bestimmungen, was die Holzstärke angeht. Die Särge sind flach, haben gerade Linien und mir persönlich gefallen sie ausgesprochen gut. Dafür wollten sie für ihr Modell fast 600,- DM und 28,- DM für die Beschläge haben. Die Griffe, Schrauben und Beschläge bekam ich nach einigem Handeln so. Als ich dann einen Sarg bestellte, meinte der Fabrikant (er sprach kein Wort deutsch) sich verhört zu haben. Zehn Särge wollte ich doch bestimmt bestellen, meinte er zu seinem Sohn, was dieser übersetzte.

»Nein,« sagte ich, »das will ich nicht. Einen!« Und dabei zeigte ich auf das Bild und hielt meinen Daumen nach oben. Es blieb bei dem einen mit meiner Zusage, weitere Särge zu kaufen, wenn dieser schnell verkauft sein sollte. Den Verkaufspreis habe ich auf ungefähr 4.600,- DM festgelegt, incl. Mehrwertsteuer natürlich. Während meiner Zeit wurde der Sarg allerdings nicht mehr verkauft. Zum Schluß schenkte er mir eine Flasche Grappa, und ich schickte ihn dafür nach Laatzen zu Husch.

Bleiben wir bei Särgen. Einen Mahagonisarg mit vergoldeten Griffstangen aus 24 Karat Gold können sie schon für 18.000,- DM kaufen. Dafür ist dieser Sarg von einem Topdesigner entworfen: Colani. Wem das zu teuer ist, der greift auf ein ähnliches Modell für nur 7.000,- DM zurück. Ob der allerdings in Einzelfertigung hergestellt wird wie das Colani-Modell, darf bezweifelt werden. Vielleicht reicht am Ende auch eine Urne von Colani. Diese 840,- DM nehmen sich neben dem Sarg doch wie ein Spottpreis aus. Für die Einäscherung kann ja ein Feuerbestattungssarg für knapp 1.800,- DM verwendet werden, obwohl das durchaus noch billiger geht. Individualität hat ihren Preis.

Wem das zu teuer ist, der geht auf Schnäppchenjagd, z.B. die »Peace Box«. Dieser ökologische Pappsarg ist patentiert und kann innerhalb von 10 Minuten wie ein Umzugskarton zusammengebastelt werden. Durch die aufgedämpfte Maserung wirkt er wie aus Holz. Leider kann ich ihnen den Preis nicht mehr nennen, aber er ist äußerst günstig. Bei den meisten Bestattern wird ihr Wunsch nach diesem Sarg auf wenig Gegenliebe stoßen. Ein würdevoller Abschied in einem Pappsarg ist doch nicht möglich! Warum? Der Verdienst daran ist sehr gering. Über die Qualität der Särge in der DDR habe ich ebenfalls nicht viel Gutes gehört, doch es funktionierte. Auch sie sollen nicht aus dem stabilsten Material gefertigt gewesen sein. Wenn der Boden gehalten hat und der Verstorbene nicht rausgefallen ist, war alles in Ordnung.

Es liegt doch mit am Bestatter, wie er die Trauerfeier gestaltet, wenn sie denn gewünscht wird. Der Sarg ist nur Beiwerk, wenn auch ein sehr wichtiges.

Eine andere Idee für einen preiswerten Sarg ist der Mietsarg. Der Verstorbene wird in einem einfachen, schlichten Holzsarg gelegt. Dieser Sarg liegt in einem etwas größeren und wesentlich schöneren Sarg, der bei der Trauerfeier auf einem Katafalk steht. Nach der Trauerfeier wird der Sarg mit dem Toten herausgenommen, was mit entsprechenden Griffen kein Problem darstellt. Ob dieser Anblick der Herausnahme an der Grabstelle den Angehörigen zuzumuten ist oder diese Aktion schon vorher ohne sie stattfinden soll, muß geklärt werden. Einfacher ist es bei einer Feuerbestattung. Der Sarg kann hinter den Kulissen ohne die Angehörigen rausgenommen werden und der Mietsarg kann wieder verwendet werden. Der Bestatter kann seine Leistungen im einzelnen verkaufen und so sein Geld verdienen. Für viele Menschen sind die Kosten dann übersichtlicher und verständlicher. Genau genommen verkauft der Bestatter seine Dienstleistungen wie jedes Dienstleistungsunternehmen. Das Gerücht, daß Bestatter nur am Sarg verdienen und den Rest zum Selbstkostenpreis erledigen, stimmt sowieso nicht. Für den Ruf dieser Branche kann mehr Transparenz nur vorteilhaft sein.

Einmal besuchte mich eine Vertreterin, die obendrein die Mutter eines Sargherstellers war und seine Produkte selber vertreiben wollte. Dazu wurden in Deutschland an einigen Orten Ausstellungsräume eröffnet. Interessant war der Standort der Fabrik in Ungarn und die damit sehr kostengünstige Produktion. Diese Preise wurden an die Bestatter weitergegeben. Ob der Bestatter dann günstig verkaufte oder nicht, blieb ihm überlassen. Auf jeden Fall sahen die Fotos gut aus, die Qualität laut den Papieren war gut und die Preise stimmten. In Springe sollte so eine Ausstellung aufgebaut werden. Ich sagte mich für die Eröffnung an und gab diese Informationen an Herrn Meu weiter. Der wiederum sprach mit Herrn Paul, der alles andere als begeistert war. Seine Särge waren teurer und offensichtlich war er nicht gewillt, seine Preis zu senken. Später sagte er mir am Telefon, irgendwann sollten alle Institute das gleiche Grundsortiment haben, möglichst von einem Lieferanten. Ob er sich damit meinte, weiß ich nicht, denn mit einem LKW alle Institute »unserer Familie« zu beliefern, wäre für ihn ein Problem geworden. Somit verlief auch diese Angelegenheit im Sand, wie so oft.

Schlachthof

Im August wollten eine Aushilfe und ich zwei verstorbene Frauen aus einem Krankenhaus abholen. Beide waren eines natürlichen Todes gestorben und wurden auf Wunsch der Familien obduziert. Der plötzliche Tod der Frauen veranlaßte die Familien zu diesem Schritt. Um in der Pathologie eines Krankenhauses Verstorbene abzuholen, war es sinnvoll, vorher nach einem Termin zu fragen. Wenn die Pathologen gerade eine Leiche öffneten, haben sie sich nur ungern stören lassen. Mit dem selben Helfer bin ich übrigens einmal zu einem anderen Krankenhaus gefahren, ohne vorher angerufen zu haben. Der Pathologe war sehr wütend über unser unangemeldetes Erscheinen und wollte uns gleich wieder wegschicken. Ich erklärte ihm, daß ich neu in der Branche sei und dies nicht gewußt habe. Er fragte nach dem kranken Herrn Landmann. Nach einigem Hin und Her durften wir rein und die Leiche abholen. Dabei wiederholte er mehrfach seinen Vorwurf und meinte, dieser schwerwiegende Vorfall dürfe sich auf gar keinen Fall wiederholen. Wir entschuldigten uns ebenfalls zum wiederholten Mal, als er mir die Papiere übergab. Ich fragte ihn, ob ich wenigstens 10,- DM in die Kaffeekasse tun dürfe. Er antwortete nur mit einem barschen »nein«. Mit dieser Aktion hatte ich mich nicht beliebt gemacht und das, wo wir auf diese Leute angewiesen waren!

Während wir den richtigen Eingang suchten, kamen wir zum Lieferanteneingang, was nicht einer gewissen Komik entbehrte. Die Angestellten schauten uns etwas verblüfft an.

»Ihr habt das Prinzip nicht verstanden. Ihr sollt keine Toten bringen, sondern sie abholen. Umbringen können wir die Leute selber.«

Dafür zeigte uns der gute Mann auch den richtigen Weg.

Wir hatten die Särge schon reingetragen und warteten nur noch auf die Verstorbenen. Der Helfer des Pathologen fuhr den ersten Rolltisch rein. Meine Aushilfe und ich schauten uns nur kurz an. Mein Gott, schoß es mir durch den Kopf. War die etwa einem Horrorfilm entsprungen? Wie geschlachtet lag sie auf dem Seziertisch. Seziert, genauer gesagt, obduziert worden war sie ja auch. Der Hinweis vom Helfer des Pathologen, wonach diese Frau fast 100 Kilo gewogen hatte, bevor sie geöffnet wurde, machte uns nicht unbedingt besonders froh. Ich wollte gar nicht darüber nachdenken, was der Pathologe alles rausgenommen und wieder reingelegt hatte. Der Anblick dieser nackten, fast sechzigjährigen dicken Frau war abstoßend. Die frisch genähte Narbe auf ihrem Bauch war wirklich ein häßlicher Blickfang. Die Haut sah schwabbelig aus und ausgelaufene Flüssigkeit war in den unter und neben der Frau liegenden Papiertüchern wieder getrocknet. Ich habe immer viel Respekt vor den Toten gehabt, doch hier fiel es mir sehr schwer.

Den Sarg hatten wir auf zwei Holzböcke gestellt, der Deckel lag daneben auf zwei anderen Böcken. Neben dem Sarg stand der Tisch.

Unsere Aufgabe bestand nun darin, diese Person vom Tisch in den Sarg zu hieven. Mein Gehilfe faßte unter den Hinterkopf mit der einen und unter das Kinn mit der anderen Hand, ich hielt die Beine oberhalb der Füße fest und der Pathologiehelfer zog an einem Arm. So hievten wir diese tote Frau in den Sarg. Niemals zuvor oder danach hat mich mein Job so angewidert wie in diesem Moment.

Sie hatte bereits längere Zeit im Kühlraum gelegen, deshalb fühlte sich die Haut kalt und gummiartig an. Zum Glück roch sie nicht. Wir hatten sie im Sarg liegen und gingen zum nächsten Schritt über, ihr das Sterbehemd anzuziehen. (Sterbehemden haben kein Rückenteil, weil sich eh niemand die Toten von hinten ansieht.) Mein Kollege und ich nahmen jeder einen Arm und zogen ihr die Ärmel über die Hände. Das war nicht so einfach, weil die Hände irgendwie verkrampft schienen. Anschließend wurden die Arme hochgehalten und die Ärmel möglichst weit bis zu den Schultern gezogen, der Kopf etwas angehoben, und das Hemd mit einem Kreppverschluß am Genick geschlossen.

Es bleibt dem Bestatter überlassen, ob er eine Leiche kämmt oder nicht. In unserem Fall tat es der Pathologiegehilfe. Die Haare lagen wirr (von der Verstorbenen und auch dem Pathologiegehilfen). Mit dem Kamm konnte er nichts ausrichten, versuchte es aber trotzdem. Währenddessen falteten wir ihre Hände zusammen.

Endlich waren wir soweit. Wir verstreuten das Hygienepulver zwischen den Beinen und den Füßen, legten die Decke auf ihren Körper und richteten die gefalteten Hände auf der Decke aus. Sie sah wieder menschlich und sogar friedlich aus.

Bei der zweiten Frau war es genau das gleiche. In diesem Fall hatten mich die Angehörigen über ihre Leibesfülle vorher aufgeklärt. Nun hatten wir zwei schwere Fälle. Zum Glück funktionierte der Rest gut.

Wie hat man sich einen Raum in der Pathologie vorzustellen, in dem so was passiert? Vierzig oder fünfzig Quadratmeter, die Wände mit weißen Kacheln versehen, der Raum bestimmt vier Meter hoch, Altbau. Und der Pathologe, nein, Helfer des Pathologen? Hilfsbereit, ohne jeden Zweifel. Wirkte irgendwie etwas abgefahren mit seinen wirren Haaren und seiner merkwürdigen Art. Fast unheimlich. Aber dies ist sehr allgemein gehalten und trifft nicht auf alle Schaffenden in diesem Bereich zu.

Wir luden die Särge in unseren Leichenwagen. Vor der Abfahrt mußte ich jeweils noch den Erhalt der Leiche quittieren. Einen Abschnitt dieser Quittung bekam ich mit. Er war fleckig. Kamen die Flecken von dem Frühstücksbrot auf dem Schreibtisch in diesem Raum? Meine Gedanken kreisten um alles mögliche, was mit diesen Flecken zu tun haben konnte, vor allem, woher sie kommen konnten.

Während der Fahrt stellten wir uns vor, wie dieser Mensch wohl seine Pause verbringt. In diesem eben von mir beschriebenen Raum? Ißt er dort sein Brot? Egal, so genau wollten wir das nicht wissen!

Durchschnittspreise zur Verbraucherinformation

Ich hatte schon davon erzählt, daß uns Leute angerufen haben und nach dem Durchschnittspreis für eine Beerdigung mit allem Drum und Dran fragten. Die werden nicht nur uns, sondern auch andere Bestatter befragt haben, um den günstigsten Bestatter zu beauftragen. Ob es am Ende immer bei der einmal genannten Zahl bleiben konnte, wage ich allerdings zu bezweifeln. Zum einen ist es fast unmöglich, einen Durchschnittspreis zu nennen, ohne die genauen Wünsche zu kennen und zum anderen ergibt sich aus dem Trauergespräch heraus oft viel Neues. Natürlich habe ich auf Anfrage einen Preis genannt, der bei ungefähr 4.500,- DM plus Friedhofsgebühren lag. Allerdings nannte ich diese Zahlen nur unter Vorbehalt. Inzwischen werden die Preise jeden Herbst auf das Neue in den Medien diskutiert.

Im Juli bekam ich einen Brief von dem »Institut für angewandte Verbraucherforschung«, die im Auftrag von »aeternitas e.V.«- Verbraucherschutzverein für das Friedhofs- und Bestattungswesen, arbeiteten. Der Einfachheithalber lesen Sie selber die Kurzfassung:

Preistransparenz ist das Stichwort der Zeit. Der Wettbewerb auf den Märkten - ob Telefon, Strom oder Lebensmittel - ist momentan so stark wie noch nie. Sie als Bestattungsunternehmer können durch Preisveröffentlichung und Transparenz Vertrauen und Bindung beim Kunden gewinnen.

Dabei kommt es nicht auf möglichst niedrige Preise an, sondern auf die Vermittlung eines vernünftigen Preis-Leistungs-Verhältnisses. Die Verbraucher sollen das Preisniveau einer Bestattung kennenlernen und erfahren: eine gute Bestattung hat eben ihren Preis. Eine EMNID-Studie von 1998 zeigt, daß immer noch ein Drittel der Bevölkerung die Kosten einer Bestattung viel zu niedrig einschätzen.

Aeternitas wird eine Datenbank über Bestatterpreise aufbauen, ähnlich, wie es sie schon für Grabnutzungs- und Bestattungsgebühren der Friedhofsverwaltungen gibt. Sie bestätigt den großen Bedarf an Preisinformation und wird von Verbrauchern, Verwaltungen und auch Bestattern gleichermaßen genutzt.

Viele Bestatter haben bereits die Chance der neuen Erhebung erkannt und ihr Preisangebot zur Verfügung gestellt. Im Rahmen einer Datenbank kann das Preisniveau einer Bestattung für einzelne Regionen oder Städte abgerufen werden. Unabhängig davon werden die beteiligten Bestattungsinstitute namentlich aufgeführt, damit ein direkter Kontakt möglich ist.

Aeternitas e.V. bittet sie im Interesse der Verbraucher und in Ihrem eigenen Interesse um die Beteiligung an der Erhebung und damit größerer Preistransparenz. Nach Abschluß der Erhebung erhalten sie als Kostprobe der Datenbank einen Vergleich Ihrer Angaben mit denen der Region.

Bei dem Brief lag ein Fragebogen, der in drei Felder unterteilt war. Hinter die Begriffe sollten die Preise incl. MwSt. und eventuell Bemerkungen eingetragen werden.

Zuerst wurde nach den Eigenleistungen des Bestatters gefragt:

Sarg (Erdbestattung), Einäscherungssarg (Feuerbestattung), Schmuckurne, Sargausstattung, Totenbekleidung, Ankleiden, Einsargung, Hygienische Versorgung, Aufbahrung, Schmuck der Trauerhalle, Durchführung der Trauerfeier, Überführung bei Erdbestattung, Überführung bei Feuerbestattung (incl. Fahrten zum und vom Krematorium), Grabkreuz, allgemeine Verwaltungskosten, Trauerbriefe (....Stück), Gestaltung der Zeitungsanzeige, Danksagung, Gedenkzettel, Sonstiges.

Auslagen des Bestatters:

Ärztlicher Totenschein, Gebühr für Sterbeurkunden

Abrechnung im Auftrag für Leistungen Dritter:

Orgelspiel, Bläser, Gesang, Blumendekoration am Sarg, Kränze, Gebinde, Wurfsträuße, Wurfgrün, Fotograf, Dekoration in der Kapelle/Trauerhalle, Trauerredner, Sonstiges

Als letzter Punkt wurde nach der Anzahl der Bestattungen im Jahr gefragt.

Wenn man sich das so anschaut, klingt es nicht schlecht, eigentlich sogar vernünftig. Dennoch war ich mir nicht sicher, wie ich das bewerten sollte. Ich konnte mir einfach nicht vorstellen, daß sich so viele Bestatter in die Karten schauen lassen wollten. Schließlich hatte ich schon etliche kennengelernt. Sicher gab es einige, die dies positiv bewerten würden.

In diesem Fall wurde mir die Entscheidung sehr schnell abgenommen. In einem Telefonat mit Wiesbaden wurde Bollmann und Husch untersagt, an dieser Frageaktion teilzunehmen. Was meine Mitarbeiter anging, waren die ebenso dagegen und hatten mir von der Teilnahme abgeraten. Damit verschwand der Brief in der Ablage P, wie Papierkorb.

Aber nicht nur unsere Chefetage sprach sich gegen dieses Schreiben aus. Es dauerte nicht sehr lange, da bekamen die Bestatter Post vom Landesfachverband Bestattungsgewerbe Niedersachsen e.V., natürlich nur, wenn sie auch Mitglied waren. (In der Vergangenheit gab es zwischen Bollmann und dem Landesfachverband einige Querelen. Dabei ging es immer noch um die Eintragung in das Handelsregister. Das sage ich deshalb, weil in der Anschrift immer noch GmbH stand. Das nur am Rande.)

Der Einfachheit halber gebe ich auch hier die Kurzfassung wieder:

Ein branchenfremder Verbraucherverein maßt sich an, eine Erhebung über Bestattungskosten durchzuführen.

Die Umfrage des IFAV zur Erfassung der Durchschnittspreise für eine Beerdigung in Deutschland wird nicht zu aussagefähigen Ergebnissen führen, weil sie nicht von vergleichbaren Waren und Leistungen ausgeht. Hier werden Äpfel und Birnen verglichen. Preise sollten ohnehin aus ethischen Gründen nicht in den Vordergrund gerückt werden, wo es um Tod und Trauer geht.

Welcher Durchschnittspreis sollte denn wohl für einen Sarg (Erdbestattung) angegeben werden, wenn keinerlei Vorgaben für Holzart, Sargform und Oberflächenbearbeitung gemacht werden?

Auch die Leistungen sind preislich nicht vergleichbar. Eine hygienische Versorgung, eine Aufbahrung oder eine Trauerfeier werden je nach den Umständen (ob Unfall, gewaltsamer Tod oder natürlicher Tod) oder auch entsprechend den Wünschen der Hinterbliebenen unterschiedlichen Arbeitsaufwand erfordern. Diese Unterschiede lassen sich in einer solchen Preisumfrage nicht berücksichtigen. Zu einem falschen Preisspiegel sollten Sie keine Preisangaben machen.

Von einer Beteiligung an der Preisumfrage raten wir ab!

Wenn von einem branchenfremden Verbraucherverein gesprochen wird, stimmt dies nicht ganz. Aeternitas beschäftigt sich nach meinem Wissen ausschließlich mit der Bestattungsbranche und hat sich damit einen recht guten Ruf erworben. Nach meinem Ermessen wäre es möglich gewesen, eine Durchschnittsbeerdigung in Zahlen auszudrücken. Dazu brauchten wir nur die Zahlen für ein ganzes Jahr zusammenzutragen und auszuwerten. Natürlich, für einen Bestatter ohne EDV wäre dies ein sehr großer Aufwand gewesen. Wir verfügten jedoch über eine EDV und hatten auf unserer allwöchentlichen Statistik diese Zahl mit daraufstehen. Sie lautete 3.900,- DM. Ungefähr. Für eine Statistik war sie zu verwenden, für die täglichen Anfragen wäre sie sehr erklärungsbedürftig gewesen.

Ich will diesen Brief nicht weiter kommentieren. Sicher steckt etwas Wahrheit in seiner Aussage, bestätigt jedoch nur meine Ansicht, daß sich in dieser Branche niemand gern in die Karten schauen lassen will.

Ende August bekamen wir wieder einen Brief vom IFAW. Wir wurden nochmals um Beantwortung des Fragebogens gebeten. Es wurde von einem unterschiedlichen Leistungsumfang gesprochen, weshalb die Preise erheblich variieren könnten. Die genannten Einzelpreise sollten deshalb nur einer mittleren Leistungsausführung entsprechen, wie sie für unser Unternehmen üblich waren. Name und Adresse unseres Unternehmens sollten bei einer Beteiligung den Verbrauchern genannt und wir über die Ergebnisse informiert werden, aber das wußten wir ja bereits.

Es ist wirklich schwer, die Leistungen zu vergleichen. Einen Durchschnittspreis bei den üblichen Leistungen zu nennen ist sehr schwierig, wenn auch nicht unmöglich.

Der Strafzettel

Ein Leichenwagen wird im Straßenverkehr oft anders behandelt als ein normales Fahrzeug. Wenn das Fahrzeug eines Bestattungsinstitutes im Halteverbot steht, ist die Wahrscheinlichkeit eines Strafzettels geringer als bei einem normalen Auto. In Köln wurde trotzdem einmal ein Leichenwagen mit Sarg und Verstorbenen abgeschleppt. Die Polizei war dort gnadenlos. Nicht ganz so schlimm hatte es Husch im August getroffen.

Wir hatten eine Beerdigung in Laatzen-Grasdorf. Nach der Beerdigung hatten fast alle Autobesitzer der Trauergemeinde ein Ticket unter dem Scheibenwischer. Auch unser Leichenwagen und die Autos der Sargträger wurden vom Ordnungsamt bedacht. Zugegebenermaßen standen alle Fahrzeuge auf dem Bürgersteig, weil es rund um den Friedhof keine anderen Parkmöglichkeiten gab. Die wenigen vorhandenen Parkplätze wurden von den Anwohnern besetzt und somit blieb nur der Gehweg. Eine Anwohnerin kam mit ihrer rollenden Gehhilfe an einem sehr ungünstig parkenden Auto nicht mehr vorbei und rief kurzerhand die Polizei. Die hatte erst mal alle Hände voll zu tun, damit wirklich jeder das ihm zustehende Ticket bekam. Nicht alle Besitzer mußten Strafe zahlen, einige kamen mit einer schriftlichen Ermahnung davon. Wahrscheinlich lag das am Grad der Verkehrsbehinderung durch die parkenden Autos. Unser Wagen muß sehr ungünstig gestanden haben, denn wir hatten einen Strafzettel.

Frau Loch regte sich sehr darüber auf und versuchte mit der Stadt die Angelegenheit zu klären. Allerdings erfolglos. Ihr Mann hatte in der Verwaltung einen höheren Posten, wollte oder konnte sich aber nicht einbringen. Also mußten wir zahlen. Allerdings wandten wir uns an die Presse, die über die Taktlosigkeit der Behörde einen Artikel schrieb. Sogar RTL meldete sich bei uns. Von mir hatte Frau Loch volle Rückendeckung. Wir sahen es beide als positive Werbung für Husch an, wenn man sich so für die Kunden einsetzten wollte. Irgendwie bekam mein Chef davon Wind und pfiff uns zurück. Diese Art der Werbung wollte er nicht. Ich widersprach ihm, doch er ließ sich nicht davon abbringen. Somit erteilten wir RTL eine Absage. Das Ticket haben wir bezahlt und uns gleichzeitig eine Sondererlaubnis besorgt, um auch mal im Halteverbot parken zu können.

Eine Woche später hatten wir wieder eine Beerdigung auf diesem Friedhof. Unser Wagen stand wieder im Halteverbot, nur diesmal mit einer Sondererlaubnis der Gemeinde. Offensichtlich kam die Frau mit der Gehilfe dieses mal nicht dorthin und so gab es kein Knöllchen. Oder lag er an der Sondererlaubnis?

Keine Fotos

Fotografieren gehörte mit zu meinem Job. Der Sarg stand auf einem Katafalk oder Podest, die Kränze hingen an den Kranzständern mit den Schleifen nach unten, die Blumen lagen davor und die Kerzen brannten. Auf dem Sarg war das Sarggesteck hergerichtet und der Boden war gerade von einem Angestellten des Friedhofes gefegt worden. Optimale Voraussetzungen zum Fotografieren. Zuerst den Sarg von vorn und leicht von der Seite. Das Kreuz im Hintergrund sollte noch zu sehen sein. Dann die Kränze und Blumen. Ein Gesamtbild mit den brennenden Kerzen. Fünf bis acht Fotos waren der Regelfall. Manchmal spielte des Blitzlicht nicht mit, oder es kamen noch mehr Blumen und Kränze dazu, dann wurde noch mal fotografiert. Die Menschen wollten diese Bilder haben. Nicht immer, aber fast immer. Einmal wollten die Hinterbliebenen selber fotografieren. Kein Problem. Ich sagte ihnen, daß ich auf jeden Fall auch Fotos machen würde. Kostenlos? Sicher.

Um 10 Uhr sollte es losgehen. Es war bereits 10 Minuten vor 10 Uhr. In der Kapelle war alles vorbereitet, und die Angehörigen warteten schon. Der Pastor fehlte allerdings noch. Die Zeit schien mir angebracht, reinzugehen und die Fotos zu schießen. Plötzlich tauchte draußen der Pastor auf. Wir hatten zwar vorher schon miteinander gesprochen, doch er hatte noch eine Frage. Welche Gesangbücher in der Kapelle lägen, wollte er von mir wissen. Da der Pastor sich vorbereiten mußte, konnte er sich nicht selber darum kümmern. Ich konnte ihm die Frage nicht spontan beantworten. Also fragte ich schnell bei der Friedhofsverwaltung nach und gab die Auskunft anschließend an ihn weiter (der Weg zur Verwaltung war in diesem Fall kürzer als in die Kapelle). Es lagen die üblichen Gesangbücher mit den bekanntesten Kirchenliedern aus. Fragen sie mich bitte nicht, wie die geheißen haben, ich weiß es wirklich nicht mehr. Jedenfalls war er mit der Antwort zufrieden. Doch als er nun in die Kapelle kam, schaute er in die Bücher, während ich gerade fotografieren wollte.

»Dies sind nicht die richtigen Bücher!« sagte er.

Ich schaute ihn etwas ungläubig an.

»Was ist denn falsch daran?« fragte ich etwas sarkastisch.

»Ich suche zwei bestimmte Lieder, die ich der Familie nahegelegt habe. Die fehlen!« dabei schaute er mich vorwurfsvoll an. Ein kurzer Blick auf die Uhr sagte mir, daß wir nur noch 5 Minuten Zeit hatten. Jetzt wäre der Zeitpunkt gekommen, die Trauergemeinde hereinzulassen, stattdessen fragte er mich, ob ich ihm seinen Zettel mit den Liedtexten kopieren könnte. Er müsse sich jetzt auf die Predigt vorbereiten. Ich fotografierte nicht gern in Gegenwart der Angehörigen, denn es schien mir irgendwie taktlos. In diesem Fall kam Herr Landmann gerade mit zwei Kränzen rein und fragte, ob wir die Angehörigen jetzt reinlassen könnten. Sie seien schon ganz unruhig. In dem Moment kam schon die Familie zur Tür rein. Die Träger hatte ich zum Ende der Trauerfeier bestellt, somit konnte ich Herrn Landmann nicht zum Kopieren schicken. Einer von uns sollte an der Kondolenzliste stehen, was jetzt schon nicht der Fall war. Also ging ich schnellen Schrittes in die Verwaltung. Zu allem Überfluß war die vordere Eingangstür zu und ich mußte hintenherum gehen. Endlich kam ich in das Büro, wo sofort jemand kam und fragte, was er für mich tun könne. In kurzen Worten erklärte ich mein Anliegen und sofort lief er zum Kopierer.

»Oh, es ist kein Papier drin!«

»Aber sie haben bestimmt noch welches, oder?«

»Sicher, aber wo?« und dann fing er an zu suchen.

In dem Moment kamen eine Kollegin und ein Kollege. Er erklärte ihnen die Situation und ich ihnen meine Eile. In drei Minuten sollte die Trauerfeier losgehen. Ich legte schon mal 5,- DM für die Kaffeekasse auf den Tresen, was seine Wirkung nicht verfehlte. Einer von den dreien zauberte aus der hintersten Ecke Kopierpapier hervor.

»Das ist aber Recyclingpapier?«

Das war mir nun wirklich so etwas von egal.

»Ich liebe Recyclingpapier. Den Leuten ist das egal. Hauptsache, sie können mitsingen.«

Plötzlich drehte er sich um und verschwand mit dem Papier in den Regalen. Was nun wieder? dachte ich. Kurz danach kam er mit weißen Papier zurück und zeigte es mir stolz. Ich lächelte etwas gequält und machte ihn auf die jetzt beginnende Trauerfeier aufmerksam. Der Kopierer arbeitete äußerst langsam und ich brauchte mindestens fünfzig Kopien. Nach einer mir endlosen vorkommenden Zeit hatte die ich die Kopien in der Hand und lief mit einem »Danke« auf den Lippen raus.

Normalerweise hätte die Trauerfeier schon vor 3 Minuten beginnen müssen, aber der Pastor stand im Eingang und wartete auf mich.

»Mein Gott«, fing er an, »wieso dauert das so lange. Ich habe schließlich mehrere Termine!« Ich sage ihnen lieber nicht, was der Pastor mich in diesem Moment hätte können. Wir verteilten die Zettel, während der

Orgelspieler mit dem ersten Stück begann. Dann ging ich auf leisen Sohlen raus. Draußen fiel mir der Fotoapparat ein. Er lag noch in der Kapelle und ich hatte kein einziges Foto geknipst.

Ich habe der Familie einen Brief geschrieben, in dem ich mich für die nicht vorhandenen Fotos entschuldigte. Ihnen die Situation zu erklären, schien mir aussichtslos, aber eine Erklärung mußte her. Der Fotoapparat spulte den Film nicht weiter und das bedauerte ich außerordentlich!

Die Seele der Toten

Frau Loch und ich hatten im August einiges zu besprechen. So sollte auf Wunsch von Herrn Paul der Ausstellungsraum für Särge in unseren hinteren Büroraum verlegt werde. Bisher war die Ausstellung im Keller. Herr Bollmann hatte den Kellerraum dafür herrichten lassen. Die Atmosphäre war absolut würdig und Frau Radecke und ich konnten uns mit der neuen Idee überhaupt nicht anfreunden. Mit meinem Chef hatte ich einige Gespräche über dieses Thema und widersetzte mich diesem Wunsch sehr lange. Sein Vorschlag, Frau Loch sollte den Raum in der ersten Etage mitgestalten, weil sie immer sehr gute Ideen hatte, fand in diesem Zusammenhang nicht meine Zustimmung. Ich merkte, wie er sie immer wieder vorschob, wenn ihm etwas nicht paßte. Sie selber hielt diese Idee auch nicht für praktisch, erklärte sich allerdings bereit, dem Wunsch von Herrn Paul zu entsprechen. Ich ließ mir bewußt sehr viel Zeit bei der Umsetzung dieser Aktion und spannte Frau Loch nicht mit ein. Wenn ich schon einer aus meiner Sicht falschen Entscheidung Folge leisten mußte, hatte ich wenigstens keinen Grund zur Eile. Trotzdem unterhielten wir uns natürlich darüber. Frau Radecke stand bei dieser Angelegenheit etwas abseits. Sie beobachtete mit zunehmender Sorge, wie meine Motivation unter diesen Umständen zunehmend geringer wurde. Ich sagte ihr ganz offen, daß dieser Eiertanz mir langsam aber sicher auf die Nerven ging, wobei ich nicht von Kündigung sprach. Andererseits war ich nicht bereit, um jeden Preis an diesem Posten festzuhalten. Das wußte sie ebenfalls.

Frau Loch und Herr Paul kannten sich seit vielen Jahren und waren aus dem selben Holz geschnitzt. Obwohl sie in Abwesenheit des anderen immer übereinander herzogen, taten sie sich offensichtlich nicht weh. So kam es, daß ich mehrfach übergangen wurde. Sprach ich meinen Chef darauf an, entschuldigte er sich, sprach ich Frau Loch darauf an, hatte sie in seinem Auftrag oder Einverständnis gehandelt. Für mich war das eine sehr unglückliche Situation, die sich einige Male wiederholte. Sie hatte manchmal wirklich gute Ideen und gerade in der Anfangszeit ergänzten wir uns sehr gut.

Trotzdem glaube ich, sie hat von Anfang an gegen mich gearbeitet und bei unserem neuen Chef kam sie damit gut voran.

Bei einem Gespräch mit Frau Loch kamen wir auf Übersinnliches. Ich bin zwar nicht ganz ungläubig, was dieses Thema angeht, es hält sich jedoch sehr in Grenzen. Sie erzählte mir von Angehörigen, deren verstorbene Verwandte immer noch bei ihnen waren, bzw. ihr Geist. Frau Radecke hatte mir auch schon davon erzählt. Aber Frau Loch meinte das ganz anderes. Der Geist eines Toten kann über einen Menschen wachen. Ich fragte sie, ob es auch böse Geister gibt, was sie jedoch nicht beantworten konnte. Dann erzählte sie mir ihre Geschichte und warum sie daran glaubte. Ihr Ehemann war vor über zehn Jahren an einer Krankheit gestorben. Sie hatte ihn sehr geliebt und war in der Stunde des Todes bei ihm. Danach hatte sie immer wieder das Gefühl seiner Nähe gespürt. Sie schilderte dieses Gefühl so, als wenn er als Lebender in ihrer Nähe wäre. Gab es irgendwelche Zeichen? Ja, die Gardine bewegte sich, obwohl alle Fenster geschlossen waren und es keinen Durchzug gab. Mal wackelten die Bügel an der Garderobe, oder sie bemerkte etwas wie ein vorsichtiges Hauchen in ihrem Nacken. In der ersten Zeit nach seinem Tod ist sie über seine Anwesenheit froh gewesen und fühlte sich beschützt. Doch je länger er tot war und sie immer besser auf den eigenen Beinen stehen konnte, um so nerviger wurde es. Irgendwann gab es wieder ein Zeichen. Sie saß allein in der Küche und die Gardine bewegte sich. Wütend sei sie aufgestanden.

»Was willst Du. Ich komme allein zurecht, und die Kinder auch. Laß uns in Ruhe und schlafe endlich!« Von da an hatte sie Ruhe.

Ich fragte sie, warum er bis dahin gegenwärtig gewesen war und dann mir nichts dir nichts verschwunden sei?

»Weil er gesehen hat, daß ich und die Kinder allein zurechtkommen und wir uns auf ein Leben ohne ihn eingestellt haben. Wir brauchten seinen Schutz nicht mehr!«

Ich weiß nicht, ob diese Geschichte nun stimmt oder nicht. Es heißt ja, der Glaube versetzt Berge.

Dazu fällt mir eine andere Geschichte ein, die mit dem Bestattungswesen eigentlich nichts zu tun hat, aber in diesem Zusammenhang erzählt werden kann. Vor über zehn Jahren hat einer meiner besten Freunde geheiratet. Seine Frau kam aus einer sehr zerrütteten Familie. Ihre Mutter hatte sich als Patientin in einer Nervenheilanstalt aufgehängt. Angeblich soll sie das mit einem Handtuch getan haben und obwohl ihre Füße den Boden berühren konnten, soll sie sich stranguliert haben. Der Geist dieser Frau soll der Tochter mehrfach als Torso mit Kopf erschienen sein, das Gesicht wirkte total verzerrt und gequält. Die junge Frau schien unter diesen »Besuchen« sehr zu leiden und mein Freund machte sich ernsthaft Gedanken um seine Frau. Irgendwann erschien diese Gestalt den beiden am Fußende des Bettes. Es war mitten in der Nacht. Die junge Ehefrau fing laut an zu schreien, mein Freund wachte auf und sah die Gestalt.

Er griff nach der Nachtischlampe und warf sie nach ihr.

»Verschwinde, du bist tot und wir leben!« Die Mutter verschwand und kam nie wieder.

Ich weiß selber nicht, ob ich diese Geschichte nun glauben soll oder nicht, aber es wäre das Gegenbeispiel eines zumindestens unangenehmen Geistes gewesen. In der ersten Geschichte verstarb der Mann nach langer Krankheit, in der zweiten Geschichte hat sich eine wahrscheinlich nicht nur depressive, sondern auch geistesgestörte Frau auf grausame Art und Weise umgebracht. Ich finde beide Geschichten bemerkenswert. Ob Sie diese glauben wollen oder nicht, bleibt ja Ihnen überlassen.

Warten auf das Ende

Zu meinem Job gehörte die Beratung. Wenn es nicht um einen aktuellen Sterbefall, sondern um die Beratung für einen Vorsorgevertrag ging, entwickelte sich dieses Gespräch wie ein normales Verkaufsgespräch. Von Frau Radecke habe ich dazu sehr viel gelernt. Den einen oder anderen Tip bekam ich auch von Frau Loch. Es gab jedoch Situationen, da hatte man es mit Menschen zu tun, die einfach fertig waren. Bedauernswert, sicher. Diese Menschen hatten den gleichen Anspruch auf eine vernünftige Beratung wie jeder andere. Aber es kostete unheimlich viel Geduld. Einen solchen Fall habe ich erlebt. Er lief über mehrere Monate und führte zum Abschluß eines Vorsorgevertrages.

Die Frau saß mir gegenüber. Ich schaute sie an, während sie redete. Sie sprach langsam und laut. Ihr Blick ging durch mich durch, dann schaute sie wieder auf den Tisch. Bedauernswert. Ein psychisches und physisches Wrack. Diese Frau war nun zum dritten oder vierten Mal in diesem Jahr bei mir. Sie wollte einen Vorsorgevertrag abschließen, aber wir kamen immer nur stückweise voran. Entweder mußte sie gehen, oder sie fing an zu weinen.

»Wissen Sie, ich möchte nicht, daß irgend jemand später mit mir Last hat.«

»Es ist sehr vernünftig von Ihnen, diese Angelegenheit zu Lebzeiten zu regeln.« antwortete ich ihr. »Es zeugt von Verantwortungsbewußtsein und Weitsicht. Außerdem haben sie die Gewähr über einen Ablauf der Trauerfeier, wie sie es sich vorstellen.«

Sie gab mir eine ganze Reihe von Anweisungen, die ich aufschrieb. Sie suchte sich ihren Sarg aus, Kopfkissen und Decke, Totenhemd, die Blumen, die auf dem Sarg liegen sollten und erklärte mir, zwölf Sänger sollten dann das Pommernlied spielen. Dann fing sie an zu weinen, was sie doch früher für ein süßes Ding gewesen war und jetzt sei sie so häßlich. Ein Schönheit war sie wahrlich nicht mehr. Ihr Mann hätte sie ständig betrogen und nun sei sie mit den Nerven am Ende. Außerdem lebte sie im Heim, nahm ständig Medikamente und wollte nur noch sterben.

Ich gab ihr ein Glas Wasser, als sie plötzlich aufstand und gehen wollte. Ich kannte das schon und begleitete sie hinaus. Diese kleine, dicke Person ging langsam zur Tür. Ich half ihr beim Anziehen und begleitete sie bis auf die Straße. Ich war mir nicht sicher, ob ich sie wiedersehen würde. Dann tat ich etwas sehr Untypisches für einen Bestatter. Ich rief in ihrem Heim an, erzählte von diesem Vorfall und erklärte, sie sei womöglich suizidgefährdet. Die Heimleitung bedankte sich für diesen Hinweis und meinte, so etwas sei für ein Bestattungsunternehmen gar nicht üblich. Ich meinte nur, bei allem Geschäftssinn seien wir ja keine Unmenschen. Andererseits wußte das Heim schon von der Problemen dieser Frau. Sie mußte starke Medikamente nehmen, galt aber noch als zurechnungsfähig.

Ungefähr vierzehn Tage später stand sie wieder im Büro, um unser angefangenes Gespräch zu beenden. Während unserer Unterhaltung erzählte sie mir von mehreren Selbstmordversuchen und fing wieder an zu weinen. »Großer Gott!« dachte ich, »nicht schon wieder!« Sie bekam wieder ein Glas Wasser und beruhigte sich. Immerhin konnte ich nun alles, was ich an Informationen für Ihren Vorsorgevertrag benötigte, zusammenfassen und aufschreiben.

Fast zwei weitere Wochen später war sie wieder da, um ihren Vertrag zu unterschreiben. Ich konnte es kaum glauben, als sie wirklich unterschrieben hatte. Sie bekam eine Mappe mit ihren Unterlagen, bedankte sich und ging langsam aus unserem Büro. Diesmal wollte sie keine Begleitung auf die Straße und auch die Treppe wollte sie ebenfalls gern allein runtergehen. Endlich hatte ich alles komplett. Ich schätze, daß ich gut vier bis fünf Stunden mit dieser Frau verbracht habe, um diesen Vertrag vollständig zu bekommen und ihre Unterschrift zu erhalten. Zwischendurch kamen mir doch Zweifel an ihrer Zurechnungsfähigkeit. Womöglich hatte sie schon mehrere Institute aufgesucht. Konnte sie diese nicht ganz billige Beerdigung überhaupt bezahlen? Einige Gedanken machten sich breit. Doch es ist nicht unsere und erst recht nicht meine Art gewesen, die Glaubwürdigkeit unserer Kunden in Zweifel zu ziehen. Wenn der Todesfall wirklich eintreten sollte, konnte ich mich immer noch damit beschäftigen, denn vieles klärt sich erst mit dem Tod eines Menschen auf.

Zuletzt brauchte ich die Mappe mit ihren Unterlagen nur zu den Vorsorgeverträgen zu legen. Die Zuordnung erfolgte nach Buchstaben. - Zweimal der selbe Name! Komisch, dachte ich mir und schaute in die alten Unterlagen. Ich staunte nicht schlecht. Zwei Jahre zuvor hatte sie bereits einen Vertrag bei uns abgeschlossen. Alles hatte sie vergessen. Na ja. Ich behielt den besseren Vertrag. Den für uns besseren Vertrag.

September

Beginnt die Saison?

Im September 1999 ereigneten sich einige Gegebenheiten, die meine Einstellung zu meinem Beruf erheblich veränderten. Vielleicht änderte sich auch nur die Einstellung zu diesem Job. Trotzdem konnte ich mir weiterhin vorstellen, in diesem Bereich langfristig tätig zu sein. Es waren mehr die internen Probleme, durch die ich immer weniger motiviert war. Gut, auf der einen Seite bestand durchaus die Möglichkeit der Veränderung des gesamten Systems, doch in welche Richtung? (Sie kennen den Spruch: Und eine Stimme sprach zu mir: Sei froh und lächle, es hätte auch schlimmer kommen können! Und ich war froh und lächelte...und es kam schlimmer.)

Die Sterbezahlen der ersten acht Monate lagen insgesamt ca. 10 Prozent unter den Vorjahreszahlen. Anhand der laufenden Nummern auf den Sterbeurkunden konnten wir immer den aktuellen Stand der Sterbezahlen in Hannover sehen. Ein Blick in den Computer offerierte uns die Zahlen von vor genau einem Jahr. Natürlich gab es auch amtliche Statistiken, allerdings nur höchst selten. Wenn wir von einem Rückgang von insgesamt 10 Prozent sprachen und dabei unsere Situation bei Bollmann durch den häufigen Personalwechsel und die Handelsregistereintragungen betrachteten, war die Rückstand sogar fast akzeptabel. Mein Chef sah dies berechtigterweise anders. Herr Paul hatte mir einige Wochen zuvor gesagt, daß er mich nicht eingestellt hätte. Auf der einen Seite wäre ich durchaus fähig für so eine Aufgabe, aber die Zeit, um diese Branche zu »erlernen«, hätte ich einfach nicht. Darum wäre es besser gewesen, von vornherein jemand aus dieser Branche zu engagieren. Dabei hatte er offensichtlich schon meine beiden Vorgänger vergessen. Beide kamen aus dieser Branche, bevor sie hier anfingen. Dazu kam die Äußerung über mein »exorbitantes« Gehalt und seine Entscheidungen hinter meinem Rücken. Ich hatte das Gefühl, für alle negativen Entwicklungen (sogar vor meiner Zeit) allein verantwortlich zu sein, während die positiven Entwicklungen wie Imagepflege und gute Zahlen bei Husch überhaupt nichts mit mir zu tun hatten. Das stimmte natürlich nicht, trotzdem konnte ich dagegen nichts machen. Bei einem unserer letzten Gespräche erzählte er mir, Bollmann und Husch würden sich in den Sterbezahlen auf Dauer angleichen. Allerdings nach unten, wie es damals der Fall war und so war es nicht geplant gewesen. Diese Bemerkung war überflüssig wie ein Kropf. Obwohl es bei Husch recht gut aussah, sah er diese positive Entwicklung nur für ein bis zwei Jahre. Spätestens dann werde die natürliche Grenze erreicht sein. Die große Konkurrenz in Laatzen (er meinte damit seinen Onkel) werde sich dies auf Dauer nicht bieten lassen und verlorenes Terrain zurückgewinnen. Auf mein Argument der noch vielen vorhandenen Ideen wollte er nicht weiter eingehen. Ich nehme an, Frau Loch wird mit diesen Ideen weiterarbeiten, was durchaus richtig ist. Bis heute habe ich seine negative Einstellung gegenüber Husch nicht verstanden.

Statt dessen hofften wir auf den September, obwohl bisher der Oktober immer erst den Anfang der Saison eingeläutet hatte.

Tod der Mutter

Wer in dieser Branche arbeitet, ist den Tod gewohnt. Wenn jedoch jemand stirbt, der einem nahe oder sogar sehr nahe stand, ist es mit der Gewohnheit nicht mehr weit her. Ich glaube, es war im September, als die Mutter von Frau Loch das Zeitliche segnete. Die Frau war Ende sechzig und wirkte sehr rüstig. Hin und wieder setzte sie sich bei Husch in das Büro, um Telefongespräche entgegenzunehmen. Das hatte sie immer unentgeltlich und gern getan. Sie wollte das Gefühl haben, gebraucht zu werden, und so spannte ihre Tochter sie ein. Ich mochte diese Frau. Im Januar hatte ich ihr und ihrer Enkelin, die ebenfalls hin und wieder Telefondienst leistete, einen Einkaufsgutschein über je 300,- DM übergeben. Beide hatten sich das schon vor meiner Zeit verdient und bekamen diese Anerkennung in Absprache mit meinem damaligen Chef und Frau Loch.

Die Nachricht vom Tod ihrer Mutter traf uns alle. Wir waren nicht nur fassungslos über ihren plötzlichen und völlig unerwarteten Tod, sondern irgendwie auch hilflos. Mein Chef und ich sprachen uns ab und gaben Frau Loch anschließend nicht nur einen Tag Sonderurlaub, wie es vom Gesetzgeber im Todesfall der Mutter vorgesehen ist, sondern sie bekam solange Urlaub, wie sie benötigte, bzw. haben wollte. Quasi einen Blankourlaubsschein. Andererseits war diese Geste in Hinblick auf ihre Bezahlung und die vielen nicht bezahlten Arbeitsstunden das mindeste, was wir tun konnten.

Was war geschehen? Weil sie ein paar Tage nichts von ihrer Mutter gehört hatte, versuchte sie diese zu erreichen. Die Tür wurde nicht geöffnet, an das Telefon ging sie nicht und abgemeldet hatte sie sich ebenfalls nicht. Aber die Post im Briefkasten wurde mehr. Daraufhin ließ Frau Loch die Tür aufbrechen und fand ihre Mutter. Der Notarzt wurde gerufen, konnte aber leider nur noch ihren Tod feststellen. Wie oft hatte sie selber so eine Situation von den Angehörigen beschrieben bekommen? Wie oft hatte sie dann tröstende Worte gesprochen, die Hinterbliebenen beruhigt und ihnen Mut zugesprochen? Aber jetzt war es ganz anders. Am Anfang hatte sie noch alles im Griff. Je bewußter ihr der Tod der eigenen Mutter wurde, um so mehr verlor sie die Kontrolle und Fassung. Zuerst rief sie unsere beiden Leute für die Abholung an. Anschließend wollte sie ihre Mutter selber umziehen. Herr Landmann und Herr Riech waren sehr schnell da. Herr Landmann redete ihr diese Ansinnen wieder aus. Es war sein und Herrn Riechs Job. Nach kurzer Überlegung willigte Frau Loch ein.

Es ist schon merkwürdig, Hinterbliebene wollen gern noch etwas für den Verstorbenen tun, was ja nicht verkehrt ist. Der Verstorbenen das Sterbehemd selber anzuziehen, ist allerdings ein ausgesprochen seltener Wunsch. Das Gefühl, dem geliebten Menschen auf dem letzten Weg noch etwas Gutes getan zu haben, ist für einige sehr wichtig. Andererseits sind nicht alle Menschen stark genug, um so etwas zu tun, was nun wirklich keine Schande ist. Hier war es genauso.

Für meine Mitarbeiterin begann nun die Zeit des Umdenkens. Bisher hatte sie in diesen Situationen Ratschläge gegeben und alles organisiert, nun handelte es sich jedoch um ihre eigene Mutter. Die Formalitäten übernahm Frau Fröhlich für sie. Es ist eben gar nicht so einfach, Geburts- und Sterbedatum für die eigene Mutter statt für fremde Personen einzutragen. Frau Fröhlich telefonierte mehrfach mit mir, unter anderem wegen der Preise. Den Sarg sollte sie zum Einkaufspreis berechnen, die anderen Leistungen normal. Der Sarg kostete normalerweise 2.500,- DM, der Einkaufspreis lag bei maximal 500,- DM, wahrscheinlich sogar weniger. Für den Tag der Trauerfeier mietete Frau Fröhlich die Trauerhalle von einem anderen Institut. Jenem Institut, welches dem Onkel von meinem Chef gehörte. Frau Loch bevorzugte diese Trauerhalle, weil sie schön und hell gestaltet war. Es herrschte nicht diese typische Gruftatmosphäre vieler Kapellen vor, was sicher nicht immer, jedoch sehr oft vorkam. Irgendwie war es schon merkwürdig bei der Konkurrenz zu sitzen. Andererseits wollte ich mir dieses negative Gedankengut nicht aneignen: Ein Bestatter gönnt dem anderen nichts. Solange wir in Laatzen keine bessere Alternative hatten, kamen wir eben dorthin. Es sollte eine der letzten Feiern von Husch in dieser Kapelle werden. Später überwarf sich Frau Loch mit den Besitzern dieser Trauerhalle.

Zur Trauerfeier kamen viele Verwandte und Bekannte. Die Kränze aus Wiesbaden, von Bollmann, von ihren Kollegen und mir waren bereits aufgestellt worden. Bei Bollmann hatten wir Frau Roller für uns eingespannt. Sie konnte Telefonate entgegennehmen und potentielle Auftraggeber vertrösten, zumindestens bis nach der Trauerfeier. Für Husch stellten wir die Rufumleitung zu Bollmann rüber. Zur Trauerfeier erschienen die Gäste so, wie man es erwartete, in dunkler und dezenter Kleidung. Einer fiel allerdings aus dem Rahmen, von dem ich es am allerwenigsten erwartet hatte. Unser Herr Landmann. Er trug einen Zweireiher in einem dezent blaßfarbenen Lila! Gut, auf der einen Seite hatte er Urlaub und war in privater Funktion dabei, andererseits staunten wir trotzdem nicht schlecht. (Ich gebe zu, konservativ zu sein.) Im Endeffekt war es mir auch egal. Bevor die Trauerfeier beginnen konnte, sind die Trauergäste und dazu gehörte ja auch ich zu dem Sarg gegangen, verneigten sich kurz und erwiesen der Verstorbenen die letzte Ehre. Zuletzt ging Frau Loch nach vorn. Die meisten Gäste saßen bereits auf ihren Plätzen, als sie sich vor den Sarg stellte. Mit beiden Händen hielt sie sich am Deckel fest, warf kurz ihren Kopf zurück und schaute dann wieder auf den Sarg. Für einen Moment dachte ich, sie würde ohnmächtig werden. Der Schmerz war ihr buchstäblich anzusehen. Sie stand fast eine Minute davor, bis sie sich wieder hinsetzte. Ich beobachtete das Geschehen von meinem Platz aus und dachte daran, was mir ein Träger einmal erzählt hatte. Nachdem sein Vater verstorben war, hatte er ihn allein umgezogen und allein in den Sarg gelegt. Die Menschen sind eben doch sehr verschieden.

Nach der Trauerfeier kondolierten wir der Familie. Irgendwie kam ich mir unbeholfen vor. Ich sprach Frau Loch mein Beileid aus und fragte, ob ich sonst irgend etwas für sie tun könnte. Das war durchaus ernst gemeint und dennoch nur eine Floskel. Wie sie es verstanden hat, weiß ich nicht. Wahrscheinlich hat sie es gar nicht wahrgenommen.

Zum Leichenschmaus trafen wir uns in einem nahegelegenen Hotel. Hier beobachtete ich die Leute und unterhielt mich mit meinen Tischnachbarn. Bei diesem Teil der Trauerfeier bin ich sonst nie anwesend gewesen, insofern war es recht interessant. Es wurde gescherzt und geweint. Die Leute machten sich über das Büffet her wie auch ich. Herr Landmann saß an unserem Tisch und begann sein belegtes Brötchen mit Messer und Gabel zu essen. Dann setzte sich der Trauerredner dazu (er hatte eine ganz passable Rede gehalten) und benutzte ebenfalls Messer und Gabel für sein Brötchen. Ich habe noch nie zuvor in meinem Leben Brötchen mit Messer und Gabel gegessen, nun tat ich es. Irgendwann hatten wir unserer Pflicht Genüge getan und verabschiedeten uns. Ich hatte schon mehrfach von Angehörigen eine Einladung zum Leichenschmaus erhalten. Jetzt wußte ich, warum ich es immer abgelehnt hatte und es in Zukunft weiter so halten wollte. Als meine Großmutter vor einigen Jahren starb, ging mir das sehr nahe. Wir saßen anschließend beim Leichenschmaus mit vielen ihrer Bekannten zusammen, die erzählten viel und nervten mich damit sehr stark. Sie sagten mir Dinge wie: »Hier hat immer ihre Großmutter gesessen!« oder »Dies hat sie gern gesungen, jenes hat sie nicht gemocht.« und so weiter. Ich habe mich dann höflich verabschiedet und bin nach Hause gefahren. Gut, es gehörte dazu, trotzdem mochte ich es nicht und obwohl ich bei der Trauerfeier von Frau Lochs Mutter nicht diesen Bezug hatte, mochte ich auch diese Veranstaltung nicht.

Pastoren und Auszubildende

Die Tochter und der Sohn von Frau Loch waren gern gesehene Hilfen bei Husch. Sie hatte schon mehrfach beim Telefondienst ausgeholfen, und ihr Sohn war bei anderen Aufgaben tätig geworden. Nun äußerte er den

Wunsch, im Bestattungsgewerbe bei Husch zu lernen. Er hatte sogar schon bei Trauerfeiern und Beerdigungen mitgewirkt und seine Aufgaben gut erledigt. Den Beruf des Bestatters konnte er nicht lernen, weil das zum damaligen Zeitpunkt grundsätzlich nicht möglich war. Dafür bot sich die Möglichkeit, Bürokaufmann bei uns zu lernen. Ich besaß den Ausbilderschein und hatte schon mit der Industrie- und Handelskammer gesprochen. Mit ein bißchen Mogelei konnten wir ihm die Ausbildungsstelle bieten. Bis auf seinen Stiefvater war die ganze Familie irgendwie eingespannt gewesen, und ich hatte ein gutes Gefühl dabei. Außerdem bestand durch die Einstellung des Sohnes die Möglichkeit, den Familiencharakter von Husch hervorzuheben. Aus meiner Sicht war dies ein wesentlicher Pluspunkt. Mein Chef und ich sprachen über diese Angelegenheit, und er machte uns einen Strich durch die Rechnung. Er wollte ihre Familienangehörigen nicht mit reinziehen.

Nur wenige Menschen in Laatzen wußten von der Zugehörigkeit von Husch zu einem norddeutschen Unternehmen und damit zu einem amerikanischen Konzern. Die Menschen fragten hier nicht nach dem Besitzer, sondern hielten Frau Loch dafür. Öffentlich hielt ich mich aus allem raus und hatte deshalb sogar darauf verzichtet, irgendwo auf dem Briefpapier als Verantwortlicher genannt zu werden. Intern ließ ich ihr freie Hand, bekam die Informationen oder holte sie mir. Sie konnte sehr viel allein entscheiden und nur selten erhob ich Einspruch. Aber für die Leute waren Husch und Loch immer eins.

Herr Paul sprach von einer entstehenden Abhängigkeit gegenüber der Familie, wenn der Sohn bei uns lernen würde. Die Tochter sei auch noch da, und das sei ihm an sich schon ein Dorn im Auge. Daß die Familie nur für wenig oder gar kein Geld geholfen hatte, interessierte auf einmal nicht mehr. Vielleicht hatte er Angst, die Familie würde sich selbständig machen. Vom Zeitaufwand her wäre für sie dabei sowieso das gleiche herausgekommen. Die Bezahlung von 5.000,- DM in diesem Zusammenhang schien mir geradezu lächerlich, aber gerade deswegen machte ein Entgegenkommen durchaus Sinn. Ihr Sohn als Auszubildender könnte überall mit anpacken und zupacken, hätte einiges gelernt und wäre als Auszubildender sogar günstiger als so manche Aushilfe gewesen.

Die Aktion wurde kurzfristig abgeblasen. Er nahm mir das Versprechen ab, ihr nicht die Wahrheit zu sagen. Ich erteilte der Familie eine Absage. Eine Ausbildung war halt laut der IHK nicht möglich. Frau Loch nahm mir das so ab. Ihr Sohn fand in einem Elektrogroßhandel eine Lehrstelle. Im Januar 2000 bin ich in der Bestattungsbranche nicht mehr tätig gewesen. Ein Nachfolger als Geschäftsstellenleiter wurde nicht eingestellt, aber eine zweite Kraft. Die neue Kollegin von Frau Radecke war mir keine Unbekannte. Es war die Tochter von Frau Loch.

Eine weitere Begebenheit hatten wir im September. Frau Loch und ich folgten einer Einladung zu einem Treffen von Bestattern, Pastoren und Friedhofsangestellten in Laatzen. Aus Hannover war außer mir niemand dabei. Das Thema drehte sich um Beerdigungszeiten. Wir wollten Trauerfeiern und Beerdigungen gern auch in die Abendstunden oder auf die Wochenenden legen. Die Diskussion begann mit dem meist freien Montag der Pastoren, den sie auf keinen Fall gefährdet sehen wollten. Da immer weniger Pastoren für immer mehr Gemeinden zuständig waren, hatten sie nicht mehr so einen ruhigen Job wie früher, sondern waren fast immer im Einsatz für Gott und die Welt. Uns ging es nicht um den Montag. Natürlich hätten wir es beide gut gefunden, diesen Wunsch auf Nachfrage erfüllen zu können. Aber wir wollten nicht streiten. (Natürlich gab es auch montags Beerdigungen, jedoch nur eingeschränkt.) Ab Freitagmittag war grundsätzlich nichts mehr möglich, weil die Angestellten auf den Friedhöfen städtische Angestellte waren und damit mittags Schluß hatten. Sicher gab es Ausnahmen, doch davon wollte die Diskussionsrunde nichts wissen. Erstaunlicherweise gerieten Frau Loch und ich in die Außenseiterrolle, bzw. nur Frau Loch.

Ich ließ mich als guter Freund und Bestatter aus Hannover vorstellen, der sie begleitete. Das glaubte man uns durchaus, sofern die Wahrheit nicht schon bekannt war. Dadurch war meine Meinung nicht so sehr gefragt und meine Beiträge hielten sich entsprechend in Grenzen. Ich unterstützte meine Mitarbeiterin, bzw. Kollegin, soweit es ging. Zu unserem Erstaunen wollten die anwesenden Bestatter von längeren Beerdigungszeiten gar nichts wissen. Warum fand dieses Treffen dann überhaupt statt? Sie argumentierten, es würde keine Nachfragen nach Wochenendbestattungen- oder Trauerfeiern geben. Glauben mochten wir das nicht. Frau Loch widersprach dem, und auch ich konnte wenigstens ein Gegenbeispiel nennen. Andererseits will ich ehrlich zugeben, daß es mir gewaltig gegen den Strich gegangen wäre, sogar noch am Samstag oder Sonntag rauszufahren. Ich behielt das natürlich für mich. Die Pastoren hielten ebenfalls nichts vom Wochenende als Arbeitstage. Sonntags hatten sie sowieso den üblichen Kirchgang zu bewerkstelligen und dann kamen andere Verpflichtungen wie Konfirmation oder Kommunion dazu. Wenn Beerdigungen und Trauerfeiern auch noch stattfinden sollten, mit welchem Argument konnten sie dann Hochzeiten auf die Woche legen wollen? Diese Frage blieb unbeantwortet.

Zu den Mehrkosten erklärte ich unser einfaches System der Zuschläge. Warum sollte es nicht zusätzlich für Pastoren, Friedhöfe und Angestellte am Wochenende gelten. Wenn jemand eine Sonderleistung haben will, ist er auch bereit, mehr dafür zu bezahlen.

Diesmal war Frau Loch dagegen. Sie wollte keinen Zuschlag für die Friedhöfe. Die Pastoren sahen das Problem mehr in ihrer Verwaltung.

Irgendwie kamen wir nicht weiter. Die Bestatter, Pastoren und die

Friedhofsmenschen hatten absolut keine Ambitionen, etwas in dieser Hinsicht am Wochenende zu tun. Die Bestatter mußten sowieso zur Stelle sein, wenn es erforderlich war. Klar, die Gesellschaft erwartete das von ihnen, und es war ihr Geschäft. Ob ein Toter am Wochenende oder in der Woche beerdigt werden würde, konnte ihnen insofern egal sein. Unter die Erde mußte er immer, aber in der Woche war es ihnen lieber.

Die Pastoren haben wirklich mehr als früher zu leisten. Ich glaube allerdings auch, viele von ihnen sehen ihren Beruf als einen Job wie jeden anderen, wobei das nur eine persönliche Meinung ist. Den Pastoren gegenüber gab es natürlich ein Druckmittel, welches ich allerdings nicht ausspielte. Bei jedem Verstorbenen wären sie auf Wunsch der Hinterbliebenen verpflichtet gewesen, die Aussegnung des Toten vorzunehmen. Und dies zu jeder Tages- und Nachtzeit! Natürlich unter der Voraussetzung der Kirchenmitgliedschaft des Verstorbenen. Viele Menschen wissen dies gar nicht. Würde der Bestatter die Hinterbliebenen darauf hinweisen und diese dem Pastor gegenüber darauf bestehen...! Nun ja. Es wäre insgesamt gesehen durchaus ein Druckmittel gewesen, um vielleicht doch die eine oder andere Wochenendbeerdigung durchzusetzen. Ich behielt es trotzdem für mich.

Die ganze Veranstaltung brachte nichts. Wir kannten jetzt den Standpunkt der anderen, aber das machte uns auch nicht froh.

Keine Särge

Sarglieferant Paul war zuverlässig. Wir bestellten unsere Ware im Lauf der Woche und erhielten sie am Donnerstag. Unsere Aufgabe war nur die Bestellung und Planung, damit die bestellten Waren bis zur nächsten Lieferung reichten. Solange wir das große Lager in der Stadt hatten, war dies kein Problem. Das eigentliche Ziel von Herrn Paul war die Verlegung der Lagerhaltung zu ihm, um die Institute von großen Lagern zu befreien. Es sollte genügen, einen kleinen Bestand von einigen wenigen Särgen vorrätig zu haben. Sollte es Engpässe geben, schickte er seinen LKW oder einen Lieferwagen mit zwei oder drei Särgen zu uns. Das hörte sich gut an und funktionierte immer. Fast immer. Es konnte allerdings vorkommen, daß ein Modell oder irgend etwas anderes nicht lieferbar war. Das kann jedem Lieferanten passieren. Er brachte die nicht gelieferten Artikel mit der nächsten oder übernächsten Lieferung. Der Termin war von seinem Lieferanten abhängig. Meist hatten wir die Ware sehr schnell. Ich erinnere mich allerdings an einen Fall, wo wir beide uns in die Haare bekamen. Dabei handelte es sich um unseren Standardsarg.

Nachdem Herr Landmann im Lager die allwöchentliche Bestandsaufnahme erledigt hatte, übergab er mir seine Liste. Unser ursprüngliches Vorhaben, den Bestand über die EDV laufen zu lassen, funktionierte nicht. Unsere PCs hatten leider ihre Macken, was nicht dramatisch, doch nervig war. Wir bestellten auch nach Jahreszeit. Im September war für uns eigentlich keine Hochsaison, dennoch konnte es unerwartet viele Sterbefälle geben. Wir verfügten über zehn oder zwölf Sargmodelle, verschiedene Sarggarnituren und anderes. Die beiden ersten Artikel nahmen den meisten Platz weg. Mit dem Beginn der »Sterbezeit« verfügten wir immer über einen bestimmten Vorrat, um auf alles und möglichst viele Sterbefälle vorbereitet zu sein. Die Tatsache, daß Herr Landmann den Bestand kontrollierte, mag Sie vielleicht überraschen. Ich sah nicht die Notwendigkeit, mich um alles selber zu kümmern. Es reichte mir, gelegentlich Stichproben vorzunehmen. Außerdem bin ich ein Verfechter für Eigenverantwortung. Unsere Leute sollten mehr als nur Befehlsempfänger sein. Bei Herrn Riech funktionierte das nicht ganz so gut. Aber nur, weil er es nicht wollte. Herr Landmann entwickelte dagegen manchmal zuviel Eigendynamik. Doch das war kein großes Problem. Mein Chef sagte mir, ich sollte mich um diese Dinge selber kümmern, doch ich brachte meine Argumente vor und beließ es dabei. Frau Loch wollte mir einreden, Herr Landmann hätte die Bestellungen nicht im Griff. Diese Behauptung war aus der Luft gegriffen und hielt meinen Argumenten nicht stand. Warum Herr Riech das nicht wollte oder konnte, wollte ich von ihr wissen. Sie wußte es nicht und zuckte mit den Schultern. Offensichtlich hatte sie das ebenso erkannt. Dennoch stellte sie sich schützend vor ihn.

Ich faxte die Bestelliste zu unserem Sarglieferanten und meldete mich danach telefonisch, um eine Bestätigung zu erhalten. Vor allem die Lieferquote interessierte mich, denn diesmal gab es ein Lieferproblem. Ausgerechnet der Standardsarg war vergriffen. Die Mitarbeiterin sagte mir, innerhalb der nächsten Tage seien die Särge wieder lieferbar. Wir hatten gerade zu diesem Zeitpunkt bei Bollmann und Husch mehrere Sterbefälle gehabt, wo - wie sollte es anders sein - dieser Sarg gefragt war. Wir hatten noch zwei Särge. Die konnten durchaus reichen. Bis zur Beerdigung vergingen schließlich einige Tage und die bestellten Särge könnten noch rechtzeitig eintreffen. Und wenn nicht? Also bestellte ich, was lieferbar war und den Rest strich ich von der Bestellung. Die gute Frau schien darüber etwas irritiert zu sein. Offensichtlich begnügten sich die anderen Kunden mit so einer Aussage, ich jedoch nicht. Statt dessen erklärte ich ihr, diese Särge woanders zu bestellen und beim nächsten Mal wieder bei ihr. Ich fügte noch scherzhaft hinzu, dies nur zu tun, wenn die Konkurrenz nicht billiger oder gar besser sei. Das verstand sie nun gar nicht mehr.

Die Särge bestellte ich bei einem Lieferanten ganz in der Nähe von Hannover. Da ich sie sehr kurzfristig haben wollte, war mein Verhandlungsspielraum relativ gering. Zwei andere Lieferanten hatte ich bereits abgefragt, doch dieser war der günstigste, wenn er auch 5,- DM oder 10,- DM über den Preisen meines Chefs lag. Trotzdem schlossen wir den Handel ab. Die Särge wurden tags darauf geliefert und waren alle in Ordnung. Wir mußten sie erst mal kontrollieren, denn es konnten schon mal kleinere Kratzer oder größere Schrammen vorkommen. Die konnten wir zwar irgendwie kaschieren, doch wenn ich die Särge nicht dringend brauchte, nahm ich nur die Unbeschädigten an. Bei der letzten Lieferung meines Chefs waren ein oder zwei Särge nicht in Ordnung gewesen, weshalb ich sie nicht annahm. Der Fahrer meinte freundlicherweise, diese Fehler könnte er schnell in Ordnung bringen. Ich sagte nein und blieb dabei. Er schien ebenfalls etwas verwundert.

Nach zwei Tagen erhielt ich einen Anruf. Es meldete sich die Mitarbeiterin von meinem Chef: »Guten Tag Herr Loos. Herr Paul möchte Sie unbedingt sprechen. Kann ich Sie gleich verbinden?« Ich nahm mir die Zeit und sagte ja. Die Stimme im Hintergrund kannte ich sehr gut. Es war die Stimme meines Vorgesetzten. Allerdings sprach er irgendwie im Hintergrund und ich konnte ihn kaum verstehen. Daß er wütend war, merkte ich an seinem Tonfall. Mehrfach erklärte ich ihn kaum verstehen zu können, was ihn offensichtlich noch mehr auf die Palme brachte. Endlich nahm er den Hörer in die Hand. Bisher lief das Gespräch bei ihm nur über Mikrofon und Lautsprecher des Telefons. Ich hatte den Eindruck, er wollte mich in Gegenwart seiner Mitarbeiterin zusammenfalten.

»Herr Loos, vielen Dank für die hervorragende Unterstützung meiner Konkurrenz.« sagte er aufgebracht.

»Ich weiß nicht, was Sie meinen.« Erwiderte ich mich unwissend stellend. Ich wußte sehr wohl, was er meinte.

»Sie haben Särge, die wir Ihnen sonst liefern, woanders bestellt.«

»Richtig,« fiel ich ihm gleich ins Wort, »weil Sie nicht liefern konnten.«

»Brauchten Sie denn alle sofort? Wieviel davon haben Sie in den letzten zwei Tagen denn verkauft?«

»Natürlich brauchte ich nicht alle sofort...«

»Und warum dann diese absolut überflüssige Aktion. Ich bin Ihr Lieferant und wenn ich Ihnen irgend etwas nicht sofort liefern kann, liefere ich Ihnen das nach. Und wenn ich unseren Leichenwagen mit einem einzigen Sarg aus dem Harz zu Ihnen schicke.«

»Schön und gut, aber ich will mich nicht auf Ihren Lieferanten verlassen, wenn Sie selber keinen genauen Liefertermin haben. Außerdem wissen Sie sehr gut, wie schwer es in unserem Geschäft ist, die Zahl der zu verkaufenden Särge zu kalkulieren. Darüber hinaus haben Bollmann und Husch in den letzten Tage vor der Bestellung fast alle Särge davon verkauft und wir wußten nicht, was noch kommt. Auch wenn noch zwei oder drei Särge im Lager stehen, sehe ich nicht ein, die Toten ständig umzusargen und zweimal anzufassen, nur damit wir bei Ihnen bestellen. Wir haben immer bei Ihnen bestellt und werden das auch in Zukunft tun. Wenn Sie jedoch nicht liefern können und ich etwas sofort brauche, bestelle ich woanders!« erklärte ich ihm in einem etwas aggressiven Ton.

»Schön, wenn Sie weiterhin mit mir zusammenarbeiten wollen.« sagte er sarkastisch.

»Wieviel haben die Särge gekostet?« fragte er äußerst freundlich.

»5 oder 10 Mark mehr!« antwortete ich ruhig.

»Na ja,« sprach er sehr ruhig und sachlich, »beim nächsten Mal bestellen Sie wieder bei mir und wir vergessen das ganze.«

»Wenn Sie liefern können, sicher...«

So ungefähr verlief unser Gespräch. Die Preise bei ihm waren in Ordnung. Manche Preise schienen mir allerdings nur Verhandlungssache zu sein. Herr Paul war mein Vorgesetzter und Lieferant zugleich. Diese Konstellation empfand ich als äußerst unglücklich. Herr Bollmann kannte meine Probleme und empfahl mir, mich in Paris an die Zentrale oder direkt an den Geschäftsführer zu wenden. Im Grunde genommen hatte er damit Recht. Andererseits wusste ich durch das Geschäftsstellenleitertreffen in Hamburg, daß ich meine Chancen damit nicht verbessern konnte. Es gab in unserer Spitze eine Cliquenwirtschaft, gegen die nicht anzukommen war. Während der Tagung saßen einige Herren immer zusammen und ließen andere an ihrem Gespräch so gut wie gar nicht teilnehmen. Das bemerkte nicht nur ich, sondern auch andere Geschäftsstellenleiter. Mit den Herren habe ich natürlich trotzdem gesprochen, aber sobald sie zusammen saßen, endete die Unterhaltung und alle anderen kamen sich wie dumme Jungs vor. Damals habe ich dem nicht so viel Bedeutung beigemessen und diese Situation den anderen gegenüber sogar runtergespielt. Daß ausgerechnet ich jetzt dadurch kaum die Möglichkeit hatte, etwas zu tun, entbehrte nicht einer gewissen Ironie.

Nach diesem Gespräch dachte ich über vieles nach und vor allem darüber, ob es für mich auf Dauer Sinn machen würde zu bleiben!

Einladungen für die Buchlesung

Der Termin für die Buchlesung von Herrn Bollmann rückte immer näher. Wir hatten uns einen Donnerstag Mitte Oktober ausgesucht. Im Dorint-Hotel hatte ich dafür einen Raum für ungefähr fünfzig Personen gemietet. Über einige Dinge mußte ich im Hotel noch Rücksprache halten, z.B. über die Anordnung der Stühle und Tische. Dies wollte ich von den Rückläufen der Einladungen abhängig machen. Ungefähr fünfzig Einladungen wurden verschickt. Die meisten der Empfänger kannten Herrn Bollmann oder waren sogar mit ihm befreundet. Er hatte mir selber einige Namen und Adressen genannt und ist nach Fertigstellung der Einladungsliste noch einmal alles mit mir durchgegangen. Der Mann, der die Buchlesung durchführen sollte, schien zufrieden. Die Einladungen selber schrieb ich ebenfalls mit seiner Unterstützung. Ich mußte natürlich kurz auf das Buch eingehen und eine kleine Zusammenfassung erstellen, die Herr Bollmann absegnete. Wir sprachen auch über den Ablauf des Abends. Geplant war ein Begrüßungsgetränk in Form von Sekt oder Orangensaft. Natürlich konnten sich die Gäste später noch mehr nehmen. Die Lesung selber sollte ungefähr 45 Minuten dauern. Anschließend sollte über das Buchthema diskutiert werden. Dabei schien es uns wichtig zu sein, nicht zu viele Geistliche einzuladen, denn die konnten lang und viel reden. Schließlich sollten sich möglichst viele Teilnehmer an der Diskussion beteiligen. Natürlich sollte es auch eine Kleinigkeit zu essen geben. Wir dachten dabei schlicht und ergreifend an belegte Brote. In besseren Kreisen auch Kanapees genannt und damit entsprechend teurer. Die sollten allerdings erst nach der Lesung serviert werden, damit das Geschmatze nicht die Lesung stören konnte. Wir bestellten durch Herrn Bollmann Bücher, die wir für ihn verkaufen wollten und in die er auf Wunsch eine Widmung schreiben sollte. Herr Paul bestellte fast 200 Bücher für Wiesbaden, die er von dort auf die verschiedenen Institute aufteilen wollte. Er hoffte dadurch, Herrn Bollmann auch in anderen Städten für diese Lesungen gewinnen zu können. Für den Schriftsteller ergab sich daraus die Möglichkeit, seinem Werk einen größeren Bekanntheitsgrad zu verschaffen. Je mehr Menschen sich auf ernsthafte Weise mit Tod und Sterben auseinandersetzten, um so besser.

Die Zahl der Antworten auf unsere Einladungen war anfangs äußerst gering. Ich hatte schon Sorge, daß wir nur mit zehn Leuten dasitzen würden. Dabei hatten wir nur wirklich Interessierte eingeladen. Zumindestens hielten wir die Eingeladenen dafür. Es handelte sich um Ärzte, HeimleiterInnen, Rechtsanwälte usw.. Einige schrieben uns auf der Rücksendung, daß sie jemanden mitbringen wollten, was uns nur recht sein konnte. Diese Veranstaltung sollte fast 2.500,- DM kosten und da wollte ich einen vollen Saal, keine Reste beim Essen und ein zufriedenes Publikum!

Einladungen verschickte ich an NDR 1, die »Hannoversche Allgemeine Zeitung« und das »Hannoversche Wochenblatt«. Nachdem ich die Einladungen raushatte, meldete ich mich überall telefonisch. Sie waren zwar interessiert, aber bis auf das Wochenblatt rechnete ich mit keiner Zeitung. Diverse Kulturzeitungen aus den Gemeinden oder Veranstaltungstips schaltete ich ein, doch die Resonanz war nur schwach. Wir hatten keine andere Wahl, als zu hoffen. Der Termin stand, die Organisation war abgeschlossen und die Einladungen waren raus. Der große Tag konnte kommen.

Opa war nicht in der Kirche

Hin und wieder gab es sogar wieder Sterbefälle. Ein Mann meldete sich telefonisch, um mir den Tod seines Vater mitzuteilen. Ich ließ mir die üblichen Daten geben und wir beide verabredeten einen Termin. Nach dem Telefonat konnten wir schon für die Abholung sorgen. Pünktlich zum Termin kam der Mann in unser Büro und brachte einen Anzug mit, den wir dem Verstorbenen anziehen sollten. Wir besprachen alle Formalitäten und einigten uns auf einen Termin für die Beerdigung. Ich versuchte den Pastor zu erreichen, der allerdings im Namen des Herrn unterwegs war. Eine Gemeindeangestellte schaute in seinen Terminkalender und bestätigte uns den gewünschten Termin. Damit war alles klar. Nachmittags klingelte das Telefon, und es meldete sich der Pastor. Er konnte in seinem Kirchenregister den Namen des Verstorbenen nicht finden. Wir tauschten ein weiteres Mal alle Daten aus, und er überprüfte noch mal das Register. Nichts. Damit schien der Verstorbene kein Kirchenmitglied gewesen zu sein, und der Pastor fiel als Redner aus. Zum Glück handelte es sich nicht um einen kirchlichen Friedhof, sonst hätte er dort nicht beigesetzt werden können. Andererseits stellte sich dieses Problem in Hannover selten. Nun galt es, den Sohn des Verstorbenen zu benachrichtigen und einen Redner zu organisieren.

Am nächsten Tag erschien der Mann mit seinem achtjährigen Sohn in unserem Büro. Seine Frau hatte ihm nur von »Schwierigkeiten« mit dem Pastor erzählt, mehr wußte er zu diesem Zeitpunkt nicht. Nachdem wir uns in ein Besprechungszimmer gesetzt hatten, erklärte ich ihm das Problem.

»Ihr Vater war nicht in der Kirche. Der Pastor wird deshalb nicht kommen!«

Ich hatte die ersten Worte gesprochen, da verzog der Mann sein Gesicht. Erst dachte ich, er würde dies aus Verärgerung über den Pastor tun, doch sein Gesichtsausdruck hatte einen anderen Grund.

»Kommt Opa jetzt nicht in den Himmel?« fragte der Junge ängstlich.

In diesem Moment wurde mir meine unbedachte Äußerung und der Grund des verärgerten Gesichtes des Vaters klar. Schnell versuchte ich meinen Fehler wieder auszubügeln.

»Natürlich kommt Dein Opa in den Himmel. Das ist unabhängig davon, ob man in der Kirche Mitglied war oder nicht!«

Der Junge schaute mich und dann seinen Vater an.

»Es ist völlig egal, ob ich in der Kirche bin oder nicht und ob ich Gutes oder Böses tue, ich komme auf jeden Fall in den Himmel?« fragte er völlig ungläubig.

Offensichtlich kam meine Erklärung nicht so gut an. Der Vater versuchte es nun selber.

»Es ist nicht egal, ob jemand gut oder böse war. Nicht jeder kommt in den Himmel. Wenn jemand viel Böses getan hat, kommt er nicht in den Himmel. Opa hat viel Gutes getan und deshalb ist er im Himmel.«

Dann schaute er mich an: »Nicht wahr?«

Ich nickte. Der Junge schien sich damit erst mal zu begnügen, und wir konnten in unserem ursprünglichen Gespräch fortfahren. Nach einer Weile meldete sich der Kleine zurück: »Aber wozu ist dann die Kirche da?« wollte er wissen.

Der Vater und ich überlegten einen Moment, dann probierte er es zu erklären.

»Die Kirche ist nur eine Institution...«

»Was ist eine Institution?«

»Gut,« fing der Vater noch mal an. »Das mit der Institution vergiß mal. Ich erkläre dir alles später. - Und den Rest auch!«

»Du weißt es nicht?« fragte der kleine Quälgeist.

Ich schaltete mich wieder ein.

»Doch, aber Dein Vater hat nachher mehr Zeit und Ruhe, es dir zu erklären.«

»Sie wissen es auch nicht?!« fragte er empört. Für sein Alter schien er sehr pfiffig. Sein Vater und ich schauten uns an, dann unternahm er einen neuen Versuch.

»Paß mal auf, Peter. Ich erkläre es dir und nachher können wir ausführlich darüber sprechen, in Ordnung?« Der Junge nickte.

»In der Kirche treffen sich die Menschen zum Beten und Singen. Menschen heiraten dort und Tote liegen dort in einem Sarg und man verabschiedet sich mit einem Gebet von ihnen. Es passiert dort aber noch viel mehr. Die Menschen gehen in die Kirche, um gemeinsam mit anderen nah bei Gott zu sein. Daraus schöpfen sie Kraft und fühlen sich hinterher stark!«

»Und Opa war stark und deshalb war er nicht in der Kirche?« fragte der Kleine.

»Genau!« antwortete der Vater. »Weil Opa stark war, brauchte er nicht in die Kirche zu gehen, aber er glaubte an Gott und hat viel Gutes getan, und deshalb kommt er in den Himmel!«

Endlich gab der Junge Ruhe. Mit dieser Antwort konnte er leben. Ich bin sicher, sein Vater wird ihm später viel mehr dazu gesagt haben, und der Sohn wird es schließlich verstanden haben.

Am Tag der Beerdigung kam der Vater auf mich zu, als wir allein standen.

»Ihre unbedachte Äußerung über meinen Vater hat mich ganz schön in Schwulitäten gebracht. Meinem anderen Sohn mußte ich es auch erklären. Meine Frau und ich haben lange mit den beiden darüber gesprochen. Sie sollten besser erst darüber nachdenken, wem sie was sagen.«

Ich nickte und nahm es so hin. Er wollte gerade in die Kapelle gehen, da drehte er sich noch mal kurz um und fragte mit einem Lächeln: »Kommt man wirklich in den Himmel, wenn man nicht in der Kirche war?«

Ich zuckte mit den Schultern und schaute rauf. Er schaute auch rauf. Dann lachten wir kurz. Sein Vater wird wohl auch gelacht haben, wenn er wirklich da oben auf einer Wolke saß, obwohl er keine Kirchensteuer gezahlt hatte.

Die Leichen schwimmen weg

Ich habe schon mehrfach von dem Hochwasser in unserem Außenlager bei starken Regenfällen berichtet. Der Abfluß zur Kanalisation funktionierte nicht richtig. Später habe ich von den Betonresten in unserem Abfluß und dem unseres Nachbarn erfahren. Daß die nicht von allein da reingekommen sind, brauche ich wohl nicht zu erwähnen. Verantwortlich wollte dafür allerdings auch niemand sein. Im Endeffekt war es sogar egal, denn das letzte Hochwasser führte zur kurzfristigen Auflösung des Lagers und hatte auch mit meiner Kündigung zu tun.

Ich glaube, es war Dienstagmorgen, als mich Frau Loch völlig aufgeregt und wütend anrief. An diesem Tag kam ich etwas später in das Büro. Ich hatte keinen Notdienst gehabt und wußte nichts von den Vorkommnissen am Vorabend.

»Herr Loos,« brüllte sie schon fast in das Telefon.

»Gestern hat es schon wieder in Strömen gegossen und das Lager stand zentimeterhoch unter Wasser. Sogar im Kühlraum stand das Wasser. Da hätten sogar die Leichen wegschwimmen können. Die Schuhe von Herrn Riech sind völlig durchweicht und unbrauchbar. Wer soll das bezahlen?«

Ich muß zugeben, daß mir ihr Ton nicht paßte. Sie war eine sehr impulsive und temperamentvolle Frau, allerdings mit einem gehörigen Drang zur Übertreibung. Darum antwortete ich etwas sarkastisch.

»Hat er nur ein paar Schuhe?« Leider verstand sie das nicht.

»Ich habe mit unserem Anwalt Herrn Zucker gesprochen. Wir räumen das Lager noch diese Woche. Er setzt einen Brief auf und schickt ihn gleich raus.«

Den jungen Anwalt Herrn Zucker kannte ich bereits von früher. Ein guter Jurist und absolut fähig. Ich fragte mich nur, warum ich davon nichts wußte und unser bisheriger Anwalt auf einmal nicht mehr gefragt war. Zumal er bisher gute Arbeit geleistet hatte.

»Ich habe bereits mit dem Vermieter des Lagers gesprochen und unseren bisherigen Anwalt eingeschaltet...«

Sie unterbrach mich und redete wild drauf los.

»Herr Loos, das Lager wird aufgelöst, noch diese Woche.«

Jetzt wurde ich etwas energischer.

»Ich glaube kaum, daß Sie das zu bestimmen haben, wann unser Lager aufgelöst werden kann oder nicht. Außerdem haben wir keinen Platz für den ganzen Krempel!«

»Ich habe mit Herr Paul gesprochen. Sie sollen das Lager sofort auflösen!«

Ich war wie vom Donner gerührt. Meine Mitarbeiterin gab mir Anweisungen von meinem Chef durch. Ich wußte instinktiv: Sie sagt die Wahrheit. Ich wollte erst mit Herrn Paul sprechen und mich dann wieder bei ihr melden. Dann beendete ich das Gespräch.

Mein Gespräch mit Herrn Paul gebe ich nicht im Detail wieder. Er entschuldigte sich für sein Vorgehen (wie so oft) und gab mir tatsächlich die Anweisung, unser Lager sofort aufzulösen. Ich sagte zwangsläufig zu, mich darum zu kümmern. Allerdings hatte dieses Gespräch noch einen anderen Inhalt. Ich sagte ihm ziemlich klar, was ich von dieser Art und Weise hielt, nämlich gar nichts. Herrn Bollmann gegenüber hatte er geäußert, wie froh er darüber sei, mich für Bollmann und Husch zu haben. Sein Verhalten lief aber in eine völlig andere Richtung. Was für ein Spiel trieb dieser Mann? Am Ende des Gespräches wurde meine mündliche Kündigung ausgesprochen. Ich konnte mir aussuchen, ob ich schon nach vier Wochen gehen oder bis zum Ende des Jahres bleibe wollte.

Natürlich hatte ich noch nichts Neues. Andererseits muß ich zugeben, schon erste Kontakte wegen eines neues Jobs aufgenommen zu haben, was ich ihm auch sagte. Im weiteren Verlauf des Gespräches einigten wir uns auf den 31. Dezember. Damit konnten wir beide gut leben. Er hatte genug Zeit für Ersatz zu sorgen, wenn er ihn nicht schon hatte, und ich konnte mich um etwas Neues kümmern. Wegen der Gesichtswahrung bestand ich darauf, es den Mitarbeitern so spät wie möglich selber zu sagen. Im Endeffekt hat es mir nichts gebracht, aber ich wollte es so. Außerdem versprach ich, meine Arbeit bis zum Schluß vernünftig zu erledigen. Für Bewerbungsgespräche wollte ich mir allerdings frei nehmen und ein Bein würde ich mir ebenfalls nicht mehr ausreißen. Und ich wollte nicht, daß Frau Radecke zum wiederholten Mal allein in der Firma saß.

Wenn ich ehrlich bin, ist diese Kündigung nicht ungewollt gewesen. Es war nur eine Frage der Zeit, wer sie zuerst aussprach.

Nach dem Gespräch telefonierte ich mit Herrn Zucker. Danach kannte ich den knappen Zeitplan. Bis 15 Uhr am Mittwoch mußten wir alles geräumt haben, und mir blieben dafür insgesamt gerade mal dreißig Stunden Zeit. Herr Riech hatte Urlaub und ich gedachte nicht, mir jetzt noch die Hände dreckig zu machen. Herrn Landmann schickte ich zur Vorbereitung in das Lager. Zum Glück hatten wir keinen Trauerfall, so daß er dafür frei war. Bei mehreren Autovermietungen versuchte ich, einen LKW zu mieten. Für den laufenden Tag war nichts mehr möglich, erst für den nächsten Tag funktionierte es. Anschließend versuchte ich unsere Aushilfen zu mobilisieren. Wie das so ist, wenn man die Leute kurzfristig braucht, bekommt man sie nicht. Also telefonierte ich mit diversen Zeitarbeitsfirmen. Ein Freund von mir leitete eine in Hildesheim und konnte mir für den nächsten Tag einen Mann zusichern. Ich hätte jeden Preis akzeptiert, aber er war zum Glück sehr fair. Einen zweiten Mann konnte ich bei einer anderen Firma für Mittwochmorgen zum Lager bestellen.

Wir hatten in unserem Arbeitsraum bei Bollmann Platz geschaffen, um alles unterzubringen. Am nächsten Morgen legten unsere Leute los. Abholungen aus Krankenhäusern verlegte ich auf den nächsten Tag. Hausabholungen erledigte ich selber mit Leuten der THB. Irgendwie kamen wir zurecht. Unser Arbeitsraum im Keller wurde bis zum Bersten voll gestellt. Wir konnten es nicht vermeiden, einige Teile in den Ausstellungsraum zu stellen. Es sah unmöglich aus, war aber dort nach einer Woche schon wieder verschwunden. Bis dahin mußten wir improvisieren. Wir hatten in dem Chaos eine Aufbahrung am Donnerstag im Aufbahrungsraum. Natürlich hatten wir auch dort Sachen abgestellt, die wir kurzfristig ausräumten. Nach der Aufbahrung stand der offene Sarg zwischen all dem Gerümpel und der Lagerware, weil wir an den Deckel nicht herankamen. Wenn die Angehörigen das gesehen hätten, wären sie wahrscheinlich schreiend rausgelaufen. Ich war froh, als der Verstorbene wieder mit Deckel im Kühlraum stand.

Leider passierte noch etwas sehr Unglückliches. Unser Fahrer Herr Landmann ist schon lange keine 7,5 t LKW mehr gefahren, was dazu führte, daß er mit dem LKW fünf! Unfälle baute. An dem Auffahrunfall war er unschuldig, zweimal rasierte er den eigenen Außenspiegel ab, einmal erwischte er einen anderen Außenspiegel und beim fünften Mal? Ich weiß es nicht mehr. Natürlich telefonierten wir zwischendurch und er war kurz davor, nicht weiterzufahren. Ich habe ihn gebeten, trotzdem weiterzufahren, was er auch tat. Am nächsten Tag bekam er im Namen der Firma eine Bestätigung von mir. Alle durch die Unfälle entstehenden Kosten würde unsere Firma übernehmen. Ich unterschrieb dieses Schreiben mit »i.A.« (im Auftrag). Er wunderte sich natürlich, warum er das von mir schriftlich erhielt, denn von meiner Kündigung wußte er zu diesem Zeitpunkt nichts. Ich erklärte ihm, mit einer gewissen Sicherheit in den Händen könne er ruhiger schlafen. Es klang etwas blöd, aber er akzeptierte es. Die Unfälle kosteten die Firma wegen der Selbstbeteiligung 3.250,- DM, je Unfall 650,- DM. Die Kosten des Umzuges teilte ich gleichermaßen zwischen Bollmann und Husch auf, schließlich hatten beide das Lager genutzt.

Die Übergabe am Nachmittag fand eine halbe Stunde später statt. Die von uns getätigten Investitionen in diesen Räumen lagen bei einigen 10.000,- DM. Getätigt wurden sie für nicht einmal ein Jahr. Hätten wir etwas gewartet, wäre das Problem mit den verstopften Rohren auch so und vor allem billiger gelöst worden.

Oktober

Der seltsame Brauch

Ich habe ihnen schon einige Geschichten erzählt, die ich nicht selber erlebt, sondern von anderen Bestattern, Trägern oder Außenstehenden gehört habe. Diese Geschichten sind durchaus glaubwürdig, sonst würde ich sie nicht schreiben. Ich glaube, es war auf einer Sitzung des Landesverbandes, wo die folgenden Anekdoten erzählt wurden. Von der Sitzung selber gibt es nicht soviel Erwähnenswertes zu erzählen. Es gab die üblichen Probleme mit unserer Firmenbezeichnung, weil der Verband keine offizielle Erklärung aus Wiesbaden über die Änderungen im Handelsregister erhalten hatte. So nahm ich nicht als eingeladenes Mitglied, sondern nur als geduldeter Gast daran teil. Das änderte trotzdem nichts an der Situation. Ansonsten wurde über die großen Bestattungsunternehmen hergezogen oder wie weit man damit gekommen sei, daß die Bestatter endlich als eigenständige Berufsgruppe anerkannt werden und allgemeines. (Bestatter kann zur Zeit jeder werden. Ein besonderer Befähigungsnachweis ist nicht erforderlich!)

Selbst in einem relativ kleinen Land wie Deutschland gibt es verschiedene Regeln und Bräuche zu den gleichen Anlässen. Trauerfeiern und Beerdigungen ziehen oftmals das gleiche »Ritual« nach sich. Religiöse Gemeinschaften haben wiederum leichte Abweichungen von den üblichen »Ritualen«. Manches kennt man, über manches staunt man und manches macht man mit, einfach nur, um seine Unwissenheit zu kaschieren.

Diese Beerdigung, die ich selber nicht erlebt habe, fand in Küstennähe statt. Angehörige, Freunde und Bekannte kamen aus ganz Deutschland und sogar aus Russland, um an der Trauerfeier teilzunehmen. Fast 100 Personen waren gekommen. Die Menschen standen vor der Kirche, brachten Blumen und Kränze und unterhielten sich. Es wehte ein leichter Wind, der Himmel war fast wolkenfrei. Die Trauergemeinde wurde schließlich in die Kirche gebeten, der Pastor betrat die Kirche, und die Trauerfeier konnte beginnen.

Freunde des Verstorbenen sollten den Sarg nach der Trauerfeier zu Grabe tragen. Endlich war es soweit. Die Freunde standen auf, stellten sich um den Sarg herum, erwiesen dem Verstorbenen die letzte Ehre und hoben den Sarg an. Dann trugen sie den Verstorbenen nach draußen. Der Pastor und die Trauernden folgten ihnen. Die Träger hatten ihre Mützen mit einer Hutschnur befestigt, damit sie nicht durch eine Windböe vom Kopf gefegt wurden. Das konnte hier an der Küste schon mal verkommen.

Der Sarg war bereits in die Gruft versenkt, der Pastor hatte sein Gebet gesprochen, die Trauernden traten an das offene Grab. Die Tochter des Verstorbenen stand gerade davor, als ein lauter Knall alle aufschrecken ließ und sich daraufhin alle umdrehten. Im selben Moment erfaßte eine Windböe ihren Hut und wehte ihn herunter auf den Sarg. Was nun? Die Menschen drehten sich wieder um und registrierten noch nicht das Desaster. Wohl oder übel trat die Tochter ohne Hut zur Seite. Der Mann aus Russland und seine Frau traten an das Grab. Beide stutzten, hielten kurz inne und dann warf der Mann seinen Hut hinterher. Die Frau tat es ihm gleich und ließ langsam ihr Kopftuch in das Grab fallen. Die Anwesenden schauten sich fragend an. Was hatte das zu bedeuten? Die nächsten traten an das Grab. Ein Frauenhut, ein Herrenhut und ein Kopftusch zierten inzwischen das Grab. Der Mann zögerte und warf seinen Hut hinterher. Und so ging es weiter. Nicht alle, jedoch viele warfen ihre Hüte, Mützen und Kopftücher auf den Sarg.

Der Bestatter und seine Leute schauten sich nur fragend an. Keiner wußte, was das zu bedeuten hatte. Natürlich ließ man sie gewähren.

Nach der Trauerfeier stellte sich der Bestatter zu der Tochter und fragte sie, was das mit dem Hut zu bedeuten habe.

»Für mich bedeutet es, daß hier Hüte besonders fest auf dem Kopf sitzen müssen, damit sie der Wind nicht runterweht! Was es für die anderen bedeutet, weiß ich nicht!«

Eine zweite Anekdote wurde mir ebenfalls dort erzählt. Ein Bestatter hatte nach der Abholung eines Verstorbenen die Aufgabe, ihn in seinen Lieblingsanzug einzukleiden. Da es Sommer und sehr warm war, zog der Bestatter sein Jackett aus und legte es auf den Sargdeckel. Der Verstorbene lag im offenen Sarg bei dem Bestatter und hatte noch seinen Schlafanzug an. Das Anziehen eines Verstorbenen kann man durchaus allein erledigen, doch zu zweit ist es immer einfacher. Dummerweise war unser Bestatter allein und in Eile. Anzug, Hemd und Krawatte des Toten hatte er bereits ausgepackt und ebenfalls auf den Sargdeckel gelegt. Die Schuhe und Unterwäsche lagen auch dabei. Er knöpfte den Schlafanzug auf und zog dem Toten Jacke und Hose aus. Nun war dieser völlig nackt. Der Bestatter nahm die mitgebrachte Unterhose, zog sie über die Füße, die Unterschenkel, die Oberschenkel und das Becken. Dann nahm er die Strümpfe, zog erst den einen über den linken kalten Fuß, dann den anderen über den rechten kalten Fuß. Das Unterhemd riß er auf der Rückseite auf, so das nur das obere Teil noch zusammenhängend war. Erst steckte er den einen, dann den anderen Arm hindurch. Mit der einen Hand hob er den Kopf an, mit der anderen zog er das Hemd rüber. Die Reste der hinteren Seite des Hemdes klemmte er links und rechts unter den Korpus des Mannes. Als nächstes war die Hose dran. Das war schon etwas schwieriger als die Unterhose, aber das Verfahren war das gleiche. Dann griff er zum Oberhemd. Gute Qualität. Trotzdem wurde es auf der Rückseite bis zum Kragen aufgerissen, damit es leichter anzuziehen war. Das machen (fast) alle Bestatter so. Erst wurde der eine Ärmel übergezogen, der Kragen in den Nacken geklemmt, dann wurde der andere Ärmel übergezogen. Er knöpfte das Hemd zu, dann die Ärmel und steckte die zwei zerrissenen Hälften jeweils unter einer Seite des Verstorbenen fest. Das Hemd zog sich nun glatt über den Korpus, wie es sein sollte. Er steckte es nicht mehr in die Hose, weil später die Decke darüber lag. Reine Bequemlichkeit. Die Krawatte legte er sich um seinen Hals, um sie zu binden. An einem anderen Menschen konnte er das nicht. Danach legte er sie dem Toten um den Hals, rückte alles zurecht und schon sah der Mann im Sarg recht ordentlich aus. Jetzt fehlten nur noch Jacke und Schuhe. Der Bestatter nahm das Jackett und begann mit einer Schere, die Jacke auf der Rückseite aufzuschneiden. Nun konnte er sie dem Mann im Sarg anziehen. Als dieser sie anhatte, knöpfte er sie zu und war eigentlich mit dem Anziehen fertig. Die Schuhe zog er ihm nicht an. Unter die Decke würde sowieso niemand schauen. Nachdem er die Decke schön ordentlich über den Verstorben gelegt hatte, faltete er noch dessen Hände, machte die Haare etwas zurecht und betrachtete ihn. Gut. Er sah wirklich gut aus. Er nahm seine Jacke von dem Deckel und legte sie auf einen anderen Sarg. Endlich konnte er diese Aktion beenden.

Der Sarg stand im Kühlraum, und der Bestatter griff nach seinem Jackett sowie den Schuhen und ging in das Büro. Unterwegs zog er die Jacke an. Komisch dachte er, wieso kneift sie unter den Achseln und in den Schultern ist sie auch sehr eng. Oben angekommen kam ihm seine Frau entgegen.

»Wie siehst du denn aus?« fragte sie ihn.

»Wieso?« fragte er völlig verdattert.

»Die Jacke!« antwortete sie.

Der Bestatter stellte sich vor einen Spiegel und traute seinen Augen nicht. Zu seiner schwarzen Hose trug er einen blauen Blazer. Und der war zu klein. Ihm dämmerte es. Er hatte dem Toten sein neues Jackett angezogen und zu allem Überfluß vorher auch noch zerschnitten. Aber er hatte ja die Schuhe des Toten. Er probierte sie an und schau an, sie paßten und sahen sogar recht passabel aus. Er beschloß, sie zu behalten. Wenn er schon sein Jackett dem Toten gegeben hatte, nahm er sich die Schuhe. Dem Toten war's egal. Und ihm auch!

Die Buchlesung

Der Termin für die Buchlesung rückte immer näher. Nun wußte ich ja, daß ich Ende des Jahres aus der Firma ausscheiden würde. Die sogenannte innere Kündigung hatte ich damit bereits vollzogen, doch ich ließ nichts anbrennen und versuchte meine Arbeit vernünftig zu erledigen. Niemand sollte etwas merken. Für den großen Tag war alles vorbereitet. Im Kopf hatte ich mir bereits ein paar Worte für die Begrüßung, Vorstellung und Einleitung zurechtgelegt.

Am Dienstag plagte mich eine leichte Erkältung, was an sich kein Problem war. Am Mittwoch war sie ein Problem. Meine Stimme versagte fast vollständig, ich hatte Fieber und fühlte mich lausig. Morgens rief ich gleich Frau Radecke an. Als sie meine Stimme hörte, schwante ihr schon Böses. Trotzdem wollte ich am Donnerstagabend, wie geplant, festhalten. Für den Mittwoch nahm ich mir frei, schluckte ein paar Tabletten und legte mich ins Bett. Wenn meine Stimme am Donnerstag einigermaßen mitspielen würde, könnte alles wie geplant laufen.

Am Donnerstagmorgen hatte ich keine Stimme mehr. Auch der Arzt konnte nichts mehr retten. Mit Mühe und Not verständigte ich Frau Radecke und erzählte von meinem, bzw. unserem Desaster. Mein Ausfall am Abend war damit nicht mehr aufzuhalten und Frau Radecke mußte die Rolle der Moderatorin übernehmen. Davon war sie alles andere als begeistert, sah jedoch die Notwendigkeit ein. Husch würde für uns den Notdienst übernehmen, damit sie wenigstens in dieser Hinsicht den Rücken frei hatte. Ich gab ihr einige Ratschläge, wie ich mir den Abend vorstellen würde und wünschte ihr viel Glück. Ein schriftliches Konzept für diesen Abend existierte nicht. Ich hatte mich darauf vorbereitet und alles im Kopf. Frau Radecke war zwar nicht vorbereitet, dennoch traute ich ihr diese Aufgabe zu .

Über den Abend kann ich also leider nur aus zweiter Hand berichten. Frau Radecke machte am Anfang einen etwas unsicheren Eindruck, meisterte jedoch die Situation im Großen und Ganzen recht gut. Herr Bollmann schien sehr nervös zu sein, obwohl dies doch nicht seine erste Buchlesung war. Die anschließende Diskussion fand nicht so statt, wie geplant. Es bildeten sich nach der großen offiziellen Diskussionsrunde schnell Gruppen, die diskutierten. Natürlich kamen dabei auch andere Themen als Tod und Sterben zur Sprache. Mein Chef war mit seiner Mitarbeiterin da und knüpfte Kontakte. Freunde von Herrn Bollmann waren bei ihm zu finden und redeten über Gott und die Welt. Und die Presse? Außer vom Hannoverschen Wochenblatt ist niemand gekommen. Dafür erschien dort eine große Reportage. Für meinen Geschmack hätte unser Institut als Veranstalter in diesem Artikel mehr herauskommen müssen. Andererseits will ich mich auch im Nachhinein nicht beschweren. Unser eigentliches Ziel, den Bekanntheitsgrad unseres Institutes zu steigern, hatten wir erreicht.

Für mich empfand ich die Situation als sehr peinlich. Denn daß ich nach der Kündigung nicht daran teilnehmen konnte, machte keinen besonders guten Eindruck. Vermutlich haben sich die Leute ihren Teil gedacht, sofern sie über meinen Abgang bereits informiert waren.

Samstagmorgen setzten sich meine Freundin und ich ins Auto und fuhren zu einem einwöchigen Urlaub nach Dänemark. Nach meinem Urlaub war ich wieder topfit, einschließlich meiner Stimme. Das interessierte dann aber kaum noch.

Leichentransport im PKW

Im Oktober 1999 ereignete sich ein Fall, der sogar in der Presse behandelt wurde. Was war passiert? Ein herzkranker Mann bricht auf dem Bürgersteig zusammen. Sofort versuchen andere Personen ihm zu helfen und rufen den Notdienst. Doch der kommt zu spät. Der Notarzt kann nur noch den Tod des Mannes feststellen. Somit wird ein Bestattungsunternehmen angerufen, um für den Abtransport zu sorgen. Doch der Bestatter erklärt, mindestens zwei Stunden bis zu seiner Ankunft zu benötigen. Der Krankenwagen darf den Toten nicht transportieren, weil es ihm laut Dienstanweisung untersagt ist. Der Leiter der Rettungswache erklärt später dazu, daß die Rettungswagen ausschließlich zur Rettung lebender Menschen verwendet werden dürfen. Nach jedem Leichentransport müssen die Wagen gründlich desinfiziert werden, was wertvolle Zeit kostet. Schließlich können »die Wagen« in dieser Zeit kein Leben retten.

Offensichtlich kam niemand auf die Idee, die THB (Trägergesellschaft Hannoverscher Bestatter) zu verständigen. Erstens hatte der THB einen Vertrag mit der Polizei und zweitens konnte ein Leichenwagen innerhalb von 45 Minuten vor Ort sein. Dieser Service wurde im Regelfall auch genutzt. Warum der Notdienst in diesem Fall außen vor blieb, verstand man weder bei der THB noch bei der Polizei. Daraufhin kam der Gedanke auf, die Polizei hätte gar nicht auf die THB aufmerksam gemacht. Warum hatte der Notdienst nicht die THB gerufen? Und der informierte Bestatter? Wußte er etwa nichts von der THB? Wollte er unbedingt den Auftrag haben, obwohl er ihn nicht sofort oder wenigstens innerhalb von 45 Minuten erledigen konnte? Im Polizeiprotokoll stand, sowohl der Hausarzt als auch die Angehörigen wollten sich um den Abtransport kümmern. Die Polizei wiederum ist für einen eines natürlichen Todes verstorbenen Menschen nicht verantwortlich. Zumindestens fühlte sie sich nicht verantwortlich. Um zu verhindern, daß der Tote weitere 2 Stunden auf dem Gehweg liegen blieb, transportierten der Notarzt und der Hausarzt ihn in einem privaten Fahrzeug. Damit haben sie gegen die »Niedersächsische Verordnung zur Bestattung von Leichen« verstoßen. Denn danach dürfen Leichen nur mit dafür vorgesehenen Fahrzeugen befördert werden. Vorsätzliche Verstöße können sogar mit einer Geldbuße geahndet werden. Doch die beiden Ärzte fühlten sich im Recht, zumindestens moralisch.

Soweit bekannt ist, gab es keine Ordnungsstrafe für die Ärzte. Die Frage, ob es gegen die Menschenwürde verstößt, einen toten Menschen 2

Stunden lang auf der Straße liegen zu lassen, stellte sich dann wohl doch nicht.

Beerdigung ohne Verstorbenen

Ende August hatte ich an einem Wochenende Notdienst und wurde zu einer Abholung in ein Heim gerufen. Ich benachrichtigte gleich Herrn Riech, um das gemeinsam mit ihm zu erledigen.

Das Heim lag am Eingang einer Fußgängerzone. Ich empfand es selber immer als unangenehm, mitten im Menschentrubel mit dem Leichenwagen aufzukreuzen und mit dem Sarg durch die Gegend zu laufen. Wahrscheinlich hatte das mit meiner mangelnden Identifikation mit diesem Beruf zu tun. Wir schoben den Sarg auf einem fahrbaren Untersatz in das Heim. Der Eingang und die Gänge waren sehr eng. Die Heimleiterin hatte an diesem Vormittag alle Bewohner in ihre Zimmer oder an andere Orte verbannt, damit uns niemand sehen konnte. In vielen Heimen wurde das so gehandhabt.

Der Tod gehört zwar zum Leben, doch will man denen, die nicht mehr soviel Zeit haben, die Vergänglichkeit des Menschen nicht so drastisch vor Augen führen.

Im Zimmer des Verstorbenen fanden wir einen achtzigjährigen Mann in seinem Bett. Er war in der Nacht verstorben. Herr Riech und ich zogen ihm seine Sachen aus und ein Sterbehemd an. Wie so oft in den Heimen, trug auch dieser Mann Windeln, die wir natürlich anließen. Nachdem wir ihn eingesargt hatten, brachten wir ihn unter Führung der Heimleiterin wieder nach draußen. Sorgsam achtete sie darauf, daß keine ungebetenen Blicke auf das Objekt, nicht einmal auf uns, fielen. (In Hannover ist mir übrigens ein Heim bekannt gewesen, wo die Bestatter nicht in schwarzen Kitteln oder im schwarzen Anzug aufkreuzen durften. Für dieses Heim waren weiße Kittel Vorschrift. Daß wir nur zur Mittagszeit oder spät abends und dann durch den Hintereingang reinkommen durften, verstand sich von selbst.) Auf der Straße luden wir den Sarg schnell ein. Die vorbeikommenden Passanten schauten kurz zu uns rüber und gingen dann schnellen Schrittes weiter. Niemand wollte sich an diesem sonnigen Vormittag die Laune verderben lassen oder sogar mit dem Tod beschäftigen. Herr Riech brachte den Verstorbenen in unser Außenlager, was wir zu der Zeit noch hatten. Ich dagegen fuhr in das Büro, um die Papiere dort abzulegen. Das machten wir deshalb, falls Montagmorgen irgendwelche Anfragen kommen sollten und derjenige, der Notdienst hatte, noch nicht da war. Angehörige gab es offensichtlich nicht, somit war der Fall für dieses Wochenende erledigt.

Am Montag meldete sich telefonisch eine ältere Frau bei mir und gab an, die Verlobte des Verstorbenen zu sein. Auch sie war schon Mitte siebzig. Ich empfand dies als keinen Hinderungsgrund, in diesem Alter nicht verlobt zu sein. Wir verabredeten uns für den Nachmittag. Sie erzählte mir schon am Telefon ihre Leidensgeschichte und natürlich die ihres verstorbenen Verlobten. Selbstverständlich war sie traurig, trotzdem klang sie nicht so. Bestatter sind eben mehr als nur »Bestatter«. Wir mußten den Hinterbliebenen zuhören können. Die Menschen wollten ihren Kummer erst mal abladen, und sehr viele taten dies beim Bestatter. Den Menschen zuzuhören, war enorm wichtig. Also hörte ich der Frau bestimmt 10 Minuten zu, ehe ich ihr vorschlug, doch lieber am Nachmittag alles in Ruhe bei einer Tasse Kaffee zu besprechen. Denn unabhängig davon hatte ich einiges mehr zu tun.

Am Nachmittag kam die Frau mit ihrem Sohn. Sie wollte die Rechnung der Bestattung übernehmen und sich um alles kümmern. Der Verstorbene hatte zwei Kinder, zu denen er seit fast dreißig Jahren keinen Kontakt mehr hatte. Seine Verlobte wußte nicht einmal, wo die Kinder wohnten. Das erste Problem in diesem Zusammenhang ließ nicht lange auf sich warten. Es gab keine Papiere über seine erste Heirat und Scheidung. Von der Ex-Frau wußte seine Lebensgefährtin nicht sehr viel. Damit mußte ich wieder einiges an Detektivarbeit leisten. Die Formalitäten und anderes konnten wir schon klären. Am Ende kamen wir zum Preis und der verschlug der alten Frau die Sprache. Ungefähr 5.000,- DM sollte die von ihr ausgesuchte Beerdigung kosten, plus Friedhofsgebühren kamen wir locker auf 8.500,- DM. Es kamen die mir bekannten Äußerungen über viel zu teure Bestatter. Ich erklärte ihr, was von diesem Geld bei uns bleiben würde und zählte ihr unsere Dienstleistungen auf. Danach sah die Angelegenheit schon anders aus, allerdings war ihr der Preis immer noch zu hoch. Mit ihrem Sohn hielt sie eine kleine Beratung ab. Anschließend erklärte sie mir die Kinder des Verstorbenen miteinspannen zu wollen. Auch ihr Sohn wollte sich beteiligen. Mir konnte es egal sein, wer sich mit wieviel Geld wo beteiligt. Hauptsache, die Rechnung wurde nachher bezahlt. Im schlimmsten Fall wäre ich ihr aber entgegengekommen. Wieviel? So was ergibt sich aus der Situation.

Das Standesamt wollte die Heirats- und Scheidungsurkunde haben. Ich hatte es nicht anders erwartet. In Hannover konnte ich nichts auftreiben, weil der Verstorbene erst nach seiner Heirat und seiner Scheidung hergezogen war. Merkwürdigerweise wußte die Verlobte nicht, wo ihr Verlobter früher gewohnt hatte. Über die Zeit vor ihrem Zusammensein wußte sie gar nichts, außer daß er eben zwei Kinder hatte. Das Heim konnte mir bei meinen Nachforschungen ebenfalls nicht helfen. Dadurch verzögerten sich die Sterbeurkunden und natürlich die Beerdigung.

Eine Woche später meldete sich der Sohn von der alten Frau. Er hatte in den Unterlagen etwas über die Vergangenheit seines Faststiefvaters gefunden. Danach mußte ich meine Suche in die Heide verlegen. Der Ort, den er mir nannte, war tatsächlich vor über dreißig Jahren sein Wohnort gewesen. Im Rathaus konnte mir geholfen werden, und die benötigten Unterlagen wurden mir zugeschickt. Nun stand der Beerdigung nach fast vierzehn Tagen nichts mehr im Wege.

Falsch gedacht! Die alte Frau meldete sich bei mir. Die Kinder konnte sie nicht erreichen und allein wollte sie die Kosten nicht tragen. Ihr Sohn hatte ihr zwar Unterstützung zugesagt, doch das reichte nicht. Außerdem wollte das Heim angeblich 5.000,- DM von ihr haben, weil sie die einzige Erbin sei. Außer Schulden gab es nichts zu erben. Daß die Geld von ihr haben wollten, empfand sie als Unverschämtheit. Die hätten Schuld am Tod ihres Verlobten. Dort hätte man ihm das falsche Essen gegeben und daran sei er verreckt. Jawohl, verreckt! Die Frau regte sich auf. Ich hatte schon Sorge, sie würde gleich einen Herzanfall erleiden. Ich empfahl ihr, das Sozialamt einzuschalten. Mit der Beerdigung könnten wir trotz der Bestattungspflicht noch warten, aber nicht zu lange.

Nach drei Wochen meldete sich das Sozialamt bei mir. Den Verstorbenen hatten wir inzwischen im Klimaraum beim Krematorium untergebracht, weil er zu riechen begann. Die Unterstellung über 100,- DM habe ich mit auf die Rechnung geschrieben. Vom Sozialamt erfuhr ich nichts Neues. Da leibliche Kinder vorhanden waren, mußte überprüft werden, ob die nicht für die Bestattungskosten ihres Vaters aufkommen konnten. Sollte das nicht der Fall sein, würde Vater Staat bezahlen. Ich hielt still und wartete, um der Frau einen Gefallen zu tun. Dem üblichen Zeitplan für die Bestattungspflicht konnte ich ohnehin nicht mehr einhalten. Schadete es irgend jemanden? Dem Verstorbenen konnte es egal sein.

Irgendwie konnte die Frau das Sozialamt mit einspannen. Die Kinder ihres Verlobten waren offensichtlich nicht in der Lage, die Beerdigung ihres Vater zu bezahlen. Während meiner Zeit als Bestatter habe ich das mehrfach erlebt. Allerdings ging es dabei nicht immer um das »können«, sondern um das »wollen«. Ich frage mich immer wieder, was in diesen Familien vorgefallen sein muß, damit solche Entscheidungen getroffen werden. Ob es eine Frage der Gesellschaft oder einfach nur eine Zeiterscheinung ist, weiß ich nicht. Wahrscheinlich gab es das schon früher, nur nicht so oft und es wurde nicht so breit getreten.

Das Sozialamt als Träger zahlte natürlich nur das Notwendigste. Die Kosten reduzierten sich auf annähernd 2.200,- DM. Für unser Institut war das bedauerlich, ließ sich jedoch nicht ändern. Der Kauf einer Grabstelle entfiel. Die Frau hatte ein Familiengrab auf einem Kirchenfriedhof und seine Beisetzung dort durchgesetzt, obwohl er nicht in der Kirche war. Ausnahmsweise blieb hier mal die Moral Sieger. Die beiden haben fast dreißig Jahre zusammengelebt und da mochten auch die Verantwortlichen der Kirchengemeinde nicht mehr nein sagen. Allerdings sollte es keine Trauerfeier mit einem Pastor geben. Im Gegensatz zum ursprünglichen Auftrag wurde der Verstorbene nun eingeäschert. Die Frau wollte es jetzt so und unterschrieb mir ein entsprechendes Formular. Ob der Verstorbene wirklich den Wunsch hatte, nach seinem Tod eingeäschert zu werden, bezweifelte ich. Ich fragte nicht weiter nach. Auch das konnte dem Toten egal sein. Wichtig schien mir die Frage, wann die alte Frau diese Angelegenheit endlich beenden konnte. Solange ihr Verlobter nicht unter der Erde lag, haderte sie mit sich und der Welt.

Endlich, nach über sechs Wochen sollte die Beisetzung der Urne stattfinden. Einer unserer Aushilfen war für ein paar Monate in einer anderen Stadt tätig gewesen und hatte sich zurückgemeldet. Ihm übertrug ich die Aufgabe, die Urne zu Grabe zu tragen. Aus Termingründen wollte ich nur kurz zum Friedhof fahren, um die Frau zu begrüßen und dann wieder zurückfahren. Unsere gewerblichen Mitarbeiter waren auch voll eingespannt, so daß ich über diese Hilfe sehr erfreut war. Der Mitarbeiter erhielt von mir die Urne, bekam die Autoschlüssel für den Firmenwagen und fuhr los. Den Friedhof kannte er sehr gut, also konnte ich etwas später losfahren. Bis dahin hatte er bestimmt schon alles vorbereitet.

Um 9.40 Uhr kam ich am Friedhof an. Den Firmenwagen konnte ich nicht entdecken, wahrscheinlich parkte er hinter dem Friedhof. Schnellen Schrittes ging ich zur Kapelle. Merkwürdigerweise war diese noch verschlossen, und Trauergäste waren auch nicht da. Im Blumenhaus am Eingang des Friedhofes fragte ich nach dem Kapellenschlüssel, der hier verwaltet wurde. Ich war sehr überrascht, als mir der Schlüssel übergeben wurde. Schnell ging ich zurück, schloß die Kapelle auf und bereitete alles vor. In den Eingangsbereich stellte ich einen Hocker und legte eine Samtdecke darüber. Darauf sollte die Urne gestellt werden. Die Frau wollte selber ein paar Worte sagen, dann würde der Träger die Urne feierlich in die Hände nehmen und damit die Trauernden zum Grab führen. Dort angekommen, wartet er, bis sich alle um das Grab versammelt haben, dann läßt er die Urne am Band runter, verneigt sich kurz und tritt dezent zur Seite. Damit ist seine Aufgabe erledigt. Die Menschen können Blumen niederlegen und etwas am Grab verweilen. Den Rest würde der Friedhofsgärtner besorgen. So sollte der Ablauf sein. Dummerweise fehlte die Urne. Inzwischen war es 9.50 Uhr. Am Friedhofseingang erkannte ich die Frau und ihren Sohn. Fünf oder sechs Personen standen bei ihnen. Langsam ging ich auf sie zu und begrüßte sie. Ob alles in Ordnung war? Sicher war alles in Ordnung. Äußerlich war ich die Ruhe selbst, doch in meinem Kopf machten sich die unterschiedlichsten Gedanken breit. Es gab nur eine Möglichkeit, warum die Urne noch nicht hier war. Der Fahrer hatte einen Unfall! Oder hatte er sich verfahren? Unmöglich! Den Weg kannte er sehr gut. Selbst die vielen Baustellen, die wegen der EXPO überall in Hannover die Straßen blockierten, konnten ihn nicht solange aufgehalten haben. Immerhin war er schon über 30 Minuten unterwegs, da hätte er gleich zu Fuß gehen können. Ich entschuldigte mich mit dem Argument, kurz telefonieren zu müssen, was ja auch stimmte.

Bei Bollmann hatte er sich auch nicht gemeldet. Wo konnte er sein? Inzwischen war es 9.55 Uhr. Nach den ganzen Querelen nun auch noch das. Inzwischen fragte mich die Frau, ob wir anfangen konnten. Mehr Leute würden nicht kommen. Ich bat sie um einen Moment Geduld, »da wir noch nicht in die Kapelle können«. Was Besseres fiel mir nicht ein. 10.00 Uhr. Mutterseelenallein stand ich am Friedhofseingang. Außer einem Müllwagen befand sich kein Auto auf der Straße. Es blieb mir nichts anderes übrig, als mit der Wahrheit rauszurücken. Langsam bewegte ich mich zur Kapelle, wo die Trauergemeinde wartete. Sie unterhielten sich sehr angeregt, die Frage war nur, worüber. Ich bat den Sohn, mit mir ein paar Schritte zur Seite zu treten, um mit ihm zu sprechen. Ihm die Wahrheit zu sagen, schien mir sinnvoller, als gleich seine Mutter damit zu behelligen. Er konnte sie besser beruhigen als ich.

»Es ist mir sehr unangenehm, aber die Asche ist immer noch nicht da. Unser Fahrer hatte einen Unfall, wird aber so schnell wie möglich die Asche herbringen lassen.«

»Ist er verletzt?« fragte er mich.

»Bitte?« Mit dieser Frage hatte ich nicht gerechnet.

»Ist ihr Fahrer verletzt?« wiederholte er.

»Nein, nein. Nichts weiter passiert.«

Der Mann war Taxifahrer und hatte wirklich die Ruhe weg. In diesem Moment sah ich unseren Mann mit der Urne am Eingang. Im Laufschrift kam er auf mich zu. Ich ging ihm entgegen.

»Was zum Teufel ist passiert?« fragte ich ihn außer Reichweite der Leute.

»Ich bin zum Friedhof gefahren und habe gewartet. Als niemand gekommen ist, schaute ich auf den Urnenzettel und las den Namen des Friedhofs. Es war der falsche. Dann bin ich schnellstens hergekommen. Es tut mir leid.«

»Okay. Entschuldigung akzeptiert.«

Wir gingen während der Unterredung zur Kapelle.

»Ich habe erzählt, daß sie einen Unfall hatten, also bleiben sie bei dieser Version. Bringen sie den Rest gut über die Bühne. Ich verschwinde gleich wieder.«

Bei der Trauergemeinde herrschte eine erstaunliche Gelassenheit. Ich ging gleich wieder zum Sohn und teilte ihm mit, daß es losgehen könnte. Anschließend verabschiedete ich mich von Mutter und Sohn und zog mich zurück. Der Rest der Beisetzung verlief ohne Zwischenfälle und zur Zufriedenheit aller. Wie sagte mal ein zufriedener Angehöriger nach einer Trauerfeier: »Vorzüglich!«

Eine Schulklasse zur Besichtigung des Toten

Daß der Tod in unserer Gesellschaft totgeschwiegen wird, ist wohl nichts

Neues. Ernsthafte Bestatter gehen darum immer häufiger den Weg, junge Menschen zum Nachdenken zu bewegen. Ältere Menschen beschäftigen sich irgendwann zwangsläufig mit diesem Thema. Wenn junge Menschen damit konfrontiert werden, bekommen das irgendwie die Eltern mit. (Ich meine nicht den Tod eines Bekannten. Da ergibt sich die Diskussion von allein!) Bei Husch haben wir auch so eine Aktion gestartet. Ich erinnere mich nicht mehr an den Zeitpunkt und war nicht direkt beteiligt. Es muß im Oktober stattgefunden haben.

Über eine Schule wurde Kontakt zu Jugendlichen aufgenommen. Ein interessierter Lehrer setzte sich mit uns zusammen, und es wurde ein Termin mit der Klasse verabredet. Die Schüler waren vierzehn oder fünfzehn Jahre alt. Zuerst setzte man sich zusammen, um überhaupt über dieses Thema zu reden. Dabei wurden natürlich viele Fragen gestellt. Die einen wollten wissen, wie Bestatter überhaupt mit diesem Thema fertig werden. Andere erzählten von eigenen Todesfällen, die sie meist in der eigenen Familie erlebt hatten. Die Bereitschaft der Schüler, sich mit diesem Thema bewußt auseinanderzusetzen, war sehr groß. Vielleicht war diese Bereitschaft dazu bei diesen Jugendlichen sogar größer, als bei manchem Erwachsenen. Es ist sehr schwer, die Stimmung in so einer Runde wiederzugeben. Es war wohl eine Mischung aus Angst vor dem Sterben (die wenigsten Menschen haben Angst vor dem Tod als vielmehr vor dem Sterben) und Neugierde. Das betraf unseren Beruf und die Toten. Wie verändern sich Menschen nach dem Sterben? Wann beginnt die Verwesung? Was passiert im Sarg? Es wurde auch über philosophische Themen wie Seele, Himmel und Hölle gesprochen. Ich will ganz ehrlich sein. Wir verfolgten natürlich noch ein anderes Ziel mit unserer Aktion. Wenn sich die Jugendlichen mit diesem Thema beschäftigten und in ihrem Verwandten- oder Bekanntenkreis gab es einen Todesfall, würden sie bestimmt auf uns zurückkommen! Natürlich wollten wir auch eine bewußte Auseinandersetzung mit diesem Thema herbeiführen. In dieser Hinsicht muß ich Frau Loch ein Kompliment machen. Ich glaube, sie wird einige Jugendliche dazu bewegt haben, sich ernsthafte Gedanken zu machen.

Die Klasse und ihr Lehrer fanden sich an einem Ort ein, wo Verstorbene offen aufgebahrt werden dürfen. Zuerst wurden sie daraufhingewiesen, sich respektvoll zu verhalten. Selbstverständlich war die Besichtigung freiwillig und trotzdem wollten alle mit rein. Es wurden kleine Gruppen gebildet. Die ersten durften in Begleitung rein. Ehrfurchtsvoll betraten sie den Raum. Ihre Augen starrten den Toten an. Wieder diese Mischung aus Faszination und Angst vor dem Unbekannten. Einer ging an den Verstorbenen heran und roch vorsichtig an seiner Hand, ohne sie allerdings zu berühren. Seine Verwunderung über den nicht vorhandenen süßlichen Leichengeruch war ihm buchstäblich anzusehen. Niemand aus der Klasse faßte den Verstorbenen an, was sicher möglich gewesen wäre. Der Raum selber wurde auch genau begutachtet. Gesprochen wurde von den Jugendlichen kaum. Es war für sie selbstverständlich, nur ganz leise zu reden, als hätten sie Angst, den Toten zu wecken. Einige tuschelten, doch keiner mochte laut sprechen. So kamen auch die anderen Gruppen dran und das Spiel wiederholte sich. Einige waren so ergriffen, daß sie beim Rausgehen Tränen in den Augen hatten. Es war ein interessantes Schauspiel. Denn die Jugendlichen wurden auch beobachtet, wie sie damit umgehen konnten. Anschließend wurde wieder darüber gesprochen. Man merkte ihnen eine gewisse Begeisterung an, so, als hätten sie etwas Tolles erlebt. Es war natürlich keine Begeisterung im eigentlichen Sinne. Ich glaube, sie begriffen den Tod als das, was er schon immer gewesen ist: etwas völlig Natürliches!

Während meiner Zeit wurde dieses kleine Experiment nicht wiederholt, aber weitere sollten stattfinden. Dies ist der richtige Weg, die Menschen zu einem vernünftigen Umgang mit dem Tod zu bewegen. Darüber hinaus ist es eine gute Öffentlichkeitsarbeit! Vielleicht ein kleiner Beitrag, das Tabuthema Tod als ein natürliches Thema zu begreifen.

Sonstiges

Der Oktober brachte einiges mit sich, was am Rande erwähnenswert ist. Da war die Sache mit unserem Drucker. Sie erinnern sich. Ich hatte schon darüber geschrieben. Eigentlich wollten wir alle Drucksachen bei uns drucken, was aber am Drucker selber scheiterte. Bestimmte Papiersorten liefen bei ihm einfach nicht durch. Darum beauftragten wir unsere Hausdruckerei, wenn es nicht anders ging. Das wiederum verärgerte meinen Chef. Den Drucker von Husch konnten wir für Bollmann nicht verwenden. Ein neuer Drucker sollte über 2.000,- DM kosten. Eine Investition, die mein Chef (noch) nicht tätigen wollte. Der Geschäftsführer aus Bremen (dazu gehörten wir offiziell und die wiederum zu Wiesbaden) sollte eigentlich von meinem Chef angesprochen werden, ob die uns einen Drucker stellen konnten. Das hatte er vergessen und deshalb habe ich ihn selber gefragt. In Bremen sollten neue Drucker angeschafft werden, so daß wir einen alten, aber tauglichen Drucker bekommen könnten. Dafür sollte unser Drucker in den Norden für einfachen Briefdruck geschickt werden. Quasi, als Ersatz. Daraus wurde natürlich auch wieder nichts. Genauso wenig wie die Angleichung des Briefpapiers für Trauerdrucke in all unseren Instituten. Je mehr Institute dasselbe Papier verwendeten, um so billiger konnten wir im Großeinkauf einkaufen. Daß manche Kunden vielleicht extra Wünsche haben konnten, wurde dabei außer Acht gelassen.

Am Anfang hatte Herr Paul mir erklärt, irgendwann sollten alle Institute von uns in Deutschland von der Einrichtung her und bei den Arbeitsabläufen eine gewisse Ähnlichkeit haben. Irgendwann sollte es eine Einheitskleidung für die Männer geben. Nicht gesagt hatte er, daß die Individualität der Institute damit aufgegeben werden sollte. Aber ich glaube, er meinte es so. Und so bleibt abzuwarten, ob diese Richtung weiter verfolgt wird oder nicht. Ich bin gespannt.

Herr Landmann wollte im November drei Wochen Urlaub haben. In der Vergangenheit hatte er ihn zu meinem Erstaunen immer bekommen. Bei mir bekam er ihn nicht. Denn diese Zeit war unsere Hauptzeit!

Eine ältere Frau suchte mich auf, um ihren Vorsorgevertrag zu ändern. Statt einer Erdbestattung wollte sie eine Feuerbestattung, statt eines schönen Eichensarges für 3.900,- DM zog sie einen einfachen Palmenholzsarg für 1.950,- DM vor (Glücklicherweise hatte ich diesen Preis erst kurz vorher um 100,- DM erhöht), die Ausstattung sollte auch billiger werden und die Zeitungsanzeige wurde gestrichen. Die Trauerkarten für ihre Freunde waren überflüssig. Bis zu ihrem Tod würde wahrscheinlich niemand mehr leben, der sie lesen konnte. Bei der Urne entschied sie sich für ein Modell um die 400,- DM, dann entschied sie sich für eine anonyme Beisetzung ohne Trauerfeier. Dafür brauchte sie keine Urne. Ihre Asche kam in einen Behälter und wenn keiner bei der Beisetzung dabeisein wollte, brauchte sie keine Überurne. Ich fragte sie, warum das alles und hörte die mir schon bekannte Antwort.

»Meine Kinder wohnen in Hamburg und München. Wann sollen die sich um das Grab kümmern. Ich will ihnen nicht zur Last fallen, wenn ich nicht mehr bin!« Traurige Worte. Sie war allein und einsam. Ich redete mit ihr darüber. Am Ende blieb es bei der Feuerbestattung. Trauerfeier für die Kinder und ein Grabplatz wurden doch noch genommen. Wir nahmen in ihren Vertrag einen Grabpflegeauftrag mit auf. Sicher, vorher war es ein besseres Geschäft, so blieb wenigstens etwas hängen.

Es passierten noch einige Kleinigkeiten, die nicht erwähnenswert sind. Das Ende meiner Zeit als Bestatter rückte näher. Bis dahin machte ich meinen Job.

November

Der Ausstellungsraum

Mit unserer Ausstellung war das so eine Sache. Die Urnen standen oben in der ersten Etage in einem Büro. Dort standen sie schön aufgestellt in einem repräsentativen Wandregal. Die Särge dagegen standen unten im Keller. Der Raum war groß und ebenfalls repräsentativ. Die Decke war nur etwas über zwei Meter hoch, was möglicherweise bei dem einen oder anderen ein beklemmendes Gefühl auslösen konnte. Allerdings hat damit niemals jemand ein Problem gehabt, zumindestens nicht in meiner Gegenwart und gehört habe ich auch nichts darüber. Wir hatten vierzehn Särge dort ausgestellt. Sie wissen ja, für meinen Chef waren das zu viele. Er wollte gern die Särge nach oben zu den Urnen in das Büro gestellt haben. Da paßten zwar nur neun oder zehn Särge rein, wovon jeweils zwei auf einem Gestell übereinander stehen mußten, doch dafür wäre die Ausstellung zusammen gewesen. Es gab also Pro und Contra.

Im Oktober mußte ich Herrn Paul gegenüber nachgeben und das Büro, welches zugegebenermaßen kaum noch genutzt wurde, ausräumen. Diese Aktion zog ich mit Herrn Landmann alleine durch. Der Transport in den schon vollen Keller über die Treppe und den Fahrstuhl funktionierte einigermaßen gut. Schwierig waren die sperrigen Teile wie Schreibtisch, Regale und Schränke. Nach dem Ausräumen sollten der Teppich gereinigt, der Raum gestrichen, und neue Gardinen gekauft werden. Für das Reinigen des Teppichs habe ich mir ein entsprechendes Gerät in der Reinigung ausgeliehen und diese Aktion selber durchgeführt. Gestrichen wurde der Raum von Herrn Riech und Herrn Loch junior. Nach oben getragen haben die Särge Herr Riech und eine Aushilfe. Durch das enge Treppenhaus war es eine ziemliche Ackerei. Ich hatte einen Termin und habe mir später von Frau Radecke erzählen lassen, wieviel die beiden geflucht haben. Im neuen Ausstellungsraum standen sieben Särge erst mal in zwei Reihen angeordnet. Das wirkte sehr steif und ablehnend. Bis die neuen Gardinen geliefert wurden, ließ ich alles so stehen. Natürlich kam irgendwann Herr Paul vorbei, um sich den »neuen« Ausstellungsraum anzusehen. Von dem, was er vorfand, schien er nicht besonders begeistert.

»Sie haben ihren Auftrag ausgeführt. Die Särge wurden hier reingeknallt und das war's. Daß dies nicht besonders gut aussieht, sehen sie ja wohl selber. Wollen sie das so lassen?«

Ich war auf diese Frage gefaßt. Außerdem hatte er recht. Also versprach ich ihm eine freundlichere Gestaltung des Raumes. Frau Loch gab uns Ratschläge, von denen einige durchaus brauchbar waren. Frau Radecke und ich versuchten mit Hilfe von Herrn Landmann die Ausstellung zu retten. Wir holten zwei Gestelle aus dem Keller, um jeweils zwei Särge übereinander zu stellen. Die anderen Särge versuchten wir so gefällig wie möglich aufzustellen. Der Kunde durfte nicht gleich darüber stolpern, wenn er den Raum betrat. Um sie anleuchten zu können, kaufte ich eine entsprechende Lampe mit mehreren Strahlern. So nahm der Raum langsam Gestalt an.

Vorteil dieser Aktion war unzweifelhaft, daß wir im Büro bleiben konnten, wenn Kunden sich die Ausstellung anschauen wollten. Nachteil war die Wärme in diesem Raum und die Sonne, die auf die Särge schien. Holz ist bekanntlicherweise ein Naturprodukt und arbeitet, daß heißt, es verändert sich. Bei trockener Wärme und Sonnenlicht konnten diese Veränderungen im Lauf der Zeit recht groß sein. Um das zu umgehen, mußten die Särge regelmäßig ausgetauscht werden. Selbstverständlich haben wir auch Gardinen gekauft, damit die Sonne nicht direkt auf die Särge scheinen konnte. Das sollte allerdings nicht mehr meine Aufgabe sein. Ein Auswechseln der »Kisten« innerhalb von zwei Monaten hielt ich nicht mehr für erforderlich!

Der Ausstellungsraum unten sollte zu einem großen Aufbahrungs-, bzw. Abschiedsraum werden. Der kleine Raum bot gerade mal Platz für sieben Personen, wenn der Sarg dort stand. In dem großen Raum unten konnten bequem zwanzig Personen Platz finden. Dieser Raum war in Hufeisenform angelegt, wobei die linke Seite größer als die rechte Seite war. Die rechte wollte ich durch einen Vorhang abtrennen, um einige Sachen dahinter abzustellen. Irgendwo mußten wir mit unseren Klamotten hin, wenn wir nicht alles wegwerfen wollten. Schreibtisch, Stuhl und Regal bot ich meinem Chef für andere Institute an, wenn Bedarf bestehen sollte. Leider bestand kein Bedarf. Die Idee, eine kleine Orgel dahinzustellen, war ja ganz nett. Nur wie oft würde die gespielt werden. Für Trauerfeiern im Keller mußte unsere Stereoanlage herhalten.

Meine Freundin und ich klapperten an einem Samstagvormittag mehrere Teppichgeschäfte ab, bis wir einen PVC-Boden als Holzimitat fanden, der uns zusagte. Der Boden sollte nicht zu dunkel sein. Das Holzimitat würde dem Raum etwas Warmes geben. Außerdem brauchten wir einen Boden, den wir gut säubern konnten. Zum einen weil es Vorschrift war und zum anderen wegen der zu »erwartenden Besucherströme«. Der Boden mußte fest sein, damit sich keine Druckstellen von den Stühlen, den Särgen oder den hochhackigen Schuhen der trauernden Damenwelt bilden konnten. Ich denke, mit dem von uns ausgesuchten Boden wurden wir diesen Anforderungen gerecht.

Im Raum selber befanden sich auf der einen Seite Fensterattrappen in Form von Rundbogen. Durch die Fenster konnte man durchschauen, wenn auch nur auf die Wand. Der Raum bekam dadurch eine freundlichere Atmosphäre und wirkte größer. Die Rundbogen sahen nach einigen Jahren nicht mehr so gut aus. Sie streichen zu lassen, hielt ich für nicht so praktisch, also sollten sie mit Vorhängen dekoriert werden. Die Vorhänge, die Frau Radecke und ich ausgesucht hatten, entsprachen leider nicht dem Geschmack von Herrn Paul. Es sollten neue her. Was daraus geworden ist, kann ich Ihnen leider nicht sagen. Denn wenn wirklich noch andere Vorhänge aufgehängt wurden, dann erst nach meiner Zeit.

Die Wände wurden beige gestrichen. Weiß wirkte mir zu kühl. Die Stühle dazu habe ich nicht mehr gekauft. Eine Trauerfeier fand während meiner Zeit noch statt. Es waren Aussiedler. Inzwischen wußte ich über diese Bevölkerungsgruppe einiges mehr. Sie nahmen sehr lange und intensiv Abschied am offenen Sarg. Dazu erschienen sie oft mit allen Verwandten und Bekannten. Wir stellten den Sarg in dem Raum auf und warteten auf die Familie. Ungefähr zwölf Personen fanden sich ein. Über drei Stunden konnten sie sich bei der Verstorbenen aufhalten, bevor sie sich sehr dankbar dafür bei uns verabschiedeten. Die Feuertaufe für diesen Raum hatten wir bestanden. Aber was sollte im Sommer passieren? Der Keller war zwar einigermaßen kühl, verfügte jedoch über keine Kühlung oder Belüftung. Wenn sich viele Menschen unten aufhalten sollten, mußten wir Schwierigkeiten mit der Luftqualität bekommen. Ich hoffe, dieses Problem ist inzwischen gelöst. Es würde mich im Nachhinein freuen, wenn dieser Raum wirklich viel genutzt werden würde. So falsch war die Entscheidung dann doch nicht, den Ausstellungsraum nach oben zu verlegen. Die Idee mit einem Aufbahrungs- und Abschiedsraum hatte ich bereits im Januar/Februar geäußert, wenn auch unter der Bedingung, einen Teil des Kellers weiterhin als Ausstellungsraum nutzen zu können. Damals scheiterte es am Geld. Nun wurde es umgesetzt, damit mehr Geld verdient werden konnte.

Das falsche Grab

Das so ziemlich Schlimmste, was einem Bestatter passieren kann, ist mir im vorletzten Monat meiner Bestattertätigkeit geschehen. Es ist der Alptraum eines jeden Bestatters, den falschen Verstorbenen im Sarg liegen zu haben. Ganz so schlimm kam es dann nicht, doch es reichte mir.

Aufgenommen habe ich diesen Todesfall an einem Sonntagvormittag bei den Angehörigen zu Hause. Es war eine recht lockere Runde. Die Nichte und der Neffe der Verstorbenen hatten mit dem Tod der alten Dame gerechnet. Die Aufnahme der Daten verlief recht zügig. Papiere, Urkunden usw. waren ebenfalls schnell zur Hand. Die beiden waren sich über den Ablauf einig, was mir sehr entgegenkam. Notdienst hin und Notdienst her, am Sonntag Gespräche zu führen, war nicht mein Ding. Es gehörte aber leider zu meinem Job.

Es sollte eine Feuerbestattung werden. Die Frau machte mich darauf aufmerksam, daß es auf einem bestimmten Friedhof bereits ein Familiengrab gab. Außerdem sagte sie mir, es gebe zusätzlich ein zweites Grab auf diesem Friedhof, wo ihr eigener Mann beerdigt worden wäre und sie später ebenfalls beigesetzt werden wollte. Dort sollte die Verstorbene nicht beigesetzt werden. Für die Tante war noch Platz im Familiengrab. Im übrigen sei auf dem Familiengrab ein Busch, der möglichst nicht beschädigt werden sollte. Das sollte ich unbedingt bei der Friedhofsverwaltung mit angeben, damit es keine Pannen gebe. Sie betonte dies sehr eindringlich. Ich notierte es mir und markierte die Zeile. Montagmorgen telefonierte ich als erstes mit der Friedhofsverwaltung, erklärte die Situation mit den zwei Gräbern und gab auch den Hinweis mit dem Busch auf dem Familiengrab, vor allem, damit dieser beim Ausheben der Gruft nicht beschädigt wurde. Da es sich um eine Urnenbeisetzung handelte, brauchte kein großes Loch ausgehoben zu werden und der Busch war nicht gefährdet. So dachte ich es mir jedenfalls. Um ganz sicher zu gehen, ließ ich mir die Grabnummern mit den Namen geben. Dann passierte ein Mißgeschick, welches erst später zum Tragen kam. Der Geburtsname der Nichte war identisch mit dem Inhabernamen des Familiengrabes. Die Frau hatte mit ihrer Heirat den Namen ihres Mannes angenommen, der inzwischen verstorben war und auf dem anderen Platz lag. Die verstorbene Tante war kein direktes Mitglied der Familie, weshalb für die Beisetzung in dem Familiengrab eine schriftliche Erlaubnis des oder der Nutzungsberechtigten vorliegen mußte. Diese Erlaubnis habe ich mir am Montag von der Nichte geholt und zur Verwaltung gefaxt. Da der Neffe in Hamburg wohnte, war er nicht sofort erreichbar. Die Frau unterschrieb die Erlaubnis mit ihrem Namen, und ich setzte ihren Geburtsnamen in Klammern darunter, damit der Friedhofsverwaltung der Zusammenhang klar wurde. Nutzungsberechtigter der Grabstelle war ihr Bruder aus Hamburg, der eigentlich diese Einverständniserklärung hätte unterschreiben müssen. Ohne eine Unterschrift konnte die Verstorbene dort jedoch nicht beigesetzt werden. Da beide in meinem Beisein sich dafür ausgesprochen hatten, war ich der Ansicht, daß die Unterschrift der nicht nutzungsberechtigten Schwester reichen würde.

Nachdem ich dieses Schreiben gefaxt hatte, meldete ich mich noch mal telefonisch. Die Mitarbeiterin hatte alles verstanden, die Grabnummern standen ebenfalls auf dem Schreiben und nun konnte nichts mehr schiefgehen. Eigentlich! (Sie akzeptierte auch die Unterschrift der Schwester!)

Tag der Beisetzung. Die Trauerfeier war vorbei. Ein Friedhofsbediensteter trug die Urne, dahinter folgten der Pastor, die Angehörigen und meine Wenigkeit. An einem Seitenweg bog der Träger mit der Urne ab, der Pastor folgte, jedoch nicht die Trauergemeinde. Die Nichte und der Neffe liefen noch hinterher, die anderen warteten. Verwundert fragte ich jemanden, was los sei.

»Sind Sie sicher, daß dort das richtige Grab liegt?«

Zu diesem Zeitpunkt war ich mir (noch) sicher.

»Natürlich!« Zielstrebig ging ich allein hinterher. Inzwischen wurden auch die zwei Kränze gebracht. Ich stand vor dem Grab, schaute auf das Loch für die Urne und suchte den Busch. Es war weit und breit kein Busch zu sehen. Die Angaben des Grabsteins halfen mir leider nicht weiter. Ich war mir nicht mehr sicher.

Die Frau schaute mich gekränkt an. Diesen Blick werde ich nie vergessen.

»Nun ist genau das passiert, wovor ich sie gewarnt hatte. Dies ist das Grab meines Mannes.« schluchzte sie.

Ich war fassungslos. Wie bestellt und nicht abgeholt standen wir alle da. Am liebsten wäre ich im Boden versunken. Der Träger der Urne schaute mich etwas verstört an. Der Pastor meinte was von einem anderen Termin, und der Kranzträger legte genervt die Kränze auf den Boden. Die schluchzende Frau wurde von ihrer Tochter getröstet, während der Neffe zu mir kam. Ich machte mich schon auf einen Einlauf allererster Güte gefaßt. Doch es kam ganz anders. »Das andere Grab ist nicht weit von hier. Wäre es nicht möglich, schnell ein Loch zu buddeln und dort weiterzumachen?« In diesem Moment tauchte der rettende Engel in Form eines Friedhofsgärtners auf. Schnell besprachen wir die Situation und er willigte ein.

Fünf Minuten später standen wir vor dem richtigen Grab, und die Zeremonie nahm ihren gewohnten Lauf. Wie es üblich ist, blieb ich dabei stehen, mich in meiner Haut verdammt unwohl fühlend. Ich ließ mir nichts anmerken. Die Trauergäste schauten an mir vorbei, nur der Neffe warf mir vorsichtig ein »gütiges« Lächeln rüber. Er schien mir nicht böse zu sein.

Wieder im Institut angekommen, telefonierte ich sofort mit der Friedhofsverwaltung. Die war bereits informiert. Der Chef der Abteilung schob jede Verantwortung von sich und seiner Abteilung, bevor ich überhaupt etwas sagen konnte. Grundsätzlich sei er bereit, die Verantwortung für Fehler seiner Mannschaft zu übernehmen, aber in diesem Fall hatte die Friedhofsverwaltung keine Fehler gemacht. Über diese Art und Weise ärgerte ich mich und brachte das zum Ausdruck. Ich wollte ihm die Situation erklären und mußte natürlich zugeben, mich wohl nicht verständlich genug ausgedrückt zu haben. Die alleinige Verantwortung zu übernehmen, lehnte ich allerdings ab. (Wer nun die Verantwortung dafür hatte, war sowieso egal. Den Schaden hatten die Angehörigen! Es konnte nur noch um Schadensbegrenzung gehen.) In diesem überflüssigem Gespräch drohte er mir, meinen Vorgesetzten zu informieren, die Angehörigen zu sich zu bestellen, um die Unschuld seiner Abteilung zu bestätigen und andern Blödsinn. Ich unternahm einen letzten Versuch und bot ihm an, später mit ihm darüber zu sprechen, wenn sich die Gemüter beruhigt hatten. Für ihn war die Sache klar: Ich hatte Mist gebaut, und seine Leute waren unschuldig! Irgendwann beendete ich das Gespräch. Ich habe den Hinterbliebenen zwei Stunden später einen großen Blumenstrauß gebracht, mich zum wiederholten Mal entschuldigt und die Situation in kurzen Worten erklärt. Die Verantwortung lag laut meiner Erklärung bei mir und der Verwaltung. Die Frau akzeptierte die Entschuldigung.

»Als wir am Grab meines Mannes standen und ich dieses Loch sah, wurde mir richtig schaurig. Die Beisetzung haben sie ja noch gerettet, aber so etwas darf nicht vorkommen. Richten sie das auch der Friedhofsverwaltung aus. Ihre Entschuldigung nehme ich an!«

Sie verabschiedete mich höflich, aber distanziert. Ich konnte es verstehen.

Ob die Friedhofsverwaltung sich wirklich bei ihr gemeldet hat, glaube ich nicht. Es wäre auch wirklich zu peinlich gewesen, die Angehörigen in die Verwaltung zu bestellen, um die eigene Unschuld zu erklären. Wahrscheinlich hielt diese es getreu dem Spruch:

Ruhe in Frieden

Zahlen und Statistiken

Ich habe bereits erwähnt, daß ein Bestattungsinstitut nichts anderes als ein ganz normales Unternehmen ist. Und wie jedes Unternehmen müssen auch Bestatter Gewinne erwirtschaften, damit sie leben können. Ob sie nun gut oder schlecht davon leben können, lassen wir einmal außen vor. Auch ein großes Unternehmen wie mein damaliger Arbeitgeber braucht natürlich Gewinne. Der Konzern ist an der Börse in New York notiert, und sein Aktienkurs wird von den Aktionären kritisch verfolgt. Stimmen die Zahlen nicht, sinken die Kurse, und die Aktionäre werden sauer. Jedes Institut ist ein Glied in der Kette, welches zum Erfolg beitragen kann. Oder auch nicht. Wenn die Zahlen nicht stimmen, werden Fragen gestellt. Das ist völlig normal. Allerdings ist es in diesem Geschäft sehr schwierig, die Auftragszahlen zu beeinflussen. Sterbezahlen können (fast) gar nicht beeinflußt werden, zumindestens nicht, wenn sie seriös arbeiten wollen. Über Schmiergelder, Werbeaktionen und anderes habe ich bereits berichtet.

Denken sie nur an den Bestatter in Berlin, der sich vor einigen Jahren sitzend in einem Sarg fotografieren ließ. Das wirkte unseriös und gerade auf ältere Menschen abstoßend. Die Werbung kam nicht gut an. Was nutzt das alles, wenn die Zahlen insgesamt rückläufig sind. Ich meine damit die Sterbezahlen, und hier spreche ich über Hannover.

Mein Chef sprach öfter von einem gewissen Erklärungsnotstand gegenüber der Zentrale in Paris, wenn es sich um Hannover handelte. Grund dafür waren die rückläufigen Zahlen. Die Gründe wie häufiger Personalwechsel, die Änderung im Handelsregister und eben die sinkenden Sterbezahlen in Hannover akzeptierte er nur bedingt. Dabei war gerade der letze Punkt doch wesentlich. Ich wußte von einigen Leuten aus dieser Branche, die ebenfalls mit sinkenden Sterbezahlen zu kämpfen hatten. Auch sie suchten nach neuen Wegen, Kunden auf ihr Institut aufmerksam zu machen. Die Menschen in Deutschland werden immer älter und sterben entsprechend später. Viele Menschen, insbesondere Männer, die im Krieg ums Leben gekommen sind, wären in dieser Zeit dran. Das mag sich für einen Außenstehenden makaber anhören. In dieser Branche so darüber zu sprechen, ist jedoch völlig normal. Nicht nur Bestatter waren davon betroffen, sondern auch Lieferfirmen vom Sarg bis zum Kruzifix, Helfer als Träger oder Totenfrau, und Softwarehersteller für diese Branche, weil es einigen Bestattern zu teuer ist, Geld in die EDV bei sinkenden Sterbezahlen zu investieren.

Ende November habe ich mir anhand der EDV die Aufträge der letzten Jahre angesehen. Interessant war schon mal die Preisentwicklung. Zumindestens zum Vorjahr hatten wir eine Steigerung von 6 Prozent, über die Jahre davor kann ich nichts sagen. Mit diesen 6 Prozent Preissteigerung konnten sie aber die sinkenden Sterbezahlen nicht ausgleichen. Anhand der Nummern von den Sterbeurkunden ergaben sich von 1996 bis 1999 folgende Sterbezahlen (immer zum Monatsende) in Hannover:

November 1996	6790
November 1997	6578
November 1998	6464
November 1999	5842

Man muß kein Rechenkünstler sein, um diese Entwicklung zu beurteilen. Es sind 1999 fast 14 Prozent weniger Menschen gestorben als 1996. Schön für die Menschen, schlecht für die Bestatter.

Die Annahme, alles über Preiserhöhungen ausgleichen zu können, wie es die Städte mit den Friedhofsgebühren getan haben, ist falsch. Die Hinterbliebenen sind kritischer geworden und fragen, wieviel eine Beerdigung bei wem kostet, was ich durchaus für richtig halte. Natürlich sollten die Seriosität und das Image eine Rolle spielen. Ich habe es selber erlebt, daß ein älteres Ehepaar zu einem Vorgespräch zu mir gekommen ist, um sich zu informieren. Die Familie hatte bereits einige Mitglieder über Bollmann unter die Erde bringen lassen. Die beiden sagten mir ganz offen, daß sie bereits zwei andere Bestatter aufgesucht hatten. Für sie sei es wichtig, den Bestatter zu kennen. Sie wollten wissen, ob sie bei ihm gut aufgehoben seien. Der Service spielte eine Rolle (der müßte eigentlich überall gleich sein) und der Preis. Am Ende konnte ich sie für Bollmann gewinnen. Für beide wurde ein Vorsorgevertrag abgeschlossen, den sie mit jeweils 5.000,- DM anzahlten.

Wenigstens bei den Vorsorgen sah es nicht so schlecht aus. Hier konnten wir die Anzahl weiter ausbauen. Für die Zukunft war also gesorgt.

Notdienst

An einem Wochenende im November hatte ich mal wieder Notdienst. Zu diesem Zeitpunkt tauchten erste Problem mit unserem Handy auf. Das Gerät war bereits drei Jahre alt und hatte schon einiges mitgemacht. Das Umschalten vom Festnetz auf das Handy funktionierte ohne Probleme, trotzdem kamen die Anrufe nicht durch.

Vom Freitagabend bis zum Samstagnachmittag hatte ich keinen Anruf. Es sah nach einem ruhigen Wochenende aus. Irgendwann schaute ich auf das Display und las: »1 Anruf in Abwesenheit!« Das erstaunte mich, denn ich hatte den Apparat immer bei mir gehabt, sogar wenn ich auf die Toilette ging. Normalerweise hätte ich das Klingeln hören müssen. Ich probierte einen Testanruf, indem ich die Nummer von Bollmann selber wählte. Mit einiger Verzögerung klingelte das Handy. Nichts, was auf eine Panne hinwies. Das restliche Wochenende über passierte wiederum nichts!

Am Montagmorgen meldete sich Frau Loch bei mir. Unser Telefon hätte nicht funktioniert. Herr Riech hatte versucht, mich zu erreichen, weil er wissen wollte, ob er den Firmenwagen (Golf) haben durfte. Sein Privatwagen hatte einen Schaden und war fahruntüchtig. Sie hatte es ihm dann erlaubt. Anschließend habe man mehrfach versucht, mich über Handy zu erreichen, was ja nicht funktionierte. Dann habe sie zu Hause bei mir angerufen, jedoch ebenfalls niemanden erreicht, und der Anrufbeantworter sei auch nicht eingeschaltet gewesen. Stimmt, den hatten wir tatsächlich nicht angestellt. Ich erklärte ihr die Situation und wollte mich gleich darum kümmern. Grundsätzlich hatte sie richtig reagiert und die Rufumleitung anschließend zu Husch geschaltet. Allerdings kamen dort trotzdem keine Sterbefälle an.

Kurze Zeit später klingelte wieder das Telefon. Diesmal war es mein Chef.

»Guten Morgen Herr Loos. Wie ist bei Ihnen eigentlich der Notdienst geregelt?« kam er gleich zur Sache!

»Das wissen Sie doch. Aber ich weiß schon, worauf Sie hinaus wollen. Wir haben Probleme mit dem Handy. Ich hatte nur einen Anruf in Abwesenheit, sonst nichts. Einen Testanruf habe ich getätigt und der funktionierte.«

»Gut, so etwas darf trotzdem nicht passieren. Zur Not besorge ich Ihnen auch ein neues Handy. Ich habe einen Vertrag für uns über mehrere Handys und Nummern abgeschlossen. Klären Sie erst mal was los ist und geben mir Bescheid.«

»Eine Frage habe ich noch. Woher wissen Sie von dem Problem. Es ist doch erst am Wochenende aufgetaucht!«

»Frau Loch hat mich am Samstagabend angerufen.«

»Am Samstagabend. Aha! Und wie sollten Sie das Problem vom Harz aus lösen?« fragte ich sarkastisch. (Dort wohnte er!)

»Manche Leute meinen, ich sei für alles verantwortlich und rufen mich deshalb sogar mitten in der Nacht an!«

Damit war unser Gespräch beendet. Als nächstes wählte ich gleich die Nummer von Husch. Frau Loch war gerade nicht da. Ich ließ durch Frau Fröhlich ausrichten, sie solle mich sofort anrufen, sobald sie wieder im Geschäft sei. Wahrscheinlich war ihre Abwesenheit in diesem Moment auch ganz gut. Ich dachte nur eins: Sie ist und bleibt eine Intrigantin!

Frau Loch rief mich zurück.

»Hallo, Herr Loos, was gibt es denn so Wichtiges. Ich habe viel um die Ohren...«

»Ich will Sie gar nicht lange aufhalten. Warum haben sie eigentlich Herrn Paul angerufen?«

»Ich habe Herr Paul nicht angerufen!«

»Am Wochenende!«

»Ach so. Ich wußte nicht, was ich machen sollte. Wir konnten sie ja nicht erreichen!«

»Und Herr Paul hat ihnen Samstagnacht gesagt, daß sie zu Bollmann fahren sollen, um die Rufumleitung auf ihr Handy zu schalten?« fragte ich etwas scheinheilig.

»Na ja, was sollten wir tun?«

»Sie sind nicht allein darauf gekommen, das zu tun?«

»Schon, aber ich wollte das Okay von unserem Chef.«

Die Frau war unübertrefflich. Da konnte auch ich noch einiges lernen und habe es dabei belassen. Meine Kündigung zum Jahresende stand fest. Ich weiß nicht, ob sie es wußte. Magenschmerzen brauchte ich wegen dieser Aktion nicht zu bekommen. Frau Radecke hatte dieses Problem mit dem Handy ebenfalls schon mal gehabt. Ärgerlich war die Angelegenheit trotzdem. Nun sah es so aus, als wenn mir alles egal gewesen wäre, und so war es ja nun auch nicht. Denn trotz allem wollte ich einen vernünftigen Abgang haben. Es dauerte nicht lange, da hatten wir das neue Handy, und es kam zu keinen ähnlichen Zwischenfällen mehr.

Im Nachhinein kann ich die Reaktion von meinem Chef verstehen. Wenn es sich herumspricht, daß Sie nachts, feiertags oder am Wochenende nicht erreichbar sind, verlieren Sie mehr Aufträge als nur die, die Sie nicht erreicht haben. Von einem Bestatter wird einfach ein 24-Stundendienst erwartet. Abholungen müssen erfolgen und manchmal wollen die Leute auch spät am Abend das Gespräch führen. So ist eben dieser Job.

Sonstiges im November

Viel Erwähnenswertes passierte in meinen letzten Wochen nicht mehr. Es handelte sich eher um Randnotizen. Mein Detailwissen in diesen Fällen ist nicht so tief, doch der Grundgehalt dieser Randnotizen stimmt.

Die Zahlungsmoral der Deutschen ist nicht mehr so gut wie vor einigen Jahren. Das sage nicht ich, sondern das steht inzwischen in jedem Wirtschaftsteil einer Zeitung. Das Bestattungsgewerbe bleibt davon nicht verschont. Wir merkten das auch, wobei sich die Fälle von Nichtzahlern bei höchstens 1Prozent der Sterbefälle bewegte.

Als erstes wäre da die Geschichte mit dem Pastor, der nicht die volle Rechnung bezahlen wollte. Dieser Fall datierte vom Oktober 1998. Frau Radecke wurde nach 22.00 Uhr zu einen Gespräch gerufen. Die Kinder der Verstorbenen wollten noch in derselben Nacht alle Formalitäten erledigen. Tatsächlich wurde auch alles von Frau Radecke aufgenommen. Leider unterlief ihr ein Fehler. Sie ließ sich den Auftrag nicht unterschreiben. Wir wollen ihr den vielen Streß zugute halten, dem sie damals allein ausgesetzt war.

Am nächsten Tag meldete sich die Schwester in unserem Büro und entschied sich für einen anderen und teureren Sarg. Nachdem die Rechnung vorlag, wollten die Hinterbliebenen den teureren Sarg nicht bezahlen. Die Geschwister hatten wenig Kontakt zueinander und der Sohn, von Beruf Pastor, weigerte sich später, die volle Rechnung zu bezahlen. Die Anschrift der Schwester war nicht bekannt. Das ganze lief schließlich über die Anwälte.

Irgendwie müssen sich die beiden dann doch verständigt haben. Allerdings monierte der Pastor nun, seine Schwester habe nichts von dem höheren Preis gewußt. Die Angelegenheit schleppte sich über ein Jahr lang hin.

Ende 1999 ging diese Angelegenheit endlich dem Ende zu. Zu unseren Gunsten. Aber eine Sache kam noch dazu und trug nicht ganz zur allgemeinen Klarheit bei.

Die Preislisten, und das war schon für uns neu, mußten angeblich immer offen ausliegen und für die Kunden zugänglich sein. Wir hatten zwar Preislisten liegen, allerdings nicht offen. Diese Preislistenregelung kam mir sehr suspekt vor, weshalb ich mit unserem Anwalt Rücksprache hielt. Er bestätigte mir indirekt die Richtigkeit, was mich sehr überraschte. Kurzerhand legten wir die Preislisten aus (in unserem Büro), damit sie für jeden Kunden als solche erkennbar und zugänglich waren. (Diese Handhabung der Preislisten will ich auch heute nicht so recht glauben, aber unser Anwalt sagte ...!)

Nur wenige Tage später klingelte ein Mann an der Tür. Ich öffnete ihm, und er lief an mir vorbei in das Büro. Hätte er nicht so bieder und ordentlich ausgesehen, die Art und Weise wäre einem Überfall gleich gekommen.

»Wo liegen die Preislisten aus?« fragte er mich und schaute sich dabei um. Ich führte ihn in das Besprechungszimmer, zeigte sie ihm, und er griff sie sich und blätterte darin. Dann ließ ich ihn erst mal allein und informierte Frau Radecke, die gerade wieder in das Büro kam. Sie erkannte diesen Mann sofort wieder. Mit der Auslegung der Liste war er zufrieden. Als er uns fragte, ob die schon vor einem Jahr ausgelegen habe, nickten wir beide und antworteten mit einem entschiedenen:

»Selbstverständlich!«

Widerwillig beglich er seine Rechnung!

In einem anderen Fall schlugen wir uns schon seit geraumer Zeit mit der Rechnung einer Sozialhilfeempfängerin herum. Auch diese Rechnung war von 1998. Die Frau hatte zur Beerdigung ihrer Mutter Blumen für fast 800,- DM bestellt und natürlich erhalten. Wir wußten vom Sozialamt als Rechnungsträger. Die Rechnung für die Blumen mußte sie bezahlen, was ihr auch mitgeteilt wurde. Damit war sie einverstanden. Nachdem wir die Rechnung über die Blumen verschickt hatten, ging das Theater los. Die Frau war zahlungsunfähig. Gern wird übersehen, wer die Kosten in so einem Fall auslegt. Der Bestatter! Bekommt er das verauslagte Geld nicht, hat er ein Problem. Frau Radecke fragte mich, was wir machen sollten. Die Frau sei inzwischen schon bei uns gewesen und habe erklärt, zahlungsunfähig zu sein. Frau Radecke als eine sozialbewußte Frau verabredete mir ihr, diese Rechnung erst mal zurückzustellen. Nach mehreren Monaten meldete Frau Radecke sich wieder, um nach der Zahlungsfähigkeit zu fragen. Die Antwort war natürlich negativ. Dafür machte die Sozialhilfeempfängerin den Vorschlag, die Rechnung zu halbieren und den Rest in Raten abzustottern! Das übrigens erst, nachdem wir ihr mit einem Mahnverfahren gedroht haben. Vielleicht haben wir etwas übertrieben, als wir von Pfändung sprachen, denn so schnell bekommt man so etwas nicht durch. Frau Radecke und ich sprachen über diese Angelegenheit und kamen beide zu dem Schluß: Die Frau muß zahlen! Wir schickten ihr ein neuen Brief und setzten ihr eine Frist für die erste Zahlung. Bei Nichteinhaltung dieser Frist würden wir gerichtliche Schritte gegen sie einleiten. Soweit ich mich erinnere, bekamen wir die erste Rate. Was daraus ab Januar wurde, kann ich Ihnen leider nicht sagen.

Zwei Punkte möchte ich noch anmerken:

Die Frau sprach in ihrem Brief von sozialer Verantwortung, die wir ihr gegenüber hätten! Da mag sie gar nicht mal Unrecht haben. Allerdings gibt es gewisse Grenzen. Für mich war und ist die Frau nichts weiter als eine Abzockerin gewesen!

Mit dem Mahnverfahren und gerichtlichen Schritten ist das immer so eine Sache. Wenn jemand seine Schulden nicht bezahlt, ist es sehr schwer, an das Geld zu kommen. Wenn sie allerdings ihre Steuern nicht bezahlen, ist Vater Staat gnadenlos und kann sie sofort in Haft nehmen. Insofern finde ich unsere übertriebene Androhung eines gerichtlichen Verfahrens korrekt. Fragt sich nur, was wir bei der Frau hätten holen können, wenn sie schon Sozialhilfe bekam. Wahrscheinlich nichts. Nur gut, daß sie das nicht wußte!

Dezember

Der letzte Monat

Mit Beginn des Dezembers begannen meine letzten Tage als Bestatter. Ich verfügte über einen Resturlaub von fast drei Wochen. Damit blieben mir nur noch zehn Arbeitstage. In diesen Tagen wollte ich für einen vernünftigen Übergang und am Ende für eine abgeschlossene Übergabe sorgen. Das war mir sehr wichtig. Frau Radecke und Herr Landmann wußten inzwischen von meinem Abgang. Meine Kollegin war sehr betrübt, sah sie sich doch wieder allein gelassen mit der ganzen Arbeit. Wir waren auch ein gutes Team und unsere Zusammenarbeit war für beide Seiten von Vorteil. Für Herrn Landmann würden nun schwierige Zeiten anbrechen, deren er sich wohl auch bewußt war. Von Laatzen aus wurde schon mehrfach an seinem Stuhl gesägt. Solange ich schützend meine Hände über ihn hielt, war er sicher. Hin und wieder mußte ich bei ihm auf den Busch klopfen und dann lief es wieder. Der Kontakt zu Frau Loch, Frau Fröhlich und Herrn Riech hatte sich schon seit einigen Wochen abgekühlt. Wir waren höflich zueinander und ich glaube, sie wußten bereits vorher von meinem Abgang. Frau Fröhlich schien sich dem Einfluß von Frau Loch einigermaßen zu entziehen, wenn sie ihr gegenüber auch loyal war.

Für die Anzeigen in der Wochenzeitung, den Kirchen- und Gemeindeblättern war gesorgt. Aushilfskräfte standen zur Verfügung und zur Not mußte Husch für Bollmann mit eingespannt werden, damit die Last auf drei Schultern verteilt werden konnte.

»Ich kann nur noch sterben«

Im November meldete sich telefonisch ein älterer Herr bei mir, um mit mir über einen Vorsorgevertrag zu sprechen. Ich bot ihm einen Hausbesuch an, was er ablehnte. Er wollte sich das Institut und die Leute gerne selber ansehen.

Zwei Tage später stand er wie vereinbart in der Tür. Ein kleiner und zerbrechlich wirkender Mann Mitte achtzig, geistig jedoch hellwach, nur mit brüchiger Stimme. Für Kaffee und Wasser war er nicht zu gewinnen, also bekam er wie gewünscht einen Tee. Der Kunde ist König. Er erzählte von seiner Lebensgefährtin, für die er bei uns schon alles geregelt hatte. Sie war so alt wie er und lag im Krankenhaus im Sterben. Er sagte dies emotionslos, obwohl es sicher nicht so gemeint war. Die beiden kannten sich schon sehr lange Zeit, wohnten jedoch niemals zusammen. Für Menschen dieser Generation fand ich das sehr ungewöhnlich. Beide wollten ihre Freiheit nicht ganz aufgeben, wie er mir sagte. Wenn sie nun sterben müsse, empfand er dies als traurig, andererseits auch als natürlich. Ihr

Körper war verbraucht und ihr Geist müde. Unter diesen Umständen sei der Tod erträglich. Nur das Sterben nicht.

»Sterben müssen wir alle. Leider können wir das Wie und Wo nicht so beeinflussen. Ich will für mich versuchen, aus dieser Situation das beste zu machen. Den Zeitpunkt kann ich nicht bestimmen, aber nach meinem Tod soll alles geregelt sein.«

Daß ich ihn in diesem Handeln bestätigte, war selbstverständlich. Nicht nur der Vorsorgevertrag ergab einen Sinn für ihn, sondern auch für uns. So war das Geschäft nun mal. Aus Uneigennützigkeit passierte (fast) gar nichts.

Er hatte mir übrigens seine Visitenkaste mit den Worten übergeben, daß er Privatier sei. Ich muß zugeben, davon beeindruckt gewesen zu sein. Der Mann war in jüngeren Jahren sicher sehr weltgewandt und erfolgreich gewesen. Im Gespräch bestätigte er dies indirekt. Seine nicht gekünstelte Bescheidenheit verbot ihm wohl jede Form der Angabe. Wir besprachen die Formalitäten. Er gab mir eine Liste mit ungefähr 25 Adressen, plötzlich hielt er inne und schaute sehr nachdenklich darauf. Nein, sagte er sehr leise, die nehme er wieder mit. Manche Anschrift hätte sich erledigt. Das war vornehm ausgedrückt. Es ist das Leid von vielen alten Menschen, allein auf weiter Flur zu sein, weil ihre Bekannten vor ihnen gestorben sind. Was bleibt, ist die Familie. Und selbst die ist sehr oft sehr weit entfernt! Alles andere konnten wir besprechen. Er gab sogar mehrere Kränze in Auftrag und suchte sich ein großes Blumenbukett als Sargschmuck aus. Daß er einen nicht zu dunklen Eichensarg haben wollte, wußte ich bereits von ihm. Geld schien bei ihm keine Rolle zu spielen. Zum einen gab es ein altes Familiengrab, womit er nur die Beisetzungskosten tragen mußte und zum anderen interessierten ihn die von mir genannten Preise offensichtlich nicht.

Irgendwann hatten wir alle Punkte notiert und es fehlte nur ein entsprechender Sarg. Wir schauten in den Ausstellungsraum gegenüber rein. Der alte Mann stützte sich auf seinen Spazierstock und lehnte jede weitere Unterstützung von mir ab. Er schaute sich einen Sarg nach dem anderen an. Wobei die Eichensärge zuerst übergangen wurden. Dann schaute er auch sie an, zeigte auf jeden mit dem Stock und fragte nacheinander die Preise ab. Diese Zeremonie wiederholte sich mehrfach. Nachdem wir die Eichensärge mehrfach angeschaut hatten, fragte er mich: »Haben sie nichts teureres?«

Ich muß zugeben, über diese Frage wirklich überrascht gewesen zu sein. Der teuerste Sarg in unserer Ausstellung kostete fast 4.700,- DM! Offenbar zu billig. (Einige Särge von uns standen auch bei Husch, dort allerdings etwas preisgünstiger. Wir hatten »Stadtpreise und Husch Dorfpreise«. (Originalzitat Frau Loch!) Ich fragte ihn, was er sich vorstellte, dabei wechselten wir wieder in den Besprechungsraum.

»10.000,- DM möchte ich schon anlegen. Nur Eiche muß es sein. Ich habe niemanden, dem ich Geld vererben kann. Ich lebe noch in meiner Wohnung und will dort auch sterben. Essen gehen kann ich nicht mehr. Mein Essen wird mir jetzt gebracht. Essen auf Rädern, sie kennen das. Und 30.000,- DM sind noch übrig, die ich zwar nicht für meine Beerdigung verbrauchen will, aber doch einiges davon. Oder soll ich das Geld dem Staat schenken?«

Bei aller Geschäftstüchtigkeit fragte ich ihn vorsichtig: »Warum verreisen sie nicht einfach mal oder geben sie das Geld für eine wohltätige Einrichtung aus?«

»Ich kann nicht mehr weg, geschweige denn verreisen. Ich kann nur noch sterben!«

So beantwortete er meine Frage und ich beließ es dabei.

Die Frage des Sarges konnte nicht so leicht beantwortet werden. Die Katalogbilder sagten ihm ebenfalls nicht zu. Daraufhin kramte ich in älteren Unterlagen und suchte nach Musterbildern von Särgen, die wir bestellen konnten. Doch auch diese Exponate sagten ihm nicht zu. Ich versprach ihm, weiter Musterbilder zu besorgen und wir vereinbarten einen neuen Termin. Den benötigten wir schon deshalb, weil die Frage der Bezahlung dann geregelt werden sollte. Der Mann hatte sich dafür entschieden, die von mir veranschlagte Summe auf ein Sparbuch einzuzahlen, über welches wir in seinem Todesfall verfügen sollten. Die Einzelheiten wollte er mit seiner Hausbank besprechen.

Einige Tage später bekam ich einen Anruf von seiner Bank. Ein Angestellter und er hatten sich über seine geplante Aktion unterhalten. Beide verstanden das Prinzip mit dem Sparbuch nicht.

»Warum muß Herr Meier denn seine Beerdigung im voraus bezahlen?« fragte er mich.

»Herr Meier muß seine Beerdigung nicht im Voraus bezahlen,« antwortete ich. »Er kann ebensogut alles testamentarisch festlegen, was er allerdings nicht wollte. Um den gewünschten Ablauf absolut sicher zu haben, wollte er das Geld hinterlegen und dann habe ich ihm die Variante mit dem Sparbuch vorgeschlagen.«

»Hm, ja gut. Dann war das wohl nur ein Mißverständnis...!«

Im Hintergrund hörte ich am Telefon eine leise Stimme reden.

»Ach, Herr Meier sagt gerade, alles wäre nur ein Mißverständnis. Aber warum soll er ihnen das Geld in Form des Sparbuches geben? Dann können sie ja vorher an das Geld und das will er nicht!«

»Ich habe ihm nur gesagt, er kann das Geld auf ein Sparbuch einzahlen und wir können in seinem Todesfall damit die Beerdigungskosten decken. Wenn das Sparbuch weiter auf seinen Namen läuft und er uns eine Vollmacht für seinen Todesfall gibt, können wir mit einer Originalsterbeurkunde zu ihnen (Bank) gehen und das Geld abheben. Wenn Geld übrigbleibt, bekommen das seine Erben oder wer auch immer.«

(Wir hatten übrigens bei Bollmann ein Sparbuch mit über 1.000,- DM liegen. Dieses übriggebliebene Geld gehörte den Hinterbliebenen von einem bereits bezahlten Sterbefall, das offensichtlich niemand haben wollte. Die Angehörigen waren benachrichtigt worden und meldeten sich trotzdem nicht. Wer hat, der hat!)

So langsam kam Klarheit in diese Angelegenheit. Im Endeffekt wurde das Sparbuch bei seiner Bank hinterlegt und wir bekamen eine Vollmacht für die Zeit nach seinem Tod gegen Vorlage einer Originalsterbeurkunde. Allerdings mußten wir zusätzlich eine Vorabrechnung mit vorlegen. Eine nicht ganz unbekannte Methode.

Einige Tage später kam Herr Meier wieder zu uns, um den Sarg auszusuchen. Ein Musterbild gefiel ihm. Er entschied sich für eine schwere Eichentruhe. Diesen Sarg hatten wir zuletzt im Frühjahr verkauft und an und für sich aus unserem Sortiment herausgenommen. Der Verkauf verlief sehr schlecht. Der Listenpreis betrug ursprünglich ca. 7.900,- DM. Wir hatten den Preis damals schon auf knapp 5.000,- DM reduziert und jedem, der diesen Sarg verkaufte, eine Sonderprämie von 500,- DM versprochen. (Absprache mit Herrn Meu.) So wurden wir den Sarg nach über einem Jahr endlich los. An den Einkaufspreis kann ich mich nicht mehr erinnern, doch der wird bei maximal 1.000,- DM bis 1.200,- DM gelegen haben. Für Herrn Meier legte ich den Verkaufspreis auf ungefähr 9.000,- DM fest und damit war er dann einverstanden. Der Vorsorgevertrag hatte für uns damit einen Wert von bestimmt 12.000,- oder 13.000,- DM. Daran kann ich mich nicht mehr genau erinnern. Wenn die gesamten Kosten einschließlich Trauerfeier und Beerdigung dazugerechnet wurden, betrug die Summe bestimmt an die 15.000,- DM oder 16.000,- DM.

Dieser Vertrag war für Herrn Meier nicht schlecht. Die Preise der Särge werden nun mal vom Bestatter festgelegt. Die Qualität des Sarges war gut und das entscheidende war doch die Tatsache, daß dieser Sarg Herrn Meier gefiel. Wenn er der Meinung war, nun in Ruhe und Würde sterben zu können, weil es das einzige war, was er noch tun konnte, so ist das seine Angelegenheit gewesen. Mein Job bestand in diesem Fall darin, ihm eine Sorge abzunehmen und das habe ich getan.

Die Einsamkeit der Witwe

Die meisten Menschen haben Angst davor, irgendwann einsam und allein zu sein. Wenn zwei Menschen ihr ganzes Leben miteinander verbracht haben und der andere verstirbt, bleibt dem Überlebenden oft nur die Erinnerung. Ich habe es immer wieder von den Menschen gehört. Ob die Menschen nun schwache oder starke Persönlichkeiten waren, schien dabei egal zu sein. Diese Angst haben sie fast alle miteinander geteilt. Unabhängig voneinander klang immer wieder durch, wie schön die Zeit miteinander gewesen war. Natürlich haben das nicht alle gesagt, jedoch die meisten Hinterbliebenen haben es in der einen oder anderen Weise zum Ausdruck gebracht. Auch Familienangehörige wie Kinder oder Patenkinder äußerten sich oft positiv über den oder die Verstorbene(n). Für sie ging das Leben normal weiter, der Einschnitt war nicht so groß. Ich erinnere mich an eine Frau in den Fünfzigern, die ihre über achtzigjährige Mutter verloren hatte. Die alte Frau starb im Pflegeheim. Die Tochter hatte sehr große Problem damit. Sie kam zu uns und die Alkoholfahne schlug einem bereits an der Tür entgegen. Kinder hatte sie genausowenig wie einen Mann, Freunde oder Bekannte. Von diesem Tag an war ihr der Lebenssinn genommen. Und der bestand für sie einzig und allein darin, für ihre alte Mutter da zu sein. Frau Radecke hat diese Frau in den Trauerkreis geholt und sich um sie gekümmert. Später empfahl sie ihr allerdings psychologische Betreuung. Ich erinnere mich auch an die Frau, die ihren zweiten Mann nach einem Schlaganfall gepflegt hatte. Zwei Jahre danach ist er gestorben. Auch diese Frau erzählte viel aus den gemeinsamen Tagen. Die Zukunft würde sie allein verbringen. Doch sie wollte nicht einsam bleiben und unter Menschen gehen. Jeder geht auf seine eigene Art mit dem Tod um.

Der Tod ist ein Teil des Lebens und bringt für die Hinterbliebenen viel Schmerz mit sich. Irgendwann trifft es jeden mal und wenn man sich vernünftig damit auseinandersetzt und das so akzeptiert, wird die Angst vor dem Tod vielleicht nicht so groß sein. Das habe ich in meiner Zeit als Bestatter gelernt.

Es sind nicht die Toten, um die wir uns Gedanken machen müssen, sondern um die Lebenden. Der Toten können wir nur noch gedenken, ob auf dem Friedhof in Form eines Grabes oder in der Erinnerung (von mir aus auch im Internet). Den Lebenden wird dies am Grab wahrscheinlich leichter fallen, weil ein Bezugspunkt da ist. Wer schon zu Lebzeiten keinen Bezug zu dem Verstorbenen hatte, braucht diesen Bezugspunkt sowieso nicht. Das ist allerdings meine persönliche Meinung.

Ich habe in menschlicher Hinsicht in diesem einen Jahr viel gelernt. Vor allem eins: Mit den Toten hast du die wenigsten Probleme, mit den Lebenden um so mehr.

Schluß. Aus. Vorbei.

An meinem letzten Tag kam Herr Paul vorbei, um mich zu verabschieden. Ich konnte ihm soweit alles in einem einwandfreien Zustand übergeben. Wir unterhielten uns allein und er sprach von einigen Mißverständnissen in der Vergangenheit. Im Nachhinein muß ich ihm teilweise recht geben. Die Differenzen, die es zwischen uns gab, sind durch uns beide zustande gekommen. Daß ich mit seinen Entscheidungen nicht immer einverstanden war und vor allem damit, was hinter meinem Rücken ablief, ist klar. Zu diesem Zeitpunkt spielte das keine Rolle mehr. Wir verabschiedeten uns mit einem Händedruck und gingen von da an getrennte Wege. Am Vormittag fuhr ich nach Laatzen, um mich von Frau Fröhlich und Frau Loch zu verabschieden. Leider war nur Frau Loch anwesend. Ich erzählte ihr von meinem Abgang und sie tat völlig überrascht. Auf meine Frage, ob sie wirklich nichts davon gewußt habe, antwortete sie mit einem eindeutigen »Nein«. Da Herr Paul mir bereits von ihrer Tochter als neuer Mitarbeiterin ab dem 1. Januar 2000 bei Bollmann erzählt hatte, mochte ich dies nicht glauben. Als ich sie darauf ansprach, tat sie noch überraschter und meinte, ihre Tochter habe ihr davon nichts gesagt. Das wollte ich dann wirklich nicht mehr kommentieren. Ich verabschiedete mich sinngemäß mit den Worten: »Ich wünsche Ihnen weiterhin viel Glück und Erfolg. Ich glaube, Sie sind eine sehr gute Bestatterin. Rein menschlich allerdings bin ich von Ihnen enttäuscht. Wenn Sie ihre Ausgaben in Zukunft besser im Griff haben und mit den Menschen etwas fairer umgehen, werden Sie vielleicht Geschäftsstellenleiterin!«

Sie schaute mich sehr verdutzt an, dann verabschiedeten wir uns mit einem Händedruck. Herr Riech hatte vorher in das Geschäft geschaut und auch wir hatten uns vernünftig »Auf Wiedersehen« gesagt.

Am Nachmittag saßen Frau Radecke, Herr Landmann und ich zusammen bei einer Tasse Kaffee und besprachen alles weitere. Die Stimmung war gedrückt. Einerseits war ich froh über das Ende, andererseits hatte ich mit großen Erwartungen angefangen. Die beiden schenkten mir ein Buch mit dem Titel »Wege zum Ruhm«. Ein nicht ganz ernstgemeintes Werk über Ruhm und Kohle. Ich habe es später mit großem Interesse gelesen. Ein letztes Mal betrat ich mein Büro, nahm meinen Mantel und meine Tasche und ging zur Tür. Ich drehte mich kurz um und war überhaupt nicht mehr wehmütig. Eine Phase in meinem Leben war zu Ende und eine neue würde beginnen. So ist das eben!

Vorwort

Während meiner Zeit als Bestatter wurde ich immer wieder nach meiner Tätigkeit gefragt. Die Menschen reagierten zuerst ablehnend und dann wieder neugierig. Das brachte mich schließlich auf den Gedanken, dieses Buch zu schreiben. Es ist mir auch nicht bekannt, daß bereits ein Bestatter über seine Erlebnisse in diesem Beruf ein Buch geschrieben hat. Sie lesen also mit großer Wahrscheinlichkeit ein »einzigartiges« Buch.

Die Menschen empfinden offensichtlich Unbehagen und Neugierde gegenüber diesem Beruf und denen, die ihn ausüben. Viel wird hinter vorgehaltener Hand über hohe Preisspannen und die Abzockerei von Hinterbliebenen erzählt. Genauso spricht man über Provisionszahlungen an Pflegeheime und Krankenhäuser. Doch das ist längst nicht alles. Wer hat nicht schon von Heuchelei und Gleichgültigkeit gehört, wenn es um den Tod geht!? Was wirklich daran wahr ist und einiges mehr erfahren Sie hier.

Die hier beschrieben Personen existieren wirklich. Natürlich sind ihre Namen verändert, wie auch die Namen der Bestattungsinstitute und sonstiger Firmen, auf die ich näher eingegangen bin. Es geht mir nicht darum, Menschen, Firmen oder ein ganzes Gewerbe bloßzustellen. Ich ermögliche Ihnen nur einen objektiven und sicher auch manchmal subjektiven Blick hinter die Kulissen.

Bestimmt wird Ihnen auffallen, daß ich sehr häufig von Verstorbenen in männlicher Form schreibe. Dies hat den einfachen Hintergrund, daß es so leichter zu schreiben war.

Zuletzt möchte ich noch einiges in Bezug auf die Rechtsschreibung anmerken. Vielleicht haben Sie schon bemerkt, daß ich nicht nach der neuen Rechtsschreibung vorgegangen bin. Dabei halte ich mich an die Frankfurter Allgemeine Zeitung, die seit dem 1. September 2000 ebenfalls wieder die alte Rechtsschreibung verwendet.

Lesen Sie nun alles, was Sie schon immer über das Geschäft mit dem Tod wissen wollten.

An dieser Stelle möchte ich mich bei einigen Menschen bedanken, die mir direkt oder indirekt bei diesem Buch geholfen haben.

Da wäre zuerst meine Freundin Katja zu nennen, die dieses Buch niemals mochte, und meine lieben Eltern, die davon nichts wußten, mich aber Zeit meines Lebens moralisch unterstützt haben.

Nicht zu vergessen Wolfgang, der mich überhaupt erst auf »Books on Demand« aufmerksam gemacht hat. Seine Fußball-Satire zur schönsten Nebensache der Welt und aktuelle Infos finden Sie unter:

www.dieliga.de

Den tollen Umschlag hat Günter Ludwig entworfen, der ebenfalls schon sein Können unter Beweis gestellt hat. Mehr können sie sehen unter:

www.artgalerie-europe.de
www.artgate-online.de

Eine sehr wichtige Unterstützung bekam ich von Gabriele Hindemitt-Ludwig, meiner ehemaligen Deutschlehrerin. Sie hat das Buch Korrektur gelesen und ausnahmsweise auf eine Zensur verzichtet.

Oktober 2000
© 2000 Markus Loos
Umschlaggestaltung: Günter Ludwig, Barsinghausen
Herstellung: Libri Books on Demand
Printed in Germany
ISBN 3-8311-0887-0